DU MÊME AUTEUR:

Les Pantins, roman, La pensée universelle, Paris, 1973.

La Tourbière, roman, La Presse, Montréal, 1975. Réédition dans le livre de poche Québec 10/10, Éditions internationales Alain Stanké, 1982.

Le Miroir, Ma Femme, Ce Laideron et L'Examen médical, nouvelles, Les Écrits du Canada français, Montréal, 1976.

Réal Caouette-Canada, biographie, Jean-Guy Chaussé, co-auteur, Éditions Héritage, Saint-Lambert, 1976.

À l'Ombre des tableaux noirs, roman, Éditions Pierre Tisseyre, Cercle du Livre de France, Montréal, Prix Jean-Béraud-Molson, 1977.

Les Jardins secrets, roman, Éditions Pierre Tisseyre, Cercle du Livre de France, Montréal, Prix Esso du Cercle du Livre de France, 1979.

Le Déluge blanc, roman, Leméac, Montréal, 1981.

Dans la Démesure du possible, nouvelles, Éditions Pierre Tisseyre, Cercle du Livre de France, Montréal, 1983.

Le Grand Dérangement

Illustration de la page couverture: Olivier Lasser

Composition et mise en pages: Helvetigraf, Québec

© Éditions internationales Alain Stanké, 1984

ISBN: 2-7604-0217-7

Dépôt légal: 2ᵉ trimestre 1984

Imprimé au Canada

Normand Rousseau

Le Grand Dérangement

Stanké

À Geneviève, ma fille
et à Gilles, un ami,
pour leur précieuse
collaboration.

Première partie

LES JARDINS
DE BABYLONE

.

Chapitre 1

— Toi aussi, t'es tombé dans le piège. Aujourd'hui, le 15 septembre 1979, et on engage encore des profs au Bureau des langues. C'est incroyable!

— Pourquoi?

— Mais mon vieux, tu ne sais donc pas que depuis un an on se casse la gueule, oh! pardon, la mâchoire, à parler de réduction de personnel. On se tape réunion sur réunion pour tenter de savoir quand le grand coup va être porté et qui va être frappé et qu'est-ce qu'on va faire avec ceux qui vont être éventrés comme des agneaux à l'abattoir? Ostiguouille! ça c'est bien le gouvernement! On engage sans aucune planification. Et vogue la galère!

Les deux interlocuteurs étaient bien enfoncés dans les fauteuils moelleux et grassouillets du grand hall attenant à la cafétéria du centre linguistique d'Asticou*, à Hull. Le téléviseur braillait, seul dans son coin, bâillonné à la chaîne française de Radio-Canada pour obliger les étudiants anglophones à écouter la belle langue de Vigneault pendant leurs moments libres. C'était peut-être pour ça qu'il y avait peu d'étudiants autour des appareils. Ceux qui s'y trouvaient parlaient d'ailleurs leur langue maternelle sans doute pour ne pas la perdre.

---

* Polyvalente convertie en centre linguistique fédéral.

Olivier était stupéfait. Il avait peine à soutenir le regard scrutateur de Jacques qui lui assénait ces nouvelles sans aucun ménagement. Il ne pouvait en croire ses oreilles. Bien sûr, il sentait déjà, après quelques phrases seulement, que Jacques était le genre péteux de bretelles, large de gueule mais étroit de cervelle, avec ses longs cheveux sales qui cascadaient sur ses oreilles avant de dégouliner dans son cou, sa barbe en friche, ses jeans bouchonnés et usés comme une paire de clichés, la cigarette mal pendue à sa lèvre avachie, mais ses affirmations venaient confirmer trop bien les appréhensions qui le torturaient. Durant l'entrevue de qualification, il avait d'ailleurs insisté auprès des examinateurs.

— Et si je gagne le concours, mon poste est assuré pour combien de temps?

— Mais, mon cher monsieur, avait affirmé l'un des examinateurs en retroussant les pointes aiguisées de sa moustache, le bilinguisme est irréversible maintenant. Le programme actuel prévoit de la formation linguistique jusqu'en 1981, mais à ce moment, les postes seront tellement renouvelés qu'il faudra encore dix autres années pour compléter la formation des nouveaux titulaires. Et en 1991, ce sera encore la même situation et ainsi de suite. Si vous le voulez, vous pourrez prendre votre retraite comme professeur de langue seconde avec une barbe blanche jusque-là.

Eh bien! s'il en croyait son interlocuteur, il n'aurait même pas le temps de se laisser pousser une moustache d'examinateur. Il fut tiré de sa réflexion par Jacques qui lui demandait:

— As-tu enseigné au secondaire ou au primaire avant de venir ici?

— Euh... oui, oui, sept ans au secondaire dont trois ans en Afrique, au Maroc.

— Ah! Toi aussi, t'es un naufragé du continent noir, la bella Africa. Y en a tout un radeau ici! Les boat people, y en a pas seulement à l'autre bout du monde. Ça vient échouer de partout comme des épaves au Bureau des langues. Excuse, mon vieux, j'aime faire des images. On peut pas dire, ce sont de bons profs en général. T'as intérêt à pas trop faire attention à ce que je dis. T'en prends un peu et tu laisses tout le reste. De toute façon, ce n'est pas le seul radeau. Il y a les naufragés épuisés du secondaire en folie, ceux de l'infernal cégep, sans compter celui des défroqués des communautés religieuses, des jeunes frais émoulus du chômage et le reste et le reste. N'empêche que moi qui suis de la première vague, un pionnier, un bâtisseur, un vrai de vrai du bilinguisme intégral, je n'aime pas trop ça, le raz-de-marée des épaves du secondaire et des revenants de l'Afrique. Ça nous étrangle le goulot de l'entonnoir qui se fait de plus en plus petit, tu vois ce que je veux dire? Et tu sais pourquoi? Parce que vous êtes des aplatis, des résignés. Dans les négociations syndicales par exemple, nous autres, on gueule comme des éventrés, comme des écorchés vifs, mais vous, vous acceptez tout sans histoire, les mains jointes, le menton dans le gras du cou et les genoux qui claquent comme des castagnettes. Ça nous coupe les couilles, tu comprends, ostiguouille? Bons moutons, vous vous noyez dans un fleuve de laine pendant que, nous, on se casse l'épine dorsale à ne pas se faire avoir par l'employeur, Sa Sainteté le Conseil du Trésor, à le faire descendre de notre dos. Finie l'exploitation du prof par le fonctionnaire, ostiguouille!

Olivier avala de travers cette avalanche d'images peu flatteuses, tout en feignant d'ignorer l'attaque finale de son interlocuteur, puis retrouva sa voix qui en cours de route était devenue blanche.

— Lorsque j'ai reçu la nouvelle que j'avais été choisi parmi plus de trois mille candidats, j'ai voulu que ma Commission scolaire me prête pendant un an au Bureau des langues. Je n'avais pas du tout l'intention de balancer d'un seul coup toute mon ancienneté malgré les belles paroles de l'examinateur à moustache. Mais l'agent de dotation m'a dit qu'il n'y avait aucune crainte à avoir; le gouvernement fédéral n'avait jamais fait un seul renvoi de personnel depuis la dernière guerre mondiale. Mon avenir était assuré si je voulais et toute la litanie que tu connais sans doute très bien. Par contre, il n'était pas question d'emprunter mes services. C'était à prendre ou à laisser. Il y en avait des centaines qui n'attendaient pas mieux que de prendre ma place. Alors, comme j'étais écoeuré du secondaire...

— C'est ça, hein? tu as plongé tête première, reprit Jacques en levant les bras comme s'il prenait à témoin toute la province. Le paradis du Bureau des langues: meilleur salaire, petit horaire de cours, peu d'étudiants! C'est ça, nous sommes les élus du paradis du bilinguisme. Il ne nous manque que des ailes et une auréole. Mais tu verras, le paradis lui-même a ses petits coins d'enfer et le plus clair du temps c'est un purgatoire à petit feu. Oh! je ne devrais pas te dire ça; il faut que je te laisse tes illusions toutes fraîches. Ta virginité!

Jacques alluma une cigarette et, tout en observant par en dessous le nouveau prof, il poursuivit du même ton persifleur:

— Pauvre toi, va, bien sûr tu ne pouvais pas savoir. Il t'a suffi sans doute de mentionner que tu étais indépendantiste pour être choisi.

— Pas du tout. Il n'a pas été question d'appartenance politique durant l'entrevue, rétorqua Olivier un peu offusqué.

— Pourtant, la rumeur court qu'il suffit de se déclarer indépendantiste pour être engagé au Bureau des langues. Enfin, peu importe. Pour en revenir au surplus de personnel, il faut dire qu'ils cachent bien leur jeu. En fait, ils ne le cachent pas, ils n'en ont même pas. Ils ne savent pas ce qui va arriver vraiment. La politique, tu sais, ça change du jour au lendemain. Il suffit qu'un député se lève en Chambre pour déblatérer sur les dépenses du bilinguisme et le gouvernement qui se sent déculotté en public change le nombre de postes bilingues. Et hop! notre job s'envoie en l'air. Évidemment, il y a toujours une commission Machin Chouette pour camoufler toute l'affaire, et récupérer les votes à temps de ces chers électeurs. Il faut surtout dorer la pilule aux anglos qui ruent dans les brancards.

Tout en parlant, Jacques observait toujours son nouveau collègue. Olivier était dans la trentaine, trapu, un peu paysan sur les bords, mais éveillé et, semblait-il, intelligent, malgré son vernis de naïveté de nouveau venu dans la baraque. Ses vêtements plutôt sport, chandail à col roulé et pantalon de couleur neutre, le classaient dans la moyenne, ni prof nouvelle vague ni intellectuel à outrance.

— Mais ils ne peuvent quand même pas me faire ça à moi, s'indigna Olivier avec une pointe de révolte dans sa voix devenue blanche. Si j'étais mis en disponibilité, je perdrais mon ancienneté, tu t'imagines? J'aurais l'air fin de revenir à ma Commission scolaire, dernier sur une liste longue comme ça... candidat au chômage ou aux tablettes.

— Tu peux le dire, une liste longue comme ton visage actuellement. Eh ben! mon vieux, ton ancienneté, ils se la mettent où je pense, et ce n'est pas entre les deux oreilles, je t'assure. Enfin, je ne veux pas te faire peur inutilement. C'est vrai que le gouvernement d'Ottawa n'a jamais mis aucun fonctionnaire à la porte depuis les deux ou trois dernières guerres y compris celle des Boers, mais le bilinguisme c'est pas une patate frite, c'est une patate chaude tout simplement. Je te l'ai dit, leur faire avaler la pilule sans douleur, voilà leur vraie politique. Et c'est à nous de la faire avaler et de l'avaler en même temps. C'est ben politique... alors tout peut arriver, je t'assure.

Olivier n'aimait pas les propos de Jacques et encore moins son ton. Ce n'était sûrement qu'un brasseur de broue qui voulait en faire voir de toutes les couleurs à un nouveau. Le complexe du paon qui parade, c'est bien connu. Mais cette conversation creusait un grand trou au milieu de sa poitrine. Il connaissait bien cette impression de peur qu'il éprouvait quand il se sentait menacé, une sorte d'étau qui emprisonnait le sternum.

Un autre prof s'avança nonchalamment en se curant les dents et vint se laisser choir dans le seul fauteuil encore libre. De toute évidence, il venait de prendre un bon repas malgré la mauvaise réputation de la cuisine du chef.

— Bien mangé? Trop mangé? lui lança Jacques.

— Bien sûr, ce n'était pas de la grande cuisine mais c'était bon.

— Moi aussi, j'ai bien bouffé, relança Jacques. Bien mal cuit à point, graisseux à ravir, les restes des deux derniers mois apprêtés à la King, flanqués d'une tranche de steak assommée de fatigue sur un lit de riz, sans matelas. Et la Compagnie est grasse dure à fendre avec l'ongle. Mais que veux-tu? j'avais faim. Quatre heures de cours avec des étudiants qui ânonnent, ça creuse l'appétit. Je suis fatigué comme si je les avais traînés à bout de bras pendant une éternité.

Jacques s'arrêta brusquement dans son envolée. Il venait de réaliser qu'il fallait procéder aux présentations.

— Olivier, j'ai l'honneur de te présenter Julien Bourval, notre Belge préféré, aussi connu que Hercule Poirot, aussi populaire que Jacques Brel, bref un vieux de la vieille, prononça Jacques avec une emphase comique. Olivier est un nouveau, un des rares élus de cette dernière fournée. Tu te rends compte, c'est quand même incroyable, ils engagent encore des profs! Ça veut dire que notre sort n'est pas si mauvais qu'on se plaît à le brailler. Oh! pardon, je me présente moi-même, Jacques Dubreuil, le prof le plus mal embouché d'Asticou, du Bureau des langues et des environs.

Julien était tout l'opposé de Jacques. Veston sport bien ajusté, pantalon à plis tranchants, cravate et chemise blanche, pipe à la main, on aurait dit un vrai fonctionnaire coulé dans le meilleur béton avec une légère touche d'universitaire. La moustache bien taillée et le mince collier de barbe avec des reflets roux du meilleur effet soulignaient une mâchoire volontaire. Il devait tourner autour de la quarantaine.

— Si on tenait un concours de la critique systématique, prononça Julien d'une voix grave et bien posée, tu serais champion toutes catégories poids lourd, ni plus ni moins.

— Ce n'est pas ma faute, je suis né comme ça, mon cher. J'ai ça dans les gènes, ça me démange.

Julien tira lentement sur sa pipe, lança un petit nuage de fumée bleutée qui l'enveloppa comme une sorte de Moïse descendant tout auréolé de la montagne. Une fois la fumée dissipée en longues effilochures, il caressa sa lèvre inférieure avec sa pipe avant de prononcer d'une voix pesante comme quelqu'un qui connaît le poids de ses paroles:

— Moi, ce n'est pas la mise en disponibilité qui m'ennuie. Non, c'est plutôt le référendum qui s'en vient à grands pas. Si les Québécois votent OUI, je me ramasse sur l'assurance-chômage. On ferme les portes d'Asticou et le bilinguisme coule au fond de la mer, le nez drette devant, ni plus ni moins.

— Tut, tut, attention à ton langage, intervint Jacques, drette est un québécisme formellement interdit dans ce temple du bon parler. T'as pas honte? Tu peux faire des belgicismes, pas de québécoiseries. Si un étudiant t'entendait, il serait assez vicieux pour retenir ce mot, même s'il a oublié depuis belle lurette toutes tes brillantes explications sur l'imparfait. Un peu de respect, s'il vous plaît, pas de sacrilèges dans l'enceinte sacrée, je t'en prie, les dieux nous regardent et nous entendent.

Jacques fit une pause pour guetter avec une flamme d'ironie dans le coin de l'oeil la réaction de son confrère. Un mince rictus frôlait sa lèvre inférieure. Julien prit encore quelques secondes avant de réussir à extraire un morceau de viande de sa grosse dent qui lui faisait terriblement mal depuis deux jours. Encore une carie, sans doute. Et lui qui avait peur du dentiste comme du diable. Il prit une longue respiration avant de déclarer avec une grimace comique:

— Toé, détourne pas la conversation. Tu sais très bien, mon cher collègue, que mon langage est impeccable en salle de classe. Mes étudiants n'apprennent pas plus le français que les tiens, bien sûr, mais si un jour, il leur arrive le malheur de s'exprimer dans notre belle langue, ils parleront mieux que de Gaulle et le maire Drapeau ensemble, ni plus ni moins.

Olivier les observait avec attention se demandant si les deux profs se taquinaient ou s'ils échangeaient des coups d'épée avec le sourire, guettant la première erreur de l'autre pour lui sauter dessus et le terrasser. Il avait l'impression pour le moment d'avoir affaire à deux pince-sans-rire de fort calibre.

— Pour ce qui est du référendum, moi, je n'y crois pas, affirma Jacques sur le ton de quelqu'un qui déclare qu'il va se laver les mains. D'abord, Lévesque sait très bien qu'il va le perdre, son référendum. Les Québécois sont bien trop colonisés dans l'âme, bien trop anesthésiés par leur confort, tous des accroupis de la cervelle et jusqu'à la moelle des os, pour voter OUI, voyons! Tout ce qui l'amuse, c'est de laisser pendre cette épée de Damoclès sur le reste du pays. Ça lui donne du panache et pourtant il n'en manque pas; je ne le comprends pas, il en a plutôt à revendre.

Il tira une longue bouffée de sa cigarette, puis il reprit avec l'emphase d'un politicologue en mal de pronostics:

— Et même si le OUI gagnait, n'oublie pas qu'il y a encore un million de francophones au pays, je veux dire de l'autre pays. Ils ont encore besoin de caves comme nous pour leur montrer la langue des vaincus. Eux aussi, ça les amuse, ça les distingue des Américains. Le français, ça donne bonne bouche quand on mange U.S.A. On leur donne une identité, tu ne crois pas?

Julien ne semblait pas d'humeur à plaisanter. Sa dent lui faisait très mal et il se frottait la joue continuellement de sa main droite. De plus, il n'arrivait pas à téter sa pipe assez vite pour la tenir allumée.

— Moi, je ne crois pas qu'il y aura un référendum, conclut Jacques sur un ton sentencieux.

— Minute, minute, monsieur, coupa Julien. Le Parti québécois a tenu toutes ses promesses jusqu'ici et il tiendra celle-là comme les autres. C'est la plus importante d'ailleurs, le coeur de son programme, n'oublie pas ça.

Olivier saisit l'occasion pour se glisser dans la discussion.

— Moi, je pense que de toute façon le référendum va faire réfléchir les Canadiens. Le seul fait de décider d'en tenir un malgré la volonté du fédéral et des autres provinces, c'est une façon de s'affirmer en sainte Bénite des os dégarnis!

— En quoi? s'exclama Jacques.

— Ne fais pas attention, c'est mon patois préféré quand je m'emporte. Je disais donc qu'on le perde ou non, on va tirer profit de cette situation. Mais ça serait bien le restant des écus s'il fallait que je laisse toute mon ancienneté au Québec pour être remercié par le fédéral après un an seulement. Et s'adressant à Julien: quand est-ce que tu penses qu'il va le faire son référendum, Lévesque?

— J'attends ça pour le printemps au plus tard. Y a des rumeurs que Lévesque va déposer son projet avant Noël. On va bien voir. C'est bien simple, moi, ça me donne le frisson rien qu'à y penser. Parce que si le OUI gagne, Olivier, on est tous sur le même pied. Pas question d'ancienneté, ni d'évaluation ou tout ce que tu voudras. Tout le monde dans le chemin. Et quand je pense que ma femme vient d'être mise en disponibilité par sa Commission scolaire. On a deux enfants, à part ça. J'aime autant pas y penser, ni plus ni moins.

Julien se remit à téter sa pipe éteinte tout en se frottant la joue et en grimaçant.

— Moi, j'ai tellement d'enfants, déclara Jacques sur un ton épiscopal, que je ne sais même pas leur nom et que je ne connais pas leurs mères non plus. Mais grâce à Dieu, je suis célibataire.

Il fit une pause pour permettre à sa déclaration de faire son petit effet, puis il poursuivit d'un ton paternel:

— Voyons, Julien t'es ben trop alarmiste. Tu sais bien que le grand frère fédéral ne nous laissera pas tomber comme ça. Et puis le référendum, on va le perdre que je te dis. Y a pas d'inquiétude à avoir. Voyons, réfléchis! Avec la situation économique que nous connaissons, c'est clair comme de l'eau de vaisselle qui a pas encore servi. Et puis si tu as tellement peur, inscris-toi au POC, fais-toi poqué comme on dit et puis fais le saut dans un ministère. Tu vas être en sécurité. Un autre fonctionnaire allergique à la poussière des dossiers. Un de plus ou de moins, ostiguouille! Ici on navigue sur l'Arche de Noé et y est pas dit que l'Arche du père Trudeau va pas couler à pic en plein déluge constitutionnel. Regarde autour de toi: des murs de béton épais comme le raisonnement d'un ministre sans portefeuille. Regarde, regarde, c'est un bunker, un abri antiatomique, un camp de concentration, un hôpital psychiatrique à la sauce soviétique. Et au plafond, regarde les poutres, une vraie galère qui craque. Toute cette solidité eh bien! ça peut s'effondrer sur nos têtes d'un jour à l'autre. D'ailleurs, le toit coule déjà.

Au beau milieu de ce discours à l'emporte-pièce, Olivier demanda platement:

— Le POC?

— Oui, le programme d'orientation de carrière, expliqua Jacques en lançant un sourire à Julien et un jet de fumée vers le plafond. C'est un autre attrape-nègre pour porteur d'Ô Canada destiné exclusivement aux profs, mon *cherr*. On te récupère dans les ministères non comme prof mais comme simple fonctionnaire. On cherche des compétences. Crois-le ou non, c'est une trouvaille de génie!

Et se tournant vers Julien, Jacques ouvrit tout grands les bras et sur un ton solennel et cocasse à la fois, il déclara:

— *My dear Julian and my dear Oliver, bienneveniou* dans l'arche de Noé-Asticou, province de Québec, Canada. Nous sommes ici en *séquiourity,* hors du monde, flottant au-dessus des vagues traîtresses, sous l'abri du bilinguisme, notre père et notre mère à tous. *Bienneveniou,* dear fellows, dans la Tour de Babel. Le Canada, c'est la Babylone moderne. Deux grands peuples entourés de quelques poussières d'émigrants et de *natives*, tentent de construire une immense tour pour atteindre les nuages du multiculturalisme et de la bonne entente. C'est pas beau ça? On n'a que deux langues et on n'arrive pas à s'entendre. Comme dans la Bible, tu demandes l'indépendance, l'autre te passe la constitution. Les uns disent oui en voulant dire non et vicieux verrat, mon vieux. Entre parenthèses et guillemets, Olivier, j'aime aussi faire des jeux de mots. Ne fais pas attention. C'est juste pour le plaisir de la chose. Ça met un peu de couleur dans notre grisaille biculturelle.

Il fit une pause. Julien le fusillait des yeux. Mais Jacques l'éclaboussa d'un large sourire railleur et poursuivit:

— C'est la belle vie! Nous, on se tient en équilibre instable tout au bout de la tour et on s'époumonne aux quatre vents à vouloir montrer notre langue à l'autre peuple qui ne comprend rien, mais qui fait semblant pour éviter que la tour ne sacre le camp à l'eau d'un océan à l'autre. Le Canada, c'est dix radeaux que les vagues emportent dans tous les sens et nous, on tient les radeaux ensemble avec des cordes à moitié rongées. En attendant, le ventre plein, locataire de notre propre pays, on regarde le pétrole, le blé et les belles paroles creuses s'écouler comme des fleuves majestueux à notre nez. En vérité, je vous le dis, notre avenir n'est plus éclairé que par une lueur d'espoir. Si le ridicule tuait en notre beau Canada, il y aurait des hécatombes au Bureau des langues.

Jacques baissa brusquement le ton. Deux étudiants passaient.

— *Bonnejour,* Jacques.

— Bonjour, Bill. Bonjour, Tom. J'arrive dans une minute.

Et Jacques, retrouvant sa voix normale, reprit sa harangue:

— *Bienneveniou,* mon *cherr Oliver,* dans le désert d'Égypte. Moïse nous guide vers la Terre promise du bilinguisme intégral. Et nous sommes les prêtres du nouvel évangile pour proclamer les tables de la Loi. Quel beau méli-mélo, quel merveilleux mêli-mêlé, pardon, le calembour est la fiente de l'esprit, je connais, mais c'est plus fort que moi, c'est comme la grattelle, ça me démange, ostiguouille!

Olivier souriait tout en se demandant dans quelle galère il venait d'atterrir. Mais Julien qui se frottait toujours la joue ne trouvait pas ça drôle, mais pas du tout.

— Jacques, arrête tes conneries, lança-t-il comme s'il voulait mordre dans sa rage de dents, ton ironie n'arrange rien. Et puis le Bureau des langues, ça donne du boulot à des centaines de francophones, toi le premier. T'as beau dire, sans ça, tu serais sur le chômage comme moi. Sans compter que notre enseignement, c'est la plus belle occasion de rapprochement entre les deux peuples depuis la Confédération. Crois-moi, en tant que Belge j'en sais un peu sur l'entente entre deux peuples. On va peut-être finir par se comprendre même si on n'arrive pas à se parler dans les deux langues officielles. Et puis, il faut avouer que le français est une langue difficile. Les anglophones ne sont pas aussi exposés à notre langue que nous à la leur. Ils n'ont pas autant intérêt que nous à apprendre l'autre langue. L'Amérique du Nord est anglophone, il ne faut pas l'oublier. C'est pourquoi il faut être réaliste, ni plus ni moins.

Julien semblait rendu au bout de son rouleau. Son mal de dents reprenait le dessus. Olivier à nouveau eut le génie de poursuivre la discussion à côté du sujet.

— En Afrique, on ne critique pas les chefs d'État comme ici. En trois ans, je n'ai jamais entendu une critique contre le roi du Maroc, sauf les jeunes, de temps à autre, et encore!

Julien lui jeta un regard qui voulait en dire long et Olivier comprit aussitôt qu'il venait de détourner la conversation.

— Trudeau aurait pu décider de doubler tous les postes bilingues, continua Julien en se tenant la joue. On aurait gardé ainsi bien étanches nos deux solitudes. Si je voulais faire de l'esprit de bottine comme Jacques, je dirais qu'il n'y a pas deux cultures au Canada, mais deux clôtures et infranchissables à part ça. Ici, dans nos petites salles de classe, on abat petit à petit les murs qui nous séparent depuis des siècles. Les anglos changent d'opinion lentement sur nous. On sort de la grande noirceur. Ils ont devant eux des profs compétents, diplômés et, pour plusieurs d'entre eux, c'est une révélation. Oublie pas que plusieurs étudiants entrent en contact pour la première fois avec des francophones. Et je te garantis que ça leur entre dans le corps, ni plus ni moins.

— Eh oui! Olivier, rétorqua Jacques, ça prend un Belge pour nous faire la leçon. Il faut reconnaître qu'il y a du vrai dans ce qu'il dit. Mais je suis tanné d'être minoritaire dans mon propre pays. Même ici nous sommes minoritaires. Pour 250 frogs, près de 800 têtes cubiques. Si on enregistrait toutes les paroles prononcées dans ce temple dans une journée, on croirait que c'est une école où on enseigne l'anglais. Même à la cafétéria, ils ne sont même pas fichus de se faire servir en français. Ils ont peut-être peur d'être empoisonnés s'ils sont servis dans notre langue. Ostiguouille! j'aime autant ne pas y penser, ça me fait monter le thermomètre.

De plus en plus, étudiants et professeurs quittaient la cafétéria pour rejoindre les salles de classe. Jacques s'avança sur le bout de son fauteuil comme pour partir. Il se pencha vers Olivier et lui jeta négligemment:

— Tu connais ton Histoire du Canada, vieux? T'as entendu parler des Acadiens et de Lawrence? On a appelé ça le Grand Dérangement. Et comme grand dérangement, avoue que ça vaut bien celui de 1755. Notre mission: planter le français dans le coeur de l'ennemi. Eh bien! que tu le veuilles ou non, le Bureau des langues ou le Bourreau des langues comme on dit, c'est le Deuxième Grand Dérangement de notre Histoire. Mais cette fois, c'est nous qui les dérangeons, et juste pour ça, tu entends, juste pour ça, j'ai un *fonne* bleu à enseigner ici et je t'en souhaite autant, vieille branche. Trudeau a remplacé Lawrence, mais à l'envers, contre eux, et juste pour ça, je lui lève mon chapeau. Nous les assimilons! Crois-moi! C'est la revanche des mots; faut bien, on n'a plus de berceaux.

Visiblement content de son boniment, Jacques se dressa avec la souplesse d'un félin et lança à Julien en reprenant son ton grandiloquent:

— Allons, cher confrère, en route pour la salle de classe, allons reculer les bornes ou plutôt les borgnes de l'ignorance, toujours le jeu de mots, n'est-ce pas? Et si on n'est pas capable, on pourra toujours en sonder la profondeur une fois de plus.

Olivier aussi s'était levé.

— Il faut que j'aille à mon cours d'espagnol. Je vais être en retard et le prof est raide comme un inquisiteur moyenâgeux. Mais j'aime le cours, c'est une expérience intéressante.

— Moi, quand j'étais en stage, j'ai appris l'arabe, lança Jacques en réprimant un long bâillement. T'en fais pas, si les Arabes veulent envahir le pays, je vais leur parler dans le blanc des yeux, Inch Allah! Et puis, mon cher Olivier, tu n'as pas fini d'avoir des classes choc. Le choc culturel, c'est un mur. Tu peux t'y casser la tête.

— Merci du conseil, mais je dois avouer que tu es meilleur que moi en arabe. Après trois ans au Maroc, je ne connais que quelques mots.

— À la prochaine, lança Jacques en s'éloignant. Et garde la tête haute, le nouveau, dans les alentours, les coups viennent vite et bas, plus bas que la ceinture de chasteté et tu ne les vois pas venir. C'est comme au hockey. Je me crache les amygdales à le répéter tous les jours à tout le monde, mais personne ne me croit. Je suis un incompris, un prophète dans le désert.

— Allons, allons, grogna Julien en se tenant la joue. Arrête ta salade devant les nouveaux. Ouille, avec mon mal de dents, je m'en vais au lab comme à l'abattoir, ni plus ni moins.

— Attention, fit Jacques en jouant de l'index, avec ta rage de dents, tu risques de mordre une belle *engliche*. Elles se sont pas mal améliorées dans les entournures depuis les plaines d'Abraham.

Chapitre 2

— Le dictateur est encore en retard, lança Olivier à la jolie blonde qui venait de s'asseoir à côté de lui.

— Oui, on a l'impression qu'il a couché avec Hitler tellement il est dictateur, répliqua celle-ci avec des flammèches dans ses grands yeux bleus, car elle en avait arraché toute la matinée avec la langue de Cervantès.

Dans la salle de classe, il y avait une dizaine de professeurs en stage. Mariette, en plus d'être mince, blonde et communicative, avait surtout une grande bouche qui donnait envie de la croquer. Durant les autres cours, elle s'était tenue à l'arrière de la classe, mais cette fois, Olivier ne savait pourquoi, elle était venue prendre place juste à côté de lui.

— As-tu déjà enseigné? demanda Olivier pour meubler la conversation en attendant.

— Oui, deux ans, au primaire. Je t'assure que ce n'est pas drôle d'enseigner en première année. À cet âge, ils ne savent pas lire, pas écrire, certains ne savent même pas s'habiller tout seuls en hiver. Il faut être sur la brèche toute la journée. Et les enfants d'aujourd'hui sont tellement agités! Ça parle tout le temps, ça remue sans cesse, un vrai nid de fourmis. Il faut s'ingénier de toutes les façons pour retenir leur attention.

Elle fit une pause, puis demanda en esquissant un large sourire:

— Et toi, tu as enseigné aussi?

— Oui, au secondaire, sept ans, affirma Olivier sur un ton catégorique afin de chasser la timidité qui l'envahissait en présence d'une aussi jolie femme. Il fixait les lèvres pulpeuses, gorgées de sang très rouge. J'ai toujours pensé, poursuivit-il la gorge un peu serrée, que les vrais profs sont au primaire. La pédagogie, c'est là.

Olivier était célibataire. Plusieurs aventures plus ou moins réussies avaient perturbé sa vie sentimentale. Entre autres, il avait aimé profondément une institutrice jusqu'à la demander en mariage. Mais elle lui avait faussé compagnie avec son meilleur ami, un prof de maths. Il en avait gardé une vive amertume qui le rendait méfiant envers toute la gente féminine. Par contre, il avait été flatté dans son orgueil de mâle par sa directrice adjointe qui était devenue folle amoureuse de lui au point de le pourchasser partout. Cependant, comme il n'avait pas les mêmes atomes crochus qu'elle, il avait fui à toutes jambes. C'était d'ailleurs un peu pour ça qu'il avait accepté avec empressement un poste en Afrique, pour connaître une nouvelle aventure, bien sûr, mais surtout pour en éviter une. Au Maroc, il avait vécu plus d'un an avec Fatma, une Berbère aux yeux troublants. Il l'avait quittée avec déchirement et son souvenir hantait encore ses nuits.

— L'année dernière, expliqua Olivier en cherchant à renouer le fil de la conversation, j'avais plus de 250 étudiants de secondaire V en catéchèse. Ce n'était pas drôle. De retour d'Afrique où les étudiants étaient dociles et calmes, je me suis cru tombé dans une maison de fous quand j'ai mis les pieds dans une polyvalente. C'est bien simple, j'ai enduré la première journée ce que je n'avais pas enduré en six ans d'enseignement auparavant. Alors quand j'ai gagné ce poste, j'ai sauté dessus à pieds joints.

Mariette voulut ajouter quelque chose, mais le prof d'espagnol venait de faire son entrée. Tous les stagiaires se turent et Franco s'avança lentement en promenant son regard noir sur tous ses étudiants. C'était un grand mince, avec moustaches en crocs, un Québécois pure laine qui possédait tout de même assez bien la langue de don Quichotte pour diriger de tels stages. Il rappelait vaguement Salvador Dali avec moins de panache cependant.

— Avant de continuer notre dialogue de ce matin, permettez-moi de vous rappeler le but de ce cours. Pendant trois jours, vous ne devez pas prêter attention à la pédagogie ni à la méthode que j'emploie. Il n'est pas question évidemment non plus d'apprendre l'espagnol en si peu de temps. Non, je vous le rappelle, il s'agit de vivre au plus profond de vous-mêmes ce que ressent un étudiant qui apprend une langue seconde. En d'autres mots, ce cours a pour but de vous rendre plus compréhensifs envers vos futurs étudiants et de vivre l'expérience de l'intérieur. Trois jours, ce n'est pas long, bien sûr, mais souvenez-vous de vos réactions face à la langue espagnole et vous pourrez mieux comprendre les anglophones qui apprennent le français. Prêtez attention à votre frustration, à vos hésitations, à vos satisfactions aussi, s'il y en a. Si vous réussissez ça, vous aurez atteint l'objectif que l'on poursuit. Ce n'est pas facile pour vous. En tant que profs, vous serez portés surtout à analyser ma façon de faire. Oubliez ça et concentrez-vous sur votre impression, sur ce qui vous chatouille en dedans.

Le professeur fit une pause, vérifia le bon fonctionnement du projecteur et de la cassette. Les stagiaires se jetèrent un regard entendu.

— Pas de questions? Bon. Ceci étant clair, nous allons répéter le dialogue de ce matin. Écoutez bien. Lumière, s'il vous plaît.

Pendant de longues minutes, les stagiaires prêtèrent attention aux images qui défilaient sur l'écran, accompagnées d'un dialogue enregistré. Puis le professeur coupa l'image et stoppa le magnétophone. Un étudiant se leva pour rallumer. Le cours était lancé. L'épreuve allait commencer.

— Fernand, tu es *Juan*, et toi, Robert, *Ignez*. Pas de sexisme. Commencez avec la première réplique. Je vais vérifier la prononciation.

Il fit signe à Fernand. Celui-ci lança un regard de détresse à Robert. Quelle pouvait bien être cette première phrase? Fernand articula dans le vide comme un muet, puis il se sentit capable d'attaquer:

— *Me... he... olojado...*

— Pas *olojado* mais *alojado*.

— *Me... he alojado... en... el... hotel.*

— Très bien. Robert, répétez.

Robert, un petit rouquin nerveux, semblait avoir beaucoup de facilité pour l'espagnol. Il répéta sans se tromper. Et la phrase fit le tour des étudiants jusqu'à Mariette.

— Alors, Mariette, à votre tour. Prononcez bien et lentement.

Mariette qui avait éprouvé des difficultés toute la matinée fit une grimace et se plaça les lèvres pour prononcer la fameuse phrase.

— *Me... he... wolawado...*

— Pas *wola* mais *alojado*. Reprenez.

La jeune femme fit un geste d'impatience. Un flot de rougeur grimpa à son visage. Un silence plana dans toute la classe. Elle fit un autre effort.

— *Me... he... awolado...*

— Pas *awolado* mais *alojado*, reprit le prof hidalgo avec plus de fermeté, répétez après moi: *Alojado. A-lo-ja-do.* Allez!

Mais Mariette, fixant le bout de ses pieds, garda un silence renfrogné. Des sueurs perlaient à son front.

— Allons, répétez après moi: *A-lo-ja-do.* Allons, vous êtes capable, scanda le prof sur un ton cassant.

À nouveau, un ange battit de l'aile dans la salle.

— Robert, voulez-vous l'aider s'il vous plaît?

Et Robert, le gars brillant, répéta d'un seul souffle:

— *Alojado.*

— Allons, Mariette, à votre tour. Vous avez entendu? C'est facile.

Mais Mariette fixait toujours le plancher devant elle. Sa respiration s'accéléra. Puis elle porta les mains à son visage. Quelques soubresauts secouèrent son corps frêle. Des larmes jaillirent entre ses doigts effilés aux ongles longs et bien taillés. Franco ne semblait pas impressionné par les écoulements lacrymaux. Il fonça sur elle, retira ses mains de son visage, lui releva le menton comme si elle avait été une petite fille et prononça très fort:

— *A-lo-ja-do, a-lo-ja-do.* Répétez.

Un silence de mort se répandit à nouveau dans la classe. Tous les étudiants, tendus, visiblement mal à l'aise, attendaient la réponse, en regardant ailleurs pour ne pas trahir leur embarras. Olivier, outré par l'attitude brutale du professeur, sentit le rouge de la colère incendier son front. Mais Mariette garda le silence une fois de plus. Le professeur scanda encore et encore le même mot d'une voix de stentor. Alors la jeune femme bondit de son siège, traversa la salle comme une flèche, ouvrit la porte, et avant de sortir, elle lança à travers ses larmes et sur un ton de défi:

— Ollé, ollé, don Quichotte et Sancho Pança, ollé, ollé, la sangria et la paella, ollé, ollé, la corrida, le flamenco et le tango, ollé, ollé, la Passionaria et Franco, ollé, ollé, Picasso et Salvador Dali.

Puis elle se jeta dans le corridor en claquant la porte.

Franco contempla un long moment la porte, puis il se retourna vers les stagiaires. Maîtrisant parfaitement son émotion, il s'adressa à Olivier:

— À vous, maintenant.

— *Me... he... alojado... en... el... hotel,* prononça celui-ci en mordant dans chacun des mots comme un chien enragé.

— Très bien. La phrase suivante. Ne vous laissez pas déconcentrer par ce qui vient de se passer. Allons!

Et le cours se poursuivit dans une atmosphère de poudre à canon. Les phrases espagnoles du dialogue défilèrent à toute vitesse. Le professeur laissait passer tous les accrocs. Le dialogue en son entier fut repris par groupe de deux avec des hauts et des bas. Mais dans le regard de chaque stagiaire, on pouvait lire la condamnation de Franco. Celui-ci, adoucissant ses manières, conduisit sa barque à bon port, mais en louvoyant quelque peu. L'heure écoulée, il donna le signal de la pause et chacun sortit en silence.

À la cafétéria, Olivier s'assit en face de Fernand, un solide gaillard aux épaules carrées de pêcheur de haute mer, un jeune prof venu directement de la Gaspésie et qui s'ennuyait déjà de son pays.

— J'ai hâte à vendredi soir, lança Fernand. À quatre heures, je saute dans mon auto et je conduis tout droit jusqu'à Gaspé. Je ne peux pas rester dans cette région une minute de plus. Je trouve ça ennuyant à mort ici. Ottawa, c'est plate comme toutes les capitales du monde et Hull, y a rien là. Pas de bons restaurants, pas de spectacles, pas de bons films!

— Et à Gaspé? demanda Olivier sur un ton ironique.

— Oh! à Gaspé, c'est pas pareil, répliqua Fernand en retroussant ses épais sourcils. C'est ma ville natale. Il n'y a rien non plus, mais il y a la famille, les amis et les filles que je connais.

— Tu vas descendre toutes les fins de semaine à Gaspé, Fernando?

— Bien sûr que non Olivarez. Mais toutes les longues fins de semaine, oui. Y a rien au monde qui va me retenir ici.

— Célibataire, évidemment?

— Oui, je me suis loué un appartement dans le Mont-Bleu. C'est une belle place, je dois avouer, mais je n'aime pas la région.

— Moi aussi, j'ai un appartement dans le Mont-Bleu, mais je trouve la région très belle. Hier, j'ai fait un tour d'auto dans le parc de la Gatineau. C'est splendide. Et puis je suis un amateur de tennis et dans la région, les terrains de tennis sont nombreux et accessibles. Je me suis déjà fait quelques amis sur les courts. Et puis, je compte bien visiter les attractions touristiques de la région: le Parlement, les musées, la Galerie nationale, l'Hôtel de la monnaie. Les gens qui viennent de tous les coins du Québec semblent vouloir complètement ignorer que la capitale a des choses intéressantes à offrir.

— D'où viens-tu?, demanda Fernand en soufflant sur son café encore trop chaud.

— Des Cantons de l'Est. Mais je me sens partout chez moi. En Afrique comme au Québec. Je suis de nulle part et de partout.

— T'as de la chance. Marié?

— Non.

— Une petite amie?

— Pas pour le moment.

La conversation tomba subitement et les deux stagiaires sirotèrent leur café en silence. Mariette s'amenait justement avec sa tasse et un gâteau. Elle prit place en face d'Olivier, fixa sa tasse et garda un long silence. Les deux hommes ne savaient comment poursuivre leur conversation. Tout à coup, Mariette, sans lever les yeux, dit brusquement:

— J'ai été stupide. Je me suis conduite comme une gamine. Et surtout, mes nerfs ont flanché. Je suis impardonnable. Mais je ne peux pas supporter cette répétition ad nauseam.

Olivier et Fernand échangèrent un regard interrogateur.

— Mais non, finit par dire Olivier qui avait balancé sa timidité devant le désarroi de Mariette. Le prof a complètement manqué de psychologie et de pédagogie. On ne s'acharne pas sur une étudiante comme il l'a fait. C'est assez pour prendre l'espagnol en grippe, sans jeu de mots. Moi, je ne commettrai jamais cette erreur avec mes étudiants. Si l'un d'entre eux bloque sur un mot ou une phrase, je vais le laisser tranquille. Ça va lui chatouiller le subconscient toute la nuit et le lendemain, il va l'avoir, je te le garantis. Si j'avais été toi, j'aurais claqué la porte encore plus fort. Tu as bien fait. Ça va le faire réfléchir, l'hidalgo. Il a perdu la face lui aussi devant la classe. Tu aurais dû le voir le reste du cours. Visiblement mal à l'aise, il n'osait pas nous regarder en face et laissait passer toutes les fautes.

Olivier s'arrêta brusquement attendant une réplique de Mariette, mais celle-ci fixait toujours sa tasse comme fascinée par la couleur de son café. C'est Fernand qui intervint.

— Moi, je t'assure que si ça revient sur le tapis, je vais lui dire ma façon de penser. En tout cas, je ne commettrai jamais une pareille bévue avec mes étudiants. Ce n'est pas une façon d'agir avec des adultes. Et même avec des enfants ou des adolescents. De toute façon, je crois que ce stage de langue seconde manque le bateau. On ne pourra jamais vraiment se mettre dans la peau de nos étudiants en trois jours seulement. J'espère qu'après six mois, on pourra recommencer cette expérience. Là on va pouvoir en profiter.

— Malgré tout, je suis très impressionné par l'accueil et le stage en général, répliqua Olivier en libérant un soupir d'aise. Toi, tu ne peux pas le savoir, tu es trop jeune. As-tu déjà enseigné?

— Non, c'est mon premier poste. Il n'y a pas d'ouverture en Gaspésie. Il faut s'exiler ailleurs pour gagner sa vie dans l'enseignement.

— Eh bien! moi, quand j'ai commencé au secondaire, on m'a dit net, frette, sec: «Vous êtes spécialiste en français, voici le programme, vous avez quatre classes du secondaire II et allez-y. Aujourd'hui, les enfants sont durs, pas peureux, insolents et agressifs. Vous êtes dans la cage, battez-vous.» Et j'en ai fait des erreurs! En Afrique, même chose: «Voici le programme et vos trois classes. Plongez et tâchez de ne pas vous noyer.» Au Maroc, je n'avais aucune expérience dans l'enseignement des langues secondes à des arabophones. J'en ai encore fait des bourdes. J'ai appris par essais et erreurs; j'ai construit ma propre méthode et je me suis débrouillé assez bien, tout compte fait. Ici, on te reçoit aux petits oignons: stage sur les méthodes, sur la psychologie des adultes, sur la culture anglophone, sur l'apprentissage de la langue seconde et deux semaines payées rien que pour ça, tu n'y penses pas. Sainte Bénite des os dégarnis! Le fédéral a des moyens que le provincial et les pays en voie de développement n'ont pas, je t'assure.

— Tout ça, c'est bien beau, coupa Fernand, mais je crois qu'il est temps de retourner finir la journée.

Ils avalèrent d'une seule lampée leur restant de café, puis les trois stagiaires prirent la direction de la salle de classe.

— C'est tout de même incroyable d'avoir bâti une telle baraque, déclara Fernand alors qu'il longeait un corridor très large et flanqué d'un côté d'une longue baie vitrée qui laissait entrer un soleil généreux. Regarde-moi ces poutres énormes. C'est un style d'architecture floridien en plein Québec et son hiver.

— Ce qui est encore plus incroyable, répliqua Olivier, c'est que le fédéral ait acheté un tel éléphant blanc. On m'a dit que le gouvernement a englouti des millions pour convertir cette polyvalente en centre linguistique. Mais ça reste tout de même un sacré labyrinthe. Tu t'imagines la pagaille quand on lâchait deux à trois mille jeunes fous dans ce capharnaüm?

— Pendant le lunch, poursuivit Fernand en pianotant sur la baie vitrée, un prof m'a raconté comment c'était. Il a fait partie de la première vague d'enseignants ici. La surveillance était impossible. Les élèves se cachaient partout. On enfermait des filles dans les casiers ou bien on bourrait ceux-ci de papiers et on y mettait le feu. De la folie pure! À la fin de l'année, les élèves ont jeté les livres par les fenêtres. Ils ont fait un feu de joie et ont dansé autour. Les profs n'y pouvaient rien. Un vrai cauchemar.

À l'entrée de la classe, Olivier lança un clin d'oeil à Mariette qui les avait suivis en traînant de la patte. Elle esquissa un sourire gêné en rougissant légèrement.

Une fois tout le monde à sa place, l'hidalgo laissa courir le silence un long moment avant de reprendre le cours.

— Cela peut sans doute vous étonner, mais je suis content que le petit incident de tout à l'heure se soit produit. Et j'en remercie Mariette qui m'a fourni l'occasion de vous faire cette petite démonstration. Vous avez probablement jugé ma conduite peu pédagogique, pour ne pas dire franchement odieuse.

Des sourires volèrent de l'un à l'autre. Fernand se tourna vers Olivier avec une mimique entendue.

— Voilà, c'est bien ça, je ne me suis pas trompé. Mais je vous ai dit au début du cours qu'il ne fallait pas juger le prof, ni la méthode. Il fallait plutôt vous concentrer sur vos impressions d'étudiant. Je crois que Mariette ne commettra jamais l'erreur que j'ai faite intentionnellement parce qu'elle l'a vécue de l'intérieur. Et j'espère que les autres non plus ne répéteront pas cette maladresse. Il ne faut jamais s'acharner sur un étudiant même s'il vous paraît être de mauvaise volonté, même s'il semble vouloir vous tenir tête ou vous emmerder d'une façon ou d'une autre. Qu'est-ce que j'aurais dû faire d'après vous?

Le silence s'installa dans la salle de classe. Chacun semblait hésiter à lancer au professeur ce qu'il avait pourtant déclaré sans ambages durant la pause café. Finalement, Olivier se risqua.

— Moi, j'aurais laissé l'étudiante tranquille. Quitte à revenir plus tard ou le lendemain. Le subconscient...

— Très bien, très bien, coupa l'hidalgo, c'est ce qu'il faut faire. Autrement, vous risquez d'humilier un étudiant devant ses pairs et de lui faire prendre le français en horreur. Et souvenez-vous bien, si un étudiant, surtout un adulte, jure d'avoir votre tête, vous aurez des ennuis, je vous le promets.

Franco fit une pause comme pour quêter un assentiment qui lui fut refusé, puis il poursuivit, un peu décontenancé:

— Pour apprendre une langue seconde, il faut se sentir à l'aise, se sentir bien dans sa peau. Retenez bien ça. Même dans votre langue maternelle, si vous n'êtes pas à l'aise avec quelqu'un, vous ne pouvez pas vous exprimer facilement. Souvenez-vous que l'enseignement de la langue seconde, ce n'est pas de la géographie ou des mathématiques qui s'adressent surtout à la mémoire et à l'intelligence. La langue va chercher toute la personnalité au plus profond. Et d'ailleurs, dans la même classe, vous aurez peut-être une secrétaire qui aura plus de facilité que son patron à côté d'elle. Alors, de la diplomatie, du tact et vous serez d'excellents profs.

Il fit à nouveau une pause comme pour laisser ses paroles pénétrer dans le crâne de chacun, puis il lança en se tournant carrément vers Mariette:

— Au fait, Mariette, je ne soupçonnais pas chez toi une telle culture espagnole.

Un grand éclat de rire accueillit cette blague qui tombait à point pour détendre l'atmosphère.

— Je dois avouer, répondit Mariette en rougissant, que je me suis conduite d'une façon stupide.

— Allons, allons, il ne faut pas exagérer, interrompit le professeur avec un sourire qui se voulait bonhomme et paternel. Maintenant, reprenons le dialogue, si vous le voulez bien.

Toute la classe s'éclaircit la gorge, changea de position et laissa échapper un soupir de soulagement... ou de résignation.

Chapitre 3

Lorsque Olivier et Mariette entrèrent dans la salle de réunion, tous les profs de l'équipe étaient déjà installés autour d'une grande table. Olivier avait appris quelques minutes plus tôt que Mariette avait été nommée dans la même équipe que lui. Parmi les professeurs, il reconnut tout de suite avec plaisir Jacques et Julien dont il avait déjà fait la connaissance.

Le chef d'équipe, Raoul Plouffe, était en train de parler avec Julien. Olivier prit place à côté de Jacques qui lui glissa aussitôt:

— Raoul a encore mis aujourd'hui son ensemble tout terrain: pantalon rayé vieux rose respiré longtemps, chemise saumon frétillant qui remonte la chute d'une cravate-bavette pour génie retombé en enfance, chevelure en panache à la Cyrano, veston marron à peine tiré du feu. C'est un ancien religieux, défroqué au tournant de la cinquantaine. Il a du courant à remonter. Il joue les vieux don Juan irrésistibles et, crois-moi, il réussit à faire picorer dans sa main quelques jeunes poulettes en mal de coq. Sur son crâne chauve, tu remarqueras toute une géographie de taches brunes qui torturent comme à plaisir les silhouettes de continents aussi mystérieux qu'inconnus. Il possède l'art de faire jouer ses deux énormes fossettes dans lesquelles s'engouffre tout son charme. Mais c'est surtout ses cheveux qui me stupéfient, ce bouillonnement de cheveux clairsemés qui cascadent sur ses oreilles et dans son cou, et lui donnent des airs de vieux croulant dans le vent. Je le fais enrager noir quand je lui dis que je me peigne au troisième étage et que lui se peigne au sous-sol.

Raoul se remit à écrire au tableau afin de répartir les différents groupes d'étudiants que devaient desservir ses professeurs. C'était le début d'un nouveau mandat de six semaines et les profs allaient se partager les classes. Chaque réunion du genre donnait lieu à une solide empoigne entre ceux qui tentaient de décrocher les meilleurs groupes.

Raoul se tourna vers ses profs et cueillit tout de suite du regard les deux nouveaux venus.

— Je tiens d'abord à souhaiter la bienvenue à B-7 et dans notre équipe, aux deux nouveaux professeurs, Mariette et Olivier qui viennent nous prêter main-forte. Mariette nous arrive du primaire et Olivier du secondaire avec trois ans d'enseignement en Afrique. J'ai dû me battre durement pour les obtenir. Pour la première fois depuis six mois, nous allons enfin avoir des suppléants.

Une salve d'applaudissements accueillit cette nouvelle.

— Je vais enfin travailler à me reposer! s'exclama Jacques.

— Finis les travaux forcés! renchérit un noir corpulent à l'air jovial et satisfait.

— On nous annonce un surplus de profs et pourtant les groupes arrivent régulièrement et nous enseignons à guichets fermés, relança une petite brunette aux yeux vifs et pétillants.

— On annonce déjà des représentations supplémentaires, gloussa une forte blonde en mordant dans une longue pipe élégante.

Raoul laissa encore un petit moment sa déclaration faire son discret effet et recueillir des échos aussi farfelus les uns que les autres, puis il reprit:

— Permettez-moi de vous présenter l'équipe. Je ne vais pas suivre l'ordre alphabétique ni celui de la compétence, ni de l'âge ou de la beauté, mais je vais faire un simple tour de table. D'abord, Jacques, notre pince-sans-rire, chansonnier à ses heures creuses, chasseur d'anglicismes, un des rares Québécois pure laine de l'équipe.

— Monsieur Anglicisme, lança Julien sur un ton sentencieux. Il en mange, il en rêve, les pourchasse, il les tue, les extermine comme des ennemis personnels. Il est impitoyable pour ceux qui s'y accrochent les dents. La correction tombe aussitôt comme la guillotine. Il pue le bon parler français.

— Celui qui vient de faire de si brillants commentaires, c'est Julien, poursuivit Raoul, notre Belge bien-aimé qui perd de plus en plus son accent chaque jour. Et puis, il y a Ariane qui nous vient directement d'Acadie, mais attention, elle est tout à la fois, une anti-Évangéline et une anti-Sagouine. Personne ne sait comment elle réussit ce tour de force. Chose certaine, elle a perdu, elle aussi, son accent en cours de route.

La piquante brunette fit voler son opulente chevelure en saluant à la ronde avec force gestes cérémonieux.

— Et puis Fabienne, la femme à la pipe, qui tous les matins daigne quitter sa province toute propre, son Ontario natal, pour venir gagner sa vie dans la Belle Province.

— Pour enseigner au Bureau des langues, coupa Jacques, il faut perdre son accent, perdre son identité, devenir blême, inodore, incolore et sans saveur. Julien, Ariane et Keylal ont perdu leur accent, Fabienne a perdu son identité, et moi je vais perdre mes dents si je continue à déconner de la sorte.

Des oh et des ah accueillirent ce dard lancé avec adresse et sans avertissement.

— Fabienne est notre représentante syndicale. N'ayez crainte, nous sommes entre bonnes mains.

— C'est ça, c'est ça, essaie maintenant de te racheter, répliqua Fabienne en sabrant le vide avec sa pipe comme avec une épée.

— Et voici Guillaume, notre...

— Je suis le prof qui a le plus de couleur, coupa celui-ci avec un sourire plein de belles dents blanches.

— ... notre Haïtien, compléta Raoul, agacé.

— Notre tonton macoute, taquina Ariane. Lorsqu'il entre en classe, les étudiants ont des idées noires. C'est difficile avec lui de *speaker White*.

— Et ils en passent des nuits blanches, renchérit Jacques.

— Attention, mes macoutes vont t'y couper les zoweilles, répliqua Guillaume en roulant un gros sourire dans ses bajoues.

Les rires explosèrent avec fracas. Raoul à grands coups de battoirs tentait de ramener l'ordre dans la réunion.

— Enfin, réussit-il à dire, et non le moindre, Keylal, notre Égyptien, qui émerge tout droit du pays des pyramides.

— Notre sphinx chéri, commenta Fabienne.

Celui-ci demeura impassible et salua avec componction.

— Et voilà, Raoul, notre don Juan en titre, le bourreau de tous les coeurs, pontifia Ariane sur un ton emphatique.

— Je dirige l'équipe la plus dynamique, la plus colorée, la plus cosmopolite, la plus du tonnerre de tout Asticou, déclama Raoul avec conviction.

Il fit une pause pour laisser le temps à tous les commentaires de faire le tour de la table, puis il reprit.

— Et maintenant, trêve de plaisanteries. Je voudrais régler d'abord notre plus gros problème.

Des sourires complices coururent sur toutes les lèvres.

— Il s'agit, vous l'avez deviné, de la classe 742 qui depuis près de quatre mois sème la terreur parmi les profs de mon équipe. Je voudrais d'abord régler l'affectation de ce groupe.

Il esquissa un petit sourire sadique.

— Qui se porte volontaire?

— C'est la quadrature du cercle, grinça Jacques.

— L'énigme du Sphinx, glissa Guillaume en coulant un regard à Keylal.

— Pour le profit de Mariette et d'Olivier, je dois préciser, reprit Raoul, que c'est un groupe A, donc très fort, et ils doivent atteindre la norme C, la plus élevée. Ils suivent la méthode Dialogue-Canada ordinaire.

Chacun des profs s'échangea des regards entendus avec des grimaces, des haussements d'épaules et des mines renfrognées. Toute la gamme des mimiques était au rendez-vous.

— Pas moi, en tout cas, finit par dire Fabienne, une fille très bien bâtie, aux cheveux blonds délavés, aux allures hommasses et aux traits masculins. Elle fumait une pipe pour femme en faisant jouer la fumée dans toutes les directions comme si elle avait voulu encenser la pièce avec l'odeur mielleuse et sucrée de son tabac. C'est moi qui ai parti le groupe. J'en ai vu de toutes les couleurs, je le jure craché. C'est une gang d'anti-Québécois et d'anti-Français tout court. Ils se cabrent, ils n'acceptent pas leur déportation à Hull aux dépens de Carson*. Il faut se battre toute la journée avec eux pour enseigner un peu. On dirait qu'ils cherchent une seule chose: te prendre en défaut au tournant de la première phrase. Non merci, pas pour moi. Ils sont déjà rendus au deuxième niveau. C'est toute une performance, il faut reconnaître. Les maudits, ils apprennent comme des singes, mais oublient aussi vite. On dirait qu'ils le font exprès. Il faut mettre l'emphase sur la discipline si on veut survivre.

Et elle se remit à extraire de sa pipe longue et mince des bouffées généreuses de fumée épaisse.

— «Mettre l'emphase sur» est un anglicisme, Fabienne, affirma Jacques sur un ton à la fois sentencieux et comique. Il faut dire «mettre l'accent sur».

— Oui, monsieur Anglicisme, je vous promets de ne plus mettre l'accent sur l'expression mettre l'emphase sur. Je

* Ancien séminaire converti en centre linguistique fédéral à Ottawa.

demande pardon à toute l'assemblée d'avoir donné un si mauvais exemple, répliqua Fabienne d'une voix moqueuse. Anglicisme ou pas, je me porte «involontaire».

— Très bien, ma fille, vous avez mon absolution. Allez en paix. Vous avez gagné une indulgence linguistique plénière, mon enfant, prononça Jacques sur un ton épiscopal.

Raoul laissa planer un silence interrogateur qui invitait d'autres «volontaires» à se prononcer.

— Moi non plus, renchérit Guillaume, en se tapant la bedaine avec énergie.

Le Haïtien noir comme jais, joufflu, secouait une tête frisée dur.

— Moi, c'est Helen que je ne peux pas digérer...

Des rires et des sourires, des hum et des ho voulurent démentir sa déclaration.

— Elle te fait trop d'effet ou ses longs cils te battent froid je suppose? insinua Ariane en retroussant ses lèvres charnues et sensuelles dans une mimique provocante.

Mais Guillaume en avait vu d'autres. Il garda son calme imperturbable, laissa flotter ses bajoues dans un rire muet, et poursuivit:

— On dirait qu'elle a besoin de voir tous les mâles de la terre à ses pieds.

— Ou en dessous de sa jupe, renchérit Jacques.

— Un bon jour, je lui parlerai dans le blanc des yeux.

— Ou dans un petit coin noir? demanda Fabienne avec des yeux ivres de malice.

— T'aimerais pas ça être accusé de voie de fesses sur les cuisses de la belle Helen? relança Jacques.

— Elle en est ridicule, enchaîna Guillaume sans faire attention, avec ses perruques de toutes les couleurs, ses ongles artificiels et ses poses de séductrice à la gomme. Elle a deux fois plus de seins que de manières.

— Quel sens de l'observation, bravo! ricana Jacques. Ça, il faut dire, question nichons, elle est en moyens. En plus, elle vous a un chassis qui vous donne envie d'ouvrir toute grande sa fenêtre.

— Avec ça, il faut la prendre avec des pincettes. Madame ne se trompe jamais. Elle vous obstine jusqu'au sang, dictionnaire en mains. Têtue au point de se tenir tête à elle-même.

— Tiens, ça c'est une trouvaille, releva Julien.

— Avec elle, on s'embourbe dans des discussions à n'en plus finir et on n'a pas le temps de voir la matière. Et puis, après deux mandats dans cette classe, je considère que j'ai fait ma part. À d'autres!

Et il laissa tressauter sa bedaine dans un rire gargantuesque.

— Mais nous avons tous fait notre part, Guillaume, dans cette boîte de Pandore, répliqua Fabienne qui aimait à l'occasion montrer qu'elle avait encore de beaux restants de culture classique. Et ce n'est pas fini, poursuivit-elle en levant ses larges mains aux doigts boudinés et aux ongles vernis d'un mauve agressif et savamment écaillé. Ne joue pas au martyr, mon gros. Moi aussi, j'ai fait un mandat et Ariane, et Julien et Jacques, tout le monde. Tu n'es pas une exception, tu sais.

Pour toute réponse, Guillaume se contenta de répondre:

— Et puis j'oubliais. Helen a la fièvre aux fesses, voilà!

— Que de gros mots, tonton! taquina Jacques en jouant les vierges offensées.

Contente de sa sortie, Fabienne reprit sa fabrication de petits nuages en clouant son regard dans celui du tonton.

— Ben voilà que ça recommence, prononça Julien qui jusque-là semblait s'être métamorphosé en carpe, blotti dans sa carapace, on n'a pas assez de les avoir sur le dos en classe, il faut encore qu'on se chicane à cause d'eux au cours des affectations. Non, moi, ma solution c'est qu'il faut les changer d'équipe, ni plus ni moins. Ça leur donnerait une bonne leçon qu'on leur dise clairement que toute une équipe de profs en a soupé de leurs niaiseries. Quant à mon expérience dans cette classe, je ne tiens pas à élaborer là-dessus.

— Anglicisme. Élaborer dans ce sens. Anglicisme, taquina Jacques.

Mais Julien le fusilla de ses yeux noirs et perçants, en caressant sa barbe, ce qui annonçait la tempête. Jacques n'insista pas.

— Mais non, Julien, coupa Raoul. Ça ne se fait pas. Il n'y a pas une autre équipe qui accepterait de prendre un groupe avec une aussi mauvaise réputation. Et puis, n'oubliez pas que dans les autres équipes, il y a aussi des groupes difficiles, c'est normal. Non, il faut s'en tirer ensemble et faire chacun son effort. Il ne leur reste que neuf autres mois au plus. On est capable de tenir le coup. La moitié du chemin est faite; on ne peut plus reculer.

— Neuf mois? C'est toute une grossesse! releva Jacques. J'aimerais autant avoir des jumeaux, tout mâle que je suis.

— Les changer d'équipe, ce serait mauvais pour ton évaluation, souligna Fabienne avec un sourire grinçant qu'elle fit disparaître dans une bouffée de fumée.

Le chef d'équipe ne releva pas cette flèche décochée à bout portant.

— Oh! j'ai une bonne suggestion, Raoul, s'exclama Ariane en retroussant ses lèvres appétissantes. Tu devrais le prendre, le groupe 742, avec Suzèle, ça vous dérouillerait un peu. Un bon bain de classe, ça ravigote.

Un éclat de rire général accueillit cette proposition. Un bouquet de bravos fusa pour s'épanouir en applaudissements frénétiques.

— Moi, je vote pour ça, scanda Fabienne de sa voix de basse. Allez chercher Suzèle, on va régler ça tout de suite. Un double mandat à part ça. Il faut faire les choses en grand pour le chef d'équipe et le chef de l'unité.

La joie générale mit le brouhaha dans la réunion. Chacun ajoutait ses commentaires piquants. Olivier pensa qu'il n'y avait rien de moins discipliné qu'une réunion de professeurs. En tout cas, il n'allait pas s'ennuyer dans cette équipe.

— Allons, allons, soyons sérieux. Si ça continue comme ça, la réunion va s'éterniser toute la journée, intervint Raoul avec impatience.

— Moi, c'est Ralph que je ne peux pas blairer, coupa Ariane. Il pense que tous ses professeurs féminins sont des maîtresses en puissance. Tantôt il est obséquieux jusqu'à l'écoeurement et tantôt il vous terrorise comme s'il allait vous violer. Je ne vous mens pas, un soir, il m'a retenue dans la classe avec des questions idiotes, une grosse demi-heure. À la fin, c'était moi qui n'étais pas grosse. Il n'y avait plus personne dans le Centre.

— Allons, Ralph est un bon garçon au fond. N'exagère pas, protesta Julien.

— Il dissimule un excellent caractère sous des manières de brute tout à fait réussie, répliqua Ariane en retrouvant son accent acadien. Lorsque j'ai vu le concierge arriver, c'était comme si on m'avait libérée d'un camp de concentration. Ralph était vert comme une bouteille quand il a vu le concierge s'amener.

— Moi aussi, il s'est essayé, déclara Fabienne.

Elle n'eut pas le temps d'en dire plus; les autres pouffèrent de rire.

— Pauvre lui, réussit à dire Guillaume, étouffé de rire, il ne savait pas qu'il risquait sa vie. Avec la taille qu'il a, par-dessus le marché, il aurait pu passer à travers la fenêtre.

— Il aurait pu se défendre avec ses odeurs qui encensent la classe, renchérit Ariane. Je me demande toujours comment les autres peuvent supporter cette senteur. Ils devraient lui donner une bonne douche et le savonner jusqu'au sang. Surtout Dave qui est d'une propreté à faire piquer une dépression nerveuse à un microbe aux nerfs d'acier.

Raoul laissa les rires et les reparties s'éteindre, puis il demanda sur un ton irrité:

— J'ai demandé des volontaires, pas des involontaires. Alors, qui est-ce qui voudrait prendre ce groupe?

Le silence se fit lourd. Julien qui se faisait un point d'honneur de choisir toujours le dernier était prêt à faire exception cette fois.

— Moi, je suis d'accord pour retourner dans la cage aux fauves.

— Non, trancha Raoul, ça fait un an que tu n'as pas été à la suppléance. C'est à ton tour, tu le mérites bien.

Le silence flotta encore une fois. Olivier se racla la gorge bruyamment, puis il déclara en mâchant ses mots avec énergie:

— Moi, je suis prêt.

Son intervention fit l'effet d'un coup de tonnerre. Les autres professeurs le regardaient comme s'il avait dit: «Je vais me jeter du haut des chutes Niagara ou escalader la tour du CN à Toronto.»

— Non, trancha à nouveau Raoul, je ne peux pas envoyer un nouveau prof dans ce groupe à sa toute première affectation. La deuxième peut-être, mais pas tout de suite.

— Surtout avec le référendum qui s'en vient, il va falloir avoir les nerfs de plus en plus solides dans cette classe, appuya Fabienne sans démordre de sa pipe.

— J'ai enseigné plusieurs années au secondaire, je pense que j'ai assez d'expérience, reprit Olivier sur un ton calme. L'année dernière, j'avais 250 élèves en catéchèse, je n'ai pas besoin d'en dire plus. Ces élèves se vantaient d'avoir brûlé trois profs l'année précédente. Je leur ai tenu la dragée haute jusqu'à la fin de l'année. Ce n'est pas votre dizaine de fonctionnaires anti-tout-ce-que-vous-voudrez qui va me faire peur. Je suis prêt.

— Bon, concéda Raoul, mais c'est à tes risques et périls. Ce n'est pas moi qui te force. C'est bien clair? Cependant, je crois que tu as l'étoffe pour passer à travers les six semaines. Après on verra. Mais il en faut un autre.

— Si Mariette veut embarquer avec moi, je m'engage à la protéger contre les méchants loups, intervint à nouveau Olivier.

Cette fois, la foudre frappa Mariette à son tour. Elle rosit, ses yeux pétillèrent, puis elle finit par dire:

— J'aimerais bien accepter, mais avec mes deux ans d'expérience seulement dans l'enseignement, et en plus au primaire avec des bouts de choux de première année, je me demande si je suis prête à faire face à un groupe d'adultes difficiles.

Jacques s'étira comme un félin et déclara recto tono:

— Pas de problème, Mariette, si Ralph veut t'attaquer, Dave va te défendre. En plus si tu as appris le wendo, t'auras l'occasion de le pratiquer.

— Sans compter, ajouta Fabienne, que tu vas enseigner dans une Société des Nations en miniature. Mike Kioto est Japonais malgré son prénom d'assimilation. Il est d'une obséquiosité affolante, en passant. Wallech Rukelski est Polonais. Pas de problème; il dort tout le temps. Amraj je ne sais plus trop qui, non encore assimilé, est un Indien, de l'Inde bien sûr. Sagana est de descendance amérindienne, mais de père irlandais ou écossais. Elle est plutôt renfermée dans son wigwam de silence et de réserve presque hautaine. Nancy est aussi noire que Guillaume, mais Américaine naturalisée récemment. Elle tricote tout le temps. Quant à Helen, elle prend la nationalité et la couleur de l'homme le plus proche d'elle.

— La Dame Caméléon, susurra Jacques.

— Il y a aussi Dave Fletcher qui est Britannique et célibataire enragé. Le numéro spécial de la classe, c'est Betty Chénier qui, malgré son nom bien francophone, est une assimilée et fière de l'être. En réalité, son prénom, c'est Élizabeth. Elle a échoué à son test et doit reprendre des cours dans sa langue maternelle qu'elle a perdue au

Manitoba, probablement en même temps que sa virginité grâce à un vaurien qui avait décidé ce jour-là de faire sa B.A. C'est une assimilée de catégorie A qui renie ses origines et crache son venin sur tout ce qui est francophone en général et québécois en particulier. À part ça, physiquement, ce n'est pas une réussite de la nature, sans compter qu'elle est souvent auréolée de bigoudis. Elle aurait avantage à ne pas sourire, celle-là. C'est indécent de montrer une telle plaie débridée. C'est pas possible. Le bon Dieu peut pas manquer son coup à ce point. C'est à perdre la foi, rien qu'à la voir. Elle et Ralph, ça fait une belle paire, un maudit beau couple; le mariage de monsieur Dommage avec madame Hélas. Ça pète le pessimisme à plein nez. Au fait, Ralph est Québécois anglais de Montréal, l'espèce la plus dangereuse.

— On n'a pas de leçon à leur donner ou à recevoir d'eux, comme dirait Ryan, persifla Jacques, nous aussi, on forme une petite Société des Nations.

— Et qu'est-ce que tu as là contre, questionna Guillaume, avec un sourire large comme Port-au-Prince.

— Rien, absolument rien. Simple commentaire.

— Allons, allons, vous exagérez, intervint Raoul. Le groupe 742 n'est pas si effrayant. À côté d'une vingtaine de bouts de choux, Mariette, tu vas te croire tombée en plein milieu du paradis terrestre en comparaison. J'en sais quelque chose. J'ai moi-même enseigné au primaire. Surtout, il ne faut pas les provoquer. Ils aiment un peu tester leurs profs et plusieurs de l'équipe ont mordu à l'hameçon à pleines dents. Alors, quelle est ta réponse, Mariette? Sois bien à l'aise de refuser.

— Bon, j'accepte, mais si j'échoue, il faudra me remplacer avant que je fasse une dépression. Avec un protecteur comme Olivier, je suis tranquille.

Sur cette dernière déclaration, Guillaume en profita pour rouler d'énormes oeillades en direction de l'heureux élu tout en laissant partir un sifflet d'admiration.

— Bonne chance et bon séjour dans la fosse aux lions, conclut Fabienne. Tu es tellement petite qu'ils ne te verront peut-être même pas.

— Passons aux autres groupes, reprit Raoul excédé. Heureusement, ce sont des groupes en or ou presque.

Chapitre 4

Lundi matin, avant d'entrer dans sa nouvelle classe, Olivier se rappela la phrase du directeur du Bureau des langues dans sa conférence lors du stage: «Au-delà de tout l'aspect politique de votre situation et du Bureau des langues en général, je voudrais vous demander une chose, une seule: vos étudiants et vos étudiantes rencontreront peut-être pour la première fois dans leur vie un Québécois, une Québécoise, un Canadien français ou une Canadienne française: tout ce que je vous demande: qu'ils en gardent un bon souvenir.»

Lorsque Olivier entra, tous les étudiants levèrent les yeux dans sa direction.

— Bonjour. Je suis votre nouveau professeur.

Probablement que ces étudiants n'avaient pas encore appris à saluer en français, car il n'y eut aucune réponse. Que le silence des regards. Tous braqués sur lui.

Près du projecteur, face au tableau vert surmonté d'un écran enroulé, il y avait un fauteuil libre. Il prit place. L'oeil d'Olivier exécuta un rapide survol de la pièce. Son attention fut tout de suite attirée par une femme à la chevelure abondante, blonde cendrée, qui croisa la jambe droite sur la gauche pour laisser un mollet bien galbé et une cuisse admirablement fuselée s'étaler au regard du professeur. C'était sans doute la fameuse Helen. Portait-elle une de ces perruques affriolantes? Olivier repéra sans peine Kioto, le Japonais, et Nancy, la noire, qui tricotait en le fixant droit dans les yeux, et Amraj avec son turban. Sa classe fantôme commençait à prendre corps et âme, à se faire chair et os devant lui.

Selon son habitude, Olivier se racla la gorge, puis après une profonde respiration, attaqua d'une voix ferme et volontaire:

— Je sais qu'on vous a demandé plusieurs fois de vous présenter à tous les professeurs qui vous ont enseigné jusqu'ici, mais je crois nécessaire de vous le demander encore une fois. J'aimerais que vous vous présentiez deux à deux: puisque vous vous connaissez déjà très bien, ça devrait être facile. C'est une excellente façon de faire connaissance. Ensuite, je me présenterai moi-même.

Aucune réaction. Personne ne s'offrait pour commencer. Helen, d'un index à l'ongle long, releva lentement le coin de sa jupe qui lui cachait un peu trop le genou. En même temps, elle télégraphia à son nouveau professeur un sourire 18 carats qui voulait dire beaucoup de choses, sans accent, sans faute de grammaire ou de syntaxe, le plus clair des langages universels. Olivier fut tenté de s'adresser à elle d'abord, mais il eut peur, avec un tel numéro, de perdre la face dès le début. Comme tout professeur d'expérience, il s'attaqua à ce qui lui apparaissait être le maillon le plus faible de la classe: le Japonais. Celui-ci semblait timide, réservé, et son sourire mince, bien plaqué sur sa bouche étroite, se promenait à cheval sur la grimace.

— Mike Kioto, je crois, fit-il en tendant la main vers lui, pourrais-tu présenter ton voisin?

Ce dernier se tourna vers son collègue, un homme de forte taille, dans la quarantaine avancée et qui venait juste de débaguer et de déshabiller un énorme cigare dont il suçait maintenant le bout avec une application et un style qui trahissaient le connaisseur. Mike laissa rouler un petit rire nerveux, quêta l'approbation tacite de sa victime, puis replaçant son noeud de cravate, laissa entendre à tout le monde qu'il était prêt.

— *Yé* vous *introdouis* Dave Fletcher. *Y tavaille* au ministère des *External Affairs*. *Yé un spécialist* en finances. *Ya* un poste *twès* élevé et *twès impotant*... mais *yé né sé* pas quoi.

Nouveau rire nerveux. Nouveau regard à Dave qui s'affairait à la préparation méticuleuse de son cigare. Kioto parlait d'une voix si faible qu'il semblait s'excuser d'avoir l'audace de parler.

— *Yé un single... single?*

— Un célibataire, prononça lentement Olivier.

— Un céli... ba... *terre,* oui, c'est ça.

Son rire saccadé exécuta quelques culbutes et pirouettes, puis s'arrêta net.

— *Loui, y parle twès bien beaucoup* le français. Il lit le journal français. *Ya* beaucoup de *diplomas*... mais *yé* oublié.

Dave brandit un exemplaire du *Devoir* avec un large sourire. Cette fois le rire de Kioto roula dans ses yeux et lui plaque un sourire encore plus large. Olivier le trouvait plutôt sympathique celui-là.

Dave venait enfin de réussir à allumer son cigare. Il encensa la classe d'une énorme bouffée, en esquissant un sourire large comme le tunnel en projet sous la Manche. Son voisin de droite, un grand mince, légèrement squelettique, fit mine de s'étouffer en battant la fumée à pleines mains. Dave lui jeta un regard oblique et partit d'un rire sonore. Il planta son pouce dans une boutonnière de sa veste balafrée d'une chaîne en or très voyante, puis il fit signe à Mike qu'il prenait la parole.

Olivier remarqua que le grand mince fixait Dave avec une agressivité évidente dans le regard.

— *Jé souis* Britannique, prononça Dave en retroussant les pointes de sa moustache en arabesques. J'ai une *master* de l'*ouniversité* d'Oxford et une *doctorate de l'ouniversité* de

Cambridge. Mon poste est un SX*, comme vous le savez, un poste de cadre supérieur. *Jé* dois être bilingue pour mon poste. Voilà, mon cher *professeurr,* c'est tout pour l'instant. Je crois que nous aurons l'occasion de *fairre plus* connaissance dans les jours qui vont venir. Maintenant, je veux laisser la chance aux autres de s'*introduire.*

Olivier toisa Dave et celui-ci lui adressa un sourire trois X. Il devina qu'il avait affaire à forte partie. Peut-être pas le meneur de la classe parce que sa fatuité lui attirait sans doute l'antipathie de ses collègues, mais il aurait sûrement à se colleter avec ce monument de vanité. En tout cas, Dave se débrouillait rudement bien en français.

— Alors, Dave, est-ce que tu pourrais remettre la politesse à ton voisin?

Dave laissa partir une nouvelle salve de bouffées dans toutes les directions. Cette fois, ce fut presque toute la classe qui mima l'asphyxie. Puis Dave, amusé, récita rapidement et dans son français remarquable:

— Mike est Japonais. Ça se voit, je pense. Il est né à Nagasaki, un peu avant la guerre. Heureusement ou... malheureusement (il lança un clin d'oeil à Mike), il était absent lorsque la bombe est tombée. C'est une petite blague, dit-il en se penchant vers le Japonais. Il travaille à Agriculture Canada comme chimiste. Il a sept enfants et une seule femme.

Il fit cascader son rire provocant et secoua son cigare dans un cendrier. Mike, c'était le cas de le dire, riait jaune. Le reste de la classe ne semblait pas apprécier cet humour plus ou moins britannique. Dave ranima son cigare d'une énergique bouffée.

— *Jé ne fioume* que des Havane. C'est *beaucoup meilleur* pour la santé, conclut-il.

---

* Maintenant EX/Catégorie de la Haute Direction.

Olivier sourit pour la forme, puis se tourna vers une femme boulotte et plutôt laide qui l'observait depuis le début comme si elle avait été absente de tout ce qui se passait autour d'elle. Lorsque le regard d'Olivier croisa le sien, elle l'envisagea avec une pointe d'insolence, puis s'absorba dans la contemplation de ses ongles profondément rongés.

— À vous, mademoiselle. Voulez-vous présenter votre compagne?

Elle soutint à nouveau le regard d'Olivier comme par bravade avant de se tourner vers sa voisine, une grande fille d'environ 25 ans, au teint bronzé, aux longs cheveux noirs très épais et aux lèvres charnues et sensuelles, bref d'une beauté saisissante.

— Elle est Sagana O'Neil.

Elle observa Olivier comme si elle avait fini. Mais celui-ci d'un geste d'encouragement l'invita à poursuivre. Elle s'y résigna en le gratifiant d'une superbe grimace.

— Elle travaille aux Affaires indiennes. Elle est céli... *célibaterre*. Elle est agent d'information. Elle *manage*...

— Elle dirige... peut-être.

— C'est ça, elle dirige un programme d'information pour les *Indians* du Québec. Elle doit parler *le* français un peu parce *que il* y a des *Indians* qui parlent *le* français. Je ne sais pas pourquoi ils parlent la langue de la minorité.

Pendant qu'elle parlait, Olivier remarqua la chair généreuse des cuisses de cette femme qui gonflaient ses bas comme des ballons. C'était une femme sans âge et sans grâce qui sombrait à pic dans la quarantaine féroce. Basse sur pattes, hommasse à souhait, barbichette au double menton, voix de poulie grinçante, yeux globuleux qui semblaient vouloir rouler sur ses joues boutonneuses d'un jaune pisseux, améliorées par des lèvres épaisses et fendillées, véritables plaies ouvertes sur des gencives ébréchées. Long châle jeté sur les épaules, jupe en denim, chandail ample qui tentait en vain de camoufler des formes extravagantes. La vraie femme macramé catégorie Z.

Piqué par sa dernière remarque, Olivier ne releva pas cette affirmation désobligeante. Sagana, ayant compris que son tour était venu, enchaîna:

— *Jé souis* indienne moi-même *d'après* ma mère.

Elle fit une pause comme si elle attendait la réaction du professeur, puis elle poursuivit:

— *Elle est* Betty. Son nom est français... *Chénierr.* Elle est agent de formation au ministère des *Supplies et Services.* Elle donne des sortes de cours aux fonctionnaires, je crois. Elle est mariée, deux enfants. C'est tout.

Olivier se demandait comment une telle horreur avait réussi à se faire faire des enfants et à donner des cours à des fonctionnaires cravatés et vestonnés.

— Elle a oublié de dire que je suis obligée d'apprendre le français parce que j'ai manqué leurs maudits tests. Pourtant c'est la langue *que j'use* toujours *pour parler avec.* C'est pas *fair.*

De son index, Sagana enroula une de ses longues mèches de cheveux en fixant Olivier comme pour le percer à jour. Celui-ci ressentit un léger malaise à soutenir ce regard d'un noir profond et intense. À ce moment, on frappa à la porte. Un petit homme dans la cinquantaine, chétif, nerveux, au visage raviné, fit son entrée. Toute la pilosité chassée de son crâne s'était précipitée avec une sorte de fureur dans des sourcils fourchus, une moustache touffue et une barbe qui s'affolait dans toutes les directions. Il y avait même des pincées de poils qui fusaient de ses oreilles. Il portait une chemise de chasseur à carreaux, des jeans cuirassés par la crasse et des bottines de fermier. Dave en profita, entre deux bouffées, pour signaler le retardataire.

— Et voici Ralph, monsieur Retard en personne. Et ce matin, qu'est-ce que c'est? La voiture? *L'alarm-clock* ou quoi?

L'interpellé lui lança un regard meurtrier en tordant entre ses doigts pointus un exemplaire du *Citizen*. Il déposa sur la table un thermos, puis alla prendre place sans remarquer Olivier. Son voisin, le grand mince, poursuivit la présentation.

— Justement, *il est Ralph*. Il est *economist*. Je ne sais pas le *department*. Lui aussi a un nom français, *Lamarch*. Il est collectionneur de plusieurs choses: les chevaux, la *monné* et les femmes. Il a une *farm*.

Un sourire fit le tour de la classe. Dave se pinça ostensiblement le nez.

— Il n'a pas d'enfants. Sa femme est mariée avec lui.

Cette fois, ce fut une explosion de rires. Les commentaires en anglais fusèrent de toutes parts et Olivier dut attendre un bon moment avant de faire signe au retardataire de s'exécuter.

— Il faut encore *s'introduce*, lança Ralph qui visiblement n'était pas au même diapason que les autres. Puis apercevant le professeur, il s'excusa avec brusquerie, sans la moindre politesse. Son voisin lui fit signe que c'était à son tour. Il daigna baver un épais sourire.

— Wallech, *il est Polonais,* commença Ralph en jetant un regard au grand mince, puis en promenant les yeux au plafond en signe de profond ennui. Son *last name* est Rukelski. Il est amateur de *pictures*.

Olivier crut bon de ne pas relever la faute et continua à fixer Ralph avec un intérêt exagéré.

— *Il est economist* au Secrétariat d'État. Il est marié. Cinq enfants. Il *connaît* la guerre en *Iourope* et les camps de concentration.

Wallech tenta de dissimuler derrière ses mains son visage en proie à la torture d'un féroce bâillement.

Ralph s'arrêta, se renfrogna dans son fauteuil et dévisagea Olivier avec une flamme de défi dans les yeux. Ce dernier fit mine de l'ignorer et invita d'un signe la noire Nancy à présenter son voisin au turban. Celle-ci, non sans un certain agacement, arrêta son tricot, secoua sa chevelure floconneuse, puis sur un ton récitatif marmonna:

— Amraj est un émigrant de l'*India*. Il est *cartographer* au *department de Energy Mines and Resources*. Je pense qu'il est marié. *Jé né souis pas sour.*

Amraj demeura imperturbable devant cette timide tentative de blague. Olivier remarqua que Ralph se versait à boire. Le thermos semblait contenir de l'eau.

— Je ne peux dire son *last name*. C'est trop difficile.

— Brahmindtrada, coupa sèchement celui-ci.

— C'est tout. Amraj ne parle pas beaucoup. Même en anglais. Il est *très beaucoup* secret.

À nouveau, le turban ne broncha pas. Il prit tout son temps avant de commencer la présentation de Nancy. Olivier remarqua à ce moment que Ralph venait d'enlever ses bottines et d'appuyer ses pieds sur une table basse devant lui. Wallech recula son fauteuil après avoir subi la première vague d'odeurs insolites.

— Nancy est américaine, Nancy White, commença Amraj d'une belle voix grave et riche. Mais au *moment présent,* elle est *Canadian*. Elle travaille au *department* de la Justice mais je *né* sais *plous* quelle *job*.

— Chef *assistant* du personnel, compléta Nancy dans un claquement d'aiguilles exaspérées.

— Merci. Elle est mariée mais *jé né* sais pas si...

— Deux enfants. Un fils et une fille.

— Merci. Et elle *knitt* beaucoup comme vous le voyez.

— Elle tricote beaucoup, Amraj, tricoter, intervint Olivier.

— Merci, professeur. Elle *tricoter* beaucoup.

Quelques sourires fleurirent ici et là. Nancy leva les yeux sans manquer une seule maille.

Il ne restait plus que Helen. Olivier avait presque hâte d'en finir. Elle décroisa sa jambe pour recroiser l'autre en faisant papillonner sur sa jupe ses mains aux griffes écarlates.

— Je dois me présenter moi-même. J'aime mieux ça.

— Commence. On pourra compléter si *tou* oublies quelque chose, glissa Dave avec un sourire moqueur.

— Très bien, monsieur *Cigarr,* rétorqua Helen, en le clouant de ses yeux frondeurs. *Jé souis* Helen Baker, agent de dotation à la Défense nationale. *Jé souis divorrcée.* Pas d'enfants. J'ai trois *hobbies:* le premier, les hommes, le deuxième, les hommes et le troisième...

— Les hommes, reprirent en choeur Dave, Wallech et Ralph.

Un éclat de rire secoua la classe. Helen vrilla ses yeux marron dans ceux d'Olivier qui sourit. Pour chasser sa gêne, il fit glisser son regard sur la classe.

— Elle doit savoir le français, tonna Dave, pour faire la *courr* ou le *coeurr* aux beaux mâles *francophônes.*

— Bon, je vous remercie de cette présentation très colorée et pleine d'humour. Maintenant à mon tour. Je m'appelle Olivier Grenier. Je suis né à Sherbrooke dans les Cantons de l'Est. J'ai enseigné quelques années au secondaire et en Afrique. Je suis célibataire...

— *Marvelous,* coupa Helen. *Jé souis* libre ce soir, *professeurr.* J'aimerais pratiquer un peu mon français.

Dave faillit s'étouffer avec la fumée de son cigare. Il en devint aussi écarlate que les ongles d'Helen.

— Très bien, très bien, reprit Olivier en riant. Je suis... je suis aussi un amateur de tennis. Et puis... j'aime beaucoup la région. Je dois dire que je n'ai aucune expérience dans l'enseignement aux adultes. Mais je pense que je vais me plaire avec des étudiants comme vous.

Ralph fit mine de jouer du violon avec passion et toute la classe éclata de rire à nouveau. Lorsque le calme fut rétabli, Olivier s'offrit à répondre à leurs questions.

— Quel pays en Afrique *tu as enseigné*? demanda Dave qui venait d'entamer un deuxième cigare au grand désespoir de ses voisins.

— Au Maroc. Avec les Arabes. J'ai bien aimé ça. Le climat est superbe. À peu près celui de la Floride ou de la Californie. Les étudiants sont calmes et dociles. La vie n'est pas chère. Et puis, en plus d'avoir le plaisir d'aider un pays à se développer, on peut visiter facilement toute l'Europe en voiture pendant les vacances qui sont encore plus longues qu'ici.

— Est-ce que les femmes sont belles là-bas? lança abruptement Ralph après avoir englouti une rasade... d'eau fraîche.

— Pas mal. Pas mal. Elles ont surtout un regard très noir, très intense, très profond. C'est peut-être parce qu'elles portent le voile. Et puis vous savez que dans ces pays, un homme peut avoir jusqu'à quatre femmes. Mais c'est rare. Seulement les riches.

Helen et Dave s'échangèrent des regards pétillants.

— Comment *es-tou* allé là-bas? demanda Wallech qui déplia ses longues jambes pour les recroiser en sens inverse.

— Avec l'ACDI, l'Agence canadienne de développement international.

Et comme les étudiants ne semblaient pas comprendre, Olivier donna une explication supplémentaire.

— En anglais, c'est la CIDA.

Cette fois, ils avaient compris. Il y eut une autre pause. Chacun semblait chercher une nouvelle question.

— Est-ce qu'il y a encore un *feeling anti-colonializme* dans ce pays? s'informa la plantureuse Betty.

— Oui, un peu envers les Français évidemment. Nous, les Québécois, on est confondu avec les Français parfois, mais d'habitude on est bien accepté.

— Pourquoi tu dis *Quouibécois, Oliver,* et non pas *Canadians,* interrogea Ralph avec un soupçon d'agressivité dans la voix et la lèvre gonflée de mépris.

Olivier se sentit tout de suite engagé sur un terrain glissant. Mais il lui fallait répondre. Il ne pouvait se défiler.

— Parce que... parce que... là-bas, on m'a demandé plusieurs fois de quel pays j'étais et je répondais le Canada. Alors, on me demandait comment et où j'avais appris à parler si bien français. Il fallait que j'explique qu'il y a au Canada une province qui s'appelle le Québec et qui est francophone. Si on dit Canadien, on croit que nous sommes anglophones, vous comprenez?

— Oui, mais même ici au Canada tu dis encore *Quouibécois,* relança Ralph avec impatience. Les autres *Canadians* ne disent pas: «Je *souis Ontarian* ou *Manitoban.*» On dit: «Je *souis Canadian.*»

Olivier se donna quelques secondes pour répondre. Cette fois, il était sur la pente fatale de la discussion ethnique. Il ne pouvait plus l'éviter. Il voulut pallier du mieux qu'il pouvait en se lançant dans une petite explication historique. Mais mal lui en prit.

— Oh! tu sais, c'est une longue histoire. Lorsque les Français sont arrivés ici, il s'est formé peu à peu une nouvelle génération qui ne se sentait plus française. Ils ont commencé à s'appeler Canadiens. Puis après la conquête britannique...

— Attention, attention, *professeurr,* ne dites pas de mal de mon pays, coupa Dave en laissant partir un gros rire où pointait un peu de nervosité.

— ... les Québécois s'appelaient toujours entre eux Canadiens, continua Olivier en souriant, et ils appelaient les conquérants, les Anglais. Puis les Anglais se sont donné le nom de Canadians comme vous dites. Alors il a fallu se trouver un autre nom. C'est pourquoi aujourd'hui, on dit Québécois. C'est aussi simple que cela.

Un lourd silence plana dans la classe. Un ange. Deux anges. Trois anges passèrent. Puis, Ralph attaqua:

— Je ne comprends pas. Les Anglais qui demeurent au *Quouibec,* ils sont aussi des *Quouibécois* et pourtant ils disent *Canadians.*

— Oui, je sais. Mais les Anglais au Québec s'identifient au reste du pays et non au Québec. Ils sentent qu'ils font corps avec la majorité canadienne. Nous, on est la minorité au Canada et nous voulons être la majorité au Québec. Ça aussi, c'est très simple.

Olivier allait ajouter quelque chose, mais il se retint à temps. Il ne voulait pas envenimer la discussion. Cependant, Helen, la poitrine insolente, voulut se mêler à une discussion qui au fond la laissait indifférente.

— Mais, *Oliver,* il n'y a rien de différent entre les *Quouibécois francophônes* et *les anglophônes,* excepté la langue. Nous avons *le même coultourre,* la même *american spirit. Pourrquoi les francophônes* tiennent *aussi beaucoup* à leur identité?

Olivier se donna encore quelques secondes de réflexion. Il voulait couper au plus court et commencer la leçon immédiatement. Il lui fallait une manière élégante de s'en sortir.

— Helen, il n'y a pas que la langue. Nous avons une histoire différente. N'oubliez pas que nous sommes les vaincus et que depuis la Confédération nous avons été traités en minorité. D'ailleurs, notre importance démographique au pays diminue d'année en année. Et les décisions que l'on prend au Canada touchent l'ensemble du pays, le bien commun national, alors qu'au Québec nous avons besoin de penser au bien de la province, d'un peuple, d'une minorité. Les solutions canadiennes sont rarement les bonnes pour le Québec. Qu'on le veuille ou non, nous sommes toujours colonisés d'une façon ou d'une autre.

Ralph bondit. Olivier savait déjà avant de finir sa phrase qu'il en avait trop dit. Toute la classe avait dressé l'échine.

— *Jé né* vois pas comment on peut dire une chose comme ça. *Colonized*? Il y a *beaucoup de temps* que le Canada est un pays indépendant. La Confédération a fait deux peuples égaux. Et vous *Quouibécois* vous continuez à vous *complaint* d'être *colonized* pour enlever au reste du Canada des pouvoirs que les autres provinces n'ont même pas. Par exemple, le Bill 101. Le *Quouibec* est unilingue et le reste du Canada est bilingue. Ça c'est beau!

Rouge d'émotion, Olivier ne pouvait plus se retenir. Reculer n'était plus possible. Il fallait rétorquer. Il brandit son permis de conduire et lança avec indignation.

— Sortez vos permis de conduire. Lequel d'entre vous a un permis bilingue? Personne, bien sûr. Eh bien! regardez, le mien est bilingue. Alors, est-ce que quelqu'un peut dire encore que le Québec est un ghetto linguistique? Malgré toutes les lois 101, le Québec traite encore sa minorité anglophone mieux que toutes les minorités francophones à travers le pays. On n'a aucune leçon à recevoir sur ce point.

Kioto leva timidement la main. Olivier lui fit signe qu'il avait la parole.

— Si je peux dire quelque chose... *Dans le* dernière guerre, nous, les Japonais, nous avons été *put in jail* dans l'Ouest comme des ennemis parce que mon pays faisait la guerre *avec* l'Amérique. Je pense que les *anglophônes* n'ont pas *ioutilisé plus beaucoup de* tolérance pour nous que les *francophônes* au *Quouibec*. Et *yé* pense que les *anglophônes* sont toujours bien traités au *Quouibec*.

— Bien sûr, renchérit Olivier qui avait retrouvé un peu la maîtrise de lui-même, les anglophones ont leurs universités, leurs journaux et leur réseau scolaire au Québec. Les francophones dans les autres provinces ont peu de chose en comparaison et, de plus, ils ont dû se battre pour l'acquérir et le conserver.

Il fit une pause. Ralph paraissait avoir quelque chose à répliquer, mais changea d'idée à la dernière seconde.

— Et même si les anglophones étaient traités sévèrement au Québec, reprit Olivier, ce serait sans danger. Parce que nous devons nous protéger, nous défendre contre l'assimilation anglophone. N'oubliez pas que nous sommes entourés de plus de 250 millions de parlants anglais en Amérique. Les anglophones du Québec ne seront jamais menacés parce qu'ils sont soutenus par tout cet océan anglophone qui les baigne.

Il y eut un nouveau silence. Tous fixaient Olivier avec une certaine hostilité, sauf Kioto, Sagana et Amraj qui n'avaient pas de parti pris dans la discussion.

— Si j'ai bien compris, relança finalement Dave, tu es séparatiste. Alors qu'est-ce que *tou* fais au fédéral? Pourquoi *tou* viens enseigner à des maudits Anglais?

Cette question heurta Olivier de plein fouet. Il devait se justifier ou il perdait toute crédibilité. À la grande surprise des étudiants, il leur adressa un large sourire avant de répondre:

— Voilà, c'est une excellente question, Dave. Je suis content que tu me la poses. Si je suis venu enseigner le français au fédéral, c'est que je pense que le contact entre les deux peuples ne peut que favoriser une meilleure entente réciproque...

— Même une discussion comme actuellement? risqua Wallech.

— Surtout une discussion comme celle-ci. Ça fait deux siècles que nos deux solitudes ne se parlent pas. Le Bureau des langues, c'est un bon terrain pour commencer.

— Et si le *Quouibec* se sépare, tout ça sera *a waste of time,* enchaîna Ralph.

— Ce ne sera jamais une perte de temps. Ou bien le Québec restera dans le Canada et nous pourrons mieux nous comprendre en nous connaissant davantage ou bien le Québec sortira du Canada et alors nous aurons encore besoin de nous connaître pour nous faire confiance. L'important pour moi, ce n'est pas que vous parliez parfaitement français, mais que pendant votre séjour au Bureau des langues vous compreniez mieux les francophones. Voilà.

Cette fois, Olivier eut conscience qu'il s'en était bien sorti. Le silence qui suivit pouvait laisser espérer qu'ils avaient un peu mieux compris sa position.

— Sais-*tou, Oliver,* se risqua Wallech, qu'il y a quelques années, c'était pas possible qu'un *francophône* enseigne comme ça à des *anglophônes*? Nous avons fait beaucoup de *progress depuis il y a dix ans.* Avant on a *refiousé* d'apprendre le français. *Il a été* pour nous, une sorte de défaite.

— Merci, Wallech. Ça vient confirmer ce que je disais. Les deux solitudes font des pas importants l'une vers l'autre depuis quelque temps. Et ce rapprochement, peu importe ce qui adviendra, ne peut qu'être bon pour tout le monde. Car géographiquement, nous serons toujours forcés de travailler ensemble.

Ralph voulut gâter l'atmosphère qui devenait un peu plus détendue en faisant grincer son violon imaginaire. Mais personne ne trouva la blague drôle. Dave sauva la situation en ajoutant:

— *Jé* peux te dire, *Oliver,* qu'avant de venir au *Bioureau* des langues, je n'ai jamais rencontré un *francophône*. Je savais bien, du fond de mon Alberta, où je suis arrivé il y a huit années, que ça existait, mais c'était comme les *Indians* et les Inuits. Je savais que ça existait, c'est tout. Je pensais au fond que tout le monde parlait anglais au Canada. Mais *depouis* que *jé souis* ici, j'ai bien changé d'idée. Mais ce n'est pas facile pour une *majority* de faire des concessions à la *minority.* Avant je pensais que les Québécois étaient tous paresseux, ignorants, cachés dans la soutane de leurs *priests.* Maintenant, je sais que tout cela a changé. Mais j'aimerais que vous vous sentiez plus *Canadians,* tu comprends?

— Bien sûr, Dave. Je pense que c'est plus facile pour un Britannique de comprendre ça parce que vous êtes un peu en dehors du problème canadien. Enfin, nous sommes là pour tenter de faire encore un pas les uns vers les autres. Il faut essayer.

Un silence indéfinissable s'installa dans la classe. Olivier regarda sa montre. C'était presque le temps de la pause. Ça ne valait pas la peine de commencer la leçon.

— Eh bien! je crois que nous avons fait un excellent exercice de français parlé. C'est le temps de la pause café maintenant.

Habitué aux élèves du secondaire qui aboyaient de plaisir au premier coup de cloche, Olivier fut surpris que les étudiants ne se précipitent pas tous vers la porte.

Resté seul, il se rappela la phrase du directeur du Bureau des langues. Il sourit, haussa les épaules, puis se leva pour aller prendre son café.

Mariette entra pour le remplacer.

— J'ai les jambes folles de trac, lui glissa-t-elle d'une voix étranglée.

— T'inquiète pas. Je les ai domptés du premier coup. Tu vas avoir des anges. On nous a promis du sport, eh bien! je t'assure que c'est du sport. Et nous n'en sommes qu'à la première manche.

Chapitre 5

La salle des professeurs était assez spacieuse pour loger
une quarantaine de pupitres, flanqués de casiers pour le
rangement des livres et des manuels. En fait, pupitre était
un bien grand mot pour désigner une simple table sans
tiroir. Chacun apportait à son «coin», sa touche
personnelle. Celle-ci avait accumulé une impressionnante
quantité de plantes d'intérieur qui encombraient
joyeusement son pupitre, ses casiers et même ses voisins.
Celui-ci avait collé avec piété sur ses casiers des posters
d'actrices, des caricatures politiques ou des maximes en
grosses lettres invitant tout le monde à la paix, à la
révolution par les fleurs ou à l'abandon de la cigarette.
Les uns disposaient leur table comme une vitrine, les
autres se retranchaient derrière leurs casiers comme
derrière une barricade. Dans un angle de la salle, des
casiers étalaient leurs entrailles sur le «bureau», sur le
fauteuil et même à terre. Dans un autre angle, l'intérieur
des casiers était impeccablement rangé et la table était libre
et propre comme la conscience d'un ex-ministre. En
résumé, c'était une question d'hygiène mentale puisqu'il
fallait lutter contre l'anonymat des casiers couleur crème
battue longtemps et des tables-pupitres.

Olivier venait de sortir de sa classe et rangeait ses manuels
sur sa table avec des gestes brusques. Jacques traversa de
son grand pas raide toute la salle.

— Tu n'as pas l'air dans ton assiette, mon vieux. Est-ce que le dompteur se serait fait dévorer par les fauves?

— Avec ce qui s'est passé ce matin en entrant, j'ai de bonnes raisons d'être à côté de mon assiette.

— En effet, tu n'as pas l'air d'équerre pantoute. Alors raconte, ça va te faire du bien.

Olivier libéra un long soupir.

— Les étudiants m'attendaient avec des pancartes dénonçant les fumeurs et proclamant les droits des non-fumeurs à respirer l'air pur. J'ai cru d'abord à une plaisanterie. Les étudiants avaient l'air d'ailleurs de bien s'amuser. Ils faisaient du piquet devant la porte. Ils jouaient à la grève ou à la manifestation.

— Ah! c'est donc ça! Mes étudiants parlaient d'une grève à Asticou, mais je n'arrivais pas à comprendre ce qu'ils disaient. Ce sont presque des débutants en français.

— Ce n'était pas une plaisanterie, je t'assure. C'était sérieux. Ils refusaient d'entrer dans la classe tant et aussi longtemps, comme disent les chefs de syndicats, que Dave ne renoncerait pas à fumer ses horribles cigares pendant les cours. Ce dernier était tout fin seul dans la classe et pompait cigare sur cigare avec un large sourire de défi, bien calé dans son fauteuil. J'ai parlementé avec lui et avec les autres. J'ai échoué comme tu peux le deviner.

— À qui le dis-tu? Dave ne s'en laisse pas imposer par n'importe qui. D'un autre côté, Wallech et Ralph ne peuvent pas le sentir.

— Alors, je suis allé chercher Raoul qui a palabré à son tour avec tout le monde pour aboutir à l'impasse. Il a convoqué Dave dans son bureau. Celui-ci est revenu quelques minutes après, tout souriant. Il a débagué un cigare, se l'est planté dans la gueule, mais il ne l'a pas allumé. Pendant tout le cours, il a tété son cigare fantôme avec ostentation. Dans son esprit, je crois, il pense qu'il a perdu la bataille, mais sans perdre la face.

— Tu parles d'une histoire. Ça ne me surprend pas d'eux autres. Faut dire que tu es étrenné avec cette classe. La deuxième journée seulement et une grève, des négociations, une nouvelle convention. T'es gâté, mon vieux. Tu es tout fin prêt à remplacer Fabienne comme représentant syndical.

— Non merci, pas pour moi, casse-cou!

— Olivier, je profite de notre pause gomme-baloune pour te présenter l'unité. Ça va te changer les idées.

— Qu'est-ce que tu racontes encore? Une pause gomme-baloune?

— Oui, bien sûr, elle doit durer quinze minutes, mais on la gonfle jusqu'à trente et parfois elle éclate seulement après quarante-cinq minutes. Mais tu vas constater que c'est plus qu'une simple présentation, c'est plutôt une véritable exploration. C'est une faune dans une jungle. Allons, Tarzan, viens!

Jacques s'arrêta devant deux pupitres dont les casiers étaient tapissés de posters représentant les plus belles femmes de l'heure: Sophia Loren, Catherine Deneuve et Danielle Ouimet.

— Je te présente Henri, l'inventeur génial de la méthode P.L.C. qui en est toujours à sa première leçon.

— Qu'est-ce que c'est P.L.C.? demanda Olivier en fronçant les sourcils et en esquissant un large sourire.

— Rassure-toi, ce n'est pas le Parti libéral conservateur. Mais je laisse à Henri le soin de t'expliquer.

— Eh bien! mon cher, j'ai remarqué, commença Henri, un gars dans la trentaine, trapu et affligé d'une pilosité exubérante, que les anglophones regardaient beaucoup certaines émissions de télé, pas très catholiques, ni linguistiques d'ailleurs parce qu'on y soupire beaucoup plus qu'on y parle. Enfin! Par contre, c'est très difficile de leur faire regarder les téléromans ou les émissions d'information. Cependant, ils regardent assidûment le cinéma du samedi soir à une certaine chaîne que je ne nommerai pas, mais que tout le monde connaît. On y passe des films érotico-pornos. Tu vois le genre? D'autre part, il faut avouer que nos leçons de Dialogue Canada ne sont pas toujours très hilarantes et encore moins suggestives. J'en avais assez des méthodes verbeuses-tonales ou turbo-tonales, toutes ses terminaisons inconsolables. Alors, j'ai pensé au problème pédagogique suivant. Pourquoi, dans l'apprentissage de la langue, ne pas faire appel à l'instinct le plus fondamental de l'être humain, c'est-à-dire l'instinct sexuel? Si on enseignait à l'aide de films pornos, peut-être que nos étudiants deviendraient bilingues sans douleur, dans le temps de le dire ou de le faire, si tu vois ce que je veux dire. Alors j'ai inventé la Porno linguistique Canada mieux connue sous le nom de P.L.C. Mais pour l'instant, c'est top secret. Pas un mot. Je risque d'être mis à l'index ou à la porte.

Olivier se demandait s'il devait prendre au sérieux cet hurluberlu. Mais déjà Jacques l'entraînait vers le pupitre suivant, où se tenait un long garçon entre deux ou trois âges et d'une maigreur presque terrifiante.

— Je te présente Georges-Émile, le père illégitime ou non de la méthode C.P.C. encore tout à fait inconnue sous le nom de Cri Primal Canada que j'appelle Cri Primairo Canada.

— Qu'est-ce que cette invention? demanda Olivier sur un ton amusé.

— C'est très simple. Je sens que tu es incrédule, mais je te convertirai un jour, Olivier, lança George-Émile d'une voix flûtée. Tu sais, sans doute, que le premier mot ou la première expression de l'être humain, c'est le cri. Tu es bien d'accord?

— Bon, si l'on veut. Et puis?

— Nous le partageons d'ailleurs avec les bêtes qui nous sont bien supérieures dans ce domaine. Mais passons. Alors, je fais crier mes étudiants et à chaque cri, ils doivent exprimer une émotion profonde. Ensuite, je leur montre à crier en français. Par exemple, je leur enseigne le juron. Là encore, c'est naturel chez l'homme et dans toutes les langues, toutes les cultures et toutes les civilisations. Puis je leur enseigne le coeur de la langue comme les expressions vulgaires, les jurons, les idiomes, enfin on s'amuse. Ce n'est pas très bon pour les tests, mais on ne peut pas tout avoir. Chose certaine, mes étudiants s'expriment beaucoup, avec beaucoup de facilité et de spontanéité. Mais il faut dire que ma méthode n'est encore qu'au stade expérimental.

À ce moment, des accords de guitare parvinrent aux oreilles d'Olivier du fond de la salle.

— C'est Philippe qui joue, répondit Jacques à l'interrogation muette d'Olivier et il l'entraîna vers un autre pupitre.

Là aussi les casiers étaient tapissés de posters représentant Leclerc, Vigneault, Ferland, Brassens et Bécaud.

— Philippe ne jure que par la chanson pour enseigner le français. Selon lui, c'est à notre tour de faire chanter les anglophones. Cent et même deux cents ans de chantage à sens unique, ça suffit!

Philippe continuait à égrener des notes tout en fixant ses visiteurs avec un large sourire.

— Les anglophones, dit-il en plaquant un accord final, sont persuadés qu'il n'y a de bonnes chansons qu'en anglais. Je leur prouve le contraire. La culture française et québécoise leur entre dans le corps, poussée par la musique, la reine de tous les arts.

— Moi aussi je joue de la guitare, dit Olivier, et je suis d'accord avec toi.

— Joins-toi à moi. Nous serons les pédagogues de la chanson. Et Philippe fit jaillir de sa guitare une envolée d'accords flamencos.

— Viens, lança Jacques, je vais te présenter une autre section. Tiens, voici le coin des pédagogues et des andragogues. On les appelle plutôt les pitragogues et les anglagogues, mais ils s'en moquent. Pour l'instant, il n'y a que Julien. Tous les autres sont probablement en session de travail ou de recherche intensive ou d'expérimentation échevelée. Julien nage en pleine suggestopédie, c'est un suggestopède, une espèce primitive qui a survécu de l'ère primaire ou quelque chose comme ça. Pour l'instant, il ne l'expérimente pas, il l'étudie seulement. C'est une méthode qui suggère aux anglophones de parler français, d'où son nom très suggestif d'ailleurs. Au fond, c'est l'ancienne méthode du gouvernement québécois: l'incitation. Tout le contraire de la loi 101, ostiguouille! et si je voulais faire un autre mauvais jeu de mots, c'est aux antipèdes du Bill One-O-One.

Julien l'observait avec un demi-sourire narquois.

— Ne fais pas attention, Olivier, Jacques déforme tout ce qu'il ne comprend pas. Je t'expliquerai cette méthode plus tard, tu verras.

— J'ai une suggestopédie à te faire, savant collègue, répliqua Jacques, arrête de l'étudier et passe à l'action. Malheureusement, Olivier, Keylal n'est pas là pour t'expliquer la méthode silencieuse. Il a expérimenté toutes les méthodes possibles et impossibles. En désespoir de cause, il en est venu à la conclusion qu'il fallait enseigner le silence. Tous ses étudiants parlent en silence, sans accent, sans faute. Ils s'amusent avec des petits blocs de couleurs. C'est la maternelle la plus tranquille du monde.

— Jacques, coupa Julien, n'attaque pas les absents. Keylal est très bien capable de se défendre lui-même.

— Passons, passons, et voici le coin des donneurs de cours, des instructeurs et des pitonneux. Comme tu vois, ils sont tous au café. Ils ont abandonné toute initiative depuis longtemps. Ils se sont convertis en robots et appliquent la méthode à la lettre, que dis-je? à l'image et à la cassette, de Dialogue Canada qui est la seule à avoir l'imprimatur de la Direction générale. Comme tu vois, les pupitres sont libres, les casiers verrouillés et même rouillés. Tout est net, propre et terne comme un discours de sénateur. Rien de plus à dire. Tu vois, la différence entre un magnétophone et un prof, c'est l'enthousiasme.

Un professeur anonyme et qui tenait à son anonymat leva la tête, derrière son casier, l'oeil morne, réprimant un discret bâillement. Il fit un effort désespéré pour émettre un léger sourire comme pour se caricaturer lui-même. Mais déjà Jacques fonçait dans une autre direction.

— Voici justement Conrad, notre astrologue. Il étudie la date de naissance de chacun de ses étudiants et leur ciel pour prédire s'ils sont capables d'apprendre le français.

L'interpellé, un solide gaillard, collier de barbe rousse, petit cousin de Éric le Rouge, les contemplait, l'ironie à fleur de lèvres.

— Rigole toujours, Jaco, seuls les ignorants nient que l'astrologie est une science.

— Et Conrad a un brillant avenir. Il pourra prédire quels sont les profs qui seront mis en disponibilité. Mais passons, passons. Je te réserve la merveille de l'unité. Viens par ici que je te montre. Entrons dans la jungle des plantes vertes. Voilà, nous y sommes, écartons les feuillages avec délicatesse et qu'est-ce qu'on aperçoit? Stéphane en personne, notre musicien à ses heures, notre peintre à ses minutes et notre écrivain à ses secondes, en un mot, l'ange noir d'Asticou. Et voici Olivier, nouvelle victime du Bourreau des langues.

Un jeune homme dans la vingtaine, entièrement vêtu de noir, court de taille et rondelet, le visage poupin écrasé par une abondante chevelure afro, émergea comme une fleur de chair rose au milieu de sa forêt vierge.

— La postérité peut attendre, prononça celui-ci d'une voix chantante. Je suis à vous, messieurs. Bienvenue dans ma serre de travail. Comme tu vois, Olivier, je me suis construit un petit paradis terrestre pour combattre la pollution ambiante; pollution de l'air par le doux gazouillis franglais des étudiants et pollution du moral par mes collègues. Ici l'ennui et la monotonie sont les fleurs qui poussent le mieux. Du véritable chiendent! Ne pas me laisser happer et broyer par le pessimisme et la routine de mes chers collègues, telle est ma devise et ma prière quotidienne.

Olivier, étonné, et Jacques, amusé, observaient Stéphane déclamer ses vaticinations et élucubrations.

— Mon cher Olivier, je suis le seul ici à entendre les paroles se taire et les mots s'évaporer en silence. Ce que je viens de dire peut paraître profond, mais il n'en est rien, bien sûr. Comme dirait Keylal, s'il était poète comme je prétends l'être, que de mots aveugles, mes frères, enseignons le silence de la parole. Et j'ajouterais, si on me le permettait, qu'il faut tendre vers une langue unique, mondiale, comme vers un paradis perdu. Ne serait-ce que pour sauver l'unité du Canada, le monde entier s'en féliciterait. Malheureusement, les temps ne sont pas à la poésie, mais à l'inflation. Avant que tu me prennes pour un fou, Olivier, je dois te dire que je ne me prends pas au sérieux, je me prends plutôt au ridicule, c'est meilleur pour la santé mentale.

— En tout cas, tu es un fameux original. Les étudiants ne doivent pas s'ennuyer avec toi.

— Oh! ils n'apprennent pas le français, mais ils apprennent à rire, ce qui est beaucoup plus important à mon très humble avis. Si, au lieu de s'efforcer de devenir bilingue, au Canada, on éclatait de rire, un énorme éclat de rire national, tous les problèmes s'envoleraient en miettes d'un océan à l'autre et d'une solitude à l'autre. Il faut fonder un nouveau parti politique: le parti d'en rire.

— C'est pas bête, c'est pas bête, au fond. En cette période préréférendaire, les Canadiens, moi le premier, on se prend peut-être trop au sérieux et pas assez au ridicule, comme tu dis.

— C'est pourquoi, je suis heureux comme un roi au Bureau des langues, Olivier. J'ai une classe sensationnelle, des fonctionnaires brillants et pleins d'enthousiame pour le français. Ça peut paraître de la science-fiction, mais c'est vrai. J'en ai parmi eux qui regardent la télévision en français tous les soirs, d'autres qui lisent le journal en français. J'en ai même un qui est en train de lire un de mes livres, le pauvre! Quelle épreuve! Tous les jours, on discute, on brasse des idées, c'est un vrai plaisir. Je ne suis pas à cheval sur la méthode et ils ne sont pas traumatisés par le test et par la prime. Je ne devrais même pas être payé pour leur enseigner. Sérieusement! Je sais bien que l'iceberg du Bureau des langues émerge présentement d'un océan d'incertitudes et de rumeurs, mais moi j'ai la chance d'être sur la pointe de l'iceberg.

— Eh bien! moi, enchaîna Olivier, j'ai bien peur d'être en train de couler au fond après la manifestation de ce matin.

— Stéphane est notre meilleur prof aussi farfelu que cela puisse paraître, confirma Jacques d'une voix solennelle qui flottait entre la moquerie et la sincérité.

— Allons, n'exagérons rien, mon cher Jean-Maurice, mais je cultive la fine fleur de l'optimisme sur un gros tas de... pessimisme. Je fuis les éteigneurs de vérité et les allumeurs de mensonges, ce qui peut paraître contradictoire, et justement ça l'est. Le monde ne consomme pas assez d'amour et trop de sexe. C'est pourquoi le taux de mortalité des amours mortes est à la hausse. On ne peut pas avoir tous les malheurs à la fois. Il faut se limiter là comme ailleurs. Faut choisir. Je suis pour la protection des espèces, y compris les femmes et les anglophones. À propos des espèces, Olivier, as-tu remarqué l'arbre mort devant Asticou? C'est le symbole de notre enseignement, mais l'arbre est encore debout. Je suis un idéaliste, une sorte d'ennemi du genre humain en liberté surveillée.

— Tiens, tiens, le voilà reparti. Laissons-le monter sur ses rêves fous et les chevaucher au grand galop, pontifia Jacques.

Stéphane leva les bras à la manière de de Gaulle et déclama:

— Vive le bilinguisme libre! Québécois, je vous ai compris. J'ai donc un secret à vous confier.

Il se pencha et murmura:

— Je suis en train d'écrire un roman sur le Bureau des langues.

— Voyons, s'exclama Jacques, il n'y a rien à dire là-dessus. Un roman? Il n'y a même pas de quoi faire une nouvelle de cinq pages.

— Homme de peu de foi, en vérité je vous le dis, avant trois mois j'aurai écrit un gros roman qui fera des malheurs, le pauvre!

Julien les happa au passage.

— Alors, mes deux moineaux, vous êtes en train d'oublier la réunion? Nous sommes pressés. Je pense que c'est ta première réunion du genre, Olivier? Bon. Tu vas voir que Fabienne va essayer de nous manipuler. Surtout que l'enjeu est gros...

— Qu'est-ce qu'il faut encore discuter? demanda Olivier distraitement en s'arrêtant à son pupitre. Je n'ai pas eu le temps de lire la convocation.

— Eh bien! laisse-moi te dire, cher collègue vierge, qu'avec les coupures de personnel qui s'annoncent, on doit jouer serré dans les négociations non seulement avec le patron, mais aussi avec nos propres confrères et consoeurs. L'an dernier, les jeunes profs en ont profité pour paqueter l'assemblée générale et faire passer leur résolution. Les vieux, les pauvres cons, moi le premier, brillaient de tout leur éclat par leur absence et ils se sont fait passer un sapin.

— Mais il s'agit de quoi exactement? demanda Olivier avec impatience, tout en repassant du coin de l'oeil la leçon qu'il devait commencer après la pause.

— Voilà, laisse-moi t'expliquer. D'habitude, si on obtient 10% d'augmentation, chaque prof reçoit 10% de son salaire. Les jeunes ont réussi à faire passer le montant uniforme, c'est-à-dire que l'augmentation de la masse salariale est de 10% mais chaque prof reçoit un montant uniforme, le même montant pour tous. Tu comprends?

— Et quelle est la différence? interrogea Olivier toujours plus ou moins attentif.

— Eh bien! mon vieux, ça veut dire que toi qui es au milieu de l'échelle tu auras environ 10%, moi je suis en haut de l'échelle, j'aurai 5% et celui qui est en bas aura 15%. Il n'y a pas de différence pour toi, cette année, mais tu grimpes d'année en année vers le sommet, tu vois? Alors, c'est à toi de tirer tes propres conclusions. Je n'ai pas le temps de débattre davantage la question. Je pense que la réunion est commencée.

— Bien sûr, il y a du pour et du contre, conclut Olivier en emboîtant le pas à Julien qui se dirigeait vers la salle de réunion.

Tous les membres de l'équipe étaient déjà arrivés. On avait décidé que les réunions devaient se tenir par équipe avant l'assemblée générale. Fabienne, plantée comme un piquet au centre, était entourée par les autres qui faisaient cercle autour d'elle.

— La réunion ne va pas prendre trop de temps, annonça-t-elle d'une voix autoritaire. Vous avez simplement à voter oui ou non pour l'augmentation uniforme.

Julien voulut tout de suite intervenir, mais Fabienne semblait avoir prévu le coup.

— Personne n'a le droit de parole dans cette réunion, trancha-t-elle sur un ton qui ne souffrait pas la réplique. Il s'agit de voter, un point c'est tout. Si vous avez quelque chose à dire, attendez l'assemblée générale. C'est fait pour ça.

— Pardon mademoiselle, coupa Jacques. Nous sommes dans un pays libre. Nous avons le droit de parole en tout temps. Dans cette réunion comme dans les autres. Si on attend l'assemblée générale, les représentants syndicaux vont en profiter pour s'appuyer sur le vote que l'on prend aujourd'hui. Et je pense que plusieurs collègues n'ont pas encore pensé à toutes les conséquences de leur vote sur ce point.

Fabienne, ses grandes mains plaquées sur les hanches, se cabra.

— Tout le monde est très bien au courant et nous n'avons pas besoin de tes argumentations pour influencer les autres. Dans toutes les équipes, c'est la façon de procéder ce matin.

— Pas dans notre équipe, bien-aimée représentante syndicale, rétorqua Julien sur un ton grinçant. J'ai quelque chose à dire et je vais le dire.

— Si on commence une discussion, intervint Guillaume en simulant l'ennui, on n'est pas sorti du bois. Nous devons entrer en classe dans quelques minutes. Je connais ce genre de réunion. On discute une heure pour en revenir toujours à la même chose finalement.

Fabienne distribuait déjà les bulletins de vote en vrillant ses yeux noirs dans ceux de chaque professeur. Raoul semblait l'approuver. Quand ses professeurs étaient en retard, les étudiants se faisaient un malin plaisir de le lui rappeler.

— Minute, minute, tonna Julien d'une voix cinglante. Tout ce que j'ai à dire, c'est que le montant uniforme est injuste pour l'ensemble des profs qui veulent faire une carrière dans l'enseignement. Bien sûr, pour ceux qui commencent c'est avantageux...

— Toi, l'ancien curé, garde tes sermons pour une autre fois, lança Fabienne, en continuant à distribuer les bulletins.

— Je t'avertis, laisse les curés dans leur presbytère, bondit Julien.

Raoul voulut apaiser les esprits et hâter la réunion.

— Moi, en tout cas, je pense que le montant uniforme est juste. Même si je perds une partie de mon augmentation, je vote pour le montant uniforme. Le coût de la vie est le même pour tout le monde. Et comme ça va actuellement, de convention en convention, le sommet s'éloigne de plus en plus de la base. C'est un bon moyen pour empêcher l'écart de s'élargir.

— Mais tu oublies un point essentiel, répliqua Jacques. Plus on empêche les salaires du sommet de grimper, plus on réduit ce que j'appelle l'espérance de salaire pour les profs de carrière. Et d'année en année, nous nous dirigeons tous finalement vers le sommet.

— Tut, tut, coupa Fabienne sur un ton qui se voulait conciliant, il nous reste à peine cinq minutes pour voter. C'est formel. On n'a pas le droit de débattre la question aujourd'hui.

Comme ses collègues ne semblaient pas comprendre son raisonnement et qu'ils s'apprêtaient tous à faire leur x sur le bulletin, Julien crut bon de laisser tomber. Un silence plana, puis Guillaume remit le premier son bulletin suivi des autres. Julien glissa le sien dans la boîte le dernier, mais non sans apostropher une dernière fois la plantureuse Fabienne.

— Tu ne perds rien pour attendre, ma chère Fabienne, susurra Julien, la bouche tordue par un rictus, la bataille n'est pas terminée, ça je peux te le garantir.

Fabienne l'écrabouilla d'un regard féroce.

— N'oublie pas, mon très cher collègue, que les jeunes sont en majorité au Bureau des langues. Vous, les vieux, les croulants, qui vous accrochez à vos petits privilèges, il va falloir vous mettre à la raison une fois pour toutes.

— Je pense que tu as de très mauvaises raisons pour défendre ton idée, Fabienne, car si je ne m'abuse, tu vas en profiter la première du montant uniforme. On verra bien si c'est le bon sens ou la majorité qui va l'emporter. On se reverra à l'assemblée générale. Compte bien tous tes votes, tu vas en avoir besoin.

Et apercevant Olivier qui sortait, Julien se précipita.

— J'ai à te parler. Tes étudiants peuvent attendre quelques minutes; ils n'en perdront pas leur français pour si peu. Ce que je veux te proposer, c'est d'embarquer avec nous.

Nous sommes une petite équipe de cinq profs et nous nous préparons à défendre notre point à l'assemblée de lundi prochain. Nous voulons d'abord convaincre tous les vieux de venir à l'assemblée pour voter. On ne va tout de même pas se faire passer un autre sapin comme l'an dernier. Et ensuite, on veut préparer une solide argumentation pour convaincre l'assemblée. Ce que tu dois savoir, à part ça, c'est que l'exécutif du syndicat est noyauté par les jeunes. Alors il faut se battre avec acharnement.

— Pour être franc, je dois dire que je n'ai pas aimé la façon avec laquelle Fabienne nous a manipulés tout à l'heure. Ce n'est pas une façon de faire voter les gens en leur refusant du même souffle le droit de parole. Alors j'embarque à la planche avec vous autres. Compte sur moi.

— Nous avons une petite réunion chez moi, ce soir. Amène-toi et on va monter toute une stratégie. Ciao!

Chapitre 6

Olivier se sentait nerveux. Sa première séance de laboratoire! Il avait retardé le plus possible cette échéance. Mais après deux semaines d'enseignement, il ne pouvait plus se défiler. Toute la matinée, il avait appris à maîtriser toutes les commandes de la console: comment faire entendre la cassette aux étudiants, comment communiquer avec tous ensemble, comment recevoir leurs réponses, comment s'adresser à un étudiant en particulier et l'écouter? Il possédait toute la technique sur le bout de ses doigts. Julien et Jacques l'avaient prévenu que la première séance de labo était toujours stressante et qu'il devait bien faire attention.

Il prit son cahier, rassembla ses notes d'exercices, puis se dirigea d'un pas ferme vers le laboratoire. En croisant Jacques, celui-ci lui adressa un large sourire énigmatique. Derrière lui, Ralph traînait les pieds comme s'il avait le boulet du bilinguisme attaché à la cheville. Les autres étudiants l'attendaient à la porte du labo avec des étincelles de malice dans les yeux. Il crut entendre Betty souffler à Nancy:

— *Encorr* le *laboratoirre*! avec un soupir douloureux.

Il pensa tout de suite que les étudiants s'amusaient à l'avance des gaffes qu'il ne manquerait pas de commettre, mais le mot épinglé sur la porte lui révéla la raison de ces regards intrigants. On avait écrit en lettres ensanglantées:

«Salle des tortures.» Puis en lettres tantôt joufflues, tantôt rachitiques: «Quiconque entre ici doit perdre toute espérance de devenir bilingue. La revanche des berceaux a fait place à la revanche des labos.»

Encore un mauvais tour de Jacques! Olivier s'expliquait mieux maintenant son large sourire lorsqu'il l'avait croisé. On aime toujours jouer des tours à des bleus, surtout entre profs. Olivier fit contre mauvaise fortune bon coeur et se mêla à la bonne humeur des étudiants.

Il ouvrit. Le labo était engourdi sous une lumière blafarde et froide. Douze cabines s'alignaient comme autant de stalles où il aurait à dompter ses poulains rétifs. Il prit place à la console. Le gouvernement n'avait rien épargné: magnétophone, radio, platine, et de la meilleure qualité. Olivier leva les yeux vers les cabines. Dave s'était réfugié dans la dernière rangée et Ralph s'était planté juste en face de lui comme pour mieux l'épier. À ses côtés, Helen se penchait vers son magnétophone pour laisser une vue plongeante et imprenable sur son pare-chocs super chromé. Sagana s'était casée dans la deuxième rangée, toujours marmoréenne, aux côtés de Nancy. Celle-ci se débattait avec son casque d'écoute qui se montrait récalcitrant à son abondante chevelure moutonneuse. Dans la troisième rangée, Wallech avait déjà pris la pose de sa sieste après-dîner tandis que Kioto était sur le qui-vive, tenant son micro à deux mains. Son casque, de travers sur sa tête ronde et chauve menaçait de glisser au moindre mouvement. Betty fixait les appareils comme s'il s'agissait d'un piège qu'il fallait déjouer. Bien qu'il eut le casque accroché dans son turban, Amraj ne perdait pas son flegme imperturbable.

Olivier jeta un coup d'oeil d'ensemble à la console. Les boutons et les manettes semblaient se multiplier comme par enchantement; ils prenaient vie, s'agitaient, se levaient, se baissaient. Les petites lumières rouges et vertes lui faisaient des clins d'oeil provocateurs. Tout à coup, il ne sut plus très bien quelle manette actionner, quel bouton presser. Il se raccrocha à la cassette pour vaincre sa nervosité, la plaça et pressa le bouton ON. Les appareils n'avaient pas encore appris le français.

Pendant qu'il faisait dérouler la cassette, son attention fut attirée par deux affiches sur les murs à l'intention des étudiants. La première disait: «S'il vous plaît, ne pas donner à manger, à boire ou à fumer aux machines.» La deuxième: «L'enfer toujours, toujours l'enfer. Le labo est l'antre du Diable.» Comme il s'était exercé dans l'autre labo toute la matinée, il ne les avait pas vues. Il aurait bien apprécié cet humour en tout autre temps, mais il était trop préoccupé par les innombrables manettes qui se brouillaient devant lui et jouaient à cache-cache avec ses nerfs. La cassette stoppa. Il leva les yeux: tous les étudiants le regardaient; les uns, tendus comme Kioto, Nancy et Betty ou amusés comme Helen et Wallech ou se calfeutrant derrière un sourire en nid d'ironie comme Dave et Ralph. Sagana et Amraj comme toujours restaient neutres. Olivier se souvint que ses étudiants avaient une longue expérience du labo et qu'ils attendaient sa première erreur avec un plaisir anticipé.

Pressé par leurs regards, il retroussa la première manette qui lui tomba sous l'index et s'adressa à la classe:

— Aujourd'hui, nous allons faire un exercice spécial de révision sur l'imparfait et le conditionnel.

Des éclats de rire accueillirent sa déclaration. Dave lui faisait de grands signes pour indiquer qu'il n'entendait rien et Ralph faisait des gestes de détresse en poussant son rire hennissant. Helen était morte d'hilarité dans son micro. Olivier sentit une sueur froide percer son front et lui chatouiller la colonne vertébrale. Il enleva son casque, se leva pour demander aux étudiants s'ils avaient compris. Personne. Il se rassit, examina un long moment les manettes. Pourtant, dans l'autre laboratoire ce matin, il savait très bien laquelle lui permettait de s'adresser à tous les étudiants. Finalement, il la repéra et la poussa d'un index fébrile. Le traditionnel «un deux trois» et les étudiants firent signe que oui. Ouf! il l'avait échappé belle! Retrouvant sa confiance, il fit démarrer le magnétophone. Dans son casque d'écoute, il entendit:

— Si j'avais un million, je...

Du violon imaginaire de Ralph s'envolèrent quelques notes ironiques en trémolo. Dave pouffa de rire au risque d'avaler son cigare éteint. Kioto émit un sourire jaune citron qui en disait long sur l'état précaire de la situation. Olivier se leva et demanda à Helen ce qui se passait encore. Elle lui apprit qu'ils n'entendaient absolument rien de la cassette.

Olivier reprit sa place à la console, balaya d'un regard féroce les manettes. Il n'arrivait pas à comprendre ce qui ne fonctionnait pas. Chaque manette avait un air menaçant qui en faisait une traîtresse en puissance. Il leva et baissa quelques-unes d'entre elles, pressa sur deux ou trois boutons pendant que les gestes de détresse fleurissaient chaque cabine, sauf celle de Sagana qui le fixait de ses grands yeux marron et celle d'Amraj qui considérait son prof comme s'il venait de déchoir dans la classe des intouchables, la pire en Inde.

Olivier se sentait dans l'eau chaude même si un frisson de nervosité le faisait trembloter. Il fit un grand geste d'arrêt, quitta le labo en coup de vent et se rua dans le bureau du technicien. Personne. En sortant, il s'informa auprès de la secrétaire: Gilles était dans l'autre laboratoire pour vérification de routine. Olivier entra sans frapper et lui demanda de venir tout de suite.

— Il y a quelque chose de défectueux, lui souffla-t-il. Les étudiants n'entendent pas la cassette.

Le technicien lui jeta un regard incrédule accompagné d'un sourire goguenard. À la console, Gilles haussa les épaules, puis leva les bras au ciel et retroussa d'un index nonchalant une manette toute mignonne et presque inoffensive. On entendait parfaitement. Confus, écrasé sous l'humiliation, Olivier remercia et prit place. Dave et Ralph le regardaient par en dessous. Kioto n'osait lever les yeux, de peur de faire perdre la face à son prof, mais Betty alluma dans sa prunelle une flamme de malice qui transperça Olivier jusqu'à l'orgueil.

Enfin, tout allait bien maintenant! Olivier pressa le bouton de la cassette et les étudiants se mirent au travail. D'abord, il n'arriva à distinguer qu'un brouillard de sons dans son casque. Il eut encore quelques démêlés avec certaines manettes entêtées. Chaque étudiant marmottait dans son micro. Il pressa une première manette: c'était Helen. Se sentant écoutée, elle leva les yeux et murmura avec sa belle voix d'alcôve trois étoiles:

— Allô, chéri. *Tou* écoutes maintenant aux *porrtes,* ce n'est pas *trrès jôli, jôli* mais *jé té parrdonne.* Je *souis* libre ce...

Olivier coupa la manette en levant les yeux au plafond. Puis il se ravisa et remit le contact.

— Allons, Helen, sois sérieuse. Tu as besoin de pratiquer ton imparfait et ton conditionnel.

— Avec toi, *Oliver,* ma vie serait parfaite, mais sans toi, elle restera imparfaite et toujours conditionnelle. En attendant, je dois te parler à l'imparfait et au conditionnel. Si j'étais avec toi, je ferais...

Il coupa à nouveau en lui télégraphiant un large sourire pour indiquer qu'il prenait tout ça à la blague. Il leva la manette suivante: c'était Ralph qui poussait des soupirs de phoque, le casque d'écoute calé jusqu'au cou. Il risquait d'avaler le micro à la première éructation, signe infaillible et en haute fréquence de sa bonne digestion. Une frénésie de tics, un bouillonnement de grimaces torturaient son visage. Il fixait le micro comme s'il s'agissait de la tête du père de la loi *One-O-One.* Il s'enlisait dans une prononciation laborieuse, confondait allégrement le conditionnel et l'imparfait en saupoudrant le tout de quelques touches de futur défectueux. Il émit un rire saccadé qui s'arrachait par crachats et par lambeaux du fond de sa gorge et montra sa dentition endeuillée de multiples caries. Pendant quelques minutes, Olivier s'attacha à corriger ses plus grosses perles, puis découragé, il lui murmura avec toute la conviction qu'il tentait d'y mettre:

— Ça va bien, Ralph, continue à travailler fort.

Manette suivante: Nancy. Empêtrée dans son tricot qui serpentait autour de son micro avec une sorte d'entrain furieux, elle ne faisait que murmurer, presque à l'agonie, des réponses qui n'avaient rien à voir avec l'exercice. Le tout était parsemé de «*damned shit*» et de «*sun of a gun*». Olivier baissa tout de suite la manette pour la laisser démêler son tricot et ses jurons.

Manette numéro quatre: Wallech. Un ronflement sonore faillit défoncer les tympans d'Olivier qui leva la tête pour apercevoir le coupable affaissé sur sa chaise, les yeux perdus au septième ciel de l'unilinguisme intégral. Une consolation, se dit Olivier en souriant; il ronfle en français. C'est toujours ça de pris.

La cabine suivante se révéla une véritable petite usine de travail qui bourdonnait sans cesse. Kioto en faisant de grands gestes d'assentiment de la tête, les mains brandies en prière, répétait consciencieusement chacune des phrases, mais Olivier n'arrivait à distinguer qu'une mixture douteuse de sons qui ressemblait au français comme Mao à Marilyn Monroe. On avait l'impression que les mots lui collaient au palais et qu'après des efforts inouïs, ils finissaient par sortir en ordre inverse comme à la Loto Perfecta. Il murmurait pour dissimuler les fautes, marmonnait entre ses dents comme pour éviter de se couper la bouche sur les arêtes trop vives de certains mots. Lorsqu'il se rendit compte que le professeur l'écoutait, il toussa dans le micro comme pour entendre l'écho de son mince courage. Encore là, Olivier travailla au moins cinq minutes afin de donner à la prononciation de Kioto une vague ressemblance avec le français.

Manette suivante: Dave s'amusait, le cigare piqué au coin de la bouche, les deux pieds appuyés sur la table de la cabine, ce qui était étonnant pour un homme de sa classe.

Il faillit crever le micro en se mouchant comme un cargo qui annonce son entrée dans le port. Il grimaça dans le micro qui en vibra d'étonnement. Sans lever les yeux vers son professeur, il prononça:

— Si le français était plus facile, je parlerais jour et *nouit*. Si le professeur ne m'écoutait pas, je serais moins *nerveuss*. Si j'employais plus souvent mon imparfait, j'aurais moins de *problem* avec mon conditionnel. Si je pouvais fumer, *j'alloumerais* mon *cigar*.

Olivier lui envoya la main pour lui faire signe que tout allait bien.

— Continue Dave. C'est parfait. Si tu travaillais toujours aussi fort, tu pourrais conter fleurette aux belles petites Québécoises.

— Conter quoi?

— Je t'expliquerai en classe. Bonne chance!

Manette suivante: Betty, les cheveux dans la figure comme un chien barbet, serrait son micro sur son sein comme si elle avait voulu l'allaiter. Elle soufflait ses réponses dans le micro étouffé par autant de chair flasque. Elle avait l'air d'essayer chaque nouveau mot comme des souliers qui lui auraient fait mal. Lorsqu'elle sentit qu'Olivier l'écoutait, elle se mit à hurler:

— Je ne peux pas garder ce casque sur mes oreilles! J'étouffe dans cette boîte! C'est la *claustrophobia*!

— Calme-toi Betty, murmura Olivier pour la tranquilliser. Ça va passer. Tu peux sortir quelques minutes, si tu veux.

Il ferma la manette.

Betty demeura interdite, les yeux noircis de colère.

Dernière manette: Sagana prononçait chaque mot lentement, avec application, de sa voix profonde et veloutée. Lorsqu'elle se sentit écoutée, elle leva sur son professeur des yeux où flottait un rien de tristesse qui bouleversa Olivier. Il eut l'impression de surprendre un secret et coupa l'écoute.

Olivier se renversa sur sa chaise et contempla sa classe. Tout allait bien au point de vue technique pour le moment. Mais comme exercice, sauf pour Dave, c'était une royale perte de temps. Il n'était pas loin de conclure qu'un laboratoire de langue, c'est un laboratoire où on n'expérimente rien, où on ne concocte rien. Pour tout creuset et cornue, que des cassettes. Pas de la chimie, mais de l'alchimie linguistique. La seule expérience possible était d'éprouver la solidité des nerfs des étudiants... et du prof.

Il fit encore un tour d'audition. Ce n'était guère mieux. Il stoppa la cassette et pressa la manette pour s'adresser à tous les étudiants.

— Je pense que vous avez besoin de travailler très fort cet exercice. Nous allons tout effacer et recommencer.

Comme des élèves du secondaire, ils eurent une réaction de lassitude, sauf Wallech qui venait juste de se réveiller, la prunelle suiffeuse et alourdie, émergeant des brumes épaisses et lourdes de sa sieste. Il se demandait où il venait d'atterrir. Dave lança un sifflet strident dans son micro, Nancy échappa une aiguille à tricot, Kioto fixa ses yeux de chien fidèle vers la console, Ralph fracassa son poing sur sa table. Sagana gardait son attitude de statue de sel. Olivier sentit tout son sang ne faire qu'un aller-retour. Il ne s'attendait pas à une telle réaction de la part d'adultes.

— Et si on allait aux Raftsmen*, lança Betty.

Après la bataille des manettes, l'échec de l'exercice, la réaction puérile des étudiants, c'en était trop. Cette remarque faisait déborder la vapeur. Olivier bondit et hurla:

— Eh bien! si tu veux aller à la taverne, ce sera sans moi!

Et il quitta le laboratoire avec la délicatesse d'un char d'assaut. La frustration fit place à la stupéfaction parmi les étudiants. Betty elle-même était sidérée.

---

* Brasserie située non loin du centre Asticou.

— Je *faisa* une *pétite joke...* c'est *toute,* murmura-t-elle d'une voix agonisante.

— Je vais arranger ça, déclara Dave en mordant dans son cigare qu'il alluma étant donné la gravité de la situation.

Mais comme il se levait, Raoul, pochette prétentieuse et rose crâneuse à la boutonnière, se planta dans la porte affichant son plus beau teint apoplectique:

— Qu'est-ce qu'il y a encore?

Tous les étudiants regardèrent Dave comme pour lui donner le mandat de porte-parole du groupe. Wallech était complètement réveillé, mais toujours hébété et ne comprenant toujours pas un traître mot à ce qui se passait. Nancy avait renoncé à démêler son tricot qui s'agrippait à son micro avec entêtement. La tête de Kioto semblait se rétrécir entre les deux oreilles de ses écouteurs.

— Eh bien! je crois que nous sommes allés un peu trop loin. *I mean...* trop de blagues, *you know.* Olivier a raison. C'était son *première* laboratoire. Il est *nervous.* Alors, il a *explodé.* Voilà. C'est tout.

Raoul se donna quelques secondes de réflexion. Sa longue expérience des écoles secondaires lui avait appris que le silence a beaucoup plus d'impact qu'un torrent de paroles. Il finit par prononcer très lentement, deux octaves plus bas:

— Olivier ne finira pas le cours. Alors, pour calmer les esprits, vous allez retourner en classe et vous occuper par vous-mêmes jusqu'à l'heure du départ. J'espère que tout le monde sera en forme demain. Bonsoir.

Il n'y eut aucune réponse, à croire que les étudiants avaient oublié en chemin comment dire bonsoir en français.

Chapitre 7

Le lundi soir suivant, dans la grande salle du centre
Bisson, à Hull, il y avait foule. Pour une fois, une réunion
syndicale allait se dérouler à guichets fermés. Le suspense
durait depuis une semaine. Personne ne connaissait encore
les résultats du vote du lundi précédent.

Olivier voulait absolument rencontrer Julien avant
l'ouverture de l'assemblée pour bien confirmer la stratégie.
Il fouilla du regard la salle mais en vain, se plaça bien en
évidence dans la porte afin d'être repéré plus facilement.
Une main se posa sur son épaule.

— Olivier, tu es prêt?

Heureusement, c'était Julien, mais celui-ci semblait
nerveux comme une étudiante à son premier bal.

— N'oublie pas ce qu'on a préparé à la réunion chez moi.
Tu gardes exactement le même point à défendre. Il n'y a
rien de changé. Attention aux manigances. Tous les gars
sont d'attaque. Je compte sur toi. Ça va chauffer!

— Aucun problème, Julien. S'il le faut, je vais arracher le
micro pour leur parler. Ils ne nous auront pas sans avoir
livré une bataille sans merci.

Julien aperçut Philippe, le pédagogue de la guitare, un
autre membre de la petite équipe des «vieux». Il s'excusa
et courut vers lui pour donner ses dernières instructions.
Olivier s'engagea dans l'allée du milieu, cherchant une

chaise libre. Il en repéra une et prit place. Juste à côté de lui, il y avait une femme dans la trentaine avancée, jolie, petite, très noire, avec des yeux pétillants. Il ne la connaissait pas.

— Je suppose que tu enseignes à Carson. Je pense que je ne t'ai jamais rencontrée.

— Pas du tout. Je suis à Asticou, mais à l'unité B-2. Il me semble que ton visage m'est familier. Je t'ai sûrement croisé dans les corridors.

— Ça m'étonne de ne pas t'avoir remarquée. Je n'oublie jamais un joli visage.

— Merci. Je me présente, Gisèle Gravelle.

— Enchanté! Olivier Grenier. Ça va barder, ce soir. Qu'est-ce que tu en penses, Gisèle?

— Oui, je pense que les professeurs du haut de l'échelle sont plus nombreux et mieux préparés cette année. Mais les jeunes sont presque tous là et plus déterminés que jamais. Ils vont l'emporter comme d'habitude. De plus, l'exécutif est composé entièrement de jeunes.

— Et toi, Gisèle, tu es pour ou contre le montant uniforme?

— Je suis pour, même si j'y perds un peu. Je pense que c'est plus juste.

— Eh bien! moi, je pense le contraire. J'espère que d'ici la fin de l'assemblée, nous allons réussir à te convaincre.

À la droite d'Olivier, un homme dans la quarantaine, râblé, semblait vouloir engager la conversation. Il se gratta la gorge.

— *Jé souis* Jack Walker, professeur d'anglais. Je pense que cette *réunione* est *trrès importante,* ce soir.

— Oui, vous allez voir, on va se parler dans le nez?

— Se parler dans quoi?

— Oui, c'est une expression, on va se parler fort. Vous autres, les profs d'anglais, vous êtes pour ou contre?

— C'est difficile à *dirre*. *Half and half,* je pense. Mais nous ne sommes pas assez *numerous pourr* influencer le *result,* vous savez. C'est à vous, les francophones, je veux *dirre,* la balle est dans votre camp.

Le président du syndicat venait juste de prendre le micro et, tout en flattant sa longue barbe noire et touffue, il invitait tout le monde à prendre place et à garder le silence.

Olivier jeta un coup d'oeil à l'arrière de la salle: c'était plein jusqu'à la dernière rangée. Plusieurs étaient debout au fond et sur les côtés. Ici et là, il reconnut Guillaume, Raoul, Jacques et Mariette. À la table de l'exécutif, il repéra l'imposante Fabienne, secrétaire du syndicat ou quelque chose comme ça, qui trônait à la droite du président.

On expédia rapidement les affaires courantes à l'ordre du jour. Puis on en vint aux différents points de la convention: offre d'augmentation de 7%, élargissement de la description de tâche, refus de la prime de bilinguisme. On refusa tout à grands coups de gueule, tomahawk au bout du poing, force déclarations de guerre à outrance et menaces de grève illimitée.

— Nous parlons fort et *dans le nez* comme tu dis, confia Jack à Olivier avec un sourire goguenard, mais les profs ne sont pas capables de faire une *strike*. La plupart des profs vivent sur le *créditt*.

— Malheureusement, tu n'as que trop raison. Nous vivons au-dessus de nos moyens. Des petits bourgeois qui veulent respirer le même air que les grands bourgeois.

— D'ailleurs, ajouta Jack, j'ai appris un *top secret*. Les personnes de la Direction générale ont préparé un plan en cas de *strike*. Les cadres feront marcher la boutique sans les profs. Tout est prêt. Les étudiants feront de l'auto-apprentissage, c'est la bonne expression?

— Oui, exactement, reconnut Olivier. Bien sûr, on ne pourrait pas tenir longtemps. Quant à l'opinion publique, elle se fiche pas mal du bilinguisme. Les anglophones sont contre parce qu'ils prennent ça comme une revanche de la minorité et les francophones n'y croient pas. Donc, on est dans de beaux draps. Entre deux feux.

— Oui, mais le gouvernement ne veut pas qu'on fasse trop de bruit autour du bilinguisme, intervint Gisèle. Ça serait mauvais pour son image. Tout doit être comme dans le meilleur des mondes. C'est notre seule arme. Ça vaut ce que ça vaut.

Le président allait enfin attaquer le plat de résistance.

— Vous savez tous que nous avons pris le vote, la semaine dernière dans chacune de vos équipes, sur la question suivante: oui ou non, êtes-vous pour le montant uniforme? Nous avons compilé le résultat et voici ce que ça donne.

Le président fit une pause, consulta ses notes. On aurait pu entendre une mouche entretenir une mauvaise pensée tellement le silence était total.

— Contre: 634... Pour: 711.

La moitié de la salle croula en applaudissements, et l'autre se dressa sur ses ergots. Olivier ravala sa salive. Gisèle à côté s'arrachait les mains en applaudissements. Elle se pencha vers lui. Olivier put admirer le noir intense de ses prunelles.

— Je pense que vous êtes déjà battus. La justice finit toujours par triompher.

Olivier haussa les épaules en signe de résignation. Les membres de l'exécutif se jetaient des regards de satisfaction. Fabienne applaudissait encore en battant l'air de ses mains énormes lorsque le président reprit la parole.

— Évidemment ce résultat n'est qu'un sondage. Seul le vote de l'assemblée générale compte. Mais avant d'adopter définitivement cette résolution, je voudrais savoir s'il y a des interventions. Vous avez le droit de parole cette fois.

Un murmure hostile parcourut la salle, s'enfla légèrement, puis mourut. Des mains se levèrent.

— Le micro est à vous. Vous avez deux minutes, pas plus, pour exposer votre idée. Après la dernière intervention, nous prendrons le vote. Je n'accepterai aucun commentaire supplémentaire. Il faut être strict sur la procédure. Autrement, la réunion risque de finir dans un cul-de-sac.

Ceux qui avaient levé la main étaient déjà rendus au micro. Olivier s'était glissé au quatrième rang. Le président réclama une fois de plus le silence. Puis il donna la parole au premier intervenant. C'était un rouquin à la barbe en friche, plutôt jeune, petit, chétif.

— Gaston Larivière, Carson A-3. Je crois que nous faisons tous le même travail. Tous les matins, nous nous présentons à la même heure dans nos classes. Nous donnons tous le même enseignement. Et pour nous, ceux du bas de l'échelle, l'inflation est la même que pour les autres. La pinte de lait coûte le même prix pour tout le monde. Donc, ce n'est pas juste que ceux du sommet gagnent le double de ceux du premier échelon. Je vote donc pour le montant uniforme.

Il laissa le micro et les applaudissements crépitèrent dans toute la salle. Le président donna la parole au suivant. Julien était troisième. Olivier lui murmura:

— N'oublie pas de mentionner que nous payons plus d'impôts.

Mais Julien trouvait que cet argument était faible. Tout le monde payait des impôts selon leur salaire. L'argument n'avait donc aucun poids. Le deuxième intervenant s'avança au micro. Une grande maigre efflanquée dont la chevelure faisait des efforts louables pour rejoindre ses reins. Une sorcière en vacances ou en mal de balai.

— Jocelyne Beaudouin, Carson A-5. Je pense que le salaire des profs établi selon les critères d'expérience et de diplômes est sans fondement. Il faudra en venir un jour à être payé à la tâche pédagogique comme les médecins. Quelqu'un qui a une expérience de quinze ans n'enseigne pas nécessairement mieux qu'un débutant. Et le plus souvent, c'est le contraire.

Des oh! et des ah! accueillirent cette affirmation qu'on jugeait gratuite.

— Le débutant est tout feu tout flamme et il enseigne avec tout son coeur.

— Il ne faut tout de même pas charrier, rugit une voix anonyme.

— Oui, croyez-le ou non. Le prof d'expérience devient vite blasé et il enseigne d'une façon routinière. D'ailleurs, le vote général l'indique bien...

Nouveau chahut dans la salle. Des répliques fusaient de toutes parts. Une engueulade prit feu entre des groupes. La voix du président chevaucha un instant le tumulte.

— Quant aux diplômes... quant aux diplômes, on sait ce que ça vaut. Il y a des docteurs en machin chose qui sont incapables de tenir une heure devant une classe. Dans l'enseignement des langues, la pédagogie prime sur les connaissances. Mettez ça dans votre pipe, les vieux.

Nouveau brouhaha qui sembla ne plus vouloir s'éteindre. Le président dut rappeler plusieurs fois à l'ordre avant que la sorcière puisse enfourcher son balai.

— Je vote donc pour le montant uniforme. Comme je le disais tout à l'heure, le vote de la semaine dernière indique très bien où est la vérité. Pour le moment, il s'agit d'arrêter l'élargissement de l'écart entre le sommet et la base. Plus tard, il faudra en venir à un salaire uniforme qui pourrait varier selon l'évaluation de chacun.

Cette fois, les applaudissements furent traversés de chahutements. La salle était de toute évidence divisée sur cette idée d'augmentation uniforme. Julien se réjouissait de cette intervention, car il était justement prêt à la tailler en pièces. Il prit le micro comme on saisit une épée.

— Je vais répondre tout de suite à cet argument.

— Veuillez vous identifier s'il vous plaît, coupa le président.

Mais Julien n'avait pas compris. Le président répéta sa demande au grand amusement de la salle. Ça commençait mal pour Julien qui en perdit un peu son assurance.

— Julien Bourval, Asticou B-7. Si depuis nombre d'années au Québec, on a établi les salaires des profs selon les critères d'expérience et de diplômes, c'est pour une raison bien simple. D'abord, le premier critère assure une certaine stabilité du corps enseignant. Il encourage les profs à faire une longue carrière. J'avoue que quinze ans, c'est un peu long pour atteindre le sommet, mais ça incite ceux qui persévèrent. Le deuxième critère invite les enseignants à atteindre une compétence dont les jeunes ignorent jusqu'à la première syllabe.

Le chahutement se gonfla avec hargne. Julien se rendit compte que sa dernière phrase avait gâché toute son argumentation. Il tenta de regagner du terrain.

— Si on suivait l'idée des jeunes, le gouvernement pourrait demain matin décider de nous payer selon la tâche pédagogique, l'acte d'enseignement si vous voulez. On administre une règle de grammaire, c'est tout. On injecte quelques mots nouveaux et on passe la castonguette. (La blague fit son petit effet recueillant des rires ou des moqueries selon les options.) Alors tous les salaires seraient ramenés à une moyenne et je vous prie de croire que cette moyenne serait bien inférieure à celle de nos salaires actuels.

Des protestations s'élevèrent, puis se dissipèrent rapidement.

— Par exemple... par exemple, le gouvernement pourrait décréter que pour enseigner le français ou l'anglais, il suffit d'avoir un bac et une année d'expérience. Alors tout le monde serait réduit à recevoir le traitement du deuxième échelon. Tous les profs y perdraient.

Il fit une pause, laissa planer le silence qui invitait à la réflexion. Puis, il attaqua avec fermeté.

— Résultat: la bataille menée par les enseignants depuis vingt ans au Québec serait perdue. Quant à l'évaluation, permettez-moi d'émettre un doute sérieux sur sa valeur quand on pense qu'elle est effectuée par des dizaines de chefs d'équipe différents qui ont chacun leur propre conception de la valeur de l'enseignement. Voulez-vous rétrograder dans le système français avec leurs inspecteurs tout-puissants qui décident des salaires ou encore être ravalés au système du mérite qui est le sort de tous les fonctionnaires? Je refuse d'être fonctionnarisé. Pour toutes ces raisons, je vote contre le montant uniforme.

Julien abandonna le micro. Il y eut une seconde d'hésitation dans l'assemblée, puis la salle fondit en applaudissements. Mais un jeune prof, élancé, outrageusement barbu et chevelu, se leva au fond de la salle et hurla:

— La salle est noyautée par les vieux qui s'accrochent à leurs privilèges comme les Anglais au Québec. Les jeunes sont colonisés par les vieux qui ne veulent pas qu'on patauge dans leur fief.

Des «chous» accueillirent son intervention irrégulière et des applaudissements pauvres parsemèrent le tumulte général. Le président rappela à l'ordre et invita le jeune barbu à parler au micro. Mais Olivier n'avait pas l'intention de se laisser marcher sur les pieds. Il s'empara du micro.

— Pardon, monsieur le président, c'est à mon tour. Il faut suivre la procédure, dit-il avec une grinçante ironie. Que monsieur le colonisé veuille bien se mettre en ligne, s'il vous plaît.

On s'esclaffa et un tonnerre d'applaudissements marqua l'approbation de la salle.

— Olivier Grenier, Asticou B-7. Moi, je voudrais exposer ce que j'entends par espérance de salaire. Si on accepte, ce soir, le concept du montant uniforme, ça veut dire qu'on empêche les salaires du sommet de grimper davantage. Pendant les quinze dernières années, un enseignant peut perdre dans le système actuel. L'écart entre le sommet et la base va s'élargissant, bien sûr, mais lorsqu'il aura ateint le sommet après quinze ans, il lui restera vingt ans à jouir d'un salaire supérieur. L'augmentation, selon le pourcentage et non d'après le montant uniforme, est donc avantageuse pour les profs qui veulent faire carrière dans la profession. Plus on laissera le salaire au sommet augmenter, plus on pourra en jouir plus longtemps. C'est ce que j'appelle l'espérance de salaire. Je demande donc à tous les profs ici présents, le moindrement sérieux, et qui veulent faire carrière dans la profession, de voter contre le montant uniforme pour garder à tous le maximum d'espérance de salaire. Voilà pourquoi, je vais voter contre, ce soir.

Olivier quitta le micro et de la salle fusèrent des applaudissements nourris. Pendant qu'il traversait la grande allée centrale, des mains se tendirent vers lui. Il prit place et Gisèle lui glissa en douce à travers le vacarme:

— Malgré ta belle plaidoierie, je vais voter pour le montant uniforme, même si ça me défavorise. Je crois que c'est plus juste. Félicitations quand même.

De l'autre côté, Jack ajouta:

— Bravo Olivier, c'est bien parlé. *Tou* m'a *convaincou*. Il n'y a pas de comparaison entre les Anglais du Québec et les profs qui défendent leur expérience et leurs diplômes, dit-il en s'esclaffant. Tu as mon vote.

Quelques intervenants prirent encore la parole pour répéter en d'autres mots ce qu'on venait de dire. Le président coupait la parole à tous ceux qui se prononçaient contre le montant uniforme, mais après un certain temps, il fut hué à son tour. Finalement, le dernier intervenant défendit mal sa position en faveur du montant uniforme et la salle le conspua copieusement. Le président décréta que le moment du vote final était venu. On commença à distribuer les bulletins dans les rangées. Pendant ce temps, certains membres de l'exécutif se prononcèrent en faveur de la motion dans un silence tendu. Julien se leva et vint parler à Olivier.

— Tu as bien défendu notre point de vue. Je crois que c'est gagné.

— Je ne sais pas. Je pense que les jeunes sont encore en majorité dans la salle. Nous n'avons pas réussi à convaincre tous les vieux de venir à l'assemblée.

— Mais non, je crois que nous sommes assez nombreux pour l'emporter.

On ramassait les votes. L'exécutif discutait fermement. Tout le monde prit un café dans l'attente du résultat. Puis chacun regagna sa place. Le président consulta une dernière fois ses collègues, puis il prit la parole.

— Voici les résultats du vote final. Contre: 356...

La salle fut parcourue d'un murmure de nervosité.

— Pour: 247.

Un délire de joie éclata. Les vieux avaient gagné la bataille finale. Olivier sauta dans les bras de Jack. Gisèle lui tendit la main avec réticence. Mais elle reçut, à sa grande surprise, un bec retentissant sur les deux joues. L'équipe avait bien travaillé; la victoire était acquise.

Comme Julien sortait de la salle, il croisa tout à fait par hasard Fabienne.

— Eh bien! ma belle Fabienne, tu es contente? Je t'avais prédit que la bataille n'était pas terminée. Le bon sens l'a emporté finalement sur la majorité. Je peux te dire que plusieurs jeunes ont voté contre la proposition. C'est sans réplique. J'espère que l'an prochain vous ne reviendrez pas avec cette salade.

Fabienne se détourna brusquement et disparut dans la foule qui s'écoulait lentement par la porte.

Chapitre 8

— Helen est revenue aujourd'hui.

— A-t-elle été gravement malade?

Raoul mordillait le bout d'un crayon en tapotant son pupitre du bout des doigts. Il déposa son crayon devant lui et joignit les mains devant sa bouche comme pour une prière.

— La maladie des fonctionnaires, tu connais?

— Oui, la fonctionnarite, si je comprends bien.

— Dans son cas, c'est chronique.

Planté droit devant Raoul, Olivier imitait comiquement la position d'un soldat à l'attention qui n'attend que le signal pour se jeter au combat.

Par la fenêtre, octobre épuisait ses charmes avant de recevoir les premières taloches d'un novembre hargneux et cruel.

— Elle a pris un retard assez considérable, poursuivit Raoul. Surtout que durant son absence vous avez commencé le subjonctif. Si elle ne rattrape pas ce retard, elle va être drôlement perdue pour plusieurs semaines. J'aimerais donc que tu la prennes en attention individuelle. Juste pour la mettre sur le bon chemin.

— À vos ordres, mon général. J'y vais tout de suite.

Olivier sortit, cueillit en passant ses cahiers de leçons et se rendit à la porte de la classe. Avant de frapper, il hésita quelques secondes. Depuis son coup d'éclat au laboratoire, la classe avait pris un coup de sérieux. On avait mis la pédale douce sur l'agressivité; on avait donné un solide coup de collier au travail. Puis peu à peu, le naturel était revenu à bride abattue, puis à fine épouvante.

Olivier imaginait déjà l'accueil qu'on lui ferait. Il frappa. Mariette s'arrêta net de parler et invita à entrer. Il ouvrit pour surprendre sa collègue en plein feu de l'action au tableau. Il y avait plutôt de l'orage dans l'air.

— *Oliver, tou* es témoin. *Marriette* ne *vou* pas comprendre que je *souis* sourd aux *paroles trop hautes*. Je ne *vou* pas de *professeur femme, that's all.*

— Wallech, tu es sexiste. Il n'y a pas d'autre explication.

Mariette était furieuse comme lors de la classe choc. Olivier retrouvait en ce petit bout de femme douce la tigresse qui se réveillait et poussait des feulements en sortant les griffes.

— Dommage, intervint-il, mais c'est un problème qui concerne Raoul. Je ne veux pas m'en mêler.

Il fit une pause avant d'ajouter:

— Je m'excuse, Mariette, mais Raoul veut que je prenne Helen en attention individuelle. Helen, si tu veux apporter ton cahier, je vais te donner quelques explications... en privé... sur le subjonctif de la leçon de la semaine dernière.

Des oh! exclamatifs, des hum! insinuants ponctuèrent son invitation. Dave retira son cigare qu'il n'allumait plus et lança un sifflement qui voulait en dire long. Ralph pointa l'index vers Olivier.

— Attention, *Oliver,* elle va te manger. Tiens la porte de la cage *ouvert* pour t'*escaper* au bon moment.

Helen se leva avec la grâce d'un félin et se dirigea vers Olivier en faisant rouler et onduler ses hanches admirablement tournées. La classe laissa éclater une bordée de rires. Le regard d'Olivier heurta celui de Sagana, sombre et intense.

— Je vous laisse avec votre joli bourreau, lança Olivier à l'adresse de Mariette qui rougit de plaisir ou de gêne, on ne pouvait savoir dans les circonstances.

Dans l'unité, on réservait aux cours privés, qu'on baptisait pompeusement dans le jargon professoral d'attention individuelle, une petite salle où il y avait juste de la place pour deux personnes. Tapissée de blanc traversé de lignes noires, la pièce elle-même rappelait l'atmosphère d'une cellule ou d'une cage. Olivier laissa la porte ouverte, mais Helen, en lui glissant un regard complice, la referma doucement sans l'enclencher. Cela créait déjà une intimité équivoque. Comme dans son enfance où il jouait à la cabane dans le champ, Olivier eut le sentiment de venir se cacher dans un repaire. Helen s'enfonça dans un fauteuil moelleux, releva sa robe au-dessus du genou, croisa les jambes pour laisser bien en vue son mollet divinement galbé et la naissance d'une cuisse étourdissante. Elle était toute en beauté: perruque rousse assortie d'un maquillage prononcé dans les tons de vert et robe rouge écarlate. Olivier se plongea aussitôt dans son cahier à la recherche des exemples qu'il avait choisis.

— Nous allons... nous allons revoir rapidement, Helen, la première leçon sur le subjonctif.

Helen se mit à balancer son pied et ce mouvement fit perdre à Olivier tout le préambule de sa leçon.

— Tu sais... qu'en... qu'en anglais, il n'y a pas de subjonctif. C'est donc difficile pour un anglophone de saisir cette... cette particularité du français.

Olivier s'arrêta. Helen l'examinait avec aplomb sans porter la moindre attention à ses explications.

— On emploie... le subjonctif par exemple lorsqu'on utilise des verbes qui expriment le doute, l'opinion, un jugement... enfin, nous verrons ça. On va commencer par le doute. Je te donne un exemple.

Olivier avait l'impression que son étudiante ne l'écoutait toujours pas. Elle s'était dressée, les seins effrontés, et l'éclaboussait d'un sourire enjôleur.

— *Tou* sais, *Oliver,* je n'ai pas été vraiment malade. J'avais *besouin* d'un petit *rest*. Le français six heures par jour, c'est très fatiguant... Et *pouis, je souis* seule, tu comprends. J'ai trouvé un beau gars dans un bar, un samedi soir. Il m'a très bien soignée... au lit, *in the bed. You know what I mean.*

Elle lui coula un regard à chavirer tous les sens y compris le bon... sens. C'était vraiment une fille aux courbes chantantes, Olivier devait l'avouer. Elle tendait habilement chacun de ses appâts. Il se faisait l'effet d'être un poisson qui nage mal pour éviter l'hameçon ou le filet. Dans ce petit local, on étouffait comme dans un aquarium.

— *Depouis* que *jé souis divorrcée,* je n'ai pas d'homme dans ma vie. C'est très difficile pour une femme comme moi. Je *souis* vivante. J'ai *besouin* d'un peu d'affection, *tou* vois, un peu de tendresse.

— Ça ne doit pas être difficile pour une femme comme toi...

Mais aussitôt, il sut qu'il en avait trop dit. Il tenta de revenir tout de suite à la leçon.

— Je comprends. Helen, dit-il d'une voix mal assurée.

Il trouvait que le cours s'engageait plutôt mal.

— Mais je suis ici pour te faire rattraper ton retard de la semaine dernière. Et nous n'avons pas beaucoup de temps. Alors, si tu veux, on commence.

Le regard d'Olivier trébucha juste à ce moment dans un décolleté très généreux que son étudiante lui offrait en se penchant pour enlever une poussière à son soulier. Le pied reprit son petit jeu de va-et-vient obsédant. Malgré lui, Olivier avait pu jouir d'une plongée qui lui laissait deviner la liberté de... Elle lui sourit et il plongea tête première dans son cahier afin de trouver le premier exemple, sa bouée de sauvetage.

— Je... je doute que... que tu sois assez riche pour faire un voyage au Japon. Tu as reconnu le sub...

— Si c'est avec toi, je trouverai de l'argent.

Le pied s'arrêta brusquement. Un sourire triomphal montrait des dents blanches très régulières perlées de salive. Une main aux ongles verts caressait voluptueusement une cuisse frémissante.

Olivier demeura interdit. Le fauve lui faisait un pied de nez. Excédé, il brandit son fouet.

— Mais non, Helen, qu'est-ce que tu réponds là? C'est un exemple. Avec le verbe douter, il faut employer le subjonctif du verbe être. Que je sois, que tu sois, qu'il soit...

— Ou qu'elle soit.

— Oui, bien sûr. Que nous soyons, que vous soyez, qu'ils soient.

— Ou qu'elles soient.

Helen garda le silence en vrillant toujours ses grands yeux ardents dans ceux de son dompteur.

— *Oliver, tou* n'aimes pas les femmes?

Il se sentit déraper. Il voyait très bien quel petit jeu elle menait et où elle voulait en venir.

— Mais oui... je veux dire... non. J'aime les femmes, bien sûr.

— Alors pourquoi *tou* oublies toujours la troisième personne *féminine*?, murmura-t-elle en faisant onduler ses lèvres sensuelles.

— Qu'est-ce que tu vas chercher là, Helen? L'important, c'est de répondre à la question en employant un subjonctif, tu comprends?

— Mais je *pou* répondre ce que je *vou, Oliver.* Si je réponds bien en français, nous pratiquons le français. C'est le *bout,* non?

— Je t'en prie, Helen, sois sérieuse. Il faut que tu sois sérieuse. Tu vois, je viens d'employer un subjonctif, mais nous l'étudierons plus tard. Allons, réponds à ma question. Je doute que, le verbe être et tu continues la phrase.

Helen fit mine de réfléchir quelques secondes. Puis elle s'avança sur le bout de son fauteuil, déposa sa grande main aux ongles longs sur le genou d'Olivier et elle prononça lentement en appuyant lourdement sur chaque mot:

— Je doute que tu sois... capable... de résister... à mes charmes.

Olivier eut un geste d'impatience. Il retira son genou et ferma brusquement son cahier.

— Helen, je n'ai pas envie de jouer à ce petit jeu plus longtemps avec toi. Il faut t'en tenir à la leçon.
Donne-moi une bonne réponse, c'est tout.

— Ce n'est pas une bonne réponse? répliqua-t-elle en cherchant à reprendre le genou rétif.

Olivier demeura embarrassé. Elle avait encore raison. La réponse était excellente. Il rouvrit son cahier et chercha d'un doigt nerveux une autre phrase. Des sueurs perlaient à son front. Il faisait de plus en plus chaud dans cet aquarium. Olivier ressentait pour la belle rousse une attirance très forte, mais en même temps il détestait ce genre de femme trop entreprenante qui le mettait sur la défensive. Une belle lionne, mais dangereuse et féroce.

— Un autre exemple. Je ne pense pas que, le verbe être, et tu termines la phrase. Allons, sois sérieuse, Helen!

Elle s'absorba encore longuement, se pencha vers son professeur qui eut droit à une autre plongée imprenable dans le décolleté. Une fosse abyssale où le poisson le plus vigoureux risquait de se noyer. Helen, tout en fixant intensément sa victime, déboutonna un, puis deux boutons de l'échancrure de sa robe. Olivier ravala sa salive et devint pourpre. Devant ses yeux émerveillés, s'offraient à demi dénudés deux merveilleux globes de chair rose, tout à fait libres, moelleux et bien vivants qui bougeaient lascivement dans le tissu transparent. Helen, amusée, guettait impitoyablement les réactions de son dompteur. Elle lâchait un peu de corde pour mieux noyer le poisson. Puis elle prononça d'une voix chaude en appuyant sur chacune des syllabes.

— Je ne pense pas que *tou* sois assez fort *pour pas* avoir envie de toucher...

Olivier eut un recul brusque. Il avait peur que quelqu'un arrive à l'improviste et le surprenne en flagrant délit. La porte était toujours entrouverte. Sa première idée fut de la fermer, mais il se ravisa. Ça pourrait être une invitation pour Helen à aller encore plus loin. Il eut peur de la brusquer. Elle était bien capable de crier au viol. Le front cravaché par la rougeur, il aurait toutes les apparences de la culpabilité. La main d'Helen glissa insinueusement sur son genou, puis s'engagea sur sa cuisse. Olivier lui saisit la main et la repoussa en croisant les jambes pour éviter toute autre manoeuvre du genre. Dompteur terrorisé par le fauve, il brandit à nouveau son fouet.

— Alors, Helen, nous faisons la leçon ou bien nous retournons en classe?

Helen sentit qu'il était vraiment décidé. Elle se renfonça dans son fauteuil et fit mine d'être fâchée. Elle porta les mains à sa figure. Ses épaules s'agitèrent. Elle pleurait. Époustouflante comédienne! Il n'allait pas tomber dans son piège, mordre à un tel hameçon. De grosses larmes presque vraies inondèrent les joues de la tigresse. D'une voix étouffée, elle réussit à dire à travers ses sanglots:

— D'accord, *Oliver,* oublie ça. *Jé né* pas de chance en amour. *Jé né* jamais pu retenir mes *lovers* et même pas mon mari. C'est terrible pour une femme comme moi. J'ai *besouin* des hommes et ils ont peur de moi. Si *tou* savais mon histoire. *Jé* veux te raconter toute ma vie. *Tou peux* me comprendre alors. Mais ça ne t'intéresse pas, *of course.*

Puis avec un profond soupir de résignation, elle ajouta:

— Un autre exemple, si *tou* veux.

Olivier consulta son cahier. Les mots s'embrouillaient. Il n'arrivait pas à dénicher l'exemple suivant. Les lettres sautillaient à toute vitesse. Finalement, il réussit à trouver.

— Prenons... prenons... le verbe réussir. C'est un verbe spécial au subjonctif. Que je réussisse, que tu réussisses, etc. Compris? Bon! Alors le verbe penser avec la négation, le verbe réussir et tu termines la phrase. O.K.?

Le ton était faussement enjoué. Helen se plongea dans une longue et profonde réflexion, puis elle releva les yeux sur son professeur. Elle semblait avoir retrouvé sa maîtrise et lui glissa un regard en coulisse. Du bout de l'index, elle releva encore un peu plus sa robe pour dénuder la cuisse davantage.

— *Jé né* pense pas... que tu réuss... réussisses... *à pas tomber amoureux avec moi.*

Elle étala sur ses lèvres appétissantes un large sourire de satisfaction. Olivier laissa tomber les bras de découragement. Il garda le silence un bon moment, referma son cahier avec application.

— Bon, Helen, je pense, moi, que c'est inutile. Si tu as besoin d'un homme absolument, c'est ton problème. Je ne suis pas ton psychiatre. J'ai fait mon possible, la leçon est terminée. Nous retournons en classe.

Il se leva, se dirigea vers la porte, mais Helen se précipita et lui barra le passage. Elle se plaqua contre la porte en la refermant. Pour ouvrir, Olivier devait s'approcher d'elle et la pousser de côté. Erreur qu'il devait éviter. De côté, il tenta de saisir le bouton, mais elle s'accrocha à son cou violemment et lui infligea un baiser retentissant sur la bouche. Il tenta de se dégager, mais elle le tenait solidement. Elle le pressa contre son corps frémissant et il finit par céder. Ses bras entourèrent une taille de guêpe. Il la pressa à son tour contre son ventre et lui rendit son baiser. Ils restèrent enlacés un bon moment en se dévorant à pleine bouche. Puis Olivier la repoussa contre la porte. Helen lui décocha un regard victorieux.

— Je savais que *tou* ne pourrais pas résister encore longtemps, mon beau *Oliver*. *Tou* sais que *tou* es beau mâle. Toute la *nouit,* je rêve à toi, tu sais. Je me roule sur mon lit en poussant des *whispers* et je crie.

Trop tard. Olivier aurait voulu reprendre tout de suite son baiser et ses étreintes. La cage s'était refermée trop vite sur lui. Il se sentait maintenant à la merci de cette mangeuse d'hommes. Elle pourrait raconter n'importe quoi sur son compte. Il n'avait pas eu la force d'éviter le piège. L'aquarium n'était plus qu'un bocal pour poissons rouges... noyés dans leur naïveté.

— *Oliver,* ne raconte *plou* des mensonges. Je sais maintenant que *tou* as la *béguine* pour moi. D'accord, je retourne en classe. Mais ce soir, je t'attends à mon *apparrtment,* sans faute. Nous allons passer une excellente soirée tous les deux seuls, ensemble. J'ai *besouin* de toi. Et puis, *jé té* promets de pratiquer le français toute la soirée et de toutes les façons, ...debout, assis, couchée si *tou* veux. Et même le subjonctif. *Jé té* raconterai toute ma vie. *Tou* vas voir, c'est *very interesting.* Après tout, c'est toi le *professeurr.* Je ne *souis* que *l'étoudiante,* mon amour. Je doute que tu ne... sois... pas intéressé. Et puis *tou* n'est pas marié, alors?

Elle s'esclaffa, l'embrassa brusquement sur la joue, tourna le bouton. Par la porte, enfin ouverte, une grande bouffée d'air frais sauta au visage d'Olivier. Helen fit alors volte-face.

— C'est promis?

Olivier s'avança dans le corridor comme un somnambule sans trouver le courage de dire non. Devant lui, deux talons très hauts claquaient leur victoire.

Chapitre 9

Dans son appartement du Mont-Bleu, Olivier tournait en rond comme dans une cage. Le fauve était parti; il ne restait que le dompteur, seul, un fouet inutile pendant au bout de la main. Olivier avait soupé de peu de chose: un sandwich au jambon, du fromage, un peu de vin. Il n'avait pas le coeur à l'art culinaire.

Pendant quelques minutes, il tenta de se concentrer sur la leçon qu'il devait donner le lendemain. Mais l'esprit n'y était pas non plus. Il tourna le bouton du téléviseur. Tourna et tourna encore, toutes les chaînes y passèrent. Rien d'intéressant. Il ferma. À côté de lui, son journal. Il le feuilleta distraitement, ne lisant que les titres. Aucun d'entre eux ne réussit à retenir son attention. Il le laissa tomber à côté du fauteuil, saisit sa pipe, la bourra, l'alluma et en tira de nonchalantes bouffées.

Il barbouilla un peu le tableau qu'il travaillait: l'inspiration restait coincée entre les jambes d'un galbe étourdissant qui l'obsédaient. Il taquina un peu sa guitare qui demeura frigide sous ses caresses. Dans sa tête, le film de la leçon privée du matin repassait au ralenti. Il analysait chacune de ses réactions, démontait chacune de ses impressions. Surtout, il revoyait devant lui la splendide rousse, qui s'offrait à lui si facilement. Il était 7 h 30. Bien sûr, elle l'attendait. Mais il ne se sentait pas le courage d'y aller. Sur quel chemin, dans quelle aventure, un geste inconsidéré pouvait-il l'entraîner? Helen était bien capable de ruiner sa carrière de prof en étalant leurs relations au vu et au su de tout le monde, juste pour claironner sa victoire. Cette tigresse pouvait le déchirer de ses griffes. Il le savait. Il en perdrait sa crédibilité devant les autres étudiants. Et comment réagirait la direction si elle venait à savoir le genre d'aventure qu'il entretenait avec une étudiante? Au fond, ça ne regardait que lui, mais quand ces choses se répandent... Bien sûr, Helen et lui étaient majeurs, adultes, responsables; ils avaient bien le droit de mener leur vie comme ils l'entendaient. Mais...

Il avait eu plusieurs fois à se dépêtrer d'un début d'aventure, au secondaire, avec des adolescentes trop inflammables. Une fois même, les parents avaient dû s'en mêler, mais il s'en était toujours sorti les pattes blanches. Jamais il n'aurait commis l'imprudence de toucher à une adolescente. Cette fois, c'était tout différent. Il était libre, célibataire. Il pouvait agir à sa guise avec une femme consentante et divorcée. Ce n'était pas de l'amour. Juste une histoire de sens, à fleur de peau. Mais il n'aimait pas ce genre de femme et avait peur de se laisser emprisonner dans une toile d'araignée dont il n'arriverait plus à se dégager. Il tenta de chasser de son esprit toutes ses visions où son imagination l'entraînait trop vite et trop loin. Il avait tout le loisir de s'offrir un bon petit moment, mais après il pourrait bien se mordre les pouces de s'être livré entre les serres mortelles de la belle Helen. Et puis à travers ses visions de plaisirs charnels et de volupté débridée, il revoyait sans cesse le regard noir, intense, de Sagana qui lui faisait terriblement mal et plus loin, dans un certain brouillard, les yeux trop bleus de la blonde Mariette.

Comme un grand coup d'épée dans le silence, le téléphone sonna avec une stridence qui lui déchira les oreilles. Il tressaillit et se cramponna à son fauteuil. Il laissa sonner plusieurs fois, mais le téléphone s'entêtait dans son petit refrain obsédant. Il ne fallait surtout pas répondre. C'était sûrement elle qui le relançait jusque chez lui. Elle avait du culot, celle-là! Il laissa encore l'appareil crier, hurler ses appels. Si ça sonnait encore une fois, une seule, il décrocherait aussitôt. La sonnerie suivante le fit bondir. Il arracha le combiné et voulut le plaquer tout de suite sur les oreillettes, mais une voix mélodieuse le paralysa.

— *Honey,* je t'attends. *Tou* es là? *Hurry up,* je t'attends.

La voix se faisait soupir, insidieuse, serpentait dans son oreille, coulait comme du miel dans sa tête, descendait dans chacun de ses muscles, l'envahissait, le pénétrait.

— Je sais que *tou* es là, que *tou* en as envie. Allons! Viens!

Pétrifié, Olivier se sentait ensorcelé par cette voix chaude, sensuelle, profonde, qui l'invitait à entrer au paradis pour une soirée, juste une et par la grande porte. Il garda un bon moment le combiné à son oreille, mais sans répondre.

— Mon amour, réponds-moi. Je sais que *tou* es là. J'entends ta respiration rapide. Viens, tout de *souite.*

Il hésita encore un long moment, puis raccrocha sans dire un mot. Elle pensait l'avoir aussi facilement, mais non, il n'allait pas tomber dans son piège. Il lui fallait se distraire. Il ouvrit le journal, consulta les films à l'affiche dans les cinémas de la région. Aucun n'attira vraiment son attention. Rien. Il lança le journal sur le fauteuil d'à côté et demeura planté en plein milieu du salon, pantin qui n'attendait qu'une poussée pour s'agiter aux bouts de ses cordes. La guitare? Quelques accords. Ça sonnait faux. Le tableau sur le chevalet? Un paysage de la Gatineau. Il n'arrivait plus à trouver le bleu du ciel. Puis, tout à coup, il fut emporté par un coup de vent, un raz-de-marée irrésistible.

— Et pourquoi pas? Je suis fou de me faire tant de problèmes!

Il enfila son manteau et se rua dehors. Il pleuvait à torrents. Le ciel rageait.

Au volant de sa voiture, il ne savait plus où il allait exactement. Il dût s'arrêter au coin d'une rue pour consulter le bout de papier que Helen lui avait remis à la fin de la journée avant de partir. L'adresse était là qui lui crevait les yeux. Il remit en marche et fonça vers le pont Macdonald-Cartier, le traversa comme une flèche, longea le canal Rideau, puis se retrouva rapidement parmi les tours d'habitation. Il stationna. Dans un appartement d'une de ces tours, une femme chaude et ardente l'attendait. Mais quelle fenêtre?

L'adresse! L'adresse vite! Où est-ce qu'il avait fichu cette maudite adresse? C'était un petit papier jaune ou blanc, il ne savait plus très bien. Il venait juste de le mettre sur la banquette. Où était-il passé? Il glissa la main entre le siège et le dossier. Rien. Il alluma le plafonnier. Chercha à terre, à ses pieds. Fou de rage, il examina toute la voiture. Ce papier ne s'était tout de même pas collé de lui-même au plafond! Il n'avait pas pu s'envoler de la voiture. Le moteur ne l'avait pas mangé tout de même. Surtout pas question de retourner bredouille à son appartement. Il n'avait même pas le numéro de téléphone d'Helen.

Excédé, Olivier descendit et courut vers la première tour. Dans le hall, il passa en revue la centaine de noms des locataires. Pas de Helen Machin-Chose. Il sortit, traversa la rue déserte. Il pleuvait toujours à boire debout. Dans la deuxième tour, une Helen. Helen Pearson. Il sonna. Une voix grincheuse. Olivier prit la fuite. Restait une seule tour. C'était la bonne sûrement. Au numéro 56, il trouva: Helen Baker. Tiens, il ne se rappelait pas son nom de famille. Baker? C'était drôle. Bah! peu importait. Il sonna, le coeur dans la gorge. Il ne savait même pas s'il pourrait répondre quelque chose. Et justement quoi? Mais il était trop tard. Une voix qu'il ne reconnut pas d'abord, légèrement métallisée par l'interphone, chaude, insidieuse, répondit.

— Ici Helen Baker.

Olivier tenta de dire quelque chose. Elle parlait français. Elle savait donc que c'était lui. Mais quoi dire?

— C'est... c'est moi... Helen...

— Ah! je savais bien que *tou* viendrais. Monte.

Petite sonnerie agaçante. Il tira la porte qui s'ouvrit comme une main tendue. Devant lui, l'ascenseur. Mais quel étage? Il se rua vers la sortie, mit un certain temps à retrouver le numéro 56. Le 8e étage. L'ascenseur. On l'emportait au septième ciel. Il ne voulait plus réfléchir. Trop tard pour rebrousser chemin. À nouveau dans la cage aux fauves. Il devait plonger jusqu'au fond de l'aquarium. L'ascenseur émit un long sifflement. La montée parut une éternité. Puis tout stoppa. Les deux portes devaient être coincées, car elles mettaient un temps énorme à s'ouvrir. Du bout des doigts, il tenta de les écarter, plus brusquement elles cédèrent et s'ouvrirent toutes grandes. Un corridor vide comme sa tête. Il se rua à droite, croisa une vieille dame qui se retourna sur son passage.

— My God!

Le numéro. Vite. Le numéro. Encore oublié! Derrière lui, une voix. C'était Helen. Il entra. Il ne savait plus quelle attitude adopter. Oublié, ça aussi! Mais elle lui ouvrait les bras tout grands. Plus belle que jamais dans une sorte de déshabillé bleu ciel. Perruque blonde. Maquillage bien tapé. Elle referma, et se pendit à son cou.

— Enfin! *Tou* es *venou*. J'ai eu si *peurr,* tu sais! Je croyais que *tou* ne viendrais jamais à la fin.

Elle tendit sa bouche pulpeuse. Le fer rouge de ses lèvres. Ils n'arrivaient pas à se défaire l'un de l'autre. C'est elle qui le repoussa la première.

— *Tou* es tout en sueur, tout... mouillé? C'est correct... mouillé?

Il fit signe que oui, incapable d'émettre un seul son.

— *Tou* es essoufflé. Ton coeur bat comme... comme *une* tambour. Viens te reposer.

Il n'avait pas encore dit un seul mot. Presque devenu muet. Il se laissa choir sur un divan. Elle resta un bon moment plantée devant lui comme une déesse perchée dans les nuages, à le regarder reprendre son souffle.

— *Tou* as *besouin* d'un *bonne stimoulant.* Qu'est-ce que je t'offre? Gin? Whisky? Scotch? Cocktail? Un Gimlet peut-être? Ou un Manhattan? Allons, don Juan, fais ton choix.

— Oui, c'est ça, c'est ça.

— Bon, *on the rock*?

— Oui, oui, bien sûr.

Helen disparut et reparut aussitôt comme par magie. Elle avait dû préparer les consommations à l'avance, car elle lui tendit un grand verre d'une couleur douteuse qu'il avala en deux gorgées. Helen ouvrit de grands yeux incrédules.

— *Encorr?*

— Oui, mais un peu moins fort, s'il te plaît.

Cette fois, Olivier sirota son verre en silence pendant un moment qui parut interminable. Tout ce silence subitement entre eux! Il voulait dire quelque chose, mais n'y arrivait pas. Il se demandait comment les choses allaient se passer. Mais il faisait confiance à sa lionne. Dans ses autres aventures avec des femmes, il avait été celui qui prenait l'initiative et ça lui avait toujours réussi. Mais avec Helen, il se sentait démuni. Elle le fixait toujours de son large sourire.

— Alors, mon chéri, on le pratique ce subjonctif? Je *souis* prête.

Il sourit. Pour la première fois, il se sentait détendu. L'alcool faisait son effet. Une chaleur bienfaisante se répandait dans ses membres.

— Si Ralph nous voyait, j'aimerais voir la tête qu'il ferait. Helen avec son prof!

— Il ne serait peut-être pas si *sourpris,* insinua-t-elle. Elle fit une pause. Et si Sagana nous voyait?

— Sagana?

— Allons, *Oliver,* ne me dis pas que *tou* n'a jamais remarqué comment elle te regarde.

Olivier haussa les épaules. Elle disait n'importe quoi. Chose certaine, il avait oublié tous les exemples du subjonctif, mais il comprenait très bien quelle leçon son étudiante voulait revoir. Ils s'embrassèrent avec passion, puis il la contempla avidement. Il ne pouvait croire qu'il tenait dans ses bras une femme aussi belle, aussi désirable. Un rêve!

— Un peu de musique?

Helen pressa un bouton et un slow monta vaporeusement vers lui. La musique glissait sur sa peau. Un frisson. Un tourbillon langoureux. Elle se pressait contre lui. Il sentait tout son corps frémir. Il distribua de petits baisers pointus sur les joues, dans le cou, sur les épaules nues. Pour un déshabillé, c'en était un vrai! Il déshabillait plus qu'il n'habillait. Ses mains caressaient un dos dénudé jusqu'au... subjonctif, pensa-t-il se souriant à lui-même. Helen cherchait sans cesse sa bouche, passait les mains dans ses cheveux. Le couple glissait sur une musique enveloppante, ensorcelante. Puis un autre morceau succéda au premier, et un troisième. Olivier commençait à perdre les jambes et la tête. Helen se faisait féline, coulante, lascive. Elle l'enveloppait de tout son corps. La musique cessa, mais ils restèrent enlacés encore un long moment, puis se délièrent tendrement.

À nouveau, tous les deux assis sur le divan moelleux. Des regards complices. Olivier plongea au fond de son verre pour étancher sa soif. La danse lui donnait chaud. Helen le dévorait des yeux. Puis, tout à coup, elle bondit et lança sur un ton enjoué:

— Et maintenant, place au strip-tease.

Olivier n'eut pas le temps de dire non. Les formes devant lui se brouillèrent, se diluèrent. Helen devenait une bouffée de bonheur, un génie qui sortait d'une bouteille enchantée, un coin de paradis terrestre, vivant. Le verre vide à la main, il regardait, à demi aveuglé par tant de beauté. Il devait rêver et il allait se réveiller d'une seconde à l'autre, dans son lit froid de célibataire.

Alors, Helen l'entraîna dans la chambre, sur le lit, et balança sa perruque. Tout le reste de la nuit, Olivier put goûter à satiété les délices de l'union des deux peuples fondateurs.

Chapitre 10

Le lendemain, c'est plutôt en mauvaise forme qu'Olivier se présenta en classe après une nuit très écourtée. Comme pour faire exprès, il devait commencer une série de leçons sur certaines particularités de la langue québécoise. Il n'avait pas réussi, la veille, à imaginer une façon originale de présenter cette leçon. Tant pis, il n'avait qu'à foncer sans se mettre en quatre pour leur faire avaler la pilule.

Helen semblait tout épanouie, fraîche et rayonnante. Ils avaient convenu, aux petites heures du matin, de ne rien laisser transpirer de leur aventure toute neuve. Pour venir au cours, elle avait juste appuyé un peu plus sur le maquillage et avait troqué la perruque rousse contre la blonde.

Sagana accrochait ses yeux noirs d'une intensité inhabituelle tantôt sur Helen, tantôt sur Olivier. Elle donnait l'impression de deviner, de percer quelque chose entre eux. Olivier n'aimait pas ce regard qui parfois le harponnait violemment pour fuir aussitôt sous des paupières d'un brun doré.

Comme d'habitude, Ralph était arrivé en retard après avoir fait du jogging autour d'Asticou. Toute la classe baigna rapidement dans l'odeur surie de la sueur encore accrochée à ses vêtements affalés ici sur un radiateur et là sur le dos tourné d'une chaise solitaire. Sous cet assaut olfactif, Wallech avait battu en retraite à l'autre bout de la classe et Helen avait vaporisé ostensiblement son parfum sans pour autant faire sourciller le coupable. Seule Betty supportait la proximité de Ralph, sans la moindre gêne, emmaillottée et protégée qu'elle était par son propre réseau d'odeurs intimes et difficilement identifiables.

Ralph enleva ses bottines et, comme d'habitude, allongea les pieds sur une table basse placée au centre de la classe. Juste à ce moment, Helen fouilla dans son sac, en sortit une paire de pantoufles qu'elle déposa sur la table devant les pieds de Ralph. La classe explosa de rire et Ralph enfila les pantoufles avec des gestes exagérés pour masquer son embarras. Les pantoufles étaient beaucoup trop grandes et les rires redoublèrent.

— Bravo, Helen, lança Dave en se tapant dans les mains au risque d'avaler la moitié de son cigare. Attention, Ralph, Helen te fait des propositions indirectes. Elle commence par ton point faible.

Olivier commença par le mot «pantoute» dont il expliqua le sens. Puis il mit en marche le magnétophone pour faire écouter le mot plusieurs fois en pistonnant de l'arrière à l'avant comme un enragé.

— Pantoute... pantoute... pantoute...

Le prof pointa Dave qui répéta le mot assez bien, après avoir fait semblant de lancer au plafond une bouffée de fumée imaginaire. Puis Helen, Sagana, Nancy s'en tirèrent très bien. Ralph resta muet, refusant de répéter le mot insolite.

— Allons, Ralph, ce n'est pas si difficile. Pan-tou-te, répéta Olivier en scandant chaque syllabe.

Ralph se cabra dans son fauteuil, durcit son regard d'un bleu acier à travers ses épaisses lunettes avant de prononcer d'une voix sourde où pointait une indignation mal maîtrisée.

— *Jé né vou* pas apprendre le *slang* québécois, *Oliver,* ce que vous appelez le joual. *Jé souis* ici pour apprendre le *bonne* français. *You know what I mean?*

Olivier tressaillit sous le choc de cette attaque contre la langue québécoise. Cette remarque suintait le mépris. Il se ressaisit, mais sa lèvre inférieure tremblait.

— Je comprends, Ralph. Il faut... il faut que tu parles le meilleur français possible. Mais... mais au bureau lorsqu'un francophone va te parler, il va employer sa propre langue et il faudra que tu le comprennes.

Récalcitrant, Ralph se renfrogna dans son fauteuil et défia Olivier de son regard devenu gris sale. Une colère à peine dissimulée vibra dans sa voix.

— *Cé cé qué jé* dis. *Jé né* dois pas répéter, seulement comprendre. Et *pouis, jé né* vois pas *pourrquoi jé* dois comprendre *cet* mot. En France, les Français ne *comprend* pas les *Quouibécois* parce que vous parlez *une* dialecte ou *une* patois, une langue esquimaude, un *lousy french,* le petit nègre, *jé né* sais pas.

Olivier remarqua que Ralph avait un peu d'écume aux commissures. Était-ce le jogging ou la rage, ou encore son alcoolisme?

Olivier s'empourpra légèrement et fit un geste d'impatience. Mais Dave cessa de téter son cigare éteint pour venir à la rescousse de son camarade de classe tout en lissant avec minutie du bout de l'index et du pouce l'arabesque gauche de sa moustache.

— C'est un peu vrai, *Oliver.* Si les Québécois ou les francophones au Canada veulent qu'on les com-pren-ne, un petit subjonctif en passant, fit-il en souriant, ils doivent parler *le bon* français. Autrement, *c'est pas possible pour nous* de les comprendre. L'autre jour, *jé souis* allé dans *une* garage à Hull et j'ai *voulou* parler français avec le pom-pis-te, c'est correct?

Olivier fit un signe affirmatif.

— Et il m'a répondu en anglais. *Jé* pense qu'il ne me comprenait pas. *J'ai trop d'accent.* C'est mauvais.

— Ce n'est pas important l'accent, Dave, coupa Olivier. C'est même savoureux parfois d'entendre un étranger parler notre langue avec son accent. Il y a quelque chose de piquant, de pimenté dans un accent étranger. Comme tu dis, l'important c'est de se faire comprendre.

— D'accord, mais je continue mon histoire. Ensuite, il a parlé avec son patron et *jé né* rien compris. Rien pan-tou-te, prononça-t-il avec application et un large sourire. J'ai compris seulement quelques mots de français, mais *ça ne faisait pas de sens pour moi*. Ils parlaient trop vite. Après plusieurs mois à plein temps à apprendre le français, c'est décourageant, *tou* comprends? Ce n'est pas possible.

Le professeur ne répondit pas tout de suite. Il regarda ses étudiants tour à tour, laissa échapper un profond soupir, puis demanda:

— Êtes-vous tous de cet avis?

Ils firent signe que oui. À ce moment, Helen tenta de retenir le regard d'Olivier qui dévia tout de suite vers Sagana. Le professeur se rendit au tableau et fit deux cercles dans lesquels il écrivit les mots Québec et France. Il jeta un coup d'oeil dehors. Par les grandes fenêtres, la première neige de novembre tombait, molle, troublée parfois par un vent folichon.

— Alors, je crois que vous avez besoin d'une petite explication sur les langues. Est-ce qu'un prof vous a déjà expliqué la théorie des langues?

Il n'y eut pas de réponse claire. Dave pensait que oui, Ralph affirmait que non et les autres ne savaient pas.

— Voilà. Si vous viviez en France, vous pourriez comprendre les Français qui parlent ce qu'on appelle le français international. Remarquez que tous les francophones du monde parlent globalement le français international. C'est la langue que nous avons tous en commun. C'est celle qu'on enseigne ici, bien sûr. Mais lorsque vous parlerez à des Français en chair et en os, ils emploieront des mots d'argot à Paris et, en Provence, (Olivier écrivait dans le grand cercle de la France), dans le Nord, en Alsace-Lorraine, à l'Ouest, partout les Français ont des façons différentes de parler, de prononcer. Donc si vous viviez en France, il faudrait apprendre quelques mots et expressions d'argot comme le cinoche, ça veut dire le cinéma, bouffer qui veut dire manger, etc. En Belgique, c'est pareil et en Suisse et dans les pays d'Afrique francophone, la même chose. Comme vous vivez au Canada, il y a le joual de Montréal (il se mit à écrire dans le cercle Québec). Puis les différents parlers régionaux de Gaspésie, du Lac Saint-Jean ou de l'Outaouais, et les accents bien sûr. Comptez-vous chanceux, il y en a moins au Québec qu'en France.

— Mais *pourrquoi* les *francophônes ne pas parler tous le* français international comme nous, les *anglophônes,* nous n'avons pas d'accent et nous parlons tous le même anglais, lança Ralph avec agressivité.

Olivier esquissa un sourire. Son regard rencontra celui de Dave qui semblait connaître déjà un élément de la réponse.

— Dave, es-tu d'accord avec Ralph?

— *Jé né* pense pas. Parce que même en Angleterre, à Londres, par exemple, nous parlons le cockney qui est un peu du joual.

— Est-ce que tu peux parler cockney, Dave?

— Bien *sour.*

— Donne-nous un exemple.

— Je vais vous réciter un passage de *Pygmalion* de Robert Shaw. *"Ow, eez y-ooa son, is e? Wal, fewd dan y'd-ooty bawmz a mather should, eed now bettern to spawl a pore gel's flahrzn, than ran awy athaht pyin. Will ye-oo py me ef'them?"*

Dave éclata de rire au nez des autres étudiants intrigués et mystifiés à la fois.

— Est-ce que vous avez compris? demanda Olivier avec un rien de malice dans le regard. Peux-tu traduire, Dave?

— Bien *sour,* ça veut dire à peu près en bon anglais. *"Oh, he's your son, is he? Well, if you had done your duty by him as a mother should, he'd know better than to spoil a poor girl's flowers and then run away without paying. Will you pay me for them?''*

— Aviez-vous compris ça? demanda encore Olivier.

Personne ne répondit, mais tous se regardaient avec des sourires en coin.

— Alors vous voyez, même en anglais il y a des accents, des slangs et des parlers régionaux. Par exemple, il y a des différences entre les Irlandais, les Britanniques, les Écossais et les Gallois dans leur façon de parler.

— Et même entre les quartiers de Londres, coupa Dave, il y a tellement de différences d'un quartier *sur* l'autre que les *personnes* parfois ne se comprennent pas.

— Et aux États-Unis maintenant, renchérit Olivier. Il y a des écarts de prononciation, d'accent, de vocabulaire entre les Noirs et les Blancs, entre les slangs des grandes villes, entre le Sud et le Nord et je pourrais encore allonger la liste, je vous assure.

Olivier laisse voler le silence. Ralph s'était à nouveau renfrogné dans son fauteuil. Ses yeux dont la haine accentuait la myopie devenaient deux crachats, deux énormes taches de pus.

— Et au Canada anglais, vous croyez vraiment que tous les anglophones parlent l'anglais international, reprit Olivier avec un large sourire et des yeux qui pétillaient de taquinerie.

Cette fois, le professeur n'eut pas besoin de donner des exemples. Les rires lui donnaient déjà raison. Mais il poursuivit.

— On pourrait dire la même chose de toutes les langues du monde; l'allemand, l'italien, l'espagnol, le russe, le chinois. D'ailleurs, ça explique pourquoi en Afrique il y a presque une langue pour chaque tribu et partout ailleurs dans le monde où l'instruction n'est pas très répandue, les dialectes de toutes sortes ne se comptent plus, tellement il y en a. Quinze langues juste en Inde, une centaine de dialectes seulement aux Philippines. Grâce à l'école et aux médias, les pays industrialisés ont réussi à imposer ce qu'on appelle maintenant les langues internationales, mais c'est plutôt récent.

Olivier s'arrêta. Puis se tournant vers Wallech qui se livrait déjà à ses exercices d'assoupissement, il demanda:

— Et toi, Wallech, c'est la même chose en Pologne, je pense?

Celui-ci sursauta en ouvrant de grands yeux hébétés.

— Pardon, je n'ai pas très *bon* compris?

La classe s'esclaffa et Olivier dut répéter sa question.

— Bien *sour,* il y a une différence surtout entre le polonais du Nord et du Sud, je pense.

— Et toi, Sagana, chez les Amérindiens?

— C'est la même chose, répondit celle-ci en le fixant droit dans les yeux. Il y a plusieurs langues, plusieurs accents d'une tribu *vers* l'autre, d'un peuple *vers* l'autre. Il y a l'iroquois, le montagnais, par exemple.

— Et toi, Mike, au Japon?

Celui-ci composa son éternel sourire asiatique, se frotta les mains, s'avança sur le bout de son fauteuil.

— Oh oui! le japonais au Nord, c'est presque une autre langue *que* du Sud. Et il y a *très beaucoup* de dialectes.

— Et toi, Amraj?

— En *India,* c'est la même situation, fit ce dernier avec une lenteur solennelle de maharadjah. Comme tu as dit, il y a quinze langues plus l'anglais. Et dans chaque langue, il y a *beaucoup de différents* accents et des mots avec des prononciations *pas semblables.*

— Eh bien, vous voyez, il n'y a pas qu'au Québec...

— *Chu* pas *pantoute* d'accord, rugit Betty en faisant trembler ses énormes mamelles. *Cé pasque,* j'parle ce maudit *damned* français de mon *pére* et de *mon mére* que j'ai pas *réoussis* mon test. *No way, chu* française *aussi mieux que toé, Oliver,* mais j'ai honte de parler ma langue. Je parle mieux l'anglais, alors *chu* anglaise. Je veux rien *sawoère* du joual *quouibécois.* J'ai pas *d'affére être icitte* à *pardre* mon temps. Au lieu de mal parler, les *Quouibécois devra* tous s'assimiler comme *moé* et pis on *aura pu ste* maudit *"What does Quebec want?"* *Pu* de *séparatisses itou.* Fini les maudites *foleries* à Lévesque. Et *pis* en *pluss,* y vous faut une loi pour parler le *frança, cé-t-y* assez fort, pour *toé* ?

À la grande surprise des étudiants, Olivier, loin d'être décontenancé par une telle dégelée, répondit du tac au tac avec le plus grand calme.

— Parfaitement d'accord, Betty, si les Québécois veulent renoncer à leur identité, à leur culture, à leur langue, alors allons-y, suicidons-nous culturellement, disparaissons de la carte comme entité ethnique. Ce ne sera pas un drame pour l'humanité. Au cours de l'histoire, plusieurs peuples sont ainsi disparus. On conserve même encore aujourd'hui des textes de langues qu'on ne peut comprendre. Et même des peuples comme les Irlandais, les Bretons et bien d'autres sont de vivants exemples de peuples qui ont perdu leur langue originelle. Mais si nous voulons garder notre identité, alors il faut se protéger et se faire respecter. Tu as choisi de te laisser assimiler, c'est ton choix et je le respecte. Mais je ne comprends pas ton agressivité contre le français.

Betty enfonça la tête derrière ses deux énormes attributs mammaires tout en fusillant Olivier du bout des yeux. Nancy laissa tomber son tricot.

— Le test *sera* seulement *sur* le français international, j'espère?

— Évidemment. N'ayez aucune crainte là-dessus. Mais le test, c'est un passe-partout, un passeport pour obtenir des postes bilingues, ce n'est pas la garantie d'être capable de communiquer avec d'autres francophones en français.

— Ça ne fait rien, riposta Ralph, je n'ai pas *besouin du* français dans mon poste. *Jé né* sais pas pourquoi on m'a envoyé dans les cours de français. *Jé né* parle jamais *le* français au travail. J'ai juste *besouin* d'un papier. *That's all.* Au travail, il n'y a pas de *francophônes* dans mon service.

— En es-tu bien certain? questionna Olivier sur un ton plein de sous-entendus.

— Peut-être, mais ils parlent tous l'anglais aussi *mieux* que moi.

— Ah! voilà! Mais la loi des langues officielles demande que les deux langues soient traitées sur un pied d'égalité. Ce n'est pas toujours aux francophones à parler anglais. Le contraire peut se produire, doit se produire de plus en plus.

— Moi, intervint Dave en mâchouillant son cigare toujours éteint, j'ai essayé *pour* parler *le* français avec les *francophônes,* mais à chaque fois, ils me parlent anglais et ça m'insulte parce que c'est comme s'ils disaient: «Tu parles pas assez bien ou assez vite, donc parlons anglais.»

— Je suis d'accord avec vous. Beaucoup de francophones ne sont pas assez patients avec les anglophones. Ils devraient l'être. On tue le bilinguisme dans l'oeuf en parlant tout de suite anglais. Ça ne vous encourage pas à parler français. Vous avez raison. Par contre, il faut faire un effort et exiger qu'on vous réponde en français si vous voulez pratiquer au travail et dans les endroits publics.

— C'est ça, *Oliver,* je manque de pratique. Personne ne veut parler *le* français avec moi, confirma Helen en poussant un clin d'oeil vers Sagana.

Olivier se sentit perdre pied, mais il réussit à lui lancer un regard cinglant. Il voulut répondre par une blague, mais Sagana fut plus rapide et tira à bout portant.

— Je *peux* comprendre que *tou* ne peux pas *sédouire* un *francophône*, Helen?

Un silence inconfortable sembla tout à coup occuper toute la salle de classe. Olivier tenta de briser le cercle magique.

— Évidemment... évidemment, la... la seule supériorité linguistique de la minorité au Canada, c'est que l'anglais d'une part est plus facile que le français, et en plus, les francophones sont beaucoup plus exposés à l'anglais en Amérique du Nord que les anglophones le sont au français.

— Moi, ce qui m'intéresse, c'est de *réoussir* mon test pour avoir mon *certificate* de bilinguisme et *le* prime qui va avec, s'obstina Ralph en braquant ses yeux myopes, hypnotiseurs, sur Olivier.

— Ça ne t'intéresse pas de communiquer en français avec de vrais Québécois? Pas avec des profs bien sûr parce que nous parlons le français international, c'est plus facile pour toi. Nous souffrons d'une déformation professionnelle. Nous parlons plus lentement, nous prononçons davantage et nous employons un vocabulaire plus simple. C'est pourquoi nous faisons parfois des sorties avec vous dans le vrai monde, dans les magasins par exemple, pour vous permettre de communiquer avec des gens ordinaires qui font des fautes. Surtout dans la région, parce que les Québécois ici sont très proches de l'Ontario et il y a beaucoup d'anglicismes que vous devez connaître pour les comprendre. Ça peut sembler incroyable, mais les anglophones ne comprennent pas les anglicismes des Québécois. Par exemple, dans la région, on dit souvent *«pour faire sûr»*. C'est un anglicisme qui vient de l'expression *to make sure*. Il faut dire: pour être certain, pour s'assurer. Si vous allez dans un garage, on va vous parler de *tire,* de *bumper,* de *windshield*, etc. Je vais vous montrer les correspondants en français de ces mots, mais vous devrez comprendre le garagiste qui va vous parler dans une sorte de franglais.

— Voilà *pourrquoi jé né vou* pas apprendre le *quouibécois, Oliver,* répliqua Ralph. Vous *ioutilisez* trop de mots anglais.

— Là aussi, vous avez besoin d'une petite mise au point. Je vais peut-être te surprendre Ralph, mais l'anglais emploie plus de mots français que le contraire. D'ailleurs, l'anglais est la langue qui emprunte le plus de mots aux autres langues alors que le chinois est la langue qui en emprunte le moins. Par exemple, vous avez emprunté des mots de toutes vos colonies, aux Indes, en Chine, en Afrique, en Amérique. Ce serait trop long de tout citer. Mais vous devez savoir que la langue anglaise a emprunté environ 40 pour cent de son vocabulaire au français. Vous connaissez sans doute l'histoire de Guillaume le Conquérant, un Français qui a envahi l'Angleterre...

— Qui? demanda Nancy sans quitter des yeux son tricot.

Olivier ne pouvait supporter le cliquetis agaçant de son dentier emmêlé aux caquètements de ses aiguilles à tricoter.

— William the Conqueror, traduisit Olivier.

— Ah oui!

— À cette époque, il y avait les Saxons d'origine germanique. Le peuple d'Angleterre parlait l'anglais, le vieil anglais. Guillaume, un Normand, a importé le français en Angleterre et, pendant des générations, à la cour du roi, on a parlé français. Les gens instruits, les nobles, parlaient français. Le peuple, lui, a continué à parler anglais. C'est pourquoi, aujourd'hui, vous dites *sheep* et *mouton, ox* et *beef*. Tous les mots anglais qui ressemblent au français ont été empruntés à notre langue. Il y a beaucoup plus de francicismes que d'anglicismes. Je ne sais pas si le mot existe, mais je l'invente.

— Est-ce que dans le test, il va y avoir des québé... cismes? demanda Nancy en posant son tricot sur ses genoux.

— Non, bien sûr. Mais je vous encourage à apprendre ce que tu appelles des québécismes. Je ne dis pas qu'il faut parler comme les autres francophones au Canada. C'est évident que plusieurs d'entre eux parlent un mauvais français entre guillemets. Mais il est important de comprendre que c'est la même chose pour les anglophones. Tout le monde ne parle pas bien, enfin ce qu'on entend par bien parler. Bref... je veux simplement vous dire que le joual pour les Québécois, ce n'est pas une maladie honteuse. C'est normal. Toutes les langues sont comme ça. La langue, ce n'est pas logique.

Olivier savait qu'il venait de tendre une autre perche à Ralph. Celui-ci ne se fit pas prier pour bondir sur l'occasion.

— Justement, moi, j'ai *oune* formation scientifique. Je me demande pourquoi les langues, ce n'est pas logique. *Pourquoi beaucoup d'exceptions,* beaucoup de *régionalizmes,* beaucoup d'accents.

— C'est très simple, Ralph. La langue est un phénomène humain. Elle appartient à tout le monde. C'est une invention permanente. Chacun apporte sa nouveauté, ses néologismes, ses expressions, ses tics de langage et ses fautes. Comme les fautes sont souvent commises par la majorité, elles s'imposent comme des exceptions. De toute façon, il n'y a pas de critères ou de vérités objectives dans les langues. Ce n'est pas scientifique. La langue, c'est une convention. Par exemple, au XVIIe siècle, à la cour de France, on disait moé et toé et on considère aujourd'hui que c'est du mauvais français. Dans les langues, c'est l'usage et le nombre qui font la loi. La preuve, aux États-Unis, on ne parle pas l'anglais d'Angleterre, mais ils réussissent à l'imposer parce qu'ils sont nombreux.

Olivier fit une pause, le temps de leur laisser digérer toutes ces nouvelles notions. Puis il reprit:

— D'ailleurs, nous sommes chanceux au Canada parce qu'il n'y a que deux langues officielles, deux langues soeurs en plus et qui ont beaucoup en commun. L'autre langue pourrait bien être l'arabe avec un alphabet complètement différent. Et puis vous avez la chance d'apprendre le français, une langue internationale. C'est un enrichissement.

Ralph tira son violon imaginaire et entreprit de jouer sa sérénade habituelle. Tous éclatèrent de rire et Olivier qui prenait maintenant cette blague en riant lança comme un cri de victoire.

— Pause café!

Chapitre 11

— Encore la chasse aux sorcières! C'est la même chose deux ou trois fois par année. On relâche la discipline pendant quelques mois, puis tout à coup, le contrôle mesquin, bête, tatillon, nous tombe dessus comme la misère sur le pauvre monde. Tenez hier, Suzèle s'est mise en tête de me chercher après mes quatre heures de cours. Elle m'a relancée partout: dans la salle des profs, à la bibliothèque centrale, dans les autres unités, au gymnase, à la cafétéria et même aux toilettes. C'est-tu assez fou pour vous, en monde?

— Où est-ce que tu étais? demanda la naïve Mariette.

— À la maison, voyons! J'ai rien à poireauter au bureau après mes heures de cours. J'ai deux enfants, un homme, une maison. Je prépare mes cours, le soir, quand tout est tranquille. Durant la journée, j'ai des courses à faire. Et à part ça, l'important c'est que je donne un bon enseignement. Peu importe quand je prépare mes cours. Et c'est surtout pas la belle Suzèle qui va venir me montrer à enseigner.

Cinq professeurs, cinq femmes, étaient rassemblées autour d'une table à la brasserie «les Raftsmen». Fabienne qui venait de parler leur avait donné rendez-vous à quatre heures après les cours. Aucun homme, car leur cible, c'était une femme, Suzèle Longchamp, chef de l'unité B-7, admirée par les uns et détestée par tous les autres. C'était une affaire à régler entre femmes. Mariette qui ne comprenait rien jusque-là à cette réunion, s'était laissée entraîner par Fabienne, histoire de prendre un verre de bière entre femmes après le travail.

— Eh bien! moi, conclut Fabienne en allumant sa pipe, j'en ai assez d'être contrôlée comme une enfant, à trente ans, et surtout par cette petite morveuse, cette Suzèle qui n'a même pas un an d'expérience dans l'enseignement...

Un garçon s'avançait, une barbe anarchique lui barbouillait les joues et une toison foisonnante de poils noirs duvetait ses bras et jaillissait en torrents par l'échancrure de sa chemise.

— Un pot, commanda Fabienne sur un ton autoritaire.

Le garçon s'éloigna d'un pas nonchalant.

— Eh! As-tu vu le beau blond? s'exclama Ariane en poussant un petit rire nerveux.

— D'abord, il est noir, pas blond, coupa Jamelée, une pure Québécoise d'origine libanaise.

— Oh! pour moi, tous les hommes sont blonds. Moi, je le ferais entrer dans ma cuisine, susurra Ariane en roulant ses grands yeux noirs encerclés de bleu épais. Je lui laisserais même manger des chips dans mon lit. Ah! j'adore ça, un gars poilu comme lui. C'est sensuel, c'est émoustillant, c'est excitant. J'en ai des frissons jusqu'à la pointe du coeur.

— Arrête tes niaiseries, Ariane. Pour une féministe enragée comme toi, je trouve que tu pars un peu trop en orbite sur la première culotte qui s'amène dans ton champ de vision, cingla Jamelée dont les cheveux longs et raides, le nez en lame de couteau et la poitrine aussi en relief que les plaines de l'Ouest n'annonçaient rien de bon pour la grande séduction.

— Ah! ben toé, Jamelée, les hommes t'énervent pas plus qu'un poteau de téléphone et tu les excites pas plus qu'une momie égyptienne même dérubannée. Ce serait plutôt un jupon qui te mettrait en orbite, répondit Ariane sur un ton goguenard.

Jamelée bondit et agrippa Ariane par ses longues nattes. Mais avant qu'elle eut le temps de lui faire un mauvais parti, Fabienne avait rabattu une de ses paluches sur l'épaule de l'agresseuse qui fut plaquée brutalement au fond de sa chaise.

— On n'est pas ici pour régler nos problèmes de coeur ou de sexe, les filles. On est ici pour régler...

Mais le bel Adonis au tablier taché de graisse fraîche revenait avec un pot et cinq bocks qu'il déposa avec fracas sur la table. Ariane tira tout de suite à bout portant.

— Eh! le blond, je suis libre ce soir. J'ai un bel appartement dans le Mont-Bleu. On pourrait faire plus ample connaissance. Qu'est-ce que t'en dis?

Un regard cinglant de Fabienne faillit réduire en cendres la rondelette Ariane. Le garçon adressa un grand sourire à ces demoiselles, ferma les yeux en recueillant le généreux pourboire qu'Ariane lui tendit en attardant ses doigts dans sa paume moite, puis tourna les talons et s'éloigna d'un pas encore plus nonchalant en faisant valser son arrière-train.

— Aie! regardez-moi ces hanches et ces fesses qui roulent dans la graisse de bine. C'est pas beau ça? Du vif argent, que je vous dis! C'est bien simple, ça me donne des frissons et des picotements partout et surtout aux endroits stratégiques.

— Tu me dégoûtes, coupa Jamelée.

Mariette, qui ne connaissait pas beaucoup Ariane et Jamelée, les observait avec des yeux arrondis d'étonnement.

— Bon revenons à nos moutons, les filles, lança Fabienne après avoir vidé la moitié de son bock d'un seul souffle, ce qui laissa un peu de mousse accrochée à sa moustache naissante.

— À notre moutonne, rectifia Simone, petite femme boulotte sans cou ni taille précise et qui jouait la cinquième roue du carrosse. Elle n'avait pas encore dit un seul mot, tout occupée à s'enduire les lèvres d'un rouge épais à l'aide d'un petit miroir de sac à main.

— En tout cas, moi, j'aimerais bien savoir ce qu'Ariane a contre les lesbiennes, attaqua de nouveau Jamelée d'une voix rêche.

— Je n'ai rien, absolument rien, mais je veux qu'on me laisse tranquille quand j'essaie de draguer ou cruiser, si vous aimez mieux, un gars pour une nuit, compris?

— Assez! hurla Fabienne en écrasant son poing sur la table.

Quelques clients se retournèrent aux autres tables, les uns surpris, les autres amusés. Quelques regards masculins s'attardèrent sur cette tablée de filles, mais aucun ne sembla y trouver ce qu'il cherchait.

— S'il y en a une autre qui commence la chicane, moi je m'en vais, c'est compris, ça aussi? murmura Fabienne entre ses dents tachées de nicotine.

— Juste une dernière chose, s'interposa Jamelée en se tournant vers Simone. Je n'aime pas plus les dragueuses de culottes que les défroquées qui s'en mettent épais comme ça pour cacher leur mauvaise peau et leur conscience torturée. Ça me dégoûte.

Cette fois, c'est Simone qui tenta de sauter au cou de son assaillante. Mais Fabienne qui avait prévu le coup fit appel à son autre paluche pour rasseoir la belligérante. Deux clients sourirent dans l'espoir de voir de la casse chez les filles. Mais Simone ne se comptait pas pour battue.

— D'abord, je ne suis pas une défroquée. J'ai quitté la communauté avant de prononcer mes voeux. Je n'ai brisé aucun engagement, moi. À part ça, en communauté, je suis allée à la messe pour le restant de ma vie, alors, si tu peux comprendre avec ta petite cervelle, côté maquillage, j'ai des années à rattraper.

Simone ne semblait pas encore au courant de la vieillesse qui la gagnait. Maquillage, bijoux, comme si elle avait attrapé la jeunesse perpétuelle. Personne ne la croyait lorsqu'elle avouait cinquante ans. On lui en aurait donné vingt de plus en prime.

— On est en train de faire des folles de nous, ragea Fabienne, à travers un nuage de fumée épaisse. Un mot de plus et je m'en vais, vous entendez? On est venu ici pour régler le cas de Suzèle pas pour s'entredéchirer comme des tigresses. Bon Dieu, un peu de sang-froid, les filles! Et puis toi, Simone, si tu t'attaques aux divorcées, laisse-moi te dire que j'aime mieux avoir un deuxième homme dans mon lit que pas du tout comme certaines chattes en chaleur que je ne nommerai pas. Vu?

Le silence tomba pour se laisser aussitôt envahir par les bruits de fond de la brasserie: entrechoquements des verres, explosions de rires et appels des clients.

— Je ... je pense que je dois partir, hasarda Mariette un peu effrayée par la tournure des événements. J'ai un travail à faire pour l'université...

— Reste! Ce ne sera pas long maintenant, intima Fabienne en posant sur la délicate main blanche de Mariette sa grande rame aux ongles en crocs d'acier.

— Moi, ce matin, je suis sortie du bureau de Suzèle en beau maudit, reprit Jamelée avec un frémissement de colère dans la voix. Savez-vous ce qu'elle m'a demandé? D'abord, il faut que je vous explique que cette année, j'ai pris tous mes jours de maladies. On nous les donne, alors c'est de mes affaires si je veux les prendre. Vendredi dernier, j'en ai pris un. Eh bien! elle m'a demandé un certificat médical*. Autrement, elle va m'enlever une journée de paye. Tu parles d'une écoeurante! Bien sûr, je ne peux pas lui fournir un certificat. Moi, je n'ai pas un petit ami parmi les médecins comme j'en connais.

— Qu'est-ce que tu insinues par là? dit Simone, en se cabrant. Quand j'ai eu des certificats, c'était parce que j'étais malade comme un chien. Moi, je ne prends pas mes congés pour aller faire du lèche-vitrine ou pour autre

---

* Selon la convention collective des professeurs de langue, le gestionnaire pouvait exiger un certificat médical dans le cas d'un congé de maladie.

chose... que je ne dirai pas dans cette enceinte sacrée.
Comme par hasard, Freddy était absent de ma classe
vendredi dernier. Oh! pure coïncidence, pure coïncidence.
Je n'ai rien dit.

— Eh bien! qu'est-ce que tu as contre la bonne entente
entre les deux peuples fondateurs du pays, répliqua
Jamelée en arborant un large sourire victorieux, moi, je ne
suis pas séparatiste. J'aime les deux sexes contrairement à
ce que tu penses. Je suis une vraie bilingue, moi, et je
m'en vante. Au lieu de parler, j'agis. Et puis, si le chapeau
te fait, mets-le. Quant à tes insinuations, ça me coule sur
la colonne vertébrale comme du petit lait sur le dos d'un
canard, ma chère.

Il y eut un nouveau silence. La bière dans le pot baissait
vite et le ton de la conversation montait à la même vitesse.
Des buveurs aux autres tables jetaient de temps à autre des
regards allumés, mais plus aucune des cinq professeures
n'y prêtait attention. Fabienne leva la main et fit signe au
garçon d'apporter un autre pot.

— Moi, je n'ai jamais digéré que Suzèle choisisse sa petite
amie de coeur, Madeleine, plutôt que moi pour lui donner
un poste à Montréal. J'ai demandé ce poste bien avant
Madeleine. De plus, je suis plus ancienne qu'elle. Bien sûr,
elle avait une meilleure évaluation que moi, même si elle
avait de la misère à se tenir debout devant une classe. Mais
Suzèle m'a toujours eu dans le nez. Comment voulez-vous
qu'elle me donne une bonne évaluation? Je lui garde un
chien de ma chienne à cette Joconde de mes deux...

C'était Ariane qui venait de faire cette embardée. Elle
tremblait encore de rage un an après la nomination de
Madeleine à Montréal. Elle allait poursuivre sa sortie, mais
le garçon arrivait avec le deuxième pot. Elle lui adressa un
sourire enjôleur. Celui-ci réprima une grimace, puis
s'éloigna en se déhanchant d'une façon provocante. Une
table de trois hommes explosa en applaudissements.

— Je m'appelle Ariane, mon gars, mon numéro de
téléphone...

— Laisse tomber, Ariane avant qu'il ne t'envoie chez le diable. Tu vois bien qu'il ne mord pas. Il a une petite amie qui n'est sûrement pas aussi bien que toi, mais va comprendre quelque chose aux hommes. Ils sont myopes comme des taupes, ironisa Jamelée.

— Il ne sait pas ce qu'il manque, soupira Ariane.

— À part ça, ce n'est pas tout, enchaîna Fabienne. Savez-vous ce qui m'est arrivé la semaine dernière? Je voulais téléphoner au syndicat; j'avais un grief à communiquer. La belle Suzèle qui s'amenait comme par hasard dans mon champ de vision a pensé que c'était contre elle — elle n'avait pas tort, remarquez bien, — alors elle m'a interdit le téléphone. Elle a prétexté qu'on ne devait pas utiliser les locaux de l'employeur pour faire de l'action syndicale. C'est bien simple, je ne sais pas ce qui m'a retenu de lui casser le téléphone sur la tête. Je lui en aurais fait un beau portrait à Miss Univers!

— Veux-tu bien me dire ce que les patrons lui trouvent à cette grande pimbêche? s'indigna Ariane. Bon d'accord, elle est belle, un vrai mannequin et elle le sait, et elle s'en sert bien et puis après? Elle n'a aucune expérience dans l'enseignement, aucune dans la gestion et la voilà à la tête de l'unité, avec le gros salaire. Moi, ça m'écoeure. C'est dégueulasse.

— Ma pauvre Ariane, expliqua Simone avec une ironie qui tintait dans sa voix, c'est très facile à comprendre: elle a gagné le concours. Il y avait plus d'hommes sur le jury que de femmes et, avec ses grands cheveux ondulés, ses beaux yeux dorés, sa taille de guêpe et ses petits seins pointus, elle avait une longueur d'avance sur celles et ceux qui avaient plus d'expérience et de compétence qu'elle. Les hommes n'y ont vu que du feu. Voyons, y faut pas se faire d'illusions! Au gouvernement, on a beau avoir des charretées de règlements anti-tout-ce-que-vous-voudrez, des hommes ce sont des hommes, on peut pas éviter ça.

— Dites ce que vous voudrez, mais moi j'en ai assez que Zoé et Vincent se la coulent douce à la bibliothèque de l'unité, poursuivit Jamelée la voix gonflée de rancoeur.

D'abord, cette maudite bibliothèque, c'est encore une invention de la Suzèle. Les autres unités n'en ont pas. Elle prétend que ça épargne du temps parce qu'autrement il faudrait courir jusqu'à l'autre bout du Centre pour avoir nos cahiers et nos cassettes. Là, je suis d'accord un peu. Mais ce n'est pas une raison pour que ce soit toujours les mêmes qui s'envoient en l'air.

— Ah! parce que tu crois que Zoé et Vincent... gloussa Ariane.

Jamelée lui jeta un regard de gorille et poursuivit.

— On pourrait changer les profs qui sont affectés à la biblio. Une sorte de rotation. Ce sont toujours les mêmes. Encore des chouchoux, des lèche-cul. On se croirait revenu à l'école primaire avec les soeurs.

— Pas d'insinuations malveillantes, Jamelée. Laisse les soeurs dans leurs capines, trancha Simone dont le verre était maculé de rouge à lèvres.

— Bon, bon, enlève toi-même ta capine qui t'auréole encore. À part ça, je tiens à t'avertir, je suis menstruée aujourd'hui, alors il faut pas me marcher sur les nerfs.

— Moi, ça m'est égal, tes nerfs, Jamelée. Je suis en pleine ménopause.

— Eh bien! faut dire que la ménopause te rentre dans le caractère pour te sortir par où je n'ose plus penser. Il y en a qui se grignote l'âge pour faire plus jeune, mais ça les vieillit encore plus. On veut faire plus jeune, mais on réussit juste à faire plus con. Ton sac de cosmétiques, c'est plutôt une trousse de premiers soins.

Simone bondit, mais encore une fois Fabienne s'interposa. Le silence suivit cette charge. Mariette était stupéfaite de voir des professeurs, qui d'habitude soignaient leur langage, se relâcher d'une manière aussi flagrante.

— Bon, qu'est-ce que je disais? demanda Jamelée. Ah! oui, il n'y a pas assez de travail pour deux profs et puis ça enlève des suppléants aux équipes. Sans compter que ce n'est pas notre travail, c'est celui d'un commis. C'est tellement enrageant que si on ne réussit pas à la mettre à sa place Madame M'as-tu-vue, moi, je demande ma mutation dans une autre unité.

La bière coula à flots dans les gosiers et le garçon dut s'amener avec un troisième pot. Cette fois, Ariane se contenta de lui télégraphier quelques oeillades bien senties.

— Je m'excuse, je dois y aller maintenant, risqua timidement Mariette, toujours éberluée et qui se demandait dans quel nid de vipères elle était tombée.

— Justement, il faut faire quelque chose, trancha Fabienne en ignorant Mariette et en faisant dévier la conversation à son profit. Si vous êtes d'accord avec moi, voici ce qu'on va faire. Vendredi, il y a une réunion de toute l'unité. Alors on va se donner le mot et on va te la déshabiller devant tous les profs, la grande noire. Elle va en voir de toutes les couleurs, je vous le garantis, Miss mon Derrière quelque chose. Mais pour ça, il ne faut pas se dégonfler à la dernière minute. Toi, Mariette, tu es nouvelle. Elle ne se méfie pas de toi. Elle te croit de son côté, dans sa gang d'agenouillés. Alors tu vas attaquer la première. Si c'est moi qui attaque, elle va me voir venir avec mes gros sabots pis ma pipe et elle va tomber à bras raccourcis sur notre gang. D'accord? On va te dire ce qu'il faut faire, ne t'inquiète pas.

Mariette était devenue cramoisie. Elle commençait à comprendre pourquoi Fabienne l'avait attirée dans ce guet-apens. Elle avala une autre gorgée de bière pour se donner du courage avant de réussir à dire d'une voix presque éteinte:

— Je... je n'aime pas beaucoup ça. D'abord, moi, je n'ai rien contre Suzèle. Je sais que l'unité est divisée en deux clans, ceux qui sont pour elle et ceux qui sont contre. Mais, moi, je veux rester neutre.

— Tu n'as rien contre elle? s'exclama Simone. Mais ma pauvre fille, tu ne vois pas son petit jeu. Elle t'a donné la pire classe de l'unité, à toi qui es nouvelle.

— Ce n'est pas exact, s'enhardit Mariette. J'ai accepté volontairement de prendre cette classe et je me débrouille assez bien. Et puis c'est Raoul qui me l'a donnée, pas Suzèle. Il faut être juste, tout de même.

— Oui, mais tu as demandé de changer de classe et elle a refusé en disant qu'elle n'avait pas d'autre prof pour te remplacer, c'est pas salaud, ça?

Mariette baissa la tête et observa un bon moment le restant de bière au fond de son bock, puis elle répondit comme si elle parlait à son verre:

— En tout cas, je n'aime pas cette idée d'affrontement à la prochaine réunion. Votre plan, ça a l'air d'un complot, d'un coup bas. Si vous avez des comptes à régler avec Suzèle, allez la voir dans son bureau et videz votre sac. Ça me semble plus franc, plus honnête.

— Eh bien! ma chère petite Mariette, attaqua à nouveau Simone avec une onde d'indignation dans la voix, ça paraît que t'es nouvelle dans l'unité. Moi, je suis là depuis trois ans, c'est très ancien au Bureau des langues, je t'assure, et laisse-moi te dire que je suis allée l'engueuler plusieurs fois dans son bureau, la belle Suzèle. Ça n'a rien donné. Moi aussi, elle m'a enlevé des jours de salaire et des jours de congé. Moi aussi, elle m'a espionnée, pourchassée à travers tout le Centre pour savoir si je faisais mes six heures. Et quand il s'est agi de nommer un spécialiste pour bâtir la nouvelle méthode, elle savait très bien que j'étais la plus compétente de l'unité pour travailler à ce projet. Qu'est-ce qu'elle a fait? Elle a nommé Jean-Paul qui lui collait aux fesses et elle m'a ignorée parce que je la contestais. Voilà ce qui t'attend à ton tour.

— Est-ce que tu attends, Mariette, qu'elle t'en fasse manger encore plus? questionna Fabienne. D'abord, tu dis que tu veux être neutre, mais fais-toi pas d'illusions. Suzèle sait très bien que tu es venue avec nous ce soir et que tu es contre elle. Toi aussi te voilà sur sa liste noire.

— Justement, Fabienne, je ne trouve pas ça honnête de ta part de m'avoir attirée ici ce soir comme dans un piège. Je ne savais pas que vous tramiez ensemble, en cachette, dans son dos. Moi, je venais simplement prendre une bière avec des copines, c'est tout. Alors, je ne marche pas.

Mariette avait les larmes au bord des yeux. Le silence se noya dans la bière. Alors Jamelée attaqua à son tour.

— Très bien. C'est ton dernier mot? Tu chanteras peut-être une autre chanson quand tu recevras ta première évaluation. Surtout que tu es en probation. Tu vas sauter, ma vieille, comme dans une poêle à frire.

— Elle ne peut pas me faire ça. Je suis célibataire. Je n'ai pas d'homme pour me faire vivre. Je vais me ramasser sur le chômage. Et puis j'ai renoncé à toute mon ancienneté au primaire pour venir ici.

— T'inquiète pas avec la frimousse que t'as, coupa Jamelée, en lui tapotant la main, tu vas trouver un gars pour te mettre du beurre sur ton pain. Je pense que tu détesterais pas te mettre Olivier entre les cuisses, hein?

Mariette devint écarlate, ses yeux crépitèrent d'indignation, mais elle ne réussit qu'à bafouiller une faible protestation.

— Jamelée, laisse-la tranquille, tu entends? glapit Fabienne.

— Bon, bon, les grands chevaux, les grands chevaux! T'en fais pas Mariette, je disais ça pour rire. Et puis, je t'aiderai s'il le faut. Je connais un tas de beaux gars fringants qui demandent pas mieux...

— Dis plutôt, un tas de filles, coupa Ariane. Côté gars, c'est ma spécialité.

— Allez-vous finir de vous arracher les cheveux, hurla Fabienne en écrasant un de ses battoirs sur la table. Les verres dansèrent et les voisins des autres tables se retournèrent d'un bloc dans leur direction. Un long silence se noya encore dans d'énormes lampées de bière.

— Mariette, ça paraît que tu ne connais pas Suzèle, reprit Jamelée sur un ton plus conciliant. Quand elle sent quelqu'un contre elle, elle fonce, elle se venge, elle écrase. Tu vas voir. Un vrai bulldozer. Un sanglier qui charge à fond de train. C'est pas croyable! Et ce n'est pas tes jérémiades qui vont la faire fléchir.

— Allons, allons, les filles, intervint Simone. Je comprends très bien Mariette. Elle en a avalé toute une tasse ce soir et pas seulement de la bonne bière blonde. Elle a besoin de réfléchir. Elle pourra nous donner sa réponse demain ou plus tard, mais avant vendredi, c'est promis?

— Pour résumer, Mariette, nous voulons faire sauter Miss Ambition, revint à la charge Fabienne. Qu'elle demande un poste ailleurs, une mutation, une promotion, un congé d'études, n'importe quoi, mais qu'elle foute le camp, qu'elle disparaisse! Tu comprends? Parce que la moitié de l'unité en a ras le bol. Avec un autre chef, on va recommencer à neuf. Il n'y aura plus personne sur la liste noire et on pourra respirer. On va le mettre à notre main, le nouveau ou la nouvelle. Et puis surtout avec la mise en disponibilité qui s'en vient à grands pas, ça va être beau avec Miss Suzèle! Un carnage, un véritable massacre, tu te rends compte? On va toutes sauter, toi avec et peut-être la première. Alors réfléchis bien. On a besoin de toi parce qu'on veut démontrer à l'autre moitié de l'unité que même les nouveaux profs lui en veulent et pas seulement les anciens. On n'est pas les seules à avoir une crotte sur le coeur. Alors qu'est-ce que tu en dis?

Mariette avala le fond de son bock. La bière commençait à lui faire bouillonner la tête. Elle garda le silence en regardant tour à tour ses quatre complices, puis elle baissa les yeux en disant:

— Je vous donnerai une réponse avant vendredi.

— À la bonne heure! clama Fabienne. Et maintenant, les filles, il faut mettre notre plan au point, le roder et le fignoler à la perfection. Le reste de l'unité va y voir que des chandelles. On va te la déboulonner de son piédestal, notre Vénus bien-aimée. Devant toute l'unité, on va la descendre en flammes. D'abord, il faut se choisir chacune un point précis d'intervention. Toi Simone, tu vas...

Il fallut encore deux autres pots pour que le complot soit bien mijoté. Mariette ne prononça plus un seul mot jusqu'à la fin, mais à mesure que la trame du complot se dessinait, ses yeux s'agrandissaient de stupéfaction.

Chapitre 12

— Alors comment ça va, le dompteur de lions? fit
Mariette en déposant son plateau sur la table en face
d'Olivier.

— Toujours en vie comme tu vois. Éraflures légères,
quelques contusions, mais à part ça, tout va bien. Et la
dompteuse, elle?

À la cafétéria du centre Asticou, le brouhaha du midi
battait son plein. Olivier et Mariette avaient convenu de
dîner ensemble et c'est pourquoi ils avaient choisi un petit
coin retiré pour ne pas être dérangés.

— Oh! la dompteuse a des problèmes, répondit Mariette
devenue brusquement soucieuse. La cage commence à se
faire petite.

Elle fixait sa soupe comme si elle y voyait la tête de Ralph.

— Des ennuis? Tu sais, tu peux demander une autre
classe. Raoul va t'arranger ça. Je sais que ce n'est pas une
classe facile. Ils sont intelligents, ils ont de l'aptitude, mais
l'atmosphère est défavorable à un bon apprentissage. On
pourrait diviser le groupe. J'en ai parlé à Raoul, mais il
pense que des éléments indésirables détériorent toujours un
groupe quel qu'il soit. Alors on ne ferait que transporter le
problème ailleurs. Moi, je m'en tire assez bien avec mon
expérience du secondaire mais toi, je te plains. Bien que je
dois dire que tu tires ton épingle du jeu. Bien sûr, entre ta

classe de bouts de choux et cette fosse aux lions, il y a un monde. Et je suppose que c'est Ralph qui t'emmerde comme toujours. Je pense que ce n'est pas saint Ralph qui a inventé la lévitation, à voir son protégé se traîner les pieds comme s'il voulait emporter les tapis avec lui. À part ça, il a des idées si étroites qu'on ne pourrait pas lui passer une aiguille entre les deux oreilles. Et pour tout dire, il me joue de l'archet sur les nerfs. À part ça, il baigne dans l'alcool jusqu'aux yeux. Je ne peux pas supporter son regard qui me transperce à travers ses lunettes épaisses comme des frontières. Celui-là, il crève le mur de la stupidité.

— Non, pas du tout. Il n'est pas de tout repos, bien sûr, mais j'évite de le provoquer. C'est un francovore et québécovore, c'est évident, mais il y a autre chose dans son cas. Raoul m'a dit qu'il ne fallait pas trop le bousculer. Il est protégé en haut lieu. Son histoire n'est pas claire, mais il paraît qu'à son ministère, on voulait s'en débarrasser. Alors on a déclaré son poste bilingue et on l'a expédié en cours de langue. Il ne voulait pas venir, c'est facile à deviner, mais il n'avait pas beaucoup le choix. C'était son poste ou les cours.

— Ah! je comprends son agressivité, marmonna Olivier en mordant dans un morceau de viande coriace. Il n'est pas bête. Il comprend très bien la manigance de son bureau. Alors, il se rebiffe contre le français, les Québécois et les collègues de son service.

— Mais il y a autre chose, fit Mariette sur un ton plein de sous-entendus. Il semble qu'il ait échoué au test d'aptitudes. Il n'avait donc pas droit à des cours de langues. Par contre il ne pouvait pas subir l'humiliation de retourner au bureau. Monsieur doit avoir le bras long, car une lettre provenant directement du ministre est tombée sur la table de Suzèle ordonnant de le mettre en cours sans faute. On ne peut pas rêver situation plus cocasse! Ralph ne veut pas d'abord suivre des cours de français pour finalement demander l'intervention du ministre pour en suivre.

— Oh! oh! ça sent mauvais, ça. Ça veut dire qu'on est pris avec lui maintenant. Monsieur peut faire la pluie et le beau temps, il faut endurer. Il peut roter, écraser ses mégots sur les tapis, mettre ses pieds sur les tables, engueuler les profs, il s'en sort les mains blanches. Et s'il ne réussit pas le test final, qu'est-ce qu'on va en faire?

— Ça, c'est le problème que Raoul a sur les bras. Pour l'instant, il s'agit d'éviter les difficultés avec lui parce qu'il pourrait nous faire du tort, s'il le voulait.

— Éviter les problèmes et ses odeurs. Eh bien! moi, casse-cou! c'est déjà fait. J'ai eu deux ou trois accrochages avec lui et je sais qu'il m'enverrait volontiers en Sibérie s'il en avait la possibilité.

— Tu as avantage à éviter les affrontements avec Ralph, Olivier, sois prudent.

— Ah! je comprends, mais ce n'est pas parce qu'il est protégé en haut lieu, comme tu dis, qu'il va m'en imposer. En classe, je suis maître après Dieu et ce n'est pas ce petit raciste qui va m'avoir, casse-cou!

— Tout ce que je peux te dire, c'est de faire attention. Je ne sais pas exactement ce qui pourrait arriver, mais on n'a pas intérêt à se mettre à dos des types comme lui. Il peut te faire un coup de traître.

— Très bien, mais tu me disais que ce n'était pas Ralph, ton problème.

— Non, il paraît qu'il achale toutes les femmes mais moi, il m'a laissée tranquille. Je n'aime pas la façon qu'il me regarde parfois; on dirait qu'il veut me donner une catégorie comme à ses vaches. Mais ce n'est pas plus grave que ça.

— Ce n'est pas Wallech, j'espère. Il dort tout le temps. Avec lui, j'ai l'impression d'être un spécialiste en réanimation de groupes.

— Non, c'est Dave.

— Dave? Comment ça? C'est un type charmant, un peu pédant, très britiche, mais il doit être tout à fait galant avec les femmes. Il faut dire qu'il se rafraîchit un peu trop au vent de ses palmes académiques. Mais ce n'est pas le mauvais type.

— Justement, trop galant.

— Qu'est-ce que tu veux dire?

— Eh bien! il est toujours à mes trousses. Il m'offre des repas au restaurant toutes les fins de semaine. Il veut qu'on sorte ensemble, pour voir une pièce de théâtre ou un film. Il m'appelle à mon appartement pour me proposer des sorties et des rendez-vous. Son éternel prétexte, c'est de pratiquer son français.

— À ta place, je serais content. Tu n'aimes pas ça? C'est un bel homme, non? De belles moustaches en arabesques.

— Ah! Olivier, coupa Mariette, arrête de te moquer. Il a au moins 25 ans de plus que moi.

— Et puis? Il y a des couples qui ont encore une plus grande différence. Prends Charlie Chaplin...

— Bien sûr, bien sûr, mais moi il ne me dit rien, ton beau britiche. Je ne sens rien pour lui. Et puis, un vieux garçon comme lui doit avoir une drôle d'idée sur les femmes. Je ne veux même pas essayer de le fréquenter. Il n'en est pas question.

— C'est toi qui le sais, dit Olivier redevenu sérieux. Il faudrait que tu changes de classe, alors?

— J'ai demandé à Raoul qui en a parlé à Suzèle. Il voulait qu'elle envoie un prof d'une autre unité ou d'une autre équipe, mais Suzèle a refusé. Elle ne veut pas entendre parler d'échanges du genre. De toute façon, ça ne règlerait pas la question. Il faudrait que je change de ville et même encore, il essaierait peut-être de me retrouver.

— Alors, il faut avoir une franche explication avec lui.

— J'en ai eu une. Enfin, je veux dire que je lui ai fait sentir très clairement que ça ne m'intéresse pas. Je n'ai accepté aucune de ses invitations. Et même avant hier, je lui ai dit, peut-être un peu trop brusquement, qu'il perdait son temps. Mais il ne démord pas. Il accuse chacun de mes refus avec le sourire, en me répétant qu'il est patient et qu'il peut attendre tout le temps qu'il me plaira.

Mariette avala d'un coup la moitié de sa tasse de thé pendant qu'Olivier restait songeur. Il termina son ragoût, puis en levant les yeux sur Mariette, il risqua un conseil.

— Bon, je pense qu'il faut garder la même attitude que tu as eue jusqu'ici. Avec le temps, il va se lasser et tu n'en entendras plus parler dans quelques semaines. Enfin, moi, je te dis ça parce que tu m'en parles. Je n'ai pas de conseil à te donner évidemment.

Le silence retomba et chacun attaqua son dessert, un pouding à la crème de caramel.

— Il faut être juste et reconnaître que les desserts sont bons à cette cafétéria. C'est dommage que le reste du menu laisse à désirer, commenta Olivier en se léchant les lèvres.

— Et puis, il y a autre chose qui me chicote sérieusement. Tu vas dire que je suis une boîte à problèmes, mais c'est comme ça. Peut-être que je suis trop naïve. Je n'ai pas assez le nez fin. Alors je mets mes grands pieds dans les plats.

— Qu'est-ce que tu veux dire exactement?

— Peut-être que je ne devrais pas te le dire, mais il faut que je me confie à quelqu'un. Hier soir, j'ai accepté une invitation de Fabienne à prendre un verre de bière aux «Raftsmen».

— Alors? La bière n'était pas bonne?

— Oh! c'est peut-être drôle pour toi, mais moi, je n'avais pas envie de rire à la fin de notre caucus.

— Caucus? Ça me paraît bien mystérieux. Dis-moi pas que Fabienne veut que tu te présentes comme présidente du syndicat?

— Mais non, grand farceur. Cependant me voici prise au piège et je ne sais pas comment m'en sortir.

— Alors là, tu m'intrigues. De quoi s'agit-il au juste? Si ça te démange, il faut le dire. Tu seras soulagée. Tu as déjà un bon pied dans la porte.

— Bien voilà. Fabienne et trois autres profs féminins ont décidé de monter une sorte de complot contre Suzèle et elles veulent que je fasse partie de leur petite saloperie. Alors, bien sûr, j'ai refusé, mais elles m'ont dit qu'en acceptant de les accompagner j'étais automatiquement sur la liste noire de Suzèle. J'ai continué de refuser et elles m'ont accordé jusqu'à vendredi avant la réunion pour leur donner ma réponse.

— Bah! si j'étais toi, j'irais m'expliquer directement avec Suzèle. Elle a peut-être ses défauts, mais elle apprécie la franchise. Elle est capable de comprendre. Je suis certain qu'elle va t'arranger ça.

— Oui, mais l'ennui, c'est que je ne suis pas sûre qu'elle le sache d'une part et, d'autre part, comment lui confier mon problème sans vendre la mèche du complot? Si je faisais ça, Fabienne serait capable de me casser les jambes au figuré et peut-ême même au propre.

Olivier avala sa dernière bouchée de pouding, puis se mit à siroter son thé. Mariette le fixait comme si elle attendait une réponse miracle.

— Tu as raison, ce n'est pas facile. Même si Fabienne ne te faisait rien, c'est embêtant en casse-cou d'aller trahir des collègues même si c'est pour une bonne cause. Par contre, il faut leur donner une réponse. Dis-leur tout simplement que tu ne marches pas, c'est tout. Et si tu soupçonnes vraiment que Suzèle t'as mise sur sa liste noire, alors tu pourras tout lui raconter. Veux-tu que je leur parle? Ça ne me dérange pas du tout d'aller voir Fabienne ou Suzèle, tu sais.

Il fit une pause pour allumer sa pipe. Il fabriqua un petit nuage de fumée épaisse et bleutée, puis il poursuivit:

— En tout cas, moi comme nouveau, je veux rester neutre. J'ai senti comme toi que l'unité était divisée en deux clans. Il y a eu toutes sortes d'histoires qui se sont passées avant qu'on arrive. Ça ne nous regarde pas, qu'ils s'arrangent avec leur singeries!

— Par contre, Olivier, ce n'est pas facile pour nous d'être neutres. Il faut être d'un clan ou de l'autre, autrement on risque d'avoir tout le monde à dos.

— Je sais, mais je tiens à garder mon indépendance envers et contre tous. D'ailleurs, ce n'est pas mon genre. On dirait qu'ils ont tous attrapé la syndicalite, une sorte de maladie infectueuse qui s'attrape vite. Moi, je tiens à être immunisé. Je n'ai jamais vu des profs aussi tatillons lorsqu'il s'agit de description de tâche et de statut professionnel.

— Moi, je les comprends un peu. Ils ne veulent pas être traités comme de simples fonctionnaires. Ils veulent protéger leur statut de professeurs. Au gouvernement, on ne sait pas trop comment réagir devant cette attitude. La haute direction ne semble pas habituée à une telle activité syndicale, à une telle affirmation d'identité de la part d'un corps professionnel. Alors, chaque partie tâte l'autre pour voir ce qu'elle a dans le ventre. C'est comme ça que je comprends la situation. Le juste équilibre n'est pas facile à trouver. Par exemple, le gouvernement a forcé les profs à renoncer à leurs deux mois de vacances d'été. Les profs l'ont sur le coeur. Par contre, les profs ont gagné plusieurs points importants qui les distinguent des autres fonctionnaires comme la journée de six heures par exemple.

— Oui, bien sûr, mais je n'aime pas cette atmosphère de contestation permanente, de revendication, de suspicion.

La conversation tomba et Olivier jeta un coup d'oeil autour de lui. Mariette le tira de sa contemplation.

— Tiens, regarde, mes complices dînent justement à la même table.

— Ah! ça ne me surprend pas, elles sont toujours ensemble. Mais je ne comprends pas pourquoi elles veulent te mêler à ça.

— Oh! paraît-il que comme nouveau professeur j'aurais un impact particulier dans l'attaque qu'elles veulent mener contre Suzèle. Ce ne sera pas beau, je t'assure. Elles vont tout déballer, prépare-toi au grand branle-bas.

Ils observèrent un long silence.

— Mais pour changer de sujet, il paraît que Lévesque va déposer la fameuse question demain, reprit Olivier.

— Oui. Est-ce que le référendum te fait peur?

— Pourquoi j'aurais peur?

— Mais voyons, Olivier, tu sais bien que si le OUI l'emporte, notre emploi coule à pic dans la rivière Outaouais et on ne le reverra plus. Sans le Québec, le Canada n'a plus besoin de bilinguisme.

— Bah! je deviendrai fonctionnaire au Québec. Je suis déjà inscrit au POC et j'attends une entrevue. C'est bien sûr que le Bureau des langues ne durera pas éternellement. L'enseignement est engorgé. Alors, il faut penser à une autre carrière. Donc, si le OUI gagne, je passerai du fédéral au provincial, ou plutôt au Québec qui ne sera plus une province mais un pays.

— En tout cas, moi je ne crois pas que le Québec pourra absorber tous les fonctionnaires francophones du fédéral. On aura beau ouvrir de nouveaux ministères, ça ne sera pas assez. Et puis l'appareil gouvernemental serait beaucoup trop lourd. De toute manière, je n'espère pas que le OUI l'emporte. Je vais voter NON.

— Et pourrais-je savoir pourquoi?

— Parce que le Québec n'est pas encore prêt pour l'indépendance. Et ce qui est pire, c'est que la conjoncture économique n'est pas très bonne depuis quelques années. Alors ce n'est pas le temps de faire l'indépendance.

— Mais, ma pauvre Mariette, si on attend les conditions idéales, ça ne sera jamais le temps de la faire. Au contraire, il faut aller de l'avant. Tous les pays qui ont conquis leur indépendance l'ont souvent fait dans les pires conditions. Je n'ai pas besoin de te citer des exemples, c'est le cas de presque tous.

— De toute façon, je suis certaine que le NON va gagner.

— Oh! moi aussi, les Québécois passent pour être plus politisés, que les Canadiens en général, mais ils ne le sont pas encore assez pour faire l'indépendance. Quand notre information politique et économique se limite aux sports, au Playboy, aux Harlequins et aux romans-photos, il risque de nous en manquer des bouts.

— En tout cas, j'ai bien hâte de voir la question.

— En attendant, c'est l'heure de soumettre nos étudiants à la Question. Il faut donner à manger aux lions, chère dompteuse.

Chapitre 13

— Mariette!

Le ton était autoritaire et cinglant. Fabienne, plantée à l'entrée de la salle de réunion, transperçait sa collègue de ses yeux acérés. Celle-ci fit dévier son regard en feignant l'incompréhension et l'étonnement.

— C'est vendredi aujourd'hui...

— ...

— La réunion commence dans deux minutes... Et nous attendons toujours ta réponse.

La voix était mordante et revêche. Mariette, indécise, hésitait à entrer dans la salle. Elle chercha Olivier des yeux, mais celui-ci devait être déjà à sa place. Elle ouvrit la bouche comme pour dire quelque chose, puis se ravisa et haussa les épaules. Juste à ce moment, Simone aborda Fabienne pour lui demander si Mariette allait intervenir la première. Cette dernière en profita pour se glisser entre les chaises et prendre place à côté d'Olivier.

Dehors, l'automne pourrissait à vue d'oeil, corrompait tout sur son passage. Toute la journée, la pluie avait dansé sa sarabande infernale sur le toit fragile du Centre. Une pluie têtue, obstinée, tombait toujours sur Asticou, traversait le plafond ici et là. Par les fenêtres, elle noyait le ciel, délayait le tout dans une grisaille triste et confuse d'île britannique perdue en Canada.

Bientôt, tous les professeurs furent à leur place. Quelques-uns, pour rigoler, tendaient la main afin de recueillir quelques gouttes de pluie froide qui filtraient du plafond. Suzèle était déjà arrivée et elle échangeait avec un garçon trapu au front large des propos que Fabienne aurait bien voulu surprendre.

Le silence se répandit lentement comme une tache de graisse paresseuse et le chef de l'unité put ouvrir la réunion. Elle commença par donner des précisions sur la visite imminente du directeur général du Bureau des langues, sur les évaluations qui prenaient une nouvelle importance... mais elle n'eut jamais le temps de terminer.

Car pendant que Suzèle parlait, Fabienne, du bout de sa rangée, vrillait son regard sur la frêle Mariette à quelques sièges derrière elle. Leurs yeux s'effleurèrent à peine, furtivement. Mariette, comme prise en faute, rougit violemment, mais demeura rivée à sa chaise comme si sa vie en dépendait. Fabienne comprit qu'il n'y avait plus rien à attendre de cette lâche qui les laissait tomber à la dernière minute comme elles auraient dû s'y attendre depuis longtemps. Elle fit signe à Simone qu'elle pouvait donner le coup d'envoi.

— J'aimerais savoir, coupa Simone en se dressant à moitié, au milieu du groupe, penchée comme une petite tour de Pise en mal d'équilibre, j'aimerais savoir si les évaluations vont jouer un rôle dans la prochaine mise en disponibilité.

Suzèle vit tout de suite venir le coup, mais elle fit mine de croire que la question était tout à fait inoffensive et, sur un ton conciliant, entreprit de calmer les esprits.

— D'abord, je dois réaffirmer une chose très importante. La mise en disponibilité dont tout le monde parle et qui en inquiète plusieurs, n'est encore qu'une rumeur. D'ailleurs, une rumeur lancée, je pense, par des professeurs. Ensuite, s'il y a mise en disponibilité, le directeur nous a affirmé qu'il ferait tout en son pouvoir pour qu'il n'y ait pas de mise à pied. La nuance est importante. Le directeur espère que, avec les départs au cours de l'année et à la fin de l'année, il ne sera pas nécessaire de congédier des profs ou des cadres...

— Tout ça, c'est de la foutaise, attaqua Ariane en bondissant du bout de son siège, et tu le sais très bien, Suzèle. Tout le monde sait qu'on prépare la mise en disponibilité d'environ 400 profs à la fin de l'année. Il ne faut pas se raconter des histoires. Alors, réponds franchement: les évaluations, ça va jouer, oui ou non?

Le ton d'Ariane était insolent, chacun de ses mots matraquait Suzèle. Celle-ci, blême, droite comme une statue, ses longs cheveux noirs comme raidis par la violence de l'attaque, prit quelques secondes avant de répondre:

— Quoiqu'en dise Ariane, je répète qu'il n'est pas encore question de mise en disponibilité pour le moment. Le gouvernement sait trop bien la gravité d'une telle mesure pour des centaines de familles. C'est pourquoi il va mettre tout en oeuvre pour éviter cette situation. Je vous répète que c'est une mesure d'extrême limite. D'ailleurs, vous savez tous que le gouvernement fédéral, depuis la dernière guerre mondiale, n'a jamais mis un seul de ses employés à la porte. Pour ce qui est des évaluations, je pense qu'il sera difficile de ne considérer que ce seul critère. Le gouvernement sait très bien que les professeurs ne sont pas des fonctionnaires comme les autres. L'ancienneté, les diplômes et l'expérience sont des points qu'il faut considérer.

— Ça veut dire tout de même, reprit Arianne d'une voix froide, presque neutre, que les évaluations peuvent aussi compter. Et comme on connaît l'importance que le gouvernement attache au principe du mérite, alors la conclusion est facile à tirer: il faut se battre, cette année, pour avoir les meilleures cotes possibles. Mais ici il y a un petit problème, ma chère Suzèle, nous savons tous que les chefs d'équipe n'ont pas la même façon d'évaluer. Pour le même prof, un chef donne supérieur et l'autre, très satisfaisant. C'est une injustice flagrante! Et quand on sait, de plus, que certains confrères ont du génie pour se mettre en valeur, pour se battre la gueule afin d'avoir une cote supérieure tandis que d'autres se laissent dévaluer sans dire un mot: c'est une injustice! Je ne parle pas évidemment de ceux qui sont sur ta liste noire et qui n'ont aucune chance d'avoir «supérieur».

Cette dernière affirmation lancée avec hargne atteignit Suzèle comme une flèche empoisonnée. Cette fois, le sang afflua à son visage, ses yeux pétillèrent, sa bouche se tordit et ses lèvres frémirent.

— Qu'est-ce que c'est que cette histoire de liste noire? Je n'ai pas de liste noire et je n'en ai jamais eu. J'ai des dossiers sur chacun d'entre vous, bien sûr, comme tous les autres chefs d'unité. Certains dossiers regorgent de compliments et de félicitations de toutes sortes et ils sont la majorité, la très grande majorité. D'autres dossiers, peu nombreux, sont entachés par des retards, des absences injustifiées, et c'est mon travail, mon strict devoir, d'en tenir compte. Mais je n'ai pas de liste noire. D'une année à l'autre, d'une évaluation à l'autre, tout est effacé, sauf bien sûr, s'il s'agissait d'un blâme, mais ce n'est pas encore arrivé. Alors, je vous en prie, oubliez cette histoire de liste noire et pour ne pas envenimer les choses, je n'exigerai pas qu'Ariane se rétracte et qu'elle s'excuse de cette accusation fausse et gratuite qu'elle vient de porter.

Fabienne décocha un regard victorieux à Mariette qui ne broncha pas. Le combat était bien engagé. Heureuse de la tournure des événements, Fabienne, mue comme par un ressort, se dressa et d'une voix tonnante explosa.

— Nous te sommes tous très reconnaissants de ta générosité envers Ariane, mais il reste encore en suspens le problème des écarts énormes entre les évaluations selon qu'elles viennent d'Asticou ou de Carson, le Bas et le Haut Canada.

Cette trouvaille déclencha une tempête de rires et de commentaires. Le calme revenu, Fabienne poursuivit sur sa lancée.

— On pourrait croire que les profs du programme A sont tous des génies de la pédagogie, pardon, de l'andragogie ou si vous aimez mieux de l'anglagogie. En comparaison, les profs du programme B sont des minables. C'est un curieux hasard, tu ne trouves pas? Est-ce que les Lat-3* prévoient tenir une réunion afin d'uniformiser les évaluations? Ça urge et en maudit.

Suzèle ravala sa salive avant de prendre son élan.

— La réponse est bien simple, Fabienne. Il y a, comme vous le savez, un comité de révision qui examine les évaluations et les approuve pour tous les programmes. C'est à lui qu'il faut s'adresser pour qu'il justifie ses décisions. Il n'y a donc aucune nécessité de tenir une réunion des Lat-3 sur cette question.

Ariane, blanche de colère, bondit de sa chaise qui se renversa.

— Moi, je recommanderais alors que les chefs d'équipe du programme B suivent un cours spécial sur la rédaction des évaluations. Ça nous donnerait une chance d'avoir plus de cotes supérieures.

Un tonnerre d'applaudissements fit vibrer les murs de la salle. Ariane, avec un grand sourire encore crispé, accepta de bonne grâce cette ovation debout ou presque.

Lorsque le calme fut rétabli, Suzèle laissa le silence se refermer comme une blessure, puis elle poursuivit.

— Il faudrait plutôt que les profs de notre programme apprennent à se mettre en valeur. C'est pourquoi je vous invite à présenter à vos chefs d'équipe un compte rendu complet de votre enseignement. N'ayez pas peur de vous mettre en vedette. C'est comme ça que ça marche au gouvernement, dans tous les ministères.

Guillaume qui jusque-là s'était contenté de manifester bruyamment aux bons coups portés d'un côté comme de l'autre se leva nonchalamment pour demander:

— Est-ce qu'il n'y aurait pas lieu d'ajouter une nouvelle cote? Et je m'explique. L'année dernière, on m'a dit que

---

* Lat signifie Language Training. Le professeur est Lat-1, le chef d'équipe, Lat-2 et le chef d'unité, Lat-3.

je n'étais pas assez bon pour avoir la cote supérieure, mais trop bon pour être très satisfaisant. On pourrait donc ajouter la cote suivante: très satisfaisant penchant très fortement vers le supérieur mais pas assez ou quelque chose comme ça.

Une bordée de fous rires salua cette intervention loufoque. Suzèle ne savait trop comment la prendre. Moquerie ou simple taquinerie? Elle réussit à esquisser un sourire et décida d'y répondre sur le même ton.

— Guillaume, je te nomme tout de suite président du comité qui va étudier cette pertinente question. Avis aux intéressés qui voudront en faire partie.

Des bravos dispersés soulignèrent cette réponse bien tournée. Mais le «comité» du petit complot n'avait pas encore dit son dernier mot.

Jamelée fouetta sa longue chevelure d'un revers de la main avant de se lever toute droite, momifiée par la vengeance qui l'habitait.

— Je suis très heureuse de constater que nous avons un chef d'unité qui a de l'esprit et de l'à-propos, mais ça ne règle pas le problème des mutations. Depuis un an, nous avons assisté dans cette unité à un véritable cirque de mutations. Un professeur te plaît, tu lui accordes une mutation à Montréal en faisant fi de tous les critères d'ancienneté et autres. Un autre te déplaît, tu l'expédies à un autre programme, le plus loin possible pour ne plus le revoir, comme cette pauvre Claudine qui s'est vue transformée ces derniers mois en véritable professeur yo-yo.

À cette heureuse trouvaille, la moitié des profs applaudirent en poussant des «you hou» comme dans les plus beaux moments d'un set carré. Suzèle, tremblante, passait par toutes les couleurs. Elle arrivait à peine à ne pas faire trembler la feuille qu'elle tenait. Elle voulut répondre, mais Jamelée n'avait pas fini.

— Alors, nous aimerions savoir une fois pour toutes, quels sont tes critères en matière de mutations. Bien sûr, tu n'as pas de liste noire, mais on pourrait parler de liste rose et de liste grise. J'ai fini.

Nouveaux cris et nouveaux applaudissements accueillirent cette mitraillade en règle. Suzèle était maintenant aux prises avec sa bouche que l'indignation torturait comiquement.

— Je ne suis pas complètement idiote. Je sens que certains profs ont monté un véritable complot pour avoir ma tête. Je tiens tout de suite à les rassurer: j'ai la peau coriace, et je ne m'en laisserai pas imposer par une petite clique qui sème le mauvais esprit dans notre unité. Je rendrai coup pour coup. Pour ce qui est des mutations, il n'y a pas de liste rose, noire, grise ou carottée, je tiens à le répéter. J'accorde les mutations en suivant les critères qui ont été établis par un comité de profs élus démocratiquement par vous, je tiens à le souligner. S'il y en a qui désirent changer ces critères, je suis toute disposée à refaire un comité et à recommencer le travail. En attendant, je vous invite à revoir à mon bureau, pour ceux que ça passionnent, les dossiers de mutations accordés jusqu'à maintenant. Je n'ai pas peur de justifier une par une mes décisions.

Elle fit une pause comme pour attendre des réactions ou de nouvelles interventions, mais le silence se répandit comme une nappe d'huile sur la mer avant la tempête.

— Autre question?

À son tour, Simone se leva, feuilles en main comme pour étayer son intervention. Elle les tenait enroulées et les pointait comme une épée vers son chef d'unité.

— Dame Rumeur qui a l'oreille grande ouverte, de grandes dents, de grands pieds et surtout une langue encore plus longue laisse courir le bruit que chaque unité a été invitée chaudement à fournir son contingent de profs du soir. Comme aucun prof de notre unité ne s'est encore offert, j'aimerais savoir si tu as l'intention de nommer des volontaires entre guillemets, des profs noctambules comme on pourrait les appeler et en suivant quelles normes?

De maigres applaudissements papillonnèrent et quelques coups de gueule ponctuèrent cette question. La colère disloquait le visage de Suzèle. Elle fouilla un moment ses feuilles, puis leva sur l'assemblée des yeux qui voulaient griffer.

— On pourrait ajouter à cette brillante sortie que Dame Rumeur aime mordre et elle mord bien, mais à l'aveuglette. Il va falloir que je me fasse vacciner, car parfois elle a la rage comme vous venez de le constater.

Suzèle s'arrêta pour mesurer l'effet de sa réplique. Parmi l'étonnement des regards, la consternation des uns, le malaise des autres, sa plaisanterie mal venue resta suspendue dans le silence, accrochée dans le vide et chacun retint son souffle pour ne pas la faire choir trop brutalement. Malgré son effet raté, Suzèle retomba tant bien que mal sur ses pattes, légèrement en déséquilibre, pour finir par retrouver un certain aplomb.

— Mais soyons sérieux. La question des profs noctambules comme on vient de l'exprimer avec tant de bonheur n'est pas encore très claire. Pour le moment, je n'ai pas l'intention de nommer des volontaires ni entre guillemets, ni entre parenthèses, mais j'attends toujours ceux qui sont intéressés à donner des cours du soir à des fonctionnaires qui ne peuvent pas se libérer durant le jour...

— Les pauvres petits! lança une voix qui venait du fond de la salle.

— Pour... pour des profs qui aimeraient suivre des cours durant le jour, c'est une occasion rêvée. Si on n'arrive pas à trouver assez de profs noctambules, j'aviserai à ce moment et nous verrons. Cette invitation est lancée pour l'instant à tous les volontaires et sans nomination drastique.

Cette fois, ce fut l'autre clan qui apprécia le brio de la réponse et un bouquet d'applaudissements s'épanouit à la grande satisfaction de Suzèle qui retrouva le sourire. Jacques glissa à Julien: «Drastique est un angliscisme. Il faut dire draconienne.»

Suzèle n'eut pas le temps de savourer son exploit que déjà Ariane refaisait surface pour lancer une nouvelle attaque avec des sabres dans la voix:

— J'ai entendu dire que certains Lat-3 s'étaient jurés d'imposer aux profs la journée de 6 heures. Ils exigent que chaque prof signe une feuille en arrivant le matin et en quittant le soir. Est-ce que tu as l'intention de suivre ce bon exemple et de devenir toi aussi chasseur ou chasseresse d'autographes?

La belle assurance de Suzèle fondit comme du beurre au soleil. Son sourire, fleur artificielle, s'écartela aux commissures en grimace amère. Elle semblait vraiment prise au dépourvu. Décidément, les membres du complot savaient tout. Il y avait sûrement des fuites quelque part. Pour se tirer d'embarras, elle souleva des feuilles, fit mine de consulter, puis esquissa un sourire.

— C'est justement le prochain point que je veux développer.

Elle fit une pause. Toute l'unité attendait dans le plus grand silence sa réponse qui tardait. On aurait cru entendre la colère bourdonner dans son ventre et crever ses yeux. Il lui fallait louvoyer.

— Justement... justement..., à la dernière réunion, le directeur du programme nous a demandé avec fermeté d'établir cette bonne habitude. À partir de demain donc, je vous invite à signer cette feuille de présence tous les jours, matin, midi et soir.

Elle n'eut pas la force d'aller plus loin, baissa les yeux, puis les releva aussitôt en tentant d'inculquer à son regard détermination et autorité. Julien, sans se lever, prononça distinctement:

— Je crois, Suzèle, que ce n'est pas suffisant. Je suggère plutôt qu'on installe un système de télévision en circuit fermé pour surveiller les allées et venues de tous les profs, de tous les étudiants, y compris les chefs d'équipe et le chef de l'unité lui-même. Il pourrait y avoir des caméras dissimulées à la cafétéria, à la bibliothèque, au gymnase et surtout dans les toilettes, ultimes refuges des désespérés.

Le directeur pourra ainsi tous les soirs visionner ce long métrage trois étoiles, un chef-d'oeuvre du cinéma contemporain. Il paraît qu'il raffole des westerns-spaghetti. On pourrait avoir La Belle, les Profs et les Étudiants ou bien Mon nom est Suzèle.

Un immense éclat de rires coiffa cette intervention colorée et, encore une fois, Suzèle, l'oeil raidi de colère, louvoya entre la grimace et le sourire forcé. Sa nervosité lui froissait la paupière et un frisson agitait sa lèvre supérieure. Mais Guillaume ne voulait pas en rester là. Rouge d'indignation, il lança, lui aussi, sans se lever:

— Ce n'est pas une école pour adultes ici, c'est une école primaire et même un couvent. On nous traite comme des enfants parce qu'une poignée de profs trichent un peu avec l'horaire. On devrait montrer un peu plus d'imagination pour les dépister et les mettre à la raison. Je suggère un stage des gestionnaires à la GRC. Rien ne sert de rêver, il faut imaginer à point.

Un silence dangereux suivit cette déclaration à l'emporte-pièce. On s'attendait à une explosion de la part du chef d'unité, mais elle se maîtrisa admirablement et demanda s'il y avait d'autres questions.

— Au lieu de surveiller les profs, attaqua Jacques, la gestion devrait surveiller sa façon de rédiger les notes de services. C'est bourré, farci, pourri d'anglicismes. Tiens, prends cette note que je viens de cueillir dans mon casier: on parle de librairie au lieu de bibliothèque, de copie au lieu d'exemplaire, de pamphlet au lieu de brochure et j'en passe. C'est une honte! Lorsqu'il n'y aura plus d'étudiants anglophones, les profs n'ont pas à s'inquiéter pour leur boulot: ils pourront toujours enseigner le français aux francophones du fédéral. C'est une urgence nationale!

— J'admets qu'il faut surveiller nos anglicismes, contre-attaqua Suzèle, mais il y a des profs qui devraient surveiller leur langage; les relations de travail en seraient grandement améliorées.

Fabienne qui voulait garder Suzèle en déséquilibre ne laissa aucune chance au silence de s'installer.

— Dans la même veine, il paraît que tu veux exercer un plus grand contrôle sur les idées des profs. Par exemple, est-il exact que tu as interdit qu'on fasse jouer en classe *L'alouette en colère* de Félix Leclerc parce que c'est trop subversif? demanda-t-elle avec une onde de colère dans la voix.

L'assemblée fut agitée par des vagues de protestations. Suzèle laissa les remous s'amollir, puis s'affaisser complètement avant de répondre. Un sourire tremblotait au bord de sa lèvre froide.

— C'est exact. Je trouve que cette chanson ne peut que mettre le désordre dans les classes, soulever des discussions passionnées. On est ici pour enseigner le français aux anglophones, pas pour faire de la politique comme les profs du secondaire dans les écoles du Québec.

— Attention, petits Québécois, messieurs les Anglais vous regardent. Ce n'est pas beau du tout de faire ça. C'est pas joli-joli, lança une voix anonyme.

Mais Suzèle était lancée.

— Et si tu veux en savoir plus, j'ai interdit aussi qu'on vende des cartes du Parti québécois et qu'on fasse des campagnes de financement pour ce parti. C'est de la dynamite, comprenez-vous, de la dynamite!

— Et tu ne veux pas sauter, lança la même voix inconnue.

— Je ne sais pas qui vient de dire ça. Bien sûr, il n'a pas le courage de s'identifier. Mais les ordres sont formels. Pas de politique au Bureau des langues. Nous sommes des agents de bonne entente. Il ne faut pas provoquer nos étudiants, autrement toute la boîte va sauter en morceaux, je vous le garantis.

— Le Parti québécois n'est pas illégal à ce que je sache, déclara Guillaume.

Des commentaires joyeux flottèrent un bon moment. Suzèle ne releva pas l'impertinence de cette remarque. Le regard scellé par une rage sourde, elle attendait, toute cabrée, la prochaine attaque.

— Il ne reste plus qu'à mettre des barbelés autour d'Asticou. Ce sera le paradis terrestre, ironisa Simone sur le ton d'un oracle. Je présume alors que la rumeur selon laquelle tu interdis également le dépôt des communiqués syndicaux dans les pigeonniers est fondée et que tu interdis aussi «le Bavard discret» qui fleurit un peu trop d'indiscrétions au goût de la direction.

— Certainement. Cette feuille de chou qu'on nomme pompeusement un journal syndical est un nid d'indiscrétions construit par des vipères. Tout comme moi, plusieurs profs ne peuvent supporter le ton petit martyr de cette feuille de chou, je le répète, qui prétend faire de l'information. Ceux qui la rédigent feraient bien de se chercher du travail ailleurs pour faire étalage de leur incompétence et de leur profonde tendance au braillage en choeur. Ce sont des ventres pleins qui gémissent sur leur plénitude.

— Bravo, Suzèle, ça c'est bien envoyé, jubila Vincent, un grand garçon tout crêté d'une chevelure supermousseuse.

— Celui-là, comme imbécile à part entière et con à plein temps, on peut pas faire mieux, grogna Fabienne à Simone.

— Est-ce que le comité de sélection des professeurs aurait choisi des incompétents? Cela n'est pas possible! Loin de moi une telle mauvaise pensée. Je m'en confesse à Dieu et à vous, mon révérend chef d'unité, lança Jacques dont un bref sourire creusait les fossettes.

Une fois de plus, cette intervention rallia les rires de toute la salle. On se claquait généreusement sur les cuisses. C'était la foire.

— L'erreur est humaine, rugit Suzèle. L'ancêtre du «Bavard» s'appelait «l'Oeil» et comme Oedipe, il s'est crevé lui-même de honte. J'ai hâte que «le Bavard» se coupe la langue, ça va dépolluer l'atmosphère qui devient de plus en plus irrespirable avec de tels écrivaillons.

Le bravo de Vincent fut coupé en deux.

— Des professeurs de langue sans langue, je vous dis, c'est le paradis du bilinguisme, lança une autre voix mystérieuse.

— Il ne nous reste plus qu'à demander une permission écrite et signée pour aller aux toilettes. Plus besoin de laxatifs, nous serons parfaitement relaxés. Excusez le mauvais jeu de mots, mais je fais ce que je peux avec ce qui me reste de langue pour bavarder discrètement, ironisa Jacques.

Suzèle fulminait.

— Devant tant d'esprit et d'ironie, je ne me gênerai pas pour continuer. C'est comme le prof qui souligne toujours en classe des inventions réalisées par des Français ou des Québécois: c'est une pure provocation gratuite, une invitation aux affrontements, une excellente façon d'indisposer nos étudiants. Je suis contre.

— Il faut bien le dire, lança Jacques qui se sentait visé, les anglophones se pensent le nombril du monde quand ce n'est pas le ventre du monde. Ils pensent qu'ils ont tout inventé, tout fait, tout trouvé et que le reste du monde en est encore à l'ère des cavernes en comparaison. Nous ne devons pas seulement leur montrer le français, mais il faut encore leur montrer le monde tel qu'il est. Par exemple, ils pensent tous que la langue française emprunte des mots de l'anglais parce que nous manquons de vocabulaire. Il faut leur ouvrir les yeux et les oreilles. Alors moi, je leur apprends que leur langue est celle qui emprunte le plus de mots aux autres langues, surtout au français et l'Histoire est là pour le prouver.

Un ricanement craqua dans le silence tendu comme une jointure arthritique. Mais Suzèle ne semblait plus vouloir s'arrêter.

— Un autre point. La tenue vestimentaire par exemple. Les profs sont libres de porter le genre de vêtements qu'ils veulent. Les étudiants aussi. Mais en comparaison, les profs font pitié. Il y a beaucoup plus de vestons, de chemises, de cravates, de robes et de tailleurs portés par les étudiants que par les profs. Et surtout, de la propreté, je vous en prie, pas de vêtements déchirés, délavés, pas de tenues débraillées. Si on veut se faire respecter des étudiants, il faut le mériter. Fin de la parenthèse.

— Tu n'as donc jamais remarqué Ralph? demanda Jacques, avec un sourire plein de venin.

— C'est l'exception qui confirme la règle, riposta Suzèle.

— Un petit instant, rugit Jamelée. Il reste encore un point à éclairer si cela est encore possible. Je voudrais simplement savoir ce qu'il advient de la lettre de réprimande adressée à tous les profs qui se sont absentés de la réunion de 4 heures, mardi dernier. Il y a une bonne douzaine d'entre nous qui ont été les bénéficiaires de cet art hautement épistolaire.

Suzèle avait perdu la maîtrise d'elle-même, car elle sentait que la majorité des profs s'étaient retournés contre elle depuis le début de cette réunion. L'orgueil l'éperonnait.

— La lettre va rester à votre dossier pour l'instant. Je me permets de vous rappeler que les Lat-3 ont le pouvoir de convoquer des réunions après 4 heures comme celle d'aujourd'hui. C'est dans votre description de tâche.

— Oui, mais nous aimerions être avertis plus à l'avance, hurla presque Fabienne. Une journée à l'avance. Certaines d'entre nous ont des gardiennes à la maison et ce n'est pas toujours possible de leur demander de rester après 4 heures. D'autres profs ont des engagements qu'ils doivent annuler à la dernière minute. Je demande simplement un peu de compréhension humaine si c'est encore possible à l'unité B-7.

— D'accord, la réunion de mardi dernier était imprévue pour moi comme pour vous. À l'avenir, je vais essayer de vous prévenir au moins une journée à l'avance.

— En tout cas, Suzèle, tu vas entendre parler du syndicat dans les jours qui viennent. On va agir avant que nous ne devenions que les caricatures de nous-mêmes. Les profs ne se laisseront pas traiter comme des enfants et des irresponsables, ça je te le garantis. Ça va barder, je te le promets! Et s'il faut, on va te faire sauter! cria Fabienne hors d'elle-même.

— Enfin, le chat est sorti du sac! Je sais que tu veux ma tête depuis longtemps, Fabienne. Eh bien! je t'avertis, ne t'avise pas de venir la prendre parce que je t'attends de pied ferme.

Olivier qui n'était pas encore intervenu fut propulsé de son siège.

— Cette réunion est une honte, une honte! Je suis nouveau et je ne comprends pas toutes les subtilités qui divisent l'unité en deux clans, les chiens et les loups. Mais je n'ai jamais vu un tel lavage de linge sale en public, un tel déshabillage. Si des profs ont des comptes à régler avec le chef d'unité, qu'ils aillent le faire dans son bureau. C'est honteux!

D'un pas long et ferme, il sortit de la salle à la stupéfaction de tous ses confrères. Suzèle n'eut pas le temps de lever l'assemblée, déjà tous se précipitaient dans un brouhaha indescriptible. Tout le monde parlait, personne n'écoutait. Fabienne glissa à Ariane:

— Suzèle ressemble à une magnifique Alouette en colère, tu ne trouves pas?

Un prof entonna: «Il pleut, il pleut bergère» en tendant les deux mains pour recueillir la pluie qui tombait toujours du plafond.

Dehors, le ciel rageait toujours d'une rage splendide et vaine.

Chapitre 14

La sonnerie du téléphone explosa dans le silence. Suzèle décrocha. Personne ne répondait. Sans doute, encore un de ces appels anonymes, obscènes ou farfelus. Elle allait raccrocher lorsqu'une voix inconnue prononça lentement:

— Si tu veux savoir où est ton beau Vincent, il faudrait faire vite. En tout cas, il s'amuse bien.

Suzèle, interdite, ne savait trop si elle devait engager la conversation avec cette voix inconnue. Mais sa curiosité fut plus forte que son appréhension.

— Qui parle, s'il vous plaît?

— Une amie qui te veut du bien.

— Je ne vois pas ce que vous me voulez.

— Non? Alors rends-toi à l'adresse suivante et tu auras la surprise du party qui s'y déroule.

La voix mystérieuse, sans doute déformée, donna très lentement une adresse que Suzèle prit en note. À l'autre bout de la ligne, on raccrocha brusquement sans autre explication.

L'adresse en main, Suzèle demeura songeuse un long moment. Était-ce une farce? Un piège? Qu'est-ce que Vincent avait à voir avec cette adresse? Il lui avait dit qu'il allait à une réunion à l'école de sa fille dont il avait la garde depuis son divorce. Mordue tout à coup par le doute, elle appela à l'école. On lui affirma qu'il n'y avait pas de réunion ce soir-là.

Fouettée par une colère soudaine, elle sauta dans sa voiture et se rendit à l'adresse de la voix inconnue. Juste comme elle stoppait, elle aperçut Vincent qui sortait. Pour éviter de se faire repérer, elle accéléra et disparut au premier coin de rue.

Le lendemain, elle vérifia qui demeurait à cette adresse: c'était la belle Ariane. Suzèle faillit claquer sous la colère, mais elle réussit à se maîtriser en se jurant une douce vengeance.

— Tu n'as jamais pensé à faire autre chose que d'enseigner?

Olivier demeura interdit. Pourquoi Raoul lui posait-il cette question? Si c'était une blague, elle n'était vraiment pas drôle. En sortant de classe, Olivier avait été harponné par son chef d'équipe comme s'il s'était agi d'une urgence nationale et voilà qu'il lui assénait cette question saugrenue et pour le moins énigmatique.

— Autre chose que l'enseignement? Est-ce que tu m'as convoqué pour me servir cette savoureuse pointe d'humour? Très peu pour moi, je t'en prie.

Raoul observa avec une attention exagérée ses ongles très blancs et un peu trop longs pour un homme. Il portait ce jour-là un veston à carreaux verts et orangés, assorti d'un pantalon rose et de souliers blancs comme ses ongles. Deux fossettes profondes lui mettaient la bouche entre parenthèses.

— Excuse-moi, ma question en effet peut te paraître brutale et quelque peu obscure, mais, tu sais, il existe au gouvernement un programme d'orientation de carrière pour les profs. Tu pourrais remplir une demande et, on ne sait jamais, tu pourrais obtenir un poste dans un ministère qui te permettrait de faire autre chose que de l'enseignement.

Olivier observa son interlocuteur un long moment en tentant de scruter ses intentions.

— Vraiment, Raoul, je ne vois pas du tout où tu veux en venir. J'enseigne depuis neuf ans et je suis très heureux dans mon métier. Je ne vois pas ce que je pourrais faire d'autre. Je peux parodier le mot de Ravel: «Une chance qu'il y a l'enseignement, je ne sais pas faire autre chose.» Alors, je ne comprends pas pourquoi j'envisagerais une autre carrière au gouvernement ou ailleurs. Et puis l'enseignement ici ne me stresse pas du tout. Au secondaire, oui, parce que de retour au Québec, après plusieurs années au cours classique et, en Afrique, je me suis cru tombé dans une de ces maisons de fous baptisées polyvalentes, ou plutôt folyvalentes. Mais au Bureau des langues, je suis au paradis.

— Même avec la classe que tu as maintenant?

— Bien sûr, même avec cette classe. Évidemment, j'ai des étudiants qui cassent un peu le décor, mais de là à être stressé comme tu dis, il y a un grand pas que je n'ai pas encore franchi. Ma question demeure donc toujours sans réponse, pourquoi me demandes-tu ça?

Raoul se trouva à nouveau un intérêt passionné pour ses ongles tout en cherchant ses mots.

— Bon d'accord, venons-en au coeur du sujet. J'ai reçu une plainte des étudiants. Je ne peux pas te dire qui. Je sais que tu as un problème de surdité à l'oreille gauche et que tu as contracté cet handicap en Afrique. Ce n'est évidemment pas de ta faute. Et je comprends que tu sois discret sur ce sujet. De plus, je tiens à te dire que je suis très satisfait de ton travail depuis le tout début dans cette classe. Mais, tu sais, la surdité, c'est le pire problème que peut avoir un prof. C'est comme pour un musicien; il peut être aveugle mais pas sourd. Nous avons d'ailleurs un prof aveugle qui est excellent. Mais la surdité, tu comprends? Pour corriger les erreurs des étudiants, il faut les entendre d'abord, c'est capital.

— Mais Raoul, avec mon appareil j'entends très bien, même je dirais que j'entends mieux. Je ne peux pas voir comment des étudiants ont pu se plaindre. Il se peut que j'aie passé outre à certaines erreurs, mais je les ai entendues, je t'assure. Casse-cou! celle-là c'est la meilleure! Un autre prof aurait passé sous silence les mêmes erreurs et jamais il ne serait venu à l'idée d'un étudiant de se plaindre, mais parce que je porte un appareil... ça c'est incroyable!

Raoul se récurait un ongle déjà ultra-propre. Puis il examina les autres comme pour en surprendre la moindre impureté. Satisfait de son inspection, il leva les yeux sur Olivier.

— Il ne faut pas t'énerver avec ça. Ton poste n'est pas encore en danger. Mais si j'étais toi, je prendrais mes précautions et je chercherais ailleurs. S'il y avait d'autres plaintes, tu serais prêt à entreprendre une autre carrière qui ne serait pas entravée par cette surdité malencontreuse, tu comprends? D'ailleurs... d'ailleurs, lorsque je suis allé dans ta classe, j'ai remarqué moi aussi que tu laissais passer certaines erreurs. Ça confirmait ce que certains étudiants m'ont souligné.

La lèvre inférieure d'Olivier tremblait d'indignation.

— Raoul, je ne peux pas corriger toutes les erreurs. Surtout lorsque les étudiants s'expriment librement, je fais attention à ce que le message soit clair, c'est tout. Autrement, je passerais mon temps à les interrompre et je couperais toute communication possible. Ces erreurs que j'ai laissées passer, est-ce que c'était au cours des exercices?

— Malheureusement, je ne peux pas dire. Je ne me souviens pas exactement. Mais j'ai eu la nette impression que plusieurs erreurs t'échappaient.

— Alors, qu'est-ce que tu comptes faire?

— On pourrait te désigner pour l'instant à la suppléance en attendant que tu te trouves autre chose.

Olivier serra les dents et les poings. Ça n'allait sûrement pas se passer comme ça! On lui déclarait la guerre, il allait se battre.

En sortant du bureau de Raoul, il se rendit immédiatement voir la secrétaire de Suzèle. Le chef d'unité était en réunion. Olivier pouvait avoir un rendez-vous le lendemain matin à la première heure libre. Le reste de la journée, Olivier fut préoccupé par ce problème. Il était persuadé de très bien entendre tout ce que les étudiants disaient. Il ne pouvait savoir au juste qui avait porté plainte et pourquoi. Peut-être Ralph? Il n'en aurait pas été surpris. Ou Wallech ou même Betty. Ce qui l'intriguait davantage, c'était que Raoul lui avait semblé un peu trop insister pour qu'il se trouve quelque chose ailleurs. Il n'arrivait pas à comprendre pourquoi son chef d'équipe l'avait condamné si rapidement sans autre examen. Il savait qu'il allait jouer gros en demandant à Suzèle de venir l'observer en classe. Si elle confirmait le diagnostic de Raoul et celui des étudiants, son poste était en danger. Et s'il perdait son emploi, qu'est-ce qu'il pourrait bien faire d'autre?

Le lendemain, Suzèle le rencontra et accepta d'aller dans sa classe l'après-midi même. Les étudiants parurent surpris et même un peu dérangés par la visite de Suzèle. Il était rare qu'un chef d'unité aille observer les étudiants... ou le professeur, on ne savait jamais. Les étudiants semblaient se demander si Suzèle venait se rendre compte sur place du comportement du groupe ou si elle venait observer son nouveau professeur. Olivier, pour sa part, s'était bien promis de corriger toutes les fautes sans en laisser passer une seule au risque de briser la communication au cours de l'exercice d'expression libre. Il en avait d'ailleurs averti très clairement Suzèle.

— Je voudrais que tu viennes observer une seule chose, Suzèle, c'est-à-dire si j'entends bien toutes les erreurs. Je n'en laisserai passer aucune. Par conséquent, si j'en manque une, c'est que je ne l'aurai pas entendue. Je n'aurai aucune excuse. Tu ne viens donc pas observer ma pédagogie en général. Même au cours de l'exercice d'expression libre, je corrigerai chaque faute sans en passer une. Je sais que ça va couper leur expression, mais je dois agir de la sorte pour que tu sois bien certaine que j'entends tout.

Pendant la première heure de cours, Olivier procéda à des exercices de questions-réponses très serrés. Il corrigeait tout: la prononciation, le débit, l'expressivité, la syntaxe. De temps à autre, il jetait un regard tantôt inquiet tantôt interrogateur du côté de Suzèle qui ne bronchait pas, tout occupée à ce qui se déroulait. Olivier tentait de deviner si son chef d'unité avait trouvé une faille dans sa façon de corriger les erreurs. Au cours de la deuxième heure, il fit une transposition, ce qui équivalait à l'expression libre dans le jargon de l'enseignement.

Au début, les étudiants furent un peu agacés de constater que leur professeur les interrompait continuellement pour reprendre leurs erreurs. Devant leur réaction, Olivier crut bon de leur donner une brève explication.

— D'habitude, je m'en tiens au message sans relever toutes vos fautes, mais aujourd'hui je vais toutes les souligner pour vous aider à les remarquer. Il ne suffit pas d'établir la communication, il faut aussi être conscient de ses erreurs. Lorsque vous tentez de faire passer un message, vous oubliez trop souvent de mettre en pratique les exercices que nous avons faits.

Au cours de cet exercice, Olivier jeta encore quelques regards à Suzèle. Celle-ci ne laissait toujours rien voir de ses réactions. Quelques étudiants, surtout Dave et Ralph, eurent des gestes d'impatience lorsqu'ils étaient en butte aux nombreuses interruptions du professeur. Mais Olivier tenait la situation bien en main. Il savait qu'il jouait peut-être en ce moment sa carrière. Un mauvais rapport du chef d'unité et c'était la fin. Il n'était surtout pas question pour lui de retourner au secondaire.

Enfin, la pause café arriva et Olivier libéra ses victimes. Il jeta aussitôt un regard à Suzèle comme s'il cherchait une bouée de sauvetage.

— Viens dans mon bureau. On va régler ça tout de suite.

Les manières froides qu'arborait Suzèle lorsqu'elle exerçait ses fonctions offusquaient certains professeurs. Mais dans les circonstances, cette voix glaciale atteignit Olivier en plein coeur. Cela n'annonçait rien de bon. Il vit flotter devant lui la longue silhouette gracieuse et la suivit. Il s'effrondra presque dans le fauteuil que lui désignait Suzèle. Une sueur froide lui sillonnait la colonne vertébrale.

— Et alors... qu'est-ce que t'en penses? réussit-il à dire, la voix à moitié étranglée.

Suzèle consulta les notes qu'elle avait prises, puis elle leva sur lui ses magnifiques yeux pers.

— Olivier, j'ai très bien écouté pendant ces deux heures et j'ai très bien observé. Les voix de tes étudiants ont différentes fréquences: très basses dans le cas d'Amraj par exemple et très hautes dans le cas de Nancy. Ce n'est donc pas facile de saisir tout ce qu'ils disent. Leur prononciation est parfois défectueuse au point même de ne pas reconnaître les mots. Il y en a qui marmonnent pour camoufler leurs erreurs. Il faudra y apporter des exercices correctifs. Tu verras Raoul pour ça; il va tout t'expliquer.

Suzèle fit une pause et consulta encore ses notes. Olivier sentit que la guillotine était prête à tomber. Il se raidit, prêt à se défendre.

— Mais je dois dire que pendant ces deux heures, tu as très bien saisi toutes les erreurs qui ont été commises. Seulement à deux reprises, tu en as laissé passer une. Tu n'as pas semblé les saisir. Moi-même, je n'aurais pas compris exactement ce que Ralph a dit à la fin d'une phrase et la même chose pour Kioto qui a laissé mourir une phrase dans un soupir. Heureusement, j'étais juste à leurs côtés et j'ai pu saisir. N'aie pas peur de les faire répéter à haute et intelligible voix comme on dit dans la méthode.

Elle fit une pause. Olivier, tout en se sentant plus à l'aise, n'était pas encore certain que la décision finale soit prononcée. Mais il avait hâte de savoir.

— Alors quel est ton verdict, Suzèle?

— Je crois, Olivier, que tu es un excellent professeur de langue. Malgré une certaine tension, une certaine nervosité bien naturelle cet après-midi, on sent que tu aimes ton métier. Tu mènes ta classe d'une main de maître. Pour l'ensemble de ta pédagogie, je laisse ça à Raoul. Tu en connais plus que moi dans ce domaine avec ton expérience. Moi, je n'ai même pas enseigné un an. On me le reproche d'ailleurs assez comme ça. J'aime mieux l'administration que l'enseignement en lui-même. Donc, pour résumer, je suis contente de t'avoir dans mon unité. Pour ce qui est de cette surdité, il n'y a aucun problème. Tu entends très bien. Je vais en glisser un mot à Raoul. Je ne veux plus entendre parler de cette question. Si un seul étudiant ose se plaindre, je vais lui faire passer un test d'audition en compétition avec toi et je suis prête à parier que tu vas l'emporter. Avec ton appareil, je pense que tu es capable d'aller chercher des fréquences plus subtiles que ceux qui pensent avoir deux bonnes oreilles. Donc, dors tranquille, je vais mettre dans ton dossier que j'ai moi-même observé ta performance en classe et que tu ne présentes aucun handicap auditif comme on dit aujourd'hui. Et je tiens à être très claire: ma décision n'est aucunement influencée par ton intervention à la fin de la réunion de vendredi dernier. Mais j'en profite pour te remercier de l'avoir fait tout de même.

Olivier avait envie de l'embrasser. C'était comme si on annonçait à un prisonnier sa libération. Il se leva.

— Je ne sais comment te remercier, Suzèle. Tu viens de m'enlever une grosse épine du pied, je devrais dire plutôt de l'oreille. Tu comprends, depuis que j'ai cet handicap, je me sens un peu sur la sellette. Au secondaire, les élèves étaient même si bruyants que mon appareil était un obstacle. Si je le baissais, je risquais de perdre des mots et si je le haussais, les bruits devenaient insupportables. Mais ici, avec des adultes, je pense qu'il n'y a aucun problème.

Avant d'ouvrir la porte, il se retourna d'un air songeur et murmura presque pour lui-même:

— Mais je me demande bien pourquoi certains étudiants ont porté cette plainte. Ils savent très bien que j'entends parfaitement. Il y en a peut-être qui ont intérêt à se débarrasser de moi. On ne sait jamais.

Il voulut ajouter qu'il était intrigué par Raoul, par son attitude dans cette histoire, mais il s'en garda bien. Suzèle esquissa un sourire en ouvrant le dossier qu'elle venait de poser devant elle.

— Je pense que certains de tes étudiants se font une gloire et un malicieux plaisir d'avoir brûlé plusieurs profs. Comme ils constatent que tu es fait en amiante, ça les agace. Lâche pas, Olivier, tu es l'homme qu'il leur faut, l'homme de la situation.

Chapitre 15

La secrétaire entra dans le bureau de Suzèle.

— Voici la liste pour ce matin.

— Merci, Marie-Claire.

La secrétaire partie, Suzèle comme tous les matins prit connaissance des absences de la journée. Son attention fut immédiatement attirée par un nom: Henri Tremblay. Tiens! c'était curieux. Deuxième journée d'absence et pas d'appel téléphonique, pas de justification ni de certificat médical. Ce n'était pas normal. Tout professeur devait téléphoner avant 10 heures dès la première journée d'une absence. Suzèle consulta le dossier de Tremblay et composa son numéro. Elle laissa sonner plusieurs fois, mais sans obtenir de réponse.

Henri, l'inventeur de la méthode Porno Canada, avait un appartement qu'il occupait durant la semaine. Toutes les fins de semaine, il descendait à Montréal pour rejoindre sa femme et ses enfants. Il ne considérait pas son emploi comme très stable, c'est pourquoi il ne voulait pas risquer de vendre sa maison et de déménager dans la région.

Il devait être couché et dormir. Suzèle consulta les autres noms de la liste. Tout le monde avait appelé le matin même pour avertir.

Suzèle composa encore une fois et laissa sonner durant un long moment. Toujours pas de réponse. Elle décida d'en avoir le coeur net et forma le numéro de son domicile à Montréal. Sa femme répondit au deuxième coup.

— Je m'appelle Suzèle Longchamp, le chef d'unité d'Henri à Hull. Vous êtes bien madame Tremblay?

— Oui, c'est... c'est moi. Que... que puis-je faire pour vous?

— Henri est absent de son travail pour la deuxième journée. Il n'a pas appelé comme il doit le faire pour avertir de son absence. J'ai téléphoné à son appartement et ça ne répond pas. Est-ce que vous sauriez s'il est malade?

Il y eut une longue hésitation à l'autre bout du fil.

— Oui, il est... il est malade. Il ... il n'est pas à son appartement. Il est... il est à l'hôpital, à Montréal.

— J'espère que ce n'est pas grave. Pas un accident au moins?

— Non... non... il est malade, c'est tout.

— Pourriez-vous me donner le nom de l'hôpital?

— Je... je ne peux pas vraiment. C'est... c'est une affaire personnelle, vous comprenez.

— Je comprends, madame, mais je dois rendre compte de mon administration et justifier toute absence du travail de mes profs. Alors, si je pouvais parler à son médecin et savoir pour combien de temps Henri sera absent, cela me permettrait de remplir sa formule d'absence et peut-être d'assigner un nouveau professeur à sa classe pour un temps indéterminé. Avez-vous le nom de son médecin? Savez-vous dans combien de temps il pourra reprendre l'enseignement?

— Malheureusement... je... je ne sais pas combien de temps il restera à l'hôpital. Vous ne pouvez pas l'appeler, il est aux soins intensifs. Je ne peux pas vous donner le nom de son médecin. Henri ne veut pas. Il dit que c'est personnel. Je ne peux pas vous dire non plus le nom de sa maladie, je regrette. Faites pour le mieux. Je ne peux vous aider davantage. Merci, madame. Au revoir.

Et madame Tremblay raccrocha. Interdite, Suzèle fixa le récepteur d'un air incrédule. Elle s'accorda quelques minutes de réflexion. Il y avait quelque chose de louche dans cette histoire. Henri avait-il une maladie honteuse pour ne pas vouloir ainsi donner le nom de son médecin et de l'hôpital? Il ne fallait pas laisser cette affaire en plan. Elle appela Marie-Claire, se fit apporter le bottin téléphonique de Montréal et se mit en frais d'appeler tous les services de soins intensifs des hôpitaux de la ville de Montréal.

Suzèle consacra une grosse heure à cette recherche. La réponse était la même partout: pas d'Henri Tremblay. Nulle part. Elle appela dans les hôpitaux d'Ottawa et au Centre hospitalier de Hull. Même réponse. Décidément, il n'y avait rien à faire. Henri était disparu de la circulation sans laisser de trace. Sa femme semblait savoir quelque chose, mais comment la faire parler?

Suzèle consulta encore le dossier d'Henri. Elle lut attentivement toutes les formules d'absence, puis tout à coup tomba sur le nom d'un médecin à Montréal. Docteur Latendresse. Sans hésiter, elle composa le numéro. Une bande enregistrée lui demanda de laisser son nom et son message. Elle dit qu'elle rappellerait au cours de la journée, mais laissa son nom, son numéro et raccrocha.

Une heure plus tard, elle allait partir pour dîner lorsque le téléphone sonna. C'était le médecin en question. Elle demanda où était Henri Tremblay et pour combien de temps il serait absent de son travail.

— Henri est bien sous mes soins, madame, je ne peux vous dire dans quel hôpital. Secret professionnel, vous comprenez. Il est aux soins intensifs et je ne sais pas quand il pourra reprendre son travail. Mais vous devez compter quelques semaines peut-être.

— Est-ce que vous pouvez au moins m'envoyer un certificat médical signé pour confirmer qu'il est malade pour un période indéterminée? Ça me suffirait dans les circonstances.

— Non, madame, c'est impossible. Je ne peux pas vous en dire plus. Quant à l'administration, faites ce que vous pourrez. Je ne sais pas moi.

— Mais enfin, docteur, quelle que soit la maladie de monsieur Tremblay, vous pouvez quand même me faire parvenir un certificat sans révéler sa maladie, ni l'hôpital où il se trouve. Tout ce qu'il me faut, c'est la signature d'un médecin.

— Pour le genre de maladie qui l'afflige, je ne peux pas. Il est malade d'une certaine façon, sans être vraiment malade. Je ne peux vous en dire plus. Ne cherchez pas davantage, je vous en prie, si vous ne voulez pas lui nuire.

— Je suis sa patronne. Bien sûr, je veux plutôt l'aider. Mais je ne comprends toujours pas, je vous assure. Toute cette histoire me semble bien mystérieuse. En tout cas, si je peux faire quelque chose pour lui, j'aimerais savoir comment.

— La seule façon de l'aider présentement, c'est de ne pas chercher à le rejoindre, de ne pas tenter de savoir où il est.

— C'est incroyable tout de même. Bon, je vous remercie, docteur. Au revoir.

À la cafétéria, Suzèle demanda à Raoul de manger avec elle dans un coin pour ne pas être dérangée. Elle lui résuma ses démarches pour savoir où était Henri. Raoul esquissa un sourire énigmatique et lui glissa un papier avec un numéro. C'était un numéro de la région.

— Appelle à ce numéro. Ils vont peut-être pouvoir te renseigner. Je ne peux pas t'en dire plus. Henri est dans une situation difficile et je ne voudrais pas qu'on lui nuise. Si je n'en ai pas encore parlé, c'est que je cherche une solution à son problème. Je ne suis plus son chef d'équipe, mais je suis son meilleur ami ici.

Il s'arrêta brusquement et jeta un regard qui voulait embrasser toute la cafétéria.

— Toujours la même chose. Les deux solitudes, même à la cafétéria. Les étudiants d'un côté et les profs de l'autre.

Suzèle comprit tout de suite que Raoul voulait faire dévier la conversation. Elle n'insista pas, mais se promit d'appeler au plus tôt pour tirer cette affaire au clair.

De retour à son bureau, elle avertit Marie-Claire qu'elle ne voulait être dérangée sous aucun prétexte et referma soigneusement la porte sur elle. Elle composa. On répondit immédiatement.

— Ici la prison de Hull. Sergent Côté à l'appareil.

Suzèle écarquilla les yeux, bouche bée. La prison de Hull? Elle demeura suspendue au fil avant de réussir à demander:

— Je suis Suzèle Longchamp, chef d'unité à l'école des langues Asticou. Un de mes profs, Henri Tremblay, est absent depuis deux jours sans avoir donné de raison. Il n'est pas à son appartement non plus, j'ai téléphoné. Sa femme, à Montréal, me dit qu'il est malade, mais elle ne veut pas me donner le nom de l'hôpital ni celui du médecin. Il paraît que vous pourriez me renseigner.

— Un instant, je vais consulter notre liste de détenus.

— Allô... allô, madame, nous avons bien un certain Henri Tremblay sur notre liste. C'est peut-être votre professeur. Il est détenu depuis deux jours à la prison. Est-ce que vous désirez d'autres renseignements?

— Hum... oui, enfin... je suis sa patronne. J'ai besoin de savoir pour combien de temps il sera détenu, je veux dire dans combien de temps il pourra revenir au travail?

— Je ne sais pas, madame. Monsieur Tremblay a été arrêté et accusé de trafic de drogue et de détournement de mineurs. Il doit comparaître devant le juge, cette semaine. Et avant qu'il soit reconnu innocent ou coupable, ça peut prendre un certain temps.

— Est-ce que je peux faire quelque chose pour lui?

— Je ne pense pas. Pour l'instant, il ne désire aucune visite. Il ne veut surtout pas que ça se sache, vous comprenez? C'est bien normal.

— Bien sûr, je comprends très bien. Alors, merci. Au revoir.

Sidérée, Suzèle raccrocha. Pendant quelques minutes, elle demeura songeuse à son bureau. Puis elle demanda à Marie-Claire de faire venir Raoul. Lorsque celui-ci entra, Suzèle le fixa longuement.

— Je sais maintenant de quelle maladie souffre Henri. Alors voilà ce que nous allons faire. Il faut répandre la nouvelle qu'il est malade, gravement malade même, et qu'il est hospitalisé à Montréal.

— Lorsque c'est arrivé, il a donné mon nom. C'est moi qui ai appelé sa femme et elle a mis le médecin dans le coup.

— Et qu'est-ce que nous allons faire dans son cas? Si on déclare la vérité à la Fonction publique, ça va être inscrit dans son dossier et c'est un homme fini. Je veux dire qu'il va perdre son emploi et son dossier va le suivre partout.

— Penses-tu qu'il est coupable?

— Je ne sais pas. Mais je ne gagerais rien sur son innocence.

— Très bien. Je vais essayer de trouver une solution. Je te remercie, Raoul. Je te ferai part de mes intentions aussitôt que je serai prête.

L'après-midi même, Suzèle quitta le bureau en avertissant la secrétaire qu'elle avait une réunion importante. Elle se rendit à la prison de Hull et demanda à voir le détenu Henry Tremblay. On l'informa que celui-ci ne désirait avoir aucune visite. Elle insista.

— Dites-lui que c'est Suzèle Longchamp, son chef d'unité, que je sais tout et que je veux l'aider. Dites-lui aussi que c'est très important pour son emploi.

En attendant, Suzèle contempla avec un frisson dans le dos le long corridor blanc qui s'étendait devant elle. C'était la première fois qu'elle entrait dans une prison. Les murs étaient remarquablement délabrés. Il faisait froid et humide dans ces lieux. C'était plutôt sinistre.

Quelques minutes plus tard, un gardien lui fit signe de le suivre. Il l'amena devant une grille et elle prit place sur une chaise. De l'autre côté, une porte s'ouvrit et un homme barbu, livide, boutonneux, s'avança lentement vers elle. Suzèle eut peine à reconnaître Henri qui parut étonné de voir sa patronne en face de lui. Les cheveux en broussaille et l'oeil injecté de sang, il se laissa choir sur une chaise et la regarda fixement pendant de longues secondes.

Entre eux, le silence se faisait si fragile qu'un seul soupir aurait pu le crever. Les yeux d'Henri n'étaient plus que des araignées, prisonniers de leurs toiles de rides. Il se barricadait dans un silence renfrogné.

— Henri, je sais que tu ne veux pas de visite, commença Suzèle d'une voix travaillée par l'émotion, mais j'ai appris ce qui t'était arrivé et j'ai décidé de venir te voir pour t'aider.

— Comment as-tu appris que j'étais ici?

Sa voix rauque semblait s'arracher du fond de ses tripes. Il attacha sur Suzèle ses yeux bleutés, noyés dans la crasse de ses sourcils.

Suzèle observa un long silence. Henri respirait très fort. Ses soupirs tentaient d'écraser la souffrance qui l'oppressait. Suzèle se demandait si elle devait lui apprendre la mauvaise nouvelle. Puis elle se dit que rien ne valait la vérité.

— J'ai téléphoné à ta femme et elle a essayé de te protéger en disant que tu étais aux soins intensifs dans un hôpital de Montréal. J'ai appelé ton médecin. Lui non plus n'a pas voulu parler. J'ai fait ma petite enquête et j'ai fini par trouver. Si tu as à t'en prendre à quelqu'un, je suis celle-là. Mais je n'avais pas le choix. Je dois savoir pourquoi mes profs sont absents. Et tu comprends, c'est ta deuxième journée d'absence, alors il faut décider quelque chose. Est-tu prêt? Tu vas m'aider?

— Je ne peux rien te dire. Tu sais de quoi je suis accusé?

— Oui, et j'espère que tu es innocent. Mais comprends-moi bien, si ton arrestation est portée dans ton dossier, tu vas perdre ton emploi. Alors, avant de prendre une décision ferme, je dois savoir ce que tu comptes faire. Si tu es innocent, alors on en reste là et on attend le verdict du tribunal. Par contre, si tu es coupable, ta condamnation va être portée dans ton dossier et elle va te suivre continuellement. Ce sera très difficile pour toi de te trouver un nouvel emploi. C'est toi qui le sais, es-tu coupable ou innocent? Si tu es coupable, je te conseille de démissionner tout de suite. Ton dossier restera vierge de cette façon. Alors qu'est-ce que tu en dis?

Henri resta songeur un long moment. Puis il releva la tête et murmura:

— J'aimerais avoir l'avis d'un agent de relations de travail et d'un délégué syndical avant de te donner ma décision.

— Très bien, Henri, je reviendrai demain avec eux. En attendant, réfléchis bien.

Le lendemain, Suzèle revenait avec Normand Dompierre, agent de relations de travail du gouvernement et Fabienne, déléguée du syndicat. Ils confirmèrent les dires de Suzèle et lui firent les mêmes recommandations. Pour Henri, le mot démission était lâché. Un rictus agonisa sur ses lèvres fendillées.

— Je suppose que je n'ai pas le choix, dit-il la voix fêlée par un soupçon d'ironie. Son murmure effleura à peine le silence.

— Alors, je démissionne.

Chapitre 16

Novembre sévissait dans toute sa férocité. De temps à autre, un vent violent poignardait l'innocence languide d'un jour ensoleillé.

À la surprise de tous les professeurs, Suzèle oublia sa liste de présence. Cependant, on sentait qu'elle laissait couver le feu sous la cendre.

Olivier se sentait à la fois soulagé et nerveux. Il venait de terminer son premier mandat de six semaines dans sa fameuse classe. À cette occasion, il devait, comme tous les autres professeurs, remettre un bulletin de rendement à ses étudiants. C'était ce que Julien appelait le «showdown» en anglais; la journée de la confesse, en français.

Mais auparavant, Olivier avait deux heures de cours à donner. Mariette le remplacerait après la pause café et c'est alors qu'il «confesserait» ses ouailles. Il ferma la porte et la classe entra en agonie.

Par la baie vitrée, l'automne faisait sa grimace à l'hiver. Comme tous les lundis, on hissait les voiles par un vent faible jusqu'au vendredi où la toile crèverait. La voilure tout entière éteindrait ses flammes et on jetterait l'ancre en pleine mer d'huile pour toute une autre fin de semaine. Tout au cours de la semaine, chacun rendrait l'âme au milieu de ses tripes, mais traverserait le week-end à la nage ou à gué, bercé par une vague bienfaisante de langue maternelle.

Le lundi donc, les étudiants revenaient un peu rouillés par une longue fin de semaine dans la langue de Diefenbaker. Il leur fallait une fois de plus laisser tomber leur peau d'adulte, redevenir enfant, accepter de ne plus savoir parler et de balbutier dans une autre langue qui, en plus d'être seconde, était le plus souvent secondaire aux yeux de certains d'entre eux. Le lundi matin, ils trébuchaient presque sur un simple bonjour ou un comment ça va. Les langues semblaient déracinées par les mots les plus inoffensifs et dérapaient sur les structures les plus élémentaires.

Toute la semaine, sous le vent glacial du bilinguisme (français à l'école et anglais à la maison), les uns frissonnaient et les autres attrapaient la grippe, l'espagnole ou la française?, on ne pourrait jamais savoir. La revanche des francophones entrait par la petite porte, munie d'armes blanches: des mots, rien que des mots qui entraient par l'oreille et ressortaient parfois par la bouche. Comment ne pas ruminer longtemps sur une si belle ironie de l'Histoire: les conquérants romains se mettant à l'école des Grecs?

Au cours de la traversée, Olivier tentait de faire ici et là une blague, histoire de dilater la rate afin de mieux faire avaler et digérer ce morceau indigeste qu'est la langue française. Parfois, la blague faisait sourire ou même rire. Quelle consolation! quel miracle! Mais le plus souvent, la farce tombait à plat dans un silence monacal, comme dans de la vieille huile qui a oublié le secret des essieux. Les jeux de mots comme les blagues s'affalaient de tout leur long dans l'incompréhension générale.

Malgré tout, chaque classe était une sorte de cellule vivante où se bâtissait un nouveau pays, un pays qui serait viable ou qui avorterait, là encore, seul l'avenir s'en doutait.

Les fonctionnaires anglophones venaient brouter toute la semaine à plein temps dans les verts pâturages de la langue française si peu maternelle pour ses propres enfants. Les gosiers s'égratignaient au moindre féminin ou masculin (photocopieur ou photocopieuse, la langue hésitait sur le sexe d'un tel appareil), ou encore pataugeaient au beau milieu d'un marécage fiévreux de verbes à l'imparfait. À la fin de la semaine, on en avait des crampes plein la mâchoire. Exposés à nu sous la lumière crue du français, les fonctionnaires risquaient d'attraper de malencontreux et violents coups de soleil.

On assistait en somme à une autre révolution tranquille, tranquillisante ou tranquillisée, à une mutation linguistique et sémantique avec pour tout arsenal le système phonétique. C'est ainsi que toute la semaine, le char du bilinguisme grinçait des quatre roues comme aurait pu dire un Hugo canadien. L'Histoire des deux peuples trépassait entre les quatre murs de la classe, des murs longs comme les différents régimes français et anglais. Chaque classe devenait de temps à autre un baril de poudre qu'aucun Dollard n'osait lancer par-dessus les branches de peur de... ou que... Il ne fallait pas trop courir de risques; la loi des langues officielles émergeait à peine de ses langes. Heureusement, ce mauvais moment passé, chaque classe redevenait rapidement un brasier vivant.

Le lundi, c'était donc pour les professeurs comme pour les étudiants la remontée au Calvaire. Les fonctionnaires semblaient avoir tout oublié ce qu'on leur avait enseigné la semaine précédente et même depuis le début de leur apprentissage. Olivier, chaque lundi matin, partait une petite conversation pour réchauffer ses étudiants. Il leur posait des questions sur leur fin de semaine et sur les nouvelles du jour. Certains, comme Ralph et Betty, considéraient cette période comme une perte de temps. Cette séance de questions tournait rapidement à la Question comme à l'époque dorée du moyen âge. Le maître fouettait ses esclaves pour les faire parler. Mais le dompteur risquait d'être dévoré au premier coup de fouet. Cette innocente conversation à bâtons rompus sur la tête des étudiants rappelait le tir à bout portant de ce qu'on appelait en jargon pédagogique, la systématisation: questions-réponses, stimuli-réactions et autant en emporte le vent. Les cibles étaient à portée de voix; on se croyait facilement tireur d'élite.

Ralph se cabrait à deux mains comme si chaque question allait l'arracher de son fauteuil. Helen se rebiffait comme si on tentait de lui enlever sa perruque pendant que Betty ruait dans les brancards comme si elle se sentait violée, révélant ainsi qu'elle avait une forte propension à croire encore aux miracles. Lorsque ça rouspétait, Olivier leur frottait les oreilles avec le robuste accent gaspésien ou marseillais qu'il imitait à la perfection et tout rentrait dans l'ordre.

Ce lundi, Olivier avait décidé de jeter l'ancre dans la mare du plus-que-parfait. La classe était entrée tout de suite en franche ébullition, mais quelques minutes plus tard tout le monde nageait dans le découragement le plus total et l'abattement le plus profond. C'est dans ces moments qu'Olivier aurait souhaité voir se poser sur la tête de chacun de ses étudiants des langues de feu, officielles ou non, peu importe, mais il aurait prié à deux mains jointes pour voir se jucher sur leur crâne l'étoile, non pas de Bethléem, mais celle du bilinguisme triomphant, en forme de feuille d'érable ou de dollar canadien, dévalué ou non.

Le plus souvent, c'était Dave qui se donnait le premier en spectacle. Pour impressionner ses petits camarades, il escaladait l'échelle des subjonctifs manquant plusieurs échelons dans son ascension en catastrophe, presque en chute libre. Alors, pour détourner l'attention, il s'en prenait à coups de pied à son accent. Mais personne n'était dupe. Surtout Ralph qui l'écrasait du regard pendant que Wallech le fusillait de sa prunelle alourdie lorsqu'il arrivait qu'il soit à l'état d'éveil.

Après la pause café, Dave fut le premier à se présenter au confessionnal, arborant un mince sourire drapé de son opulente moustache. Il fut d'abord question de ses brillantes performances. Encouragé, il se lança tout de suite sur la corde raide des jeux de mots, se livrant à une gymnastique de haute voltige. Il était si étincelant qu'Olivier éclatait de rire à chaque exploit.

Olivier lui tendit son rapport. Dave le consulta du bout des yeux. Puis, il le lui remit.

— Voici mon casier judiciaire, il n'est pas trop mauvais, Olivier.

— Comment as-tu trouvé cette leçon sur le plus-que-parfait?

— J'aime beaucoup m'exprimer dans *le plus que* plus-que-parfait. Et j'ai trouvé ça tout de suite.

Décidément, il était en forme et sa Majesté la langue française lui faisait des clins d'oeil en retroussant ses jupons jusqu'à la couronne. Dave redevenait cet étudiant pétillant du mercredi ou du jeudi qui tricotait les verbes les plus revêches sans sauter une maille. Il parlait très bien français, presque sans accent et sans préjugés.

Mais Olivier devait aborder des sujets plus délicats. D'abord, le cigare en classe et puis ses provocations incessantes envers ses collègues. Il hésitait, Dave le devança.

— Tu sais, *Oliver,* j'aime beaucoup les *Quouibécois.* Ils sont francs, directs, spontanés, bons viveurs, un peu comme nous, les Britanniques. Notre réputation est totalement fausse, tu sais, le *fog* de *London*, la tristesse des îles. Mais non, les *pubs* en Angleterre sont des explosions de rires, des bouquets de joie.

— Tiens, c'est très joli, ça, Dave.

— Je me fous un peu de tous ces *Canadians,* tu sais, ce sont des Américains *disguised,* rien de plus, rien de moins, je veux dire. Alors, il ne faut pas *faire des plats* avec mes petites blagues. *I tease them.* Mais ils sont trop sérieux, alors ils se fâchent. C'est tout. J'aime ça les taquiner, c'est le bon verbe?

Olivier acquiesca.

— Ça leur fait du bien au fond. *Forget it.*

Olivier sourit, sans être pour autant dupe des flatteries mal déguisées de son étudiant, ni de ses attaques en douce envers ses collègues. Il aurait aimé lui dire que les autres étudiants en avaient assez de ses vantardises, de ses forfanteries, mais c'est toujours difficile de faire ce genre de remarques à un adulte. Les étudiants n'avaient qu'à régler leurs problèmes entre eux.

— Mais j'ai un *problem* plus *seriouss, Oliver.* Je trouve que la classe n'apprend pas très bien. Je perds mon temps là. Alors, je veux avoir des cours privés et avec toi. Je pense que je ferais de grands progrès.

Olivier réussit mal à cacher son étonnement.

— Il faut en parler à Raoul. Je n'y peux rien personnellement. C'est lui qui peut décider.

— Mais tu peux me donner ton *agreement pour ça?*

— Oui, évidemment. Avec plaisir.

Dave se leva en émettant un sourire large comme la Tamise et décocha quelques bouffées imaginaires vers le plafond.

Ce fut le tour de Ralph. Le sourire chez lui semblait être contre nature. Même le lundi matin, Ralph asphyxiait la syntaxe sous de puissants effluves d'alcool. Il se traînait les pieds comme s'il avait voulu arracher le tapis. Il s'amena, les ailes basses, l'oeil morne, offrant un visage qui se payait un luxe de rides agrémentées d'une orgie de points noirs. Son teint de yaourt douteux aurait coupé l'appétit à un lion affamé. Comme tous les autres jours, ce matin, le français ne lui entrait pas dans la tête; il lui sortait plutôt par le nez et la bouche. Et son français ne sentait vraiment pas bon: des phrases balafrées de fautes et torturées par un accent massacreur. Sa gorge sombrait au moindre accord, se noyait à la troisième syllabe. Sa mémoire coulait quelque part au large des îles de l'Oubli. Au moindre mot rébarbatif, il aspergeait de salive tout ce qui se trouvait par malheur dans son champ. Chacun de ses silences faisait surface pour avaler une molécule d'oxygène en langue maternelle: *sun of a gun* ou simplement, *shit.* Il réfléchissait trop peu en anglais pour pouvoir penser en français.

Olivier avait beaucoup de choses à régler avec Ralph, mais il avait peur de déclencher une discussion interminable qui aurait pu mal tourner. Lui faire renoncer à son agressivité, c'était autant dire lui revirer la peau sur le dos. Olivier se contenta de lui remettre le rapport. Ralph l'examina longuement et ce qu'il lut dans les commentaires ne sembla pas le réjouir outre mesure. Olivier attendait ses questions de pied ferme.

— Je n'aime pas ça, se contenta de dire Ralph, en faisant tanguer son rapport au bout d'une main molle.

— Qu'est-ce que tu n'aimes pas?

— Les *petites* commentaires *à la bas du page, tou* sais très bien.

— Nous pouvons en parler si tu veux.

— Pas en français. Je ne *souis* pas capable de me défendre moi en français. Et puis même en anglais... Je ne veux pas *faire* une discussion avec toi.

— Moi non plus, Ralph, mais j'aimerais te poser juste une question. Tu répondras si tu veux. Pourquoi... pourquoi es-tu si agressif avec moi et avec tous les profs? Même avec Mariette qui est très douce. Tu as compris ma question?

Ralph roula des yeux injectés de sang dont les paupières semblaient gonflées de fiel.

— *Yes, of course. I never could stand, teachers, you know. When I was a kid, I had a rough time with them at school. And now, my son has problems with his teachers too. I have to go to the school and discuss his behavior with them. I know he is difficult...*

— Comme toi, je suppose, quand tu étais jeune, intervint Olivier en souriant.

Ralph lui décocha un regard de glace. Olivier comprit qu'il venait de rater une belle occasion de se taire. Mais à sa grande surprise, après quelques secondes d'hésitation, il crut voir se dessiner un léger sourire sur le visage de l'étudiant.

— *You're right. I loathed school and I loathed teachers.*
And now, I'm 45 years old and I'm back in school.
Believe me, it's rough. I can't put up with a teacher six
hours a days and be corrected like a child and I'm
frustrated because I can't learn French.

— Et nous voici au second aspect du problème, je pense,
Ralph. Tu me sembles révolté contre le français, Trudeau
et le bilinguisme, la loi 101 et tous les Québécois et surtout
les indépendantistes et le gouvernement Lévesque...

— *Yes, I hate being forced to learn French.* Je *souis* un
Quouibécois comme toi. Je *souis* né à *Montreal* et je *souis*
Canadian aussi. Ah! je ne *vou* pas *faire* toute la
discussion. Mais je *pou* te dire, *Oliver,* que quand je *souis*
jeune, j'ai demeuré à *Verdun,* tu connais?

— Un peu. Je ne suis pas de Montréal, mais continue.

— Les *anglophônes* et les *francophônes,* les *petites* garçons
comme les *adoultes,* nous *sommes* en guerre, *you know*
what I mean? Nous nous *break* la gueule. *I hated French*
pea-soups. Regarde mon oeil, ici. C'est un *Quebecer* qui a
fait ça. *Then* quand le *Péquiou* a commencé, *I hit the*
roof. We English built Quebec a hell of a lot more than
French people of this province did. Montreal was the
metropolis of Canada because of us. Avec le *Pequiou,*
Montreal a *perdou* la première place. Et vous voulez nous
kick out, now? Le parti libéral avec *Troudeau,* c'est pas
beaucoup meilleur avec le *Language Law. I'm stuck in*
language training parce que *the Frenchies at work* ont fait
un *plot* contre *moé. Then,* je *vou* apprendre le *frança* pour
parler *dans leur face. Just so I can spit it out in their*
faces. Mais *jé souis angry because I can't learn French.*
That's my problem, dammed shit, conclut-il la voix
cassante comme une glace neuve.

— Je comprends très bien. Ça explique ton agressivité.
J'aimerais, Ralph, j'aimerais... que... à partir
d'aujourd'hui, tu apprennes à parler français en oubliant
tout le contexte politique, social et culturel. Pour toi, un

bon moyen d'apprendre, ce serait de faire comme si c'était de la géographie ou de l'économie, tu vois?

— Oui, mais *Oliver,* il faut pas que tu parles trop durant les cours sur le *social,* la politique et la *culture.* Parce que moi... *I can't... you know... it's getting me nervous and angry. Sourtout le Dave,* il me rend *fol.*

— D'accord, je vais faire mon possible. Mais tu sais, c'est difficile d'enseigner une langue sans tenir compte de la culture. Et puis si un autre étudiant pose une question, je dois répondre, et c'est souvent comme ça que les discussions se déclenchent sans qu'on les voie venir.

— O.K. *I will try but I promise nothing.*

— S'il y a une discussion, fais comme si tu étais ailleurs, n'écoute pas, pense à autre chose, suggéra Olivier en riant. De toute façon, il va falloir un jour ou l'autre te convertir à la langue française. On pourrait dire que tu veux devenir bilingue avec circonstances atténuantes.

Ralph n'avait pas compris, mais esquissa sa mélodie au violon, puis réintégra la classe en emportant le tapis collé à ses semelles.

Wallech était le suivant. Le lundi, à chaque question qu'on lui posait en français, il prenait pied ferme sur une expression archiconnue comme bien sûr ou évidemment pour s'enfoncer bien creux au mot suivant. Chaque question était un récif. Il ne lui restait qu'à choisir celui sur lequel il ferait bon faire naufrage, sombrer en avalant un énorme bâillement. On pouvait alors le noyer avec une tasse de verbes réguliers, mais il le faisait toujours avec une certaine élégance en faisant plusieurs fois surface tantôt avec un mot anglais, tantôt avec un vieux fond de polonais qui remontait tout à coup des abîmes.

Le cas fut expédié rapidement. Rien à dire de particulier, sauf sur cette tendance irrésistible au sommeil après le dîner ou au laboratoire.

— *Tou* sais *Oliver,* je *souis une* couche-tard. Je ne *souis* pas capable de dormir de *bon* heure *à le soir.* Alors, le matin je me lève encore tout *sleepy*. C'est pour ça que je *souis sleepy* pendant la journée. Il n'y a rien à faire. J'ai *vou* le médecin. J'ai pris des *piloules* de toutes les couleurs. Je prends parfois de l'alcool, ça m'aide, mais pas toujours.

— Enfin, l'important c'est que tu apprennes bien quand même. Je crois que ça va assez bien. Quand tu t'endors, je ne te dérange pas. Si tu dors un peu, tu es en forme après.

Kioto s'amena presque en reculant à sa façon typiquement orientale. À première vue, il pouvait sembler ne poser aucun problème. Sa timidité, sa soumission inconditionnelle pouvaient en faire un étudiant modèle. Mais Olivier préférait des étudiants plus éveillés, plus engagés, même si parfois ça risquait de faire des flammèches. À sa façon, Kioto posait aussi des problèmes d'apprentissage.

Tout comme Wallech, il prononçait chaque mot comme s'il allait se noyer. C'était peut-être dû à sa langue maternelle. Les mots voulaient sortir, arrivaient aux dents, puis reculaient et s'enfonçaient dans la gorge. Et quand il arrivait à donner une réponse, il ne comprenait pas par quel miracle sorcier elle lui était sortie et par quel bout. Était-ce seulement sa langue maternelle ou sa timidité? Parfois Kioto trouvait une nouvelle source de courage et alors son discours était si entricoté que le professeur risquait d'y perdre sa propre langue maternelle en cours de route. Comme il n'en revenait pas de sa bonne réponse, Kioto se mettait alors à bafouiller entre l'incrédulité et la fierté. Fatalement, à la question suivante, il rendait l'âme à la première syllabe. C'était sa façon à lui de traverser la langue sur la pointe des pieds.

Dans ses bonnes journées, Kioto semblait prendre la ferme résolution de parler français le plus possible. Alors, il s'éventrait la cervelle à vouloir parler et parler encore. La langue, loin de courir, rampait. C'était un grand progrès en mimiques de toutes sortes, mais pas du tout en paroles. Ses cordes vocales avaient la danse de Saint-Guy ou la tremblote de Parkinson. D'autres jours, sa soumission

était si passive, si totale qu'Olivier avait l'impression
d'effectuer une trépanation. Il ouvrait la calotte crânienne,
versait un gobelet de mots nouveaux et refermait.
Bouillonnement. Puis ça sortait en catastrophe.

Au fond, Olivier ne savait trop comment s'y prendre.
L'oeil barbouillé de confusion, Kioto pouvait aussi bien
répondre "wi" à toutes ses questions ou tout simplement
sourire et sourire encore. La bonne humeur atteignait chez
lui une intensité parfois insoutenable. Ce genre d'étudiant
était complètement désarçonnant. Il lui remit son rapport.
Kioto lui fit un large sourire, puis se leva, prêt à partir.
Olivier voulut le retenir, mais il se ravisa et le laissa aller.

Helen s'amena, tout sourire elle aussi, l'oeil verni d'un
désir toujours trop longtemps refoulé. Olivier devait
reconnaître qu'elle lui faisait un effet général à tout casser.
Elle s'installa dans le fauteuil en mettant ses magnifiques
jambes en évidence. Elle n'avait plus besoin d'en faire
trop; Olivier la connaissait par coeur maintenant. Malgré
leurs fréquentations plutôt intimes, Helen avait le coeur
dans la ouate à la première question qu'Olivier lui posait.
Elle voulait bien se laisser conquérir par la langue
française à condition de conquérir son professeur.

Elle jeta à peine un coup d'oeil à son rapport, puis en
appuyant un regard lourd de séduction et de promesse sur
Olivier, elle lui murmura:

— Ce soir?

Il haussa les épaules en regardant autour de lui pour
vérifier s'il n'y avait pas une oreille indiscrète qui traînait
dans les parages. Il fit signe que oui. Helen se leva, lui fit
une petite grimace aguicheuse et disparut derrière la porte
de la classe. Olivier aurait aimé lui dire qu'elle en mettait
un peu trop avec les mâles des environs, mais à quoi bon
avec ce genre de femme? Il n'avait pas grand-chose à
redire puisqu'il était celui qui en profitait peut-être le plus.
Il aurait préféré qu'elle soit plus discrète en classe avec lui,
mais leur aventure était peut-être déjà la fable de tous les
étudiants.

Nancy prit place devant Olivier. Toujours auréolée de bigoudis. Sa voix portait des bigoudis, roulait sur des bigoudis. Elle n'avait aucun problème d'apprentissage. Cependant il fallait revenir sur ses fréquents retards à cause de ses enfants. Rien à faire, il lui fallait vivre avec ça. Et ses tricots, à l'en croire, l'aidaient à apprendre. Olivier la laissa partir.

Amraj, ce matin-là, portait un turban bleu avec la superbe assurance d'un tigre du Bengale. Olivier lui rappela qu'il n'était pas bavard.

— *Jé né* parle jamais *très beaucoup, Oliver,* même dans *mon* propre langue. *Jé souis* comme ça.

— Est-ce que le français est particulièrement difficile pour un Hindou?

— Oui, *jé* pense. Plus que l'anglais. *Certains* prononciations sont *très beaucoup* difficiles.

— Mais, je crois que tu as vécu en France.

— Oui, j'ai *dépensé* quatre ans là-bas.

— Et tu n'as pas appris le français pendant toutes ces années?

— Non, tu sais, j'ai vécu là-bas dans un *closed-world*. J'ai parlé toujours l'anglais. L'ambassade, c'est fermé.

Olivier ne put en tirer davantage. Betty s'amena en donnant l'impression de rouler d'une façon cahoteuse sur ses masses de chair flasque. Elle allait gratuitement sur ses cinquante ans, mais non sans verser de lourds intérêts. Olivier pensa qu'elle était la version féminine du phénomène Ralph. Elle portait sa quarantaine à bout de bras fatigués. Le fait d'avoir beurré ses lèvres d'un épais rouge écarlate la rajeunissait de quelques jours à peine. Olivier lui tendit son rapport. Elle lui jeta un bref regard en se grattant une cuisse tissée de vergetures féroces.

— Je ne comprends rien là-dedans et je ne veux pas comprendre.

Olivier esquissa un geste d'impatience suivi d'un long soupir.

— Betty, je sais que tu es ici contre ton gré si on peut dire. Tu es forcée d'apprendre le français si tu veux garder ton poste. Bon, je comprends ça. Ce n'est pas moi qui ai fait la loi, alors ne me prends pas comme bouc émissaire.

— Comme quoi?

— Bouc émissaire, je veux dire que tu ne dois pas te venger sur moi, tu comprends? Et puis, c'est pour toi une excellente occasion de retrouver ta langue maternelle. On te paie même pour ça!

— Non, glapit-elle, *chus* peut-être une assimilée comme tu dis et bien *chus* fière de l'être. J'aime *très mieux* parler anglais, une langue internationale, que votre *dialect* québécois.

Olivier voulut protester, mais se ravisa. Betty avait la cervelle clouée à ses idées fixes; c'était peine perdue.

Il restait Sagana. Elle posa son regard marron doré sur Olivier. Il ne savait trop pourquoi, mais il se sentait mal à l'aise avec cette belle Amérindienne à la longue chevelure, silencieuse comme un totem, les yeux toujours attachés sur lui. Elle jeta un long regard sur son rapport, ne fit aucun commentaire, ne posa aucune question, lui adressa un large sourire, puis elle se leva pour partir, mais elle se retourna tout à coup.

— *Oliver,* je veux *té* dire que je *souis* très contente d'être dans ta classe, de t'avoir pour professeur.

Sa prononciation était comme toujours, claire, nette et mélodieuse.

— Moi... moi aussi. Je veux dire... que je suis heureux de t'avoir comme étudiante, Sagana.

Il était encore tout surpris d'avoir trouvé les mots pour lui répondre. Il ne savait déjà plus ce qu'il venait de dire.

— Ce n'est pas facile avec nous, n'est-ce pas?

Olivier sourit, haussa les épaules, mais Sagana s'était déjà retournée pour entrer dans la classe. Il aurait voulu lui dire que ce n'était certainement pas elle qui causait le plus de difficulté, mais ses yeux dorés posés sur lui avaient le don de lui couper les idées.

Resté seul, il se demanda si toutes ses séances de confessions allaient se dérouler ainsi, d'âme à âme et, dans les deux langues officielles.

Chapitre 17

La sonnette grelotta timidement. Mariette leva la tête en laissant choir son livre sur ses genoux. Qui pouvait bien venir la voir? Elle n'attendait personne. Une erreur sûrement. La sonnerie retentit à nouveau avec un peu plus de fermeté. Indécise, Mariette pressa le bouton et demanda dans l'interphone.

— Oui, qui est-ce?

— Un ami.

Elle demeura perplexe. La voix lui semblait familière, mais elle n'arrivait pas à l'identifier. Sans réfléchir, elle pressa sur le bouton qui ouvrait la porte du hall. Aussitôt, elle le regretta. Elle s'était peut-être trompée. Cette voix pouvait ressembler à une autre. Une célibataire seule dans son appartement doit être prudente de nos jours. On ne sait jamais avec tous ces individus qui rôdent. Mais il était trop tard. Elle pouvait encore identifier l'inconnu par l'oeil de la porte. En dernier recours, elle pourrait appeler le concierge ou la police si l'individu insistait pour entrer. Surtout, il fallait garder son sang-froid.

On cogna discrètement. Elle regarda par l'oeil et faillit s'exclamer de surprise. Elle ne pouvait le croire. Qu'est-ce qu'il voulait celui-là? Elle hésita un instant. Depuis qu'elle lui enseignait, il la poursuivait de ses attentions. Ces derniers temps, il s'était montré plus entreprenant, plus pressant. Mariette ne voulait surtout pas le recevoir dans son appartement, comme ça, à l'improviste. Par contre, lui refuser l'entrée, c'était l'insulter et surtout lui montrer qu'elle avait peur de lui. Le laisser entrer, c'était peut-être s'exposer à... Elle n'osait imaginer quoi exactement.

Elle tourna la poignée et recula de trois pas. La porte s'ouvrit comme d'elle-même. Dans l'encadrement se tenait Dave, un bouquet à la main, sans son éternel cigare, plutôt gêné et même un peu hésitant. En voyant l'expression de Mariette, son sourire fondit rapidement sur ses lèvres. Il lui tendit le bouquet sans dire un mot. Le regard vitré par l'incompréhension et l'étonnement, Mariette le laissa ainsi, le bras tendu, l'air un peu penaud. Elle n'avançait pas la main pour le prendre. En rougissant légèrement, Dave lui dit enfin:

— *Cé pourr* toi, Mariette. Prends-le.

— Je ... je ne sais pas si je dois. Je ne t'attendais pas. Je n'attends personne. Votre... ta visite me surprend.

— *Jé pou entrrer?*

Toujours dans le corridor, Dave tendait le bouquet vers Mariette. De peur que quelqu'un ne survienne et les surprenne dans cette situation ridicule, elle saisit le bouquet et lui fit signe d'entrer. Sans remercier, elle déposa le bouquet sur la table du salon et resta debout pour lui signifier qu'il devait faire vite. Les yeux fendus par l'indécision et le doute, Dave la regardait, un peu mal à son aise, étonné d'une réception si froide.

— On *pou* tout de même s'asseoir une petite *minoute,* Mariette. *Tou* permets, murmura-t-il avec du sable dans la voix.

Retrouvant son aplomb, elle lui débita tout d'une traite.

— Écoute Dave, si tu veux me voir en tant que professeur, je suis au bureau tous les jours. Si c'est en dehors de mon travail, je n'ai rien à te dire et toi non plus. Et si vraiment tu veux venir me voir ici, je t'inviterai ou tu m'avertiras à l'avance.

Devant cette agressivité à peine maîtrisée, un autre sourire vint échouer sur les lèvres de Dave.

— *Jé régrette,* Mariette. *Jé* vois que *tou* es fâchée et *cé surrtout* pas comme ça que *jé vou* parler avec toi. *Jé régrette* de t'avoir pris comme ça au *dépourvou,* c'est comme ça qu'on dit, au *dépourvou?*

Mariette fit oui d'un coup sec de la tête.

— Mais *jé* voulais *té fairre* la *sourprrise* et *pouis* j'avais *peurr* que *tou* n'acceptes pas de me *recevoirr. Jé souis* désolé, vraiment.

Le silence qui suivit pesa sur ces derniers mots.

— Bon, alors de quoi s'agit-il Dave? Je t'en prie, je t'ai dit que je voulais me coucher tôt, ce soir.

— Eh bien! *cé* difficile à expliquer comme ça debout, *tou* comprends? J'aimerais vraiment mieux m'asseoir et toi aussi *assis*-toi. *Cé* sera *plous* facile.

D'un geste d'impatience, Mariette lui indiqua le divan en face d'elle et prit place dans un fauteuil. Pour chasser sa nervosité, elle alluma une cigarette. Dave la dévorait des yeux.

— *Jé né vou* pas aller par quatre chemins, Mariette, commença-t-il en mordant profondément dans ses mots. *Jé* sais que *tou* sais que *jé souis* amoureux de toi depuis la première fois que *jé* t'ai *vou,* n'est-ce pas?

Mariette voulut couper court à ses effusions, mais il leva la main pour lui demander de le laisser parler.

— Oh! *jé* sais *cé* que *tou* vas dire. Mais j'aimerais m'expliquer avec toi, comme il faut, avant. *Jé né* pas de cachette à *té* faire. *Jé* viens d'avoir 47 ans. *Jé né* sais pas quel âge *tou* as, mais disons 23 ou 24 ans. *Jé né vou* pas savoir. *So,* j'ai deux fois ton âge.

Mariette lançait nerveusement des bouffées au plafond et se demandait pourquoi elle l'avait fait entrer, pourquoi elle l'écoutait en ce moment et où cette conversation risquait de les mener. Il pouvait la violer là dans son propre appartement et comment pourrait-elle l'accuser? On lui dirait:

«Il ne fallait pas le laisser entrer chez vous, mademoiselle.»

— Bon, *jé souis célibatairre,* Bien *sour,* j'ai *ou* des petites *aventourres.* Autrement, *jé né* serais pas *norrmal. Jé mé souis* toujours vanté que pas une femme *né réoussirait* à me mettre la corde au cou comme on dit en français. Mais *jé mé souis* trompé. *Depouis* que *jé té* connais, *jé* pense autrement.

— Dave, coupa Mariette, est-ce que c'est pour me dire ce genre de choses que tu es venu? Je suis fatiguée et je n'ai pas l'intention de t'écouter plus longtemps.

Elle s'arrêta net, car elle venait de saisir sur les traits de son interlocuteur une déception qui faisait mal à voir. Mais peut-être qu'il jouait à l'amoureux éconduit. Peut-être même qu'il pavoisait son martyre.

— Enfin, Dave, à quoi tout cela rime-t-il? Ton âge n'est pas le plus important obstacle. Il faut que tu comprennes que je ne suis pas amoureuse de toi. Ce n'est pas ma faute. C'est comme ça.

Atteint durement par ces mots, il fit une grimace presque comique. Mais il réussit à dire, l'oeil noyé de larmes:

— Mariette, *tou* ne sais pas comme ça fait mal d'entendre ça. *Depouis* des semaines, je sens que *tou* n'es pas... enfin comme *tou* dis. Moi non plus, *jé né* savais pas comment ça faisait mal d'être amoureux d'une femme *à perdre la tête,* au point de vouloir la marier, d'avoir des petits enfants, de prendre beaucoup de responsabilités. *Jé* pensais que les autres hommes étaient fous et moi très malin. Comprends-moi bien, Mariette, *jé té* fais pas ce soir une demande en mariage. *Jé vou* simplement *té* demander de faire un petit effort pour me connaître et après si *tou* dis non, alors *cé* non. *Jé* resterai avec mon *problem.*

Il hésita un peu avant d'ajouter:

— *Jé* sais que *cé né* pas *trrès imporrtant* pour toi, mais *jé bésouin* de le dire. J'ai assez d'argent pour acheter une belle grande maison. *Jé* gagne *une trrès bonne* salaire. Après mon *entraînement* en français, *jé* vais avoir un poste de SX* avec *une* plus *grosse* salaire.

Devant lui, Mariette demeurait de glace. Elle n'en croyait pas ses oreilles. Comment pouvait-il oser? Il en perdait même son français tellement il semblait ému par sa propre démarche.

— J'aimerais t'emmener dans des grands restaurants, voir des spectacles à Toronto, à Montréal, si *tou* veux. *Jé né* demande pas *plous, jé té lé jourre. Tou* penses peut-être que j'ai des mauvaises intentions. Avec toutes les autres femmes peut-être. Pas avec toi. Oh! *jé* sais que *tou* penses que *jé té* raconte les mêmes histoires qu'aux autres. *Cé né* pas vrai. Non, *d'habitoude, jé né* perds pas de temps avec les femmes, *cé* oui ou non. Si l'une *refiouse,* il *y a d'autres.* Mais avec toi, *jé souis* prêt à attendre aussi longtemps que *tou* voudras. Des années même. Mais *jé vou* savoir s'il me reste *une toute petite* espoir, *tou* vois? C'est tout.

Mariette baissa la tête et observa longuement ses ongles.

— Dave, tu perds ton temps. C'est inutile. D'ailleurs, j'ai l'intention de demander ma mutation ou ton changement d'école. Ça ne peut pas durer, tu vois? Quand on ne se verra plus, tu vas oublier. Je crois que ça vaut mieux comme ça. Maintenant, j'aimerais mieux que tu partes, j'ai besoin de dormir tôt, ce soir.

Dave observa un long silence. Il sortit un cigare, regarda Mariette avec un sourire crispé, puis se le planta entre les dents.

— N'aie pas *peurr, jé né vais pas l'alloumer.* Mais je *souis nerveuss,* j'ai *besouin* de sentir quelque chose entre mes dents et mes doigts.

---

* Maintenant EX/Catégorie de la Haute Direction.

Il contempla son cigare encore un long moment comme s'il attendait une permission de l'allumer qui ne vint pas.

— Peu importe ta mutation ou mon changement d'école, *jé* sais Mariette que *jé né* pourrai jamais t'oublier. *Jé* sais maintenant *cé* qu'est l'amour. *Jé* sais, *cé ridiquioule* pour un homme de mon âge de tomber amoureux d'une jeune femme comme toi, mais *jé* n'y *pou* rien. J'espère que *tou* comprends. L'amour, ça *né sé* contrôle pas. Quand un homme aime une femme, elle n'a rien à craindre de *loui*. Surtout, n'aie pas *peurr*. *Tou* as tout le pouvoir *sour* moi. Si *jé né* t'aimais pas, *jé* tenterais de *té sédouire* tout de *souite* et de coucher avec toi. *Cé* tout le contraire, j'ai *besouin* que *tou* m'aimes, toi aussi.

Le silence tomba. Mariette cherchait des mots pour mettre un terme à cet entretien, sans blesser Dave. Celui-ci cherchait un moyen de partir tout en caressant l'espoir d'arracher une ombre de consentement à Mariette.

— Si *tou* acceptais seulement une invitation *avec* moi pour me donner la chance de pratiquer mon français, non?

Mariette sourit. L'astuce était trop grosse.

— Voyons, Dave, ton français est excellent. C'est le meilleur de la classe. Tu n'as pas besoin de moi pour le pratiquer. Au travail, tu auras assez d'occasions. Non, je ne veux pas te blesser, mais j'aimerais que tu comprennes une chose: tu es un homme important, compétent, très diplômé, très aimable avec les femmes. Tu as beaucoup de qualités. Mais...

— Mais il y a un mais...

— Oui, on ne peut pas commander aux sentiments. Je sors avec un professeur. Je crois que je l'aime et je pense qu'il m'aime aussi. Tu vois, je ne te cache rien. Entre toi et moi, il n'y a rien, je le regrette. Tu as besoin de trouver une autre femme, peut-être un peu plus de ton âge, qui te rendra heureux, j'en suis certaine.

— Mais Mariette, comprends-moi bien. *Jé né* cherche pas à me marier. *Cé né* pas ça. Au contraire, j'ai toujours été contre le mariage. *Tou* vois? Alors, si *jé* pense que *jé* pourrais t'épouser, *cé* la preuve que *jé souis* pris au piège, *jé* t'aime. *Jé* sais enfin *cé qué* l'amour. *Jé né mé* comprends *plous*. *Jé né souis* plus Dave, le *célibatairre* qui *lévait* le nez sur les femmes, qui *sé* vantait de ne pas se faire avoir *dans* le mariage. *Cé* qui m'arrive est *absoloument* incroyable. *Jé...*

— Mais je n'y peux rien, Dave. Crois-moi, il vaut mieux ne plus nous revoir. Tu en guériras et peut-être que ce sera possible pour toi de connaître encore l'amour avec une autre.

Le silence s'installa à nouveau entre eux. Dave torturait son cigare entre ses doigts. Mariette tirait d'énormes bouffées de sa cigarette. Les deux contemplaient le bouquet qui agonisait sur la table.

— *Exquiouse-moi*, Mariette, mais j'aurais *besouin* d'un verre de quelque chose. Après *jé té* promets de partir. Mais *jé* viens d'entendre des choses terribles. Avant je sentais bien que *tou* ne m'aimais pas, mais j'espérais toujours. *Jé* croyais que *tou* avais *peurr* de moi et que *tou* me prenais *pourr* un *tombeau* de femmes, un coureur de *joupes, jé né* sais pas moi. C'est comme ça qu'on dit? Alors *jé mé souis* dit, il faut que je *vais la voir et que jé loui* explique mes sentiments. Au téléphone, c'est trop froid et, à l'école, c'est difficile. Je me *souis* dit: «Elle comprendra. Elle n'aura plus *peurr* et peut-être que ce sera possible entre nous deux.» Avec *cé qué tou* viens de me dire, j'ai *besouin* d'un verre *pourr* avaler tout ça. *Pourr mé* donner le courage de *répartir*.

— Un gin?

— Oui, *cé* sera *trrès* bien. Pas trop fort. *Jé dois condouire*. Et *pouis pou* importe, *tou pou* me le *fairre* fort. Si j'ai *une* accident et *qué jé* meurs, *cé* sera *trrès* bien.

Mariette lui jeta un regard ironique. Était-il sérieux en racontant de telles énormités?

— Allons, Dave, tu ne vas pas me jouer la scène du désespoir amoureux. À ton âge, tu es capable de faire face à la musique.

Il haussa les épaules en mordillant son cigare.

Elle revint avec un verre de tonic water et le lui tendit. Avant de le prendre, il admira un instant sa belle main rose aux ongles longs et très blancs. Il eut un geste pour la caresser en prenant le verre, mais il se ravisa et avala le gin en trois grandes rasades.

— Maintenant, *jé mé* sens mieux. *Jé* vais partir. Mais *jé té* laisse tout le temps pour réfléchir. *Jé pou* t'attendre encore *pour* un long moment, Mariette. On ne sait jamais.

— Oublie ça, Dave, oublie.

— Mais avant de partir, je voudrais te raconter un peu ma vie peut-être que *tou* te fais une fausse opinion de moi. *Tou vou* bien?

Mariette laissa couler un long soupir de résignation.

Dave prit la liberté d'allumer enfin son cigare. Il lissa soigneusement ses moustaches, puis se lança dans le récit de sa vie.

— C'est peut-être *ridiquioule* de te raconter ça Mariette, mais cette petite histoire peut expliquer mon *attitioude pour* les femmes. Au *College,* je sortais avec la plus belle fille de *London.* Elle s'appelait Shirley. Je me rappelle *trrès* bien. Elle était mince, grande, avec de longs cheveux bruns et surtout avec de grands yeux *trrès* bleus, ce qui était *trrès* étrange et *trrès* beau. À la fin de mes *étoudes,* il y *avait* un bal. Naturellement, j'ai demandé à Shirley de m'accompagner. J'étais amoureux fou d'elle et *trrès* fier avec les autres garçons. *Of course,* je n'aurais jamais *diou* aller à ce bal. Un beau garçon blond est *venou* lui demander de danser. Bien *sour,* c'est une histoire banale. Elle a dansé avec *loui toute le soir. Jé souis* resté seul dans mon coin. Je ne voulais même pas inviter une autre fille. À la fin du bal, elle est partie avec *loui* sans même me dire bonsoir. Toute la *nouit,* je n'ai pas dormi. J'étais triste et *furiouss* en *le même temps.* Au matin, lorsque le soleil s'est levé, j'ai *jouré* devant lui de ne jamais me marier. Après, chaque fois que j'ai senti qu'une femme *mordait* mon coeur, j'ai pris la *fouite.* Quand une femme tombait amoureuse de moi et, c'est arrivé quelquefois, je la faisais souffrir pour me venger de Shirley et *pouis* je la quittais. Et je croquais les filles comme des petits pains chauds. Par exemple, Helen veut bien que je couche avec elle, mais je la laisse attendre pour la faire souffrir. Maintenant, je sais que *j'ai fait mal.* C'est à mon tour de souffrir. Voilà, ma petite histoire. Ce n'est pas *trrès orriginal,* comme *tou* vois, Mariette.

Le silence tomba. Mariette ne savait trop quoi dire. Dave, finalement, se leva.

— Je raterai mon test pour rester *plous de temps* avec toi, dit-il avec un sourire qui glissait de ses yeux dans ses rides et tournait à la tristesse aux coins des lèvres.

Il se baissa pour lui baiser la main cérémonieusement. Mariette lui accorda cette légère concession. Lorsqu'il eut refermé la porte, elle se félicita de son petit mensonge. Elle avait dit qu'elle sortait avec un professeur. Avec qui? Elle aurait bien aimé le savoir.

Chapitre 18

— Regarde. Combien il y a de femmes, tu penses? Au Bureau des langues, les femmes représentent presque les deux tiers des profs et quand il y a une manifestation, c'est l'inverse, les hommes sont les deux tiers. Trop frileuses! Elles viennent juste pour donner leurs quatre heures de cours, prendre leur paie et hop! à la maison. Toutes de bonnes ménagères, on dirait.

Fabienne, entourée de ses fidèles disciples, venait de faire encore une de ses sorties contre les femmes non engagées. Simone, Jamelée et Ariane déambulaient à ses côtés sous une pluie verglaçante. Une neige mouillée tombait avec mollesse. Le temps s'était mis à la tristesse tout comme les professeurs qui manifestaient devant le Parlement contre la lenteur des négociations de leur convention échue depuis septembre et contre aussi une éventuelle mise en disponibilité. Plusieurs brandissaient des pancartes sur lesquelles on pouvait lire:

Bilinguisme au rabais, pas de bilinguisme.

Bureau des langues, bourreau des profs.

Les francophones se font encore fourrer.

Nous ne voulons pas être les dindons de la farce du bilinguisme

— Tu y vas un peu fort, Fabienne, intervint Simone. À cette heure-ci, les femmes ont des enfants à s'occuper et un souper à préparer. Elles ne sont pas toutes célibataires comme nous.

— Non, mais il y a des femmes mariées qui trouvent le moyen de venir manifester quand même. Vu? Moi, par exemple.

Plus loin, Jacques disait à Olivier:

— Tu verras, ça viendra, toi aussi. Tu es encore nouveau au Bureau des langues. Après un certain temps, tu ressentiras la même chose que moi. C'est bien simple, je me sens comme un cierge qui s'éteint lentement, qui meurt dans son restant de cire, sous les derniers coups de vent de la routine.

— Eh bien! moi, c'est le contraire. Je suis si heureux d'avoir quitté le secondaire! Je ne te mens pas, je me sens tous les jours en vacances. Enseigner à une dizaine d'adultes quatre heures par jour, c'est le paradis à côté d'une centaine d'adolescents instables, bruyants, et souvent indisciplinés de nos jours. Au diable les deux mois de vacances à l'été, je suis en vacances toute l'année.

— Eh bien! on n'aurait pas intérêt à t'envoyer comme négociateur, mon vieux. Et pourtant, tu as la classe la plus difficile de l'unité et peut-être de tout Asticou.

À ce moment, une voix s'éleva et entraîna avec elle tous les manifestants. «Ce n'est qu'un début, continuons le combat.» Pendant quelques secondes, on scanda le traditionnel slogan, puis les clameurs se noyèrent à nouveau dans le brouhaha des conversations qui reprenaient.

— Mariette n'est pas venue? lança Fabienne en passant près d'Olivier. Elle a peur d'attraper un rhume de cerveau, la pauvre petite mignonne.

Olivier lui jeta un regard de travers et Fabienne s'éloigna avec une grimace d'ironie.

Jacques et Olivier revinrent à leur sujet. Pour Jacques qui en avait marre d'être professeur de langue seconde, la répétition inlassable des mêmes mots et des mêmes gestes pourrissait l'apprentissage, le gangrenait, et les étudiants avaient l'impression, selon lui, de perdre ce qu'ils avaient péniblement acquis. Il se sentait prisonnier d'une méthode trop rigide qu'il avait pourtant tenté de varier, d'assouplir, d'adapter par tous les moyens. Parfois, il se remettait à rêver qu'il inventait comme autrefois sa pédagogie tous les jours. Chaque matin, l'horaire l'entraînait bien à contrecoeur dans le sentier étroit de la routine.

Mais Olivier n'avait pas encore entendu le grignotement insidieux de la routine, ni ressenti un certain encroûtement. C'était encore la lune de miel pour lui. Il était heureux d'en être toujours là.

— Un jour, tu connaîtras l'assommante monotonie de l'enseignement des langues, l'ennui que distille peu à peu ce rabâchage de ba bé bi bo bu. Tu verras venir à des milles de distance les mêmes fautes, toujours les mêmes, avec leur visage blême, leur accent fade et leur naïveté grise. Un jour, tu sauras par coeur tous les dialogues de la méthode jusqu'à l'écoeurement. Je te le dis franchement, j'ai le moral crevé comme une vieille barque qui prend l'eau et coule, et coule jusqu'au fond. Je me sens en bout de piste. Parfois, je suis tellement à terre que je ne m'arrive même pas à la cheville.

— En tout cas, cette monotonie qui te ronge n'a pas tué en toi le bonheur de t'exprimer avec vigueur et d'une façon imagée.

— Oh! tu comprends, c'est quand j'ai le cafard que j'aime le plus m'entendre parler. Ça me réconforte. À mes débuts au Bureau des langues, dans les murs d'Asticou, j'entendais un monstre nommé espoir (espoir de rendre bilingue ou de devenir bilingue), et je l'entendais rôder, ramper, respirer, s'essouffler et, finalement, je l'ai entendu s'asphyxier, se noyer, mourir. Excuse encore une fois mon emphase, mais ça change de l'ânonnement de mes étudiants chaque jour.

— Ça change aussi de tous ces slogans bêtes que l'on vocifère toujours dans une manifestation comme celle-ci, renchérit Olivier en lançant un regard moqueur à Jacques.

— Oui, bien sûr, tu as raison. C'est idiot, des profs qui gueulent comme ça. Moi aussi, ça me dégoûte, ostiguouille! On gueule pour de l'argent et jamais pour la pédagogie. On se prétend professionnel et on se conduit comme des gamins chiâleurs.

Ils firent quelques pas sans parler, puis Jacques reprit le fil de son idée.

— Tu vois, c'est comme s'il flottait sur Asticou une buée, qu'est-ce que je dis? un lourd nuage d'absurdité à l'état pur. Nager et couler dans l'absurdité tous les jours. Avaler de l'absurde jusqu'à l'asphyxie du bon sens, voilà le sort qui t'attend.

— Oh! minute, casse-cou! tu commences à me faire peur. Tu vas me faire fuir.

— Non, je ne blague pas. Je perds de belles années ici. J'ai attrapé une écoeurite aiguë pour m'exprimer avec simplicité. J'ai l'impression d'être un baby-sitter, un vendeur à commission, un représentant folklorique ou théâtral de la francophonie. J'ai la crucifiante certitude que la majorité de mes étudiants ne deviendront jamais bilingues et qu'ils oublieront même leur infantile bafouillage qui me vrille les oreilles jusqu'au coeur de la cervelle, tous les jours et encore tous les jours. J'en deviens presque sourd. Tiens, quelquefois j'envie ta surdité. Moi, je débrancherais et je me reposerais. Enfin le calme et la paix! Mes étudiants continueraient d'ânonner et je n'entendrais rien, rien, et ils ne s'en douteraient même pas, ça serait encore plus reposant.

À ce moment une clameur s'éleva pour saluer l'arrivée de Stéphane, l'oracle d'Asticou. Le remous couvrit les propos de Jacques. Comme par une ironie du sort, c'était à son tour de parler et de ne pas être entendu. Olivier sourit à cette pensée, mais il fut tout de suite happé par le flot verbal de Jacques.

— Comment veux-tu faire filtrer toute une culture dans le B-A-BA d'un bilinguisme vagissant? Autant demander que le Jugement Dernier ait lieu sur les plaines d'Abraham, ostiguouille! Crois-moi, je suis sérieux. Quelquefois, à mon bureau, après un cours, je me bouche les oreilles à deux mains, mes pauvres oreilles martyrisées qui ne veulent plus entendre, qui veulent être sourdes pour éviter toute nouvelle blessure. Je pense devenir fou. On ne risque pas d'attraper le cancer comme les travailleurs de l'industrie, mais on risque presque de perdre notre langue à entendre autant de fautes chaque jour. Une vraie pluie acide. Une pollution insidieuse. Tiens, on devrait mettre ce problème dans les négociations: des cures de désintoxication une fois par année. C'est notre santé linguistique qui est en jeu. J'ai l'impression d'être un Sisyphe qui remonte tous les jours la pierre, le rocher du français, sur le sommet de la montagne et, chaque fois, je suis écrasé par elle jusqu'au pied de la même montagne. Ça déboule à toute vitesse. Il ne me reste plus que la méthode des trois singes: *see nothing, hear nothing, say nothing*.

— Allons, allons, Jacques, tu en mets un peu trop, vraiment! Une bonne nuit de sommeil va te remettre sur le piton.

— Ostiguouille! parles-en de pitons, j'en vois jusque dans mes rêves des boutons et des pitons de toutes sortes. Je suis docteur ès pitonnerie.

— Malgré tout, si on refuse d'être un pitonneux, on peut y arriver. Moi, j'essaie de ne pas être esclave de la méthode. C'est mon outil. Je passe mes heures libres à lire des articles pour perfectionner mon enseignement, le renouveler et l'adapter à mes étudiants.

Olivier ne voulait pas encore s'avouer que la monotonie de la méthode commençait déjà à dérouler, dévoiler ses maléfices à ses yeux.

Jacques voulut s'expliquer encore, mais Stéphane, le poète-prophète, passait près d'eux en criant à pleins poumons:

— Québécois et Québécoises, ne battez pas votre culpa sur l'air d'Ô Canada!

Et il s'éloigna de son grand pas raide et solennel qui faisait un contraste tout à fait charmant avec sa petite taille et son embonpoint.

— Tiens, notre poète maudit est au rendez-vous comme toujours, souligna Olivier.

— Tu peux le dire, notre maudit poète.

Juste à ce moment, un chant lugubre crissant de fausses notes et crevé de coups de gueule monta de quelque part. En se retournant, Olivier aperçut un étrange cortège qui s'avançait vers eux. Six cagoulards portaient une sorte de cercueil sur lequel on avait inscrit le mot Bilinguisme en majuscules. Suivaient une dizaine de professeurs qui chantaient le Dies irae sur un rythme lent, secoué de saccades comiques. Tous les manifestants s'arrêtèrent. Amusés, ils contemplaient cette parodie de cortège qui s'avançait d'un pas faussement solennel, Les cagoulards déposèrent le catafalque au milieu des manifestants.

Il neigeait de plus en plus et les cierges allumés avaient peine à garder leur flamme. Certains s'éteignaient pour exhaler une fumée mince, fragile, affolée par le vent.

Alors se déroula une cérémonie dérisoire autour du catafalque. Un goupillon à la main, un cagoulard aspergea le cercueil pendant qu'on entonnait le Ô Canada sur un ton funèbre. Certains professeurs gesticulaient une tristesse exagérée, d'autres aspergeaient le cercueil de poingées de neige qu'ils cueillaient à même le sol. Puis on se remit à circuler autour du catafalque en agitant bien haut les pancartes.

Guillaume et Julien s'entretenaient d'un tout autre sujet que le spleen pédagogique.

— Penses-tu que le Bureau des langues va finir par disparaître complètement? demanda Julien à Guillaume.

— Je pense que l'école Asticou, du moins, va disparaître.
Mais j'ai une bonne idée à ce sujet. Est-ce que tu connais
le Temple de la Renommée du football et du hockey à
Toronto?

— Je connais, mais je n'y suis jamais allé.

— Alors, tiens-toi bien. Je propose qu'on fasse du centre
Asticou le Temple de la Renommée du bilinguisme dans
les institutions fédérales. Certains malins que je connais
pourraient suggérer qu'on laisse les locaux vides. Bien sûr,
ce ne serait pas si bête comme symbole du bilinguisme
dans la Fonction publique fédérale. Tu vois ça, le vide, le
merveilleux vertige du vide, le bafouillement du grand
vide. L'écho des voix des visiteurs qui se heurte aux murs
des pièces vides et qui revient les frapper de stupeur. Les
visiteurs en sortiraient en titubant, saoulés de vide, c'est le
cas de le dire.

— Moi, j'ai une meilleure idée, peut-être. On pourrait
aménager Asticou comme une grande maison hantée ou un
cimetière, quelque chose dans le genre, tu vois ce que je
veux dire? Dans un coin, une pierre tombale avec
l'inscription: «Ici est tombé tel étudiant ou tel professeur
au champ d'honneur du bilinguisme». On entendrait une
voix caverneuse ricaner dans les deux langues officielles.
Grâce au laser, on pourrait faire apparaître des fantômes
qui parleraient dans les deux langues, massacrant aussi
bien l'une que l'autre...

— Non, tu es trop macabre, coupa Guillaume. C'est une
bonne idée, mais elle ferait fuir les visiteurs. Non, je pense
que j'ai une meilleure idée encore. D'abord, il s'agirait
d'un musée, la vieille conception poussiéreuse du musée,
tu vois. Le nom serait, bien sûr, anglais. On pourrait y
aménager quelques salles d'exposition où brilleraient de
tous leurs feux quelques-uns des plus beaux produits et
certains des plus éloquents symboles du bilinguisme "made
in Ottawa". Tu vois ce que je veux dire? De grands
posters d'anciens premiers ministres et de chefs
d'opposition dont on entendrait les voix cafouiller
quelques mots de français.

— Moi, je vois déjà d'ici la première salle consacrée à Air Canada où nous accueilleraient de charmantes hôtesses unilingues anglaises, renchérit Julien. Je les préférerais bien en chair plutôt qu'en glaise, excuse le mauvais jeu de mots, mais j'en passe d'autres et des pires. Je me retiens, tu peux me croire. Les hôtesses prendraient soin de mettre les visiteurs en garde contre les dangers du «bad trip».

— Bravo, mon vieux, je n'y avais pas pensé. Je voyais plutôt une salle pour l'École des contrôleurs aériens de Cornwall dont l'accès serait réservé aux touristes d'expression anglaise. Les francophones qui auraient l'audace de s'y aventurer le feraient au risque de se voir expulser manu militari avec un coup de pied là où le dos perd son accent tonique.

— Là, tu me donnes une idée pour une troisième salle dans le style musée de cire fondue longtemps où on pourrait admirer béatement quelques-uns des plus ardents défenseurs du bilinguisme tels que le maire Jones et compagnie. On pourrait y installer un kiosque où on inviterait les parents francophones à abjurer leur foi pour inscrire leurs enfants à l'école anglaise de leur choix. Il y aurait un concours dont le prix serait un voyage dans un pays anglophone n'importe où dans le monde.

— Merveilleux! Lord Durham nous aurait engagés à gros salaire pour réussir son assimilation. Mais il faudrait quelque chose sur les profs de français comme nous. Par exemple, une salle où on verrait à l'oeuvre un taxidermiste entouré de profs de français empaillés. C'est la seule façon, semble-t-il, de conserver un souvenir de cette espèce en voie d'extinction.

— On allait oublier le Commissaire aux langues officielles, le martyr du bilinguisme. La seule obligation de faire un rapport annuel sur le bilinguisme dépasse toutes les tortures inventées par la CIA, les Chinois et nos bons Amérindiens à l'époque où ils jouaient aux méchants dans le but de se décrocher un rôle à Hollywood. Dans cette salle, il y aurait un mur des lamentations comme en Israël, tu vois? Les visiteurs pourraient essayer de réconforter ce pauvre Commissaire en proie à une profonde dépression, au bord de la folie et du suicide, et qu'on exposerait comme un objet de vénération à la pitié nationale.

— Je pense qu'on a un peu trop d'imagination. La manifestation nous monte à la tête et même plus haut, tu ne crois pas?

— Oh! il ne faudrait pas oublier de placer près de la sortie un bureau des objets perdus pour les francophones qui auraient égaré leurs illusions au cours de la visite.

— Ah! j'allais oublier justement une salle de spectacles où les députés fédéraux viendraient donner leur numéro préféré avec traduction simultanée. On permettrait aux spectateurs d'applaudir dans les deux langues et, avant chaque représentation, on insisterait auprès du chanteur maison pour qu'il se contente de chanter la version anglaise originale de l'hymne national de crainte qu'il ne fasse fuir les touristes torontois en se permettant des modifications à la Roger Doucet.

— On pourrait aussi y installer une cantine pour que les fonctionnaires anglophones de la région viennent prendre leur pause c.a.f.é. (cours accéléré de français élémentaire).

— Je pense que ça suffit. Nos têtes commencent à fumer. L'imagination, ça chauffe son homme. On va attraper un refroidissement de la jarnigouenne!

— Oh! j'oubliais encore. Dans la salle d'Air Canada, on pourrait placer un simulateur de viol de la langue Française. C'est pas génial ça?

— Je ne te suis pas très bien. Mais je sens en effet qu'il y a de la graine de génie là-dedans. Je pense vraiment que ta cervelle est en train de bouillir. Par contre, moi, j'ai pensé à une salle de défoulement collectif pour nos pauvres anglophones du Québec. On placerait un grand poster du ministre Camille Laurin sur un mur et on inviterait les *Quebecers* à lui lancer des fléchettes, des tomates ou tout simplement des injures. Une charmante hôtesse distribuerait des exemplaires de la loi 101 que les visiteurs auraient le loisir de déchirer à belles griffes ou même à belles dents: il faut laisser de l'initiative à leur ferveur tout de même.

Kaylal qui s'était joint à eux depuis quelques minutes commençait à s'impatienter.

— Et moi, les gars, j'aurais une salle spéciale pour des loustics de votre genre, la salle des dénigreurs du bilinguisme. Moi, je ne suis pas du tout d'accord. Je pense que le bilinguisme a fait des pas de géant depuis quelques années au pays. Il n'y a jamais eu autant de ministres, d'hommes politiques et d'affaires qui peuvent parler français. À travers le pays, on peut s'affirmer comme francophones, sans faire rire de nous. On ne se moque plus, on nous respecte. C'est facile de dénigrer comme vous venez de le faire, mais c'est plus difficile de relever de grands défis comme celui du bilinguisme.

— Wowo, Kaylal, monte pas sur tes grands jouaux, coupa Julien.

— Ne criez pas, je ne suis pas sourd.

— Bon tant mieux, parce qu'avec ce temps de chien on pourrait attraper un mal de gorge.

— Nous sommes d'accord avec toi en gros, mais laisse-nous au moins nous amuser un peu en pleine manifestation pour nos droits et notre portefeuille. Et puis, dans notre musée du bilinguisme, reconnais qu'il y a un peu de vrai.

— Bien sûr, mais c'est tellement facile, plus simple, de critiquer. Tenez, au lieu de faire d'Asticou un musée du bilinguisme comme vous dites, moi j'aurais une autre suggestion. Il paraît que nous n'avons plus assez d'étudiants et que ça coûte trop cher au gouvernement. Alors je propose qu'on transforme Asticou en école internationale de langues. Le Canada est peut-être le pays le plus avancé maintenant dans l'enseignement des langues. Moi, je regrette une chose, c'est que devant les nombreuses critiques contre le Bureau des langues, la Direction générale ne fasse pas assez de publicité sur toutes les recherches qui se font ici. C'est phénoménal, la somme de recherches, d'expériences et de méthodes mises au point par le Bureau des langues, et avec les taxes de tout le monde. On a complètement renouvelé l'enseignement des langues secondes et pourtant, dans les écoles secondaires, on continue à enseigner comme dans mon temps, en Égypte, un enseignement écrit, grammatical comme si l'anglais était un cours de géographie. On fait la même chose du côté anglophone, sinon pire. On enseigne même à mépriser les francophones. On décrit les Québécois comme si la Révolution tranquille n'avait jamais eu lieu, comme s'ils étaient toujours des ignorants frileux, agglutinés sous la soutane de leurs curés. Asticou pourrait devenir non seulement une école internationale de langues où des étudiants du monde entier pourraient venir apprendre la langue de leur choix, mais aussi un grand centre de formation pour professeurs de langues secondes. Croyez-moi, ça deviendrait rentable en peu de temps. Et on ne serait pas obligé de mettre à pied des centaines de profs. Quel gaspillage!

— Bravo! bravo! Kaylal. Tu devrais postuler un poste à la Direction générale du Bureau des langues, lança Guillaume. Ça nous changerait. L'imagination au pouvoir! enfin!

— Bon, bon, je sais que vous vous moquez, mais je ne comprends pas pourquoi on n'y a pas pensé. Maintenant, je crois qu'il est trop tard. Évidemment, il doit y avoir des problèmes administratifs et d'argent qui mettent des bâtons dans les roues.

Il n'y avait plus rien à ajouter et les trois professeurs détournèrent leur attention vers les autres manifestants. De temps à autre, l'un d'entre eux aboyait un slogan qui recueillait quelques échos.

Mais plus loin, Olivier expliquait à Jacques son système d'évaluation, en ignorant les coups de gueule des manifestants.

— Pour la mise en disponibilité, moi, j'ai échafaudé un système qui risque d'être plus juste. Si on tient compte seulement de l'évaluation ou du mérite comme on l'appelle dans la Fonction publique, c'est injuste parce que les chefs d'équipe évaluent différemment.

— Évidemment, c'est trop subjectif.

— Voilà! D'autant plus que les profs savent plus ou moins se mettre en valeur pour avoir une cote supérieure. Par ailleurs, si on tient compte seulement de l'ancienneté, c'est aussi injuste. Ce n'est pas parce que tu enseignes le français langue seconde depuis longtemps que tu es meilleur professeur, oui ou non?

— D'accord, d'accord.

— Même raisonnement pour les diplômes et l'expérience. Alors, la meilleure façon de rendre justice à tout le monde, c'est de considérer tous ces critères, ces facteurs ou ces paramètres, appelle ça comme tu voudras.

— Mais comment veux-tu tenir compte de tout ça en même temps? C'est difficile.

— Justement, j'y ai pensé. On pourrait attribuer 25 points à chacun des critères pour un total de cent. Par exemple, cinq points par diplôme universitaire. Quant à l'évaluation, une cote exceptionnelle aurait 25, supérieure 20, très satisfaisante 15 et ainsi de suite, tu vois? Cinq ans d'ancienneté pourrait recueillir 25 points, soit cinq par année d'expérience dans l'enseignement. Et puis, on additionne le tout et on élimine les profs qui ont les plus bas résultats.

— C'est très ingénieux. Mais j'en connais qui vont dire que ce système favorise les plus vieux au détriment des jeunes. De toute façon, moi, je ne pense pas que la Direction générale tienne compte de l'évaluation. Bien sûr, le mérite, c'est le grand principe au gouvernement, mais il ne faut pas oublier que les profs ne sont pas des fonctionnaires comme les autres. Je pense qu'on va s'en tenir à l'ancienneté. Évidemment, c'est discutable, mais c'est précis et ça a surtout l'avantage d'être admis partout maintenant.

Stéphane, le poète, passa en criant:

— Mes deux skidoos pour un mot de tendresse!

Plus loin, il changea de refrain et vociféra:

— Le temps du sacré est révolu, voici venu le temps du blasphème!

Jacques confia à Olivier.

— Celui-là pousse la sottise jusqu'au génie.

Les uns criaient à ses boutades, les autres le taquinaient ou lui donnaient la réplique. Puis peu à peu, les marcheurs ralentirent. Le président du syndicat s'installa sur les premières marches de l'entrée du Parlement. On s'immobilisa, et à l'aide d'un porte-voix, le président s'adressa aux manifestants transis.

Un vent violent bousculait tout sans même s'excuser. Il neigeait de plus en plus. C'était une neige molle qui refusait presque de tomber. Les flocons, gros, fondants et paresseux rendaient la visibilité presque nulle. On aurait dit que le président parlait, enveloppé d'un nuage et qu'il était sur le point de s'envoler dans le ciel.

— La neige est du côté de l'employeur, chuchota Guillaume à Julien.

— Comment ça?

— Elle est lente comme les négociations et rend la visibilité nulle comme les propositions du gouvernement.

— Nous sommes ici pour manifester notre mécontentement, commença le président, notre agacement et même notre colère devant la lenteur des négociations. Les représentants du gouvernement se moquent de nous, refusent de négocier de bonne foi. Ils veulent nous humilier, nous mettre à genoux et nous faire ramper. On veut nous imposer trente heures d'enseignement par semaine. On se fout pas mal de la pédagogie. Il est humainement impossible de faire trente heures d'enseignement valable par semaine. Nous ne reculerons jamais quand il s'agira de la qualité de notre travail. Et de plus, on nous offre 7% d'augmentation alors que l'inflation tourne autour de 10%.

Des hourras faibles s'élevèrent ici et là ouatés par la caresse de la neige.

— Ah! surtout ça, les salaires, grogna Jacques, et les conditions de travail, mais on se fiche pas mal de la pédagogie. Pour des profs, ça fait pitié! Avec trente heures par semaine, certains profs vont être forcés de lâcher leur deuxième emploi. C'est vraiment pas humain!

Le président éleva la voix encore davantage. La neige dans ses longs cheveux et sa barbe touffue lui donnait des airs vagues de père Noël.

— Et pendant ce temps, du même souffle, le gouvernement nous dit qu'il y a un surplus de profs, qu'il se prépare à faire une mise en disponibilité. Je veux bien croire qu'il n'y a pas assez d'étudiants. Mais à qui la faute?

Une bordée de «chous» enterra l'orateur.

— Nos gestionnaires ont fait une mauvaise planification, une mauvaise évaluation des postes bilingues, mais c'est nous qui allons payer pour leurs pots cassés. Eux, ils vont rester le cul bien au chaud dans leurs gros fauteuils bien rembourrés et ils vont continuer à échafauder d'autres planifications tout aussi mauvaises.

Cette fois, bousculés par quelques professeurs réchauffés par ce morceau d'éloquence pure, les hourras furent plus nombreux et plus vigoureux.

— Ce que nous voulons est bien simple, poursuivit le président. Nous voulons que les négociations se fassent de bonne foi et qu'on retourne dès demain matin à la table et qu'on négocie vingt-quatre heures par jour s'il le faut. Je vous promets que nous, vos représentants, on va leur donner des coups de pied dans le derrière et qu'on va vous faire un beau cadeau pour Noël: une nouvelle convention!

Une explosion de joie, ponctuée de hurlements d'enthousiasme, accueillit cette déclaration à l'emporte-pièce.

— Ce que nous voulons est bien simple, reprit l'orateur emporté par sa propre éloquence, nous voulons que nos gestionnaires fassent preuve d'un peu plus d'imagination pour remplir nos classes et pour élaborer de nouveaux programmes afin de garder tout notre personnel. Nous ne voulons pas être les dindons de la farce du bilinguisme. Quand on a besoin des francophones, on va les chercher en leur faisant de belles promesses, mais quand on n'a plus besoin d'eux, on les jette à la poubelle sans dire merci. Finies les folies! Nous allons nous tenir debout, jusqu'à la grève s'il le faut.

Cette fois, ce fut un long délire. Parmi ce brouhaha indescriptible, Fabienne réussit à faire son petit commentaire à Simone.

— Avec la foule qu'il y a ici ce soir, le gouvernement va trembler dans ses culottes, je te le garantis. On pourrait faire la grève pendant des mois que personne ne s'en apercevrait. Tout ça, c'est de la belle merde.

Le président semblait avoir fini. Tout à coup, toutes les têtes se tournèrent dans la même direction. Un nouveau cortège s'avançait sur le rythme saccadé et comiquement funèbre d'un tambour. Un professeur portait au bout d'un échafaud portatif l'effigie caricaturée du bilinguisme, une sorte de longue poupée dégingandée, la bouche cousue et les yeux à l'envers. Le cortège s'arrêta devant le catafalque. Le président du syndicat s'avança, aspergea l'effigie d'essence et mit le feu. L'effigie flamba comme un feu de paille et la fumée s'éleva très haut dans le vent et la neige qui tournaient à la tempête. Des applaudissements crépitèrent. L'effigie communiqua le feu au catafalque qui flamba à son tour. Des cris de joie accueillirent ce feu d'artifice. Tout brûlait. Le spectacle était fini. Lentement, les manifestants se dispersèrent. Certains furent happés par des journalistes de tous les médias. Chacun y allait de sa petite déclaration.

— Votre manifestation est sans doute un échec, demanda un journaliste de Radio-Canada à Olivier qui tentait de se frayer un chemin hors de la cohue.

— Un échec? Peut-être. Mais vous savez, avec la mauvaise température... Enfin, je ne sais pas. Nous étions tout de même plus de deux cents, je crois. Ce n'est pas si mal, vous savez.

— Croyez-vous que cette manifestation aura une influence sur le déroulement des négociations?

— Je ne sais pas. Chose certaine, c'est que le gouvernement n'est pas habitué encore à voir des fonctionnaires faire de telles manifestations. Les profs de langue font figure de rebelles. C'est peut-être bon, peut-être pas, je n'en sais rien.

— Merci beaucoup, monsieur. C'était un reportage en direct de la colline parlementaire où une maigre foule de professeurs, tout au plus une centaine, a manifesté son mécontentement devant la lenteur des négociations en vue de leur nouveau contrat de travail. Il faut dire que les professeurs de langue ont tout le temps de faire ce genre de manifestation puisqu'ils n'ont qu'une vingtaine d'heures de travail par semaine.

Olivier voulut rectifier les faussetés que le journaliste venait d'étaler, mais on coupa le son et, tout comme devant ses étudiants, il eut l'impression d'articuler dans le vide.

Deuxième partie

LA TOUR DE BABEL

Chapitre 19

Depuis le soir de Noël, l'hiver avait planté son igloo au
coeur du pays et des étudiants. Rien n'allait plus. Janvier
s'incrustait. La situation était inquiétante depuis longtemps
et se détériorait de semaine en semaine. Olivier s'en était
alarmé plusieurs fois auprès de Raoul qui temporisait en
lui laissant espérer que tout se tasserait avec le temps.
Mais cette fois, c'était le comble!

Olivier, devant les résultats du dernier test de rendement,
se prenait la tête à deux mains. C'était raté, raté, et encore
raté! Sauf, évidemment, Dave qui avait décroché une
excellente note, et Sagana qui s'en était tirée
honorablement. Mais les autres: c'était faible à en pleurer.
Ralph était au fond du tonneau: nullité sur toute la ligne.

Bien sûr, c'était à prévoir. Des étudiants même brillants ne
peuvent réaliser des miracles s'ils n'y mettent pas de la
bonne volonté. Kioto, Wallech et Amraj étaient encore
excusables, c'était leur troisième langue. Mais Nancy,
Helen, Betty et Ralph n'avaient aucune excuse valable. De
toute manière, Olivier s'en prenait aussi à lui-même. Il
était peut-être allé trop vite. Ce genre d'étudiants faisaient
trop souvent illusion. Ils apprenaient vite, trop vite. Mais
ce n'était pas du solide. Tout s'effritait à mesure qu'on
construisait. Il y avait partout des trous dans leur
apprentissage. Il fallait colmater et vite. Ce n'était pas
possible d'aller plus loin au deuxième niveau. Olivier avait

l'impression qu'ils oubliaient même les toutes premières leçons du premier niveau. Donc, il fallait donner un grand coup de barre.

Il entra en coup de vent dans le bureau de Raoul juste à temps pour surprendre une main furtive sur la cuisse de la belle Ariane qui se trouva aussitôt une bonne raison de déguerpir. Le front de Raoul prit la teinte de la rose à sa boutonnière et ses yeux s'embrouillèrent avec autant d'intensité que les réponses de Ralph. Son trouble l'empêcha de faire remarquer qu'il est plus poli de frapper avant d'entrer.

Le bureau de Raoul tranchait sur les autres. Tapis épais, fauteuils moelleux, en un mot, tout le confort moral.

Olivier expliqua la situation et proposa sa solution. Raoul, qui semblait encore sous l'effet choc de la cuisse d'Ariane, donna sa bénédiction sans trop regarder de près le remède que son professeur se proposait d'administrer à ses étudiants. Olivier crut bon d'en profiter pour servir à son chef d'équipe son plat de résistance, et tout de suite.

— Je propose le renvoi de Ralph.

Raoul faillit avaler sa pomme d'Adam.

— Ses résultats sont nuls. J'ai monté tout un dossier sur lui. Son attitude au laboratoire, en classe, ses retards, ses absences, ses odeurs, son manque de savoir-vivre, tout y est avec preuve à l'appui, les jours, les heures, tout. Garder cet individu, c'est un scandale, un gaspillage de l'argent des contribuables et puis surtout, il gâte un groupe. Voilà. Côté emmerdements, il est spécialiste dans son genre. Il risque de tourner à l'encyclopédie vivante dans le domaine.

Le teint rosi de Raoul se fana subitement, tournant au jaune avant de culbuter dans le vert. Olivier eut presque l'impression que la rose de sa boutonnière commençait elle-même à se flétrir par mimétisme.

— Attention, attention, Olivier, là tu vas trop loin. Tu t'embarques dans une aventure, mon vieux! Ce n'est pas facile de renvoyer un étudiant, une fois qu'il est admis au Bureau des langues. Il peut faire appel et il te faudra prouver sans la moindre faille ce que tu avances. Et surtout dans le cas de Ralph. Je ne peux pas t'en dire plus long. Ça dépasse l'imagination et même encore.

— Oh! je sais un peu de quoi il retourne. D'abord, je sais qu'il a raté son test d'aptitude. Alors comment a-t-il été admis sans cette condition préalable et surtout dans un groupe fort? C'est une vraie farce! Il y a de ces mystères au Bureau des langues!

— Ah! c'est une histoire qui nous dépasse toi et moi. Ça ne nous regarde pas. Moi, je dois admettre dans mes classes les étudiants qu'on m'envoie sans poser de question et toi, tu dois leur enseigner.

— Mais tu as vu son dossier? rugit Olivier. Tu savais dès le début qu'il avait raté son test.

— Et toi, j'aimerais savoir comment tu as obtenu un tel renseignement. Les dossiers de mes étudiants ne sont pas ouverts à mes professeurs, sauf pour une situation exceptionnelle et avec mon autorisation. Alors, je ne vois pas comment tu détiens un tel renseignement. Ça dépasse...

— Oui, oui. je sais ça dépasse l'imagination et même encore. Ça, c'est mon secret, Raoul. Ce qui est important, c'est que je dis la vérité, tu ne peux pas le nier.

— Bon admettons. Et alors? Maintenant, il est trop tard. Ralph est dans ce groupe depuis bientôt neuf mois. Il fallait le renvoyer avant, dès les toutes premières semaines.

— Je sais, Raoul, jusqu'ici aucun professeur n'a eu le courage de tenter de le renvoyer. Même moi, je n'ai pas eu ce courage et je m'en mords les pouces jusqu'au sang. Mais aujourd'hui, j'en ai assez, je suis décidé! Depuis neuf mois qu'il nous rit en pleine figure, qu'il fait perdre du temps à ses collègues et fait damner tous les professeurs. Alors, je suis décidé à aller jusqu'au bout, casse-cou!

— Alors, tu iras sans moi, Olivier. Réfléchis bien. Tu ne seras appuyé ni par moi ni par Suzèle. Il faudra attaquer et te défendre seul. Et puis tu ne sais pas à qui tu t'attaques. Ralph a le bras long. Non seulement tu risques d'échouer, mais tu risques toi-même d'y perdre des plumes.

— D'accord, je vais encore y réfléchir. Je te donnerai ma décision d'ici quelques jours, fit Olivier en libérant un soupir qui effeuilla la rose à la boutonnière de Raoul.

Olivier se rendit dans sa classe après la pause. Il avait les résultats du test en main. Il laissa planer son regard avant de commencer.

— Voilà, mes chers amis, je dois être franc et direct. Je suis déçu du test de rendement. Après plus de neuf mois au Bureau des langues, c'est anormal pour un groupe aussi fort que le vôtre d'avoir de telles notes.

Kioto se tortillait comme s'il portait à lui seul le poids de cet échec.

Nancy rata une maille, mais la rattrapa avec un vibrant «shit».

— Même Dave, ricana sèchement Ralph?

— Non, excepté Dave qui a encore une fois une excellente note et Sagana qui s'en tire assez bien.

— Toujours les mêmes, gronda Betty comme si le professeur avait fait preuve de favoritisme.

— Bon, il ne sert à rien de pleurer sur vos résultats, mais il faut trouver une solution. Je suis ouvert à vos suggestions.

Olivier laissa courir le silence pendant quelques secondes. Personne ne semblait frappé par une lumière quelconque.

— Personne n'a d'idée?

— C'est toi le professeur, hasarda Wallech tenu en éveil par les lueurs de catastrophe qui planaient sur la classe.

— Très bien, alors voici ma solution. J'ai constaté qu'il y a des trous nombreux et parfois énormes dans votre connaissance de la langue même à partir du premier niveau. Les verbes surtout, l'imparfait par exemple et le passé. Les pronoms en attrapent un joli coup également. Enfin, nous allons voir ça plus en détail. Donc, je propose que l'on revoie toutes les leçons à partir du début à raison d'une à trois leçons par jour. Et nous allons refaire tous les tests de rendement que vous connaissez déjà. À mesure que nous rencontrerons un trou, nous essaierons de le combler. Et puis nous reprendrons à la fin le test de rendement. Si les résultats sont bons, nous pourrons alors continuer.

Il y eut un silence lourd. Olivier observa les réactions de chacun.

— Est-ce que vous êtes d'accord?

Il attendit encore les réponses. Personne ne semblait vouloir prendre l'initiative. Dave comme d'habitude s'exprima le premier.

— Pour moi, je pense que c'est une perte de temps. Est-ce que je peux avoir un congé pendant ce temps?

— Non, je ne pense pas, Dave. Au contraire, j'aimerais que tu sois une personne-ressource, comme on dit maintenant, pour aider les autres. Quand on explique aux autres, on comprend encore mieux.

Sauf Dave, tous les autres étudiants semblaient prêts à relever le défi. Mais Ralph n'y croyait pas.

— C'est *inoutile, Oliver.* Même avec toute cette *revioue,* je ne *souis* pas meilleur à la fin. Je ne *vou* pas recommencer toutes les leçons. Je *vou continouer* comme ça. *Whatever my results.*

— Ça veut dire plusieurs semaines de retard, objecta Betty. C'est assez long comme ça.

— Très bien, alors, nous allons voter à main levée.

~~Seuls Dave, Ralph et Betty votèrent contre. Alors Ralph~~
revint à la charge.

— *Dans ton opinion, Oliver,* pourquoi nous devons faire cette *revioue*? Nous sommes un groupe fort. Ce n'est pas la faute des *étoudiants*.

Olivier comprit tout de suite l'attaque sournoise d'une telle question.

— Évidemment, c'est peut-être la faute des professeurs. Je ne parle pas au nom de Mariette. Mais quant à moi, je dois dire que j'ai toujours fait réussir mes étudiants du secondaire, sauf quelques exceptions, bien sûr.

Ralph ricana. Ses odeurs serpentaient violemment, une sorte de doux mélange de sueur et de relent d'étable qui se figeait ici et là, ou palpitait sur place et rayonnait lentement.

— Et je pense que Mariette est également un bon professeur, poursuivit Olivier sans sourciller. Si vous pensez que c'est de notre faute, il faut vous plaindre à Raoul. Sinon, j'ai ma petite idée pour expliquer vos insuccès.

Chaque étudiant changea de position pour se préparer à une longue explication.

— D'abord, il y a trois étudiants parmi vous, soit Kioto, Amraj, et Wallech pour qui c'est leur troisième langue. C'est une difficulté importante. Et puis comme vous êtes un groupe fort, vous avez les défauts de vos qualités. Des étudiants brillants apprennent rapidement, mais ne retiennent pas toujours à long terme. Et puis, troisième raison, votre attitude personnelle devant la langue.

Olivier fit une pause pour bien indiquer que c'était là la cause principale de leur échec.

— Vous savez, il y a des fonctionnaires qui viennent au cours de langue avec l'idée de se payer des vacances, de profiter de la vie et de prendre les cours pas trop au sérieux. Je regrette de vous dire ça, mais je vous ai promis d'être franc jusqu'au bout. C'est le cas de certains d'entre vous. Ensuite, vous essayez trop d'apprendre la langue comme une science, de tout comprendre, jusqu'à la moindre virgule. Ceci nous entraîne, les professeurs, à perdre beaucoup de temps en explications interminables qui ne rapportent presque rien sur le plan pratique, c'est-à-dire la maîtrise de la langue. C'est là aussi le défaut de plusieurs groupes forts. On veut comprendre sans pratiquer. Conséquence: vous connaissez certains points de grammaire que même des francophones ignorent, mais vous ne pouvez parler sans multiplier les fautes. Et puis, le dernier point, le plus important, c'est l'amour de la langue. Il faut aimer ce qu'on étudie. Et ici, au risque d'être brutal, certains d'entre vous détestent apprendre le français. Ils n'aiment pas les francophones, la langue française et notre culture. Ils croient que c'est une humiliation.

Le silence était à fendre à la hache. Ralph, Betty, Helen et Wallech surtout se sentaient visés.

— J'oubliais un autre point tout aussi important. Plusieurs s'imaginent que l'école des langues, c'est une espèce de machine à saucisses dans laquelle on met un étudiant qui ressort automatiquement après quelques mois à l'autre bout, parfaitement bilingue. Or, ce n'est pas ça. Ici, en classe, on vous donne la base de la langue. On n'a pas le temps de faire autre chose. Par vous-même, vous devez lire des journaux ou des revues et même des livres. Vous devez écouter la radio et regarder la télé et il faut aller voir des films ou des spectacles. Étant donné que le français n'est pas exactement une immersion pour vous, vous devez créer une immersion artificielle en utilisant tous les médias. Ce travail vous permettra d'augmenter votre vocabulaire, de vous habituer à plusieurs accents, de vous former l'oreille. Évidemment, le fin du fin serait d'avoir des amis francophones, de pratiquer avec eux, mais c'est parfois difficile. De retour au bureau, j'espère que vous pourrez le faire. Je comprends qu'après six heures de français, de torture, vous voulez vous reposer, mais ce n'est pas suffisant pour devenir vraiment bilingue. La langue, c'est comme une piscine. Si vous attendez l'instructeur pour nager... il faut sauter à l'eau, sans attendre le prof, parler français, même au risque de vous noyer... linguistiquement.

— *Oliver,* commença Dave en hésitant, je ne suis pas d'accord quand *tou* dis que certains parmi nous détestent le français et tout ce qu'il représente.

— Bien sûr, Dave, je ne parle pas de toi. Tu lis ton journal français tous les jours. Tu parles beaucoup.

— Peut-être trop, coupa Ralph qui se sentait visé. Je sais que *tou* parles de moi, *Oliver.* Mais j'ai expliqué *à toi* pourquoi. Il n'y a pas de problème, je passerai le test.

Olivier fut frappé de l'assurance que Ralph avait mis en affirmant qu'il passerait le test, mais il n'en croyait rien. Même en faisant une excellente révision, Ralph ne réussirait jamais à passer.

— Bon, je crois qu'il est inutile d'essayer de chercher les responsables ou le responsable de notre situation. Pour ma part, je reconnais que j'ai enseigné un peu trop vite parfois. J'avais l'impression que vous appreniez tellement vite que je n'ai pas assez vérifié la solidité de vos connaissances. D'autre part, nous avons perdu beaucoup trop de temps en discussions ou explications grammaticales inutiles. De votre côté, il faut relever vos manches et vous mettre plus sérieusement à l'étude du français. Je vous laisse jusqu'à demain pour réfléchir. Si vous êtes d'accord, nous commencerons la révision dès demain matin. Mariette est d'accord. Elle vous le dira elle-même au prochain cours. Maintenant, le reste du temps, nous allons voir les erreurs que nous avons faites dans ce test. Ça nous aidera à orienter davantage notre révision.

Chapitre 20

À 19 heures exactement, au centre Asticou, ce soir-là, une ombre se glissa dans le bureau de Raoul. Elle referma la porte et alluma une lampe de poche. Allumer le plafonnier risquait d'éveiller l'attention. L'ombre se dirigea vers le classeur et tenta d'ouvrir le premier tiroir. Puis le deuxième et le troisième. Tous verrouillés.

Si Raoul avait la clé sur lui, tout ce travail de cambriolage-espionnage amateur était inutile. L'ombre fouilla dans le pupitre en plongeant, tiroir après tiroir, dans un désordre assez respectable. Mais elle ne trouvait rien. Peine perdue. Elle ne pouvait virer de fond en comble tout le bureau. Elle allait replacer les derniers papiers du dernier tiroir lorsque ses doigts eurent l'impression de tâter la forme d'une clé dans une enveloppe. Elle ouvrit avec précaution et fit jouer la clé dans la serrure du classeur. «Sésame ouvre-toi» et les tiroirs s'ouvrirent comme par enchantement.

Mais comment être certain que le fameux dossier était dans le classeur et dans quel tiroir? Les doigts explorèrent les dossiers un par un. Au troisième tiroir, le premier dossier du groupe 742 apparut. La fièvre s'empara de l'ombre et, en trois secondes, elle tenait dans ses mains le dossier tant recherché. Elle l'étala sur le bureau et le feuilleta lentement. Elle examina longuement le test d'aptitude, la correspondance entre le ministère et le

Bureau des langues. Une lettre attira son attention. Signée par un très haut fonctionnaire, elle demandait qu'on accepte l'étudiant quels que soient les résultats ou les conditions. Puis une autre lettre, signée par l'étudiant lui-même et adressée au même haut fonctionnaire, demandait à celui-ci d'intervenir pour que l'étudiant ou le candidat en question soit admis coûte que coûte au Bureau des langues. Le signataire expliquait qu'il ne pourrait jamais affronter l'humiliation d'être refusé à des cours de langues et de revenir au bureau après avoir raté son test d'aptitude. Le même candidat insistait également pour être classé dans un groupe de toute première force. Il n'était pas question d'être casé avec les faibles dans des groupes C ou D ou Z comme il disait.

Le préposé à la photocopie, moyennant un généreux pourboire, avait oublié de verrouiller son local. Petites photocopies. Les documents réintégrèrent leur tiroir et le tour était joué.

L'ombre savait et avait en main tout ce dont elle avait besoin. En sortant du bureau de Raoul, l'ombre redevint un professeur qui se dirigea vers la sortie, montra sa carte d'identité et sortit avec un large sourire aux lèvres. Mission accomplie!

Chapitre 21

Olivier raccrocha. Jacques, son partenaire de tennis, venait
de se décommander. Dommage, car à la fin des cours,
l'après-midi même, Olivier avait refusé un rendez-vous
avec Helen justement à cause de ce match en perspective.
Devant son refus, Helen lui avait fait presque une scène.
Elle lui avait même lancé à la figure:

— *Tou* aimes mieux le *sporrt* que moi. Ce n'est pas
normal, *Oliver. Je souis* déjà une *widow* du tennis.

Olivier tourna en rond dans son appartement. Et dire qu'il
avait tellement envie de jouer! Il se sentait en forme pour
un match du tonnerre. Une rage de frapper les balles à
toute volée. Il fit quelques téléphones, mais, comme prévu,
il était très difficile de se trouver un joueur à la dernière
minute. Tant pis, il lui faudrait poireauter seul toute la
soirée.

Pendant une demi-heure, il tenta de compléter un tableau
qui représentait le centre Asticou trônant au milieu de son
halo de verdure avec pour toile de fond le parc de la
Gatineau. Mais il se lassa vite. Il voulait donner une sorte
de mystère brumeux au tableau, mais il n'y arrivait pas.
Les couleurs se jouaient de lui.

Il gratta un peu sa guitare. Quelque chose le tenaillait. Il
regrettait d'avoir refusé à Helen. Elle aussi se morfondait
sûrement dans son appartement en rêvant de lui. C'était

tout de même idiot! Elle ne pouvait pas être fâchée à ce point-là! Elle le recevrait avec des cris de joie. Pourquoi ne pas lui faire la surprise?

Voilà, c'était génial! Ne pas lui téléphoner, car elle pourrait se préparer, se maquiller et tout le tralala des femmes. Non, il voulait savourer son étonnement et sa joie de le voir arriver ainsi sans avertissement juste au moment où elle rêvait d'être dans ses bras et de l'embrasser. Il tenait à la surprendre en pleine tristesse, au beau milieu de son cafard et de changer tout ça en une formidable partie de plaisir, des explosions de rires, des rafales de baisers qui se termineraient au lit comme d'habitude. Helen en serait sûrement plus ardente au plaisir, plus déchaînée en caresses de toutes sortes.

À moins que... à moins qu'elle ne lui en ait gardé rancune. Il pourrait toujours lui dire qu'il avait regretté, avait renoncé au match et même l'avait décommandé pour lui ménager la surprise. Alors sa rancoeur fondrait sous la chaleur de ses étreintes. Elle se jetterait dans ses bras et se transformerait en un volcan de volupté, un ouragan de baisers et de caresses.

Donc, il n'y avait pas de mais qui tenait, ni d'à moins que. Sa décision était prise. Il sauta dans sa voiture, brûla quelques feux rouges avec l'enthousiasme d'un incendiaire à ses débuts tout en faisant des pieds de nez à une demi-douzaine de feux jaunes, pour stopper avec discrétion dans le stationnement arrière de l'appartement d'Helen. On ne savait jamais, elle pouvait être à la fenêtre. Autrement sa surprise risquait de tomber à l'eau.

Il enjamba l'escalier de l'entrée, bondit dans l'ascenseur et se retrouva en moins de deux devant la porte d'Helen. Il hésita quelques secondes, savourant déjà en imagination la tête qu'elle ferait en ouvrant. Il sonna. Personne ne venait ouvrir. Elle était peut-être sortie faire une promenade ou une course. Il sonna encore. Pour tromper son ennui, elle était peut-être allée au cinéma. Heureusement, elle lui avait donné une clé justement pour pallier ce genre de situation. Il fit jouer la clé en se disant qu'il était prêt à l'attendre jusqu'à minuit s'il le fallait. La surprise serait d'autant plus grande de le trouver à son retour, bien assis dans le salon avec un verre à la main, écoutant de la musique.

Il ouvrit la porte, mais se figea aussitôt. Des murmures, des chuchotements l'avaient frappé dès le premier pas. Dans l'embrasure du salon, Helen apparut, échevelée, en robe de chambre, affolée, comme si elle venait de voir le diable en personne. La surprise frappait, en même temps et des deux côtés. Helen tentait de nouer son cordon autour de sa taille, mais n'y arrivait pas.

— *Oliver!*

— Mais Helen, qu'est-ce que tu as? Tu es malade?

— Non... *pourrquoi?*

— Tu es blanche comme un drap.

— Je *souis sourprise.* Qu'est-ce que *tou* viens faire ici? *Tou* ne joues pas au tennis?

— J'ai décommandé mon match. Jacques a compris. Je regrette notre dispute de cet après-midi. J'ai voulu te faire la surprise. C'est pourquoi je n'ai pas appelé. Mais je m'attendais à une autre réception.

— *Exquiouse... exquiouse-moi* mais je *souis* trop *sourprise* justement. C'est trop gentil, mon chéri.

Elle ferma la porte de la chambre derrière elle et s'avança en oubliant de lui sauter au cou et de l'embrasser comme il s'y attendait. Ce n'était pas de la froideur, mais une gêne inexplicable.

— *Tou vou* un verre de gin comme d'habitude?

— Alors, on ne s'embrasse pas?

— Mais oui, *exquiouse-moi,* je *souis* tellement *sourprise* que je ne sais *plous* ce que je fais.

— Bon, je sais, tu m'en veux encore. C'est normal mais ça va passer, tu verras.

Il l'enlaça, mais au moment de l'embrasser, son regard heurta un veston carrelé trois couleurs, bien affalé sur le dossier du divan. Il arrêta son élan, se dégagea, saisit le veston et le braqua sous le nez d'Helen.

— Eh bien! la surprise est plutôt pour moi. C'est même un bouquet de surprises. Une tonne! Je ne savais pas que tu étais en charmante compagnie. Excuse-moi de déranger ce petit tête-à-tête. Tu reçois des matous de ruelles dans tes gouttières, à ce que je vois?

Muette de stupeur, Helen cherchait en vain ses mots en anglais comme en français et ne trouvait que des bafouillements. Alors, Olivier vit émerger lentement de la pénombre un homme qui enfilait en vitesse sa chemise dans son pantalon, un homme qui ressemblait de plus en plus à Raoul. Le professeur et le chef d'équipe se confrontaient comme deux francs-tireurs dans un mauvais western. Entre les deux, Helen se glissa, toujours muette et atterrée. Raoul fut le premier à trouver ses mots.

— Bonsoir Olivier, dit-il d'une voix atone. Ce n'est pas ce que tu penses. Je suis venu parler un peu avec Helen pour essayer de régler les problèmes de la classe. Tu comprends?

— Et qu'est-ce que je pense, Raoul? Tu peux m'expliquer?

— Hum...

— Évidemment, un chien qui va à la chasse perd sa place, c'est le cas de le dire, grogna Olivier, l'oeil givré de rage froide.

— Bon, Olivier, j'avoue que la situation est équivoque, ridicule même, mais... mais... je dois m'en aller. Je vous... laisse seuls, tous les deux. Je pense, Helen, que nous avons assez parlé... je vais voir ce que je peux faire. Ça dépasse l'imagination, et même encore!

Raoul endossa son veston trois tons, distribua quelques saluts au hasard et se rua dans le corridor en refermant la porte à moitié. Olivier et Helen demeurèrent face à face, pétrifiés dans leur silence, n'ayant plus rien à se dire et cherchant les mots pour le dire.

— *Oliver, honey,* il faut que *tou comprends. Tou* ne devais pas venir, ce soir. Alors j'ai appelé Raoul pour régler les problèmes de notre groupe. On a parlé. Ça passait le temps.

Olivier revoyait Raoul enfilant sa chemise dans son pantalon et son sang bouillonnait de rage.

— C'est pour ça, je suppose qu'il se rhabillait en sortant de la chambre. Et toi, tu adores discuter en robe de chambre?

— Ah! c'est ça? Voyons, *Oliver* chéri. Avant que *tou* arrives, il a eu *besouin* d'aller à la toilette, c'est tout. Allons, qu'est-ce que *tou* vas penser? Je sais que *tou* es arrivé dans un drôle de moment. Moi avec un homme et qui sort de la toilette. *Tou* as raison de te poser des questions. Mais ce n'est rien. Je te le *joure, Oliver.*

— Je ne suis pas idiot, Helen. Raoul sortait de la...

— Il s'arrêta brusquement. Il ne savait vraiment plus quelle attitude adopter. Et même il devait s'avouer qu'il oscillait entre l'indignation et un certain soulagement. Rage d'être trompé, mais aussi content d'en finir, de mettre un point final à cette liaison qui tournait en rond; il le sentait depuis longtemps. C'était peut-être l'occasion rêvée, servie sur un plateau d'argent, de rompre avec Helen.

— Je ne peux pas être absent un seul soir sans que tu invites un autre homme pour te tenir compagnie?

— Mais non, *Oliver,* ce n'est pas ça. Raoul et moi, nous avons discuté *beaucoup* longtemps des problèmes....

— Oui, je sais, je sais, tu te répètes. De toute façon, je sais depuis longtemps, Helen, que tu as absolument besoin d'un homme tout le temps et à n'importe quel prix, et ce n'est pas le genre de femme que je veux. Tu es une amoureuse ardente, passionnée. Tu tricotes les aventures au fil de tes talons aiguilles. Il te faut un harem d'hommes, mais moi je n'en suis pas. Alors, considère que c'est fini entre nous.

Elle défroissa l'ombre de ses paupières gonflées, d'un sourire crispé effaça quelques rides pour en creuser d'autres, la bouche sculptée dans une protestation muette. Désespérée, elle s'effondra en sanglots sur le divan. Puis, elle réussit à dire:

— *Oliver,* laisse-moi t'expliquer un peu, au moins. Je *souis* une femme qui attire facilement les hommes, mais j'ai toujours été *malheureusse.* Les hommes désirent mon corps, c'est tout. Tous les hommes que j'ai *connous* et même mon mari ont désiré mon corps seulement. Mon mari m'a laissée pour une autre femme. Alors j'ai décidé de me venger de toutes les femmes en volant les maris, les amants, tous les hommes. Personne ne m'a aimée vraiment. Avec toi, j'ai pensé que *c'est* différent. Mais non, *tou* es comme les autres. Je n'ai pas *la* chance.

À sa grande surprise, Olivier fut bouleversé par cette confession inattendue.

De cette femme frivole, superficielle, dévorée de coquetterie, sensuelle, presque animale, il voyait sourdre l'authentique expression d'un sentiment profond, presque le vrai amour. Alors, il se rendit compte de leur malentendu. Pour Helen, ce qui n'avait d'abord été qu'un défi de séduction, qu'un jeu de peau, s'était transformé peu à peu en une véritable passion. Hélas! pour lui, ce qui avait commencé comme une passion n'était devenu qu'un jeu qu'il était prêt à abandonner au premier signe d'ennui.

Mais il était trop tard et, fouetté par son orgueil de mâle, il décida de porter le coup de grâce.

En réprimant une grimace, Olivier tourna les talons et sortit. Derrière la porte, les sanglots déchirants d'Helen le poursuivirent jusque tard dans la nuit.

Chapitre 22

— Parlez anglais, s'il vous plaît!

Le ton était sans réplique, autoritaire.

Olivier, sous le choc de la surprise, demeura interdit. Il ne pouvait en croire ses oreilles. Parler anglais? Eh bien! ils allaient apprendre de quel bois il se chauffait.

— Pardon, monsieur le président, je ne suis pas obligé de parler anglais ici. D'après la Loi sur les langues officielles, j'ai le droit de choisir ma langue pour plaider ma cause.

Devant le ton ferme et cassant d'Olivier, le président, un homme nerveux au visage mangé par des tics dévastateurs, en resta pantois. D'une voix subitement dégonflée, il répondit comme en s'excusant:

— Bien sûr, monsieur Grenier, mais je vous demande un peu de compréhension dans les circonstances. Étant donné que le plaignant, Ralph Lamarch, ne comprend pas très bien le français et qu'il exige de se défendre en anglais, je vous serais très obligé de parler anglais pour simplifier les procédures.

Raoul se pencha vers Olivier comme un confesseur qui veut conseiller son pénitent.

— Allons, Olivier, ne fais pas d'histoire. Tu peux très bien t'exprimer en anglais. Alors pourquoi t'entêter? En parlant anglais, tu vas mettre la commission de ton côté. Sinon, tu risques d'avoir encore plus de problèmes. Ta position n'est pas déjà tellement solide.

Olivier bouillonnait. En mordant dans chacune des syllabes, il murmura:

— Jamais, Raoul. Laisse-moi faire. Si je perds, j'en assume toute la responsabilité.

— Alors, monsieur Grenier, quelle est votre réponse? demanda le président avec un rien d'impatience qui perçait dans sa voix.

— Ma réponse est simple et courte. Je vais plaider en français. C'est mon droit le plus strict. Pouvez-vous seulement saisir le ridicule de la situation? Monsieur Ralph Lamarch prétend qu'il sait parler français, c'est même le fondement de sa preuve et, après neuf mois d'apprentissage, il ne peut se défendre en français, ce qui pourrait encore se comprendre, mais qui plus est, il exige que tout le débat se déroule en anglais. La cause, selon moi, est déjà entendue. Je parlerai donc français... lentement; c'est ma seule concession. Je crois d'ailleurs qu'il est capable de comprendre.

— Mais il nous faudrait un interprète, monsieur Grenier, coupa le président, en caressant sa calvitie qui sévissait des sourcils jusqu'à la nuque. Nous n'avons pas d'interprète disponible pour le moment.

— Allez en chercher un. Je suis prêt à attendre tout le temps qu'il faudra, répliqua Olivier avec un rien d'insolence.

Les trois membres de la commission se consultèrent pendant quelques secondes, puis le président fit signe d'aller chercher un interprète. Un long moment d'attente s'installa. D'un regard acéré, Ralph découpait Olivier en petits morceaux. L'affrontement entre les deux hommes qui durait depuis bientôt six mois atteignait un sommet dans cette salle du 10e étage de l'Esplanade Laurier où une commission de la Fonction publique entendait les causes de renvoi en appel.

Deux semaines plus tôt, Olivier avait rencontré Ralph pour lui expliquer sa décision ferme de le renvoyer. L'entretien avait rapidement dégénéré en engueulade et les deux hommes s'étaient séparés en se jetant des promesses d'en finir une fois pour toutes avec l'autre. C'était à qui des deux aurait la tête de son adversaire. Raoul avait finalement accepté au moins d'appuyer Olivier, mais en lui laissant tout le fardeau et l'odieux de la démarche.

Quelques jours après, Raoul apprit à Olivier que Ralph avait décidé d'aller en appel et que sa demande avait été acceptée. Olivier n'avait donc plus le choix: il fallait comparaître devant la Commission des appels et défendre son point. D'habitude, ce genre de cause prenait toujours un certain temps avant d'être entendue. Mais cette fois, la Commission les avait convoqués rapidement. Était-ce un hasard ou Ralph qui avait tiré les ficelles de ses relations en haut lieu? Personne ne pouvait répondre, mais Olivier avait sa petite théorie là-dessus.

L'appel se déroulait un peu comme un procès. Une commission de trois membres entendait la plaidoirie de l'étudiant et celle du chef d'équipe. Dans cette cause, par exception, c'était le professeur qui plaidait. Les deux camps adverses avaient droit d'avoir une sorte d'avocat ou de conseiller. Ralph s'était fait accompagner par son conseiller en bilinguisme, un jeune homme très mince, presque maigre, dont les yeux bleus, délavés, glissaient sur les choses sans s'y attarder. Un regard fuyant qui dérapait sans cesse. Olivier était accompagné par Raoul qui, à titre de chef d'équipe, lui déléguait son autorité.

Enfin, l'interprète, un petit homme brun à moustachette, arriva et on put commencer.

— La parole est au professeur, déclara le président sur un ton sentencieux.

Olivier se leva pour se placer au milieu de la petite salle. Aucune feuille dans les mains. Il possédait son dossier par coeur. Sans s'expliquer au juste pourquoi, il se sentait tout à fait prêt à jouer à l'avocat.

— Monsieur le président, messieurs les commissaires, j'ai moi-même décidé de demander le renvoi du fonctionnaire ici présent, le dénommé Ralph Lamarch. Je lui enseigne depuis bientôt six mois. Il est en apprentissage depuis près de dix mois. Les résultats de ses derniers tests ont été lamentables. Je vais donc exposer en un premier temps l'incapacité de l'étudiant à apprendre le français.

Olivier se dirigea vers Raoul qui lui tendit une feuille.

— Mais avant d'aller plus loin, monsieur Grenier, coupa le président en jetant un regard lourd par-dessus ses lunettes qui glissaient dangereusement sur son nez aquilin, pouvez-vous m'expliquer pourquoi le renvoi de Ralph Lamarch n'a pas été demandé plus tôt? D'habitude, on fait ce genre de demande après six semaines ou tout au plus douze semaines. Je me demande d'ailleurs comment et pourquoi on a retenu votre demande de renvoi après dix mois. C'est vraiment trop tard!

Olivier garda le silence pendant quelques secondes, jeta un coup d'oeil en direction de Ralph qui lui offrit son aimable rictus, puis il fixa le président dans les yeux avec assurance.

— C'est une excellente question, monsieur le président, et je vous suis reconnaissant de la poser immédiatement, au tout début de cette cause. J'allais y répondre de toute façon. Je dois dire en passant que mon chef d'équipe, ici présent, m'a tout de suite posé cette question lorsque je lui ai fait part de mon intention de demander le renvoi de Ralph Lamarch. Et voici ma réponse. (Olivier se surprenait lui-même de son aplomb et de son aisance.) Pendant les quatre premiers mois de l'apprentissage de l'étudiant, aucun professeur n'a eu le courage ou l'audace, si vous aimez mieux, de demander son renvoi. Malgré les piètres résultats de monsieur Lamarch, je les ai ici, tous, test après test, on a fermé les yeux. Les professeurs en question en avaient d'ailleurs par-dessus la tête d'enseigner dans cette classe problème. Ils s'empressaient tous de la quitter après un seul mandat. Lorsque j'ai pris ce groupe en mains, il y a six mois, j'ai constaté moi-même la faiblesse de monsieur Lamarch. À mon tour, je n'ai pas osé demander son renvoi et cela pour plusieurs raisons. D'abord, étant nouveau professeur, sans expérience dans l'enseignement d'une langue seconde aux adultes, je me trouvais mal placé pour faire ce genre de réclamation. Ensuite, par orgueil ou par simple fierté, je me suis lancé le défi de faire mieux que mes collègues et de réussir là où ils avaient échoué. J'ai dû m'avouer vaincu à mon tour. Et puis, finalement, ayant entendu à travers les branches, que l'étudiant en question jouissait de puissantes protections dans le gouvernement, j'avais peur d'y laisser ma tête.

À ces derniers mots, Ralph s'était dressé, tremblant de colère.

— Je *protest,* monsieur le président, *Oliver* n'a pas le droit d'*assumer* que j'ai des protections dans *la* gouvernement. C'est une accusation fausse. Il doit...

— Monsieur Lamarch, intervint le président, je vous rappelle que vous devez laisser parler monsieur Grenier. Attendez que je vous donne la parole. Vous pouvez continuer, monsieur Grenier.

— Voici donc les résultats très faibles de son dernier test. Je dépose cette pièce au dossier, monsieur le président. Je tiens à signaler qu'il s'agissait d'un test du deuxième niveau. La commission pourra constater par elle-même le rendement catastrophique de l'étudiant. Ce n'est pas rentable de le garder au Bureau des langues. J'ai terminé pour le moment.

— La parole est à Ralph Lamarch ou son conseiller.

Ralph bondit littéralement et bouscula presque Olivier devant les commissaires.

— Je ne *souis* pas rentable? C'est tout le *Bioureau* des langues qui n'est pas rentable. *This damned shit* loi des langues!

Il fit une pause pour tenter de se maîtriser.

— D'abord, j'ai décidé *à* parler français. Je vais prouver que je *pou parler le français.* Si j'ai besoin de *translator,* je le *dis.*

— Très bien, monsieur Lamarch, nous écoutons votre réponse à l'accusation que l'on vient de porter contre vous. Est-il vrai que vous êtes incapable d'apprendre à parler français?

— C'est *false. Totally false. Of course,* mes *results* sont très faibles. Mais je réponds qu'il est impossible *pour* apprendre le français avec *cet* professeur. Il est... il est trop... trop... Il discute trop avec nous dans la classe. Il *provoke nous* tout le temps. La communication est impossible avec cet homme. *Therefore,* je ne *pou* pas apprendre *le* français. *That's all.*

— Qu'avez-vous à répondre, monsieur Grenier?

Olivier s'avança à son tour et se planta à côté de son étudiant.

— Monsieur le président, Ralph Lamarch, fait allusion à certaines discussions que nous avons eues en classe sur la langue, la culture et la politique. Je ne le nie pas. Cependant, ces discussions n'avaient pour but que de faire pratiquer mes étudiants, de leur permettre de parler couramment français. Mais nous n'avons même pas eu une discussion par semaine. Le reste du temps, nous avons vu les leçons avec beaucoup de soin. Comme il se doit. Cependant, Ralph n'a jamais apporté une bonne volonté dans son apprentissage de la langue. Il est contre le français, contre les francophones, contre les Québécois, alors comment voulez-vous apprendre une langue dans ces conditions?

Il fit une pause pour laisser le silence donner du poids à sa question.

— Et ceci m'amène au deuxième point de ma plaidoirie: la conduite, ou, si vous voulez, l'attitude de Ralph dans son apprentissage. D'abord, il est souvent absent. Je dépose ici le rapport de ses absences du cours comme deuxième pièce à conviction. Vous pourrez constater qu'il a été absent presque une journée par semaine en moyenne, ce qui est excessif, vous le reconnaîtrez. Ensuite, ses nombreux retards. J'ai ici, soigneusement compilés, le dossier complet de ses retards depuis son arrivée au Bureau des langues. Encore une fois, il s'agit de deux retards par semaine en moyenne. Ensuite...

— C'est *false,* hurla Ralph. *I'm not late very often.* C'est le professeur qui a *mis* tous ces retards. Je *ne signe* jamais cette feuille.

Le président fit un geste d'impatience.

— Monsieur Lamarch, je vous en prie, laissez parler monsieur Grenier. Attendez votre tour.

— Et maintenant son attitude en classe, poursuivit Olivier. En plus d'arriver en retard, Ralph Lamarch se tient mal, à moitié avachi dans son fauteuil, les deux pieds sur la table. Il écoute très peu les explications, mais se permet d'intervenir souvent en faisant des blagues, des commentaires désobligeants, des remarques insolentes. En un mot, il dérange continuellement la classe.

Olivier fit une pause. Les commissaires sentaient qu'il se préparait à porter un dur coup. Ils se tendirent vers lui.

— De plus, je ne sais pas si je devrais dire ça ici, mais je pense qu'il est de mon devoir de le mentionner. Ralph apporte en classe tous les jours un thermos rempli de gin et il en boit pendant tout le cours. Ce n'est un secret pour personne, il souffre d'alcoolisme. C'est peut-être le principal obstacle à son apprentissage et une des causes de sa conduite répréhensible.

Ralph bondit, les yeux injectés de sang. Il hurla.

— C'est *totally false.* Je bois de l'eau dans *ma* thermos. J'ai *besouin* de boire *à la* classe, c'est tout. *Of course,* j'ai *une petite problem* d'alcool, mais ce n'est pas très *serious.*

Le président ouvrit grands les bras en geste d'impuissance et demanda:

— Monsieur Grenier, avez-vous terminé cette partie de votre plaidoirie? Laissez-vous la parole au plaignant?

— D'accord, monsieur le président.

— *Tout le professeurr a dit est false,* monsieur le président. En classe, je fais attention, mais *Oliver* est un professeur sans expérience qui enseigne *très mauvais.* Je ne comprends pas. Pas *d'étoudiants comprend* dans la classe. *I'm fed up. À le laboratoire, il ne connaît pas faire fonctionner les machines. It's a waste of time.* Il est trop *severe* avec les adultes. *Il est* mauvais professeur, *monsieur président.*

À ce moment, sans se faire remarquer, un homme et une femme se glissèrent dans la salle. Personne ne remarqua leur arrivée. Ralph en perdait sa salive, le souffle et son peu de français. Il respira profondément, vérifia si la personne qu'il attendait était dans la salle, puis il demanda sur un ton qui s'efforçait en vain d'être calme et posé:

— Monsieur le président, est-ce que je *pou* faire entrer un témoin?

— Un témoin?

Le président se tourna vers les deux commissaires et les consulta rapidement. Puis il fixa les documents devant lui en pianotant sur la table, avant de prononcer sur un ton de résignation:

— Bien sûr, vous pouvez citer des témoins. Je fais exception.

Avec une flamme victorieuse dans les yeux, Ralph prononça d'une voix forte:

— Je demande madame Betty *Chénierr,* s'il vous …

Betty se leva et s'avança lentement en étalant sur son visage un épais sourire à l'adresse d'Olivier, estomaqué par cette apparition inattendue.

— Madame *Chénierr,* interrogea Ralph en se donnant des airs de grand magistrat, *que* vous pensez du *professeurr Oliver?*

L'interpellée promena son regard sur l'assistance avant de répondre d'une voix grasse:

— *Oliver* est un mauvais professeur. C'est un Québécois *séparatist* qui n'aime pas les *anglophônes* et surtout les *francophônes* assimilés comme moi et aussi les *federalists*. Il ne doit pas être *professeurr* de langue au gouvernement du Canada. C'est un *rebel,* monsieur le président.

Olivier était stupéfait de l'assurance convaincante de Betty. Raoul, affolé, lui glissa:

— Nous sommes dans de beaux draps. Avec un témoin qui l'appuie, Ralph est beaucoup plus solide devant la Commission. Tu as été naïf, tu ne pourras jamais t'en sortir. Je savais qu'il ne reculerait devant rien.

Furieux, Olivier se leva et se dirigea droit sur Betty.

— Monsieur le président, est-ce que je peux interroger le témoin, s'il vous plaît?

À nouveau, le président consulta ses collègues qui firent signe qu'ils acceptaient.

— Vous pouvez y aller, monsieur Grenier.

Olivier se planta droit devant Betty et en la fixant dans les yeux, il lui demanda avec des dents dans la voix:

— Madame Chénier, pouvez-vous nier que Ralph Lamarch hier matin a tout fait pour m'empêcher de donner mon cours? Il s'est conduit comme un homme sans éducation. Il a bâillé, roté, m'a interrompu sans cesse en cherchant à me provoquer. Pouvez-vous nier son attitude inacceptable?

— Oui, je peux. Tout ce que tu dis est faux. Ralph Lamarch est *gentleman,* mais tu le détestes parce que c'est un maudit *anglophône* de Montréal, du Québec, et que tu veux *débarrasser* tous les *anglophônes* du Québec.

Une étincelle incendia la prunelle d'Olivier. Il brandit une feuille et prononça d'une voix pesante et sourde:

— Je regrette, Betty, mais Ralph, hier matin, était absent de la classe.

Pour la première fois, Betty sembla perdre sa belle assurance. Elle bafouilla devant la surprise amusée des commissaires.

— J'ai *pou* me tromper. C'était avant-hier, je crois. Ce n'est pas important.

— Avant-hier? Vous en êtes sûre?

— Oui, glapit-elle hors d'elle-même. Je *souis sour!*

La même étincelle enflamma l'oeil d'Olivier qui éclata de rire en lançant:

— Eh bien, monsieur le président, avant-hier, c'était elle, Betty Chénier, qui était absente.

Les commissaires ne purent réprimer un sourire. Raoul n'en revenait pas du revirement de situation que venait d'effectuer Olivier.

— Et j'en ai ici la preuve, monsieur le président. Voici les rapports de présences de cette semaine.

Betty et Ralph, déconcertés, se lançaient des regards furieux. Pour sauver la face, elle crut bon d'ajouter:

— *Anyway, sun of gun,* avant-hier ou la semaine dernière. *Oliver* est un *racist,* un *separatist.* Nous ne pouvons apprendre le français avec lui. C'est la guerre tout le temps!

— Ce n'est pas vrai, monsieur le président!

Ces mots venaient d'être lancés par une voix grave et sonore. Tout le monde se tourna vers le fond de la salle. Un homme se leva et s'avança d'un pas solonnel. Olivier et Ralph n'en revenaient pas de reconnaître Amraj en personne qui se dirigeait vers eux avec un large sourire.

— Qui êtes-vous, monsieur? demanda le président intrigué.

— Je *souis* Amraj Bramindtrada, un *étoudiant* du *group* 742, le même que Ralph Lamarch. Mon *professeurr* est *Oliver Grenierr* lui-même. Est-ce que je *pou faire le witness,* moi aussi?

Le président oublia de consulter ses collègues et demanda aussitôt à Olivier:

— Est-ce que monsieur Bramind... trada est votre témoin?

— Non, monsieur le président, mais je l'accepte comme témoin volontaire.

Amraj laissa planer le silence un bon moment avant de prononcer de sa voix grave et profonde:

— *Oliver,* mon *professor,* est très bon, très bon. Même si je ne parle pas très bien *le* français, je veux dire, je veux dire que je *pou* parler un *pou* à cause de lui. Je n'ai rien à dire contre monsieur Lamarch. Ce n'est pas mon affaire. Mais je veux dire que *Oliver* est un bon *professor.* C'est tout .

Il se fit un silence lourd. Les membres de la commission ne savaient quelle attitude adopter. Ralph demeurait planté devant Amraj, le souffle coupé par cette intervention. Olivier glissa à Raoul:

— Eh bien!, celui-là, il ne parle pas souvent mais quand il parle, ça compte. Si je m'attendais à son appui... c'est bien la dernière des choses que je prévoyais.

Amraj, de son pas solennel, retourna s'asseoir au fond de la salle. C'est alors qu'Olivier remarqua qu'il portait un turban noir, ce qui devait avoir une signification qui lui échappait. Le président brisa finalement le silence.

— Eh bien! messieurs, l'un d'entre vous a-t-il encore quelque chose à dire... ou madame peut-être? Ou...

Le conseiller en bilinguisme qui accompagnait Ralph se leva.

— Mon client, si je peux dire, continue de nier toutes les affirmations du professeur Olivier Grenier et demande que son renvoi soit annulé.

Le président balaya l'assistance du regard puis demanda:

— Est-ce que le professeur Grenier a quelque chose à ajouter?

C'est Raoul qui se leva à son tour.

— Le professeur Grenier a mon appui et nous maintenons notre demande de renvoi de l'étudiant Ralph Lamarch. À vous de décider, messieurs les commissaires.

Olivier tripotait une feuille et semblait hésiter à intervenir une autre fois. Il se mordit la lèvre inférieure, puis d'un pas décidé, il s'avança. Il était prêt à risquer sa tête pour porter le coup de grâce.

— Monsieur le président, je crois nécessaire de porter à la connaissance des commissaires un fait très délicat et très grave.

Il fit une pause qu'il laissa s'étirer assez longtemps pour qu'elle fasse s'appesantir un silence écrasant.

— J'affirme que Ralph Lamarch a raté son test d'aptitude et que, malgré ce fait, grâce à une protection que je ne vais pas dévoiler, il a été quand même admis à des cours de langue et, comble de ridicule, dans un groupe fort. À vous de tirer vos propres conclusions. À la discrétion des commissaires, je dépose ici une photocopie des documents qui prouvent ce que je viens d'avancer.

Raoul était sidéré. Ralph, cloué de surprise à son fauteuil, en avait perdu même sa langue maternelle.

Le président accepta les documents, consulta ses collègues, tripota les feuilles devant lui, puis déclara:

— Au fond, la cause se résume à l'équation suivante: c'est la parole d'Olivier Grenier contre celle de Ralph Lamarch. Évidemment, les témoignages que nous avons entendus viennent un peu éclairer notre lanterne, mais il nous reste à décider qui des deux a raison. Nous allons délibérer et nous vous ferons connaître notre décision dans les meilleurs délais. Merci messieurs.

Olivier, suivi de Raoul, se dirigea d'un pas ferme vers la sortie. Au moment de franchir la porte, il croisa Ralph qui lui servit un regard de vautour épiant sa proie.

— *Oliver,* dit-il, *tou* ne seras pas capable de me *fire**. Un jour, tu vas payer.

Sans répliquer, Olivier sortit. Derrière lui, Raoul allait répétant: «Ça dépasse l'imagination...»

---

* Expression tirée du verbe anglais «fire», mettre à la porte.

Chapitre 23

Olivier prit place devant Raoul qui venait de le convoquer à son bureau.

— Tu devines un peu pourquoi je veux te parler.

— Oui, je pense, tu as reçu des nouvelles du renvoi de Ralph.

— Exactement. La Commission t'a donné raison. Tu as gagné. Ils ont recommandé le renvoi de Ralph.

Visiblement soulagé, Olivier se renversa dans le fauteuil en émettant un large sourire.

— Enfin, c'est pas trop tôt! Je ne suis pas fâché. Si je n'ai pas réussi à lui montrer à parler français, au moins j'aurai réussi à débarrasser le Bureau des langues de cet énergumène.

— Oh! ne chante pas victoire trop vite, Olivier. Il faut que tu t'habitues aux mystères de la Fonction publique. Je ne sais pas par quelle manigance, mais Ralph a réussi à faire renverser le verdict de la Commission. Demain, il sera donc en classe et tu devras l'endurer jusqu'au test. On n'a pas le choix. Ça dépasse l'imagination, et même encore.

Blême comme une nuit blanche, Olivier était frappé de mutisme. Après un silence coulé dans le béton, il finit par s'exclamer:

— Comment, renverser le verdict? C'est absolument inadmissible!

— Crois-le ou non, voici la lettre que j'ai reçue. Tu peux lire toi-même.

Olivier, les yeux écarquillés de surprise, lut la courte missive. Raoul avait raison. Ralph revenait en classe sans tambour ni trompette. De rage, Olivier jeta la lettre sur le pupitre.

— Non, ce n'est pas vrai. S'il revient, je quitte la classe, Raoul. Trouve un autre professeur. Moi, c'est fini. Je suis tanné de faire rire de moi.

Raoul fixa son professeur pendant un long moment avec un sourire énigmatique.

— Alors, tu t'avoues vaincu devant de telles manigances? Tu recules, tu ne relèves plus le défi? Réfléchis bien, Olivier, si tu quittes la classe, Ralph va se croire doublement victorieux. Non seulement il n'est pas renvoyé, mais c'est toi qui sautes. Comprends-tu? C'est ta défaite et sa victoire.

— Ce n'est pas ma défaite. C'est ma façon à moi de protester contre une telle injustice. Il y a des ministres qui démissionnent pour moins que ça lorsqu'il ne sont pas d'accord avec le gouvernement.

— Bien sûr, mais par contre, je n'ai pas d'autre prof pour te remplacer. Oh! je peux bien en nommer un d'autorité, mais c'est là une mesure extrême que je n'aime pas prendre. Si tu acceptais de bon gré de rester, ça me simplifierait la tâche. Et toi, surtout, tu montrerais que tu sais faire face à la musique. Tu resterais debout devant Ralph, comme un homme. Il sentirait que tu ne cèdes pas devant lui et ses fourberies. De toute façon, il va rater son test. Ce sera une façon de te donner raison et de l'emporter sur lui. Alors quelle est ta réponse?

— Je vais réfléchir. Je te demande jusqu'à demain.

Et Olivier sortit du bureau avec la délicatesse et la discrétion d'un volcan en éruption.

Chapitre 24

Selon une certaine tradition, si l'on pouvait parler de tradition au Bureau des langues, chaque classe devait un jour ou l'autre effectuer un voyage à Québec ou à Montréal pour mettre à l'épreuve son français en terrain francophone, dans la vraie vie, avec de vrais parlants français comme on disait, toujours dans le même jargon de professeurs. L'Outaouais était considéré comme un territoire trop bilingue.

Malheureusement, dans la plupart des hôtels de la capitale ou de la métropole, les préposés à la réception, les femmes de chambre, les portiers, en un mot tout le personnel s'empressait de répondre en anglais, la langue de l'Amérique du Nord, aussitôt qu'on percevait le moindre accent chez un étudiant. Comme ces voyages occasionnaient des dépenses importantes, la Direction générale décida de couper ce programme.

Mais la tentation de «sortir» restait très grande pour chaque professeur et chaque étudiant. On rêvait à la fameuse sortie comme des enfants rêvent à des jouets. La tradition du voyage à Québec ou à Montréal étant morte, on se hâta d'en établir une autre: le séjour au lac Simon.

C'est Helen qui commença à faire courir la rumeur. Celle-ci s'enfla, souffla dans toutes les imaginations, déferla en tous sens. Le groupe 742, comme les autres, allait avoir sa «sortie» lui aussi, tout indiscipliné qu'il fût.

Helen approcha d'abord Mariette qui mordit à l'hameçon avec appétit. Lorsque la rumeur chatouilla le tympan d'Olivier, celui-ci déchanta rapidement. Passer trois jours avec le groupe 742 risquait d'être une épreuve de taille et même de tourner à la catastrophe. Et pour tout dire, Olivier qui avait connu les nombreuses sorties «culturelles» ou «historiques» du secondaire qui, le plus souvent, tournaient au pique-nique, et n'avaient finalement rien de culturel ni d'historique sauf les souvenirs rocambolesques de nuits blanches infernales, de «voyages» en coulisse et même de beuveries, enfin pour tout dire et bref, Olivier ne croyait pas aux bienfaits linguistiques de telles expériences.

Il reçut la première rumeur avec un grand revers de la main qui risqua de l'envoyer au beau milieu du lac Simon et de l'y noyer. Mais la rumeur, tel un ressac incessant, vint battre encore et encore contre sa résistance. Ralph émit l'idée qu'à la rigueur on pouvait bien se passer du professeur en titre, mais Dave le rabroua vertement. Finalement, avec la complicité de Mariette, les étudiants réussirent à traîner Olivier à une réunion de toute la classe.

Dès le début de la réunion, Olivier sentit tout de suite que certains étudiants comme Amraj, Sagana et Kioto n'étaient pas les plus mordus par une telle excursion multi-bilinguo-culturelle. Même Ralph ne semblait pas très chaud. Mais la ferveur d'Helen appuyée par Dave, Wallech, Nancy et Betty, enflammait toute la classe. Même les plus froids s'attiédissaient bien malgré eux.

— Nous allons parler *le* français tout le temps, *Oliver,* affirma et promit solennellement Helen, même dans nos *dreams* si tu veux, ajouta-t-elle en appuyant ses dires par un retentissant clin d'oeil qui aurait pu éborgner un amateur dans le domaine.

— Non et non, répliqua Olivier, je connais ce genre de sortie. Vous êtes neuf et nous sommes seulement deux professeurs. Inévitablement, vous parlerez anglais.

— Mais non, lança Dave en caressant son opulente moustache, les hommes vont aller avec Mariette et les femmes avec toi. Comme ça, *pas de chance* de ségrégation de sexes et nous allons être certains d'être toujours avec un prof et de parler français.

— Bon, bon, admettons que ça marche, mais qu'est-ce qu'on fera de spécial au lac Simon pour pratiquer le français que nous ne pouvons faire ici?

— Mais voyons, *Oliver,* ici c'est la classe. Tu comprends? Il faut pratiquer notre français dans un milieu *plous natourel.* Il y a la neige. On peut faire *des* raquettes, *du skiing de fond,* du *down hill.* À la fin de janvier, on a *besouin de l'air.* On pourrait faire des marches autour du lac en parlant français à *boutons rompus.*

— À quoi?

— C'est une expression que le prof suppléant nous a montrée. À *boutons rompus,* c'est pas correct?

— Tu veux dire à bâtons rompus. Voilà, je l'écris au tableau. À bâ-tons rom-pus.

— *Well, anyway,* boutons ou bâtons, on pourrait faire plusieurs autres choses. On pourrait faire un party, suggéra Helen en replaçant sa perruque rose, les yeux pétillants d'appétit. On pourrait danser des danses québécoises, canadiennes et aussi... des slows, murmura-t-elle en appuyant sur le dernier mot.

— On pourrait jouer à des jeux de société et une course au trésor, hasarda timidement Mariette qui se sentait en conflit avec son collègue, situation inconfortable à souhait pour elle.

— On pourrait avoir une discussion devant le *fireplace,* insinua Ralph en faisant grincer sa voix rocailleuse.

Olivier fit mine de réfléchir un bon moment, mais sa décision était déjà prise.

— Bon d'accord, je suis d'accord pour aller au lac Simon, puisque je suis le seul de mon côté. Si je comprends bien, tout le monde veut venir?

Il espérait que sa question sèmerait la dissension chez les étudiants. Son regard plana de l'un à l'autre avec un sourire retenu.

— N'est-ce pas Amraj?

— Si tous les autres sont d'accord, je *souis* d'accord, prononça l'Indien, retranché derrière son masque d'impassibilité.

— Sagana?

— Comme Amraj.

— Kioto?

— Moi comme Amraj et Sagana.

La classe éclata de rire. C'était vraiment admirable de voir comment des adultes fabriquaient de toutes pièces leur belle unanimité!

— Helen, Ralph, Wallech, Nancy et Betty, je suppose que ce n'est pas nécessaire de vous le demander. Donc, c'est décidé.

— Tous les étudiants y vont et les deux professeurs, coupa Dave. Bravo!

Tout le monde applaudit de satisfaction ou... de résignation. Avec un sourire chargé de malice, Olivier déclara:

— Moi, je me charge de la discussion.

— Je ne *souis* pas *sourpris,* crécella Ralph.

— Moi, les jeux de société et la course au trésor, renchérit Mariette enfin soulagée.

— Moi, les danses, trompetta Helen, radieuse et sur le point de perdre sa perruque sous une bouffée d'enthousiasme.

— *Oliver,* apporte ta *guitar,* c'est obligatoire, lança Wallech que tout ce brouhaha venait de réveiller. Moi, je vais apporter mon accordéon et Ralph son harmonica.

— Moi, je vais apporter *mon cornemiouse, my bag pipes,* déclara Dave en allumant son cigare par distraction, mais personne ne sembla s'en rendre compte. Un Britannique peut aussi être Écossais sur les bords, mes amis.

— Ça va être merveilleux, *Oliver,* éclata Helen, *marvelous!*

À la sortie de la réunion, Olivier se pencha vers Mariette pour lui glisser dans l'oreille:

— Je leur réserve une petite surprise dont tu me diras des nouvelles.

— Quoi?

—Ah! ça c'est mon secret.

Et il s'éloigna en esquissant un pas de danse.

Toutes permissions en poche, le lundi suivant, Mariette et Olivier se retrouvèrent avec toute la classe au lac Simon au début de l'après-midi. Après le dîner, on partit faire une longue promenade en raquettes autour du lac et dans les environs. Il faisait un soleil tendre et caressant. L'hiver s'enivrait de ses neiges folles qu'un vent léger agitait selon ses caprices.

Mariette était entourée d'une cour d'hommes dont le plus empressé était, bien sûr, Dave, toujours près d'elle et l'entretenant sans cesse de mille et un riens. Wallech et Ralph suivaient en parlant un français qu'ils émaillaient de mots anglais avec un art consommé. Heureusement, les odeurs de Ralph sommeillaient sous l'action du froid. Kioto et Amraj, empêtrés dans leurs raquettes, fermaient la marche dans le plus grand silence, tout occupés à se battre contre une neige traîtresse qui cédait sans crier gare sous leur poids.

De temps à autre, Mariette quittait son chevalier servant pour animer un peu la conversation avec Amraj et Kioto. Ce n'était pas facile de les faire parler ces deux-là. Kioto ne pouvait maîtriser un fou rire irrésistible à se voir caler ainsi à chaque pas. Amraj, enfoncé jusqu'aux genoux, gardait son visage de sphinx outragé. Chaque fois, on se portait à leur secours.

Derrière eux, Olivier devait subir les assauts répétés d'Helen qui n'avait jamais accepté leur rupture. Sa perruque rousse allumait un incendie dans le mystère blanc de la neige. Nancy et Betty avaient de la peine à suivre tandis que Sagana se tenait un peu à l'écart, renfermée dans son admiration discrète de la nature. Nancy, même en marchant, rêvait à son tricot. Tout comme Mariette, Olivier tentait de se libérer pour entretenir la conversation avec les autres étudiantes et, tout comme elle, obtenait peu de succès. À son approche, Betty se refermait comme une huître et Sagana en perdait tout son français.

Sur le chemin du retour, tout à coup, sans avertissement, Ralph pelota une balle de neige et la lança à Mariette par taquinerie. Dave répliqua et atteignit Ralph en pleine poitrine. Personne ne vit la lueur qui traversa le regard de ce dernier. Helen, à son tour, fit la même taquinerie à Olivier. Celui-ci y répondit par une balle qui rata sa cible pour frapper de plein fouet Betty sur une fesse. Celle-ci répliqua, mais Olivier se pencha et Ralph la reçut en pleine figure. Cette fois, Mariette saisit la lueur; mais il était trop tard.

Déjà, les balles s'entrecroisaient en un joyeux ballet qui obligeait les uns à se jeter dans la neige, les autres à se réfugier derrière un arbre et tout le monde à faire des prouesses qui faisaient jaillir des éclats de rire de tous côtés. Mais de minute en minute, les lancers se faisaient plus précis, plus durs. Rapidement, on en vint à une véritable guerre rangée.

Une furieuse bataille s'engagea. Après quelques lancers, Mariette, Helen et Olivier rendirent les armes pour aller rejoindre les pacifiques comme Kioto, Amraj, Nancy et Sagana.

Olivier se rendit compte alors que les forces en présence étaient devenues inégales. D'un côté Ralph, Betty et Wallech s'en donnaient à coeur joie contre Dave qui se retrouvait seul de son camp. Les balles de plus en plus grosses et de plus en plus féroces volaient d'un côté comme de l'autre.

Réfugié derrière un arbre, Dave narguait ses adversaires et les défiait en lançant de gros rires qui faisaient rouler des échos jusque dans les collines environnantes. Ses ennemis l'encerclèrent bientôt et déclenchèrent un feu nourri. Quelques balles plus tard, Dave n'en pouvait plus. Incapable de se ravitailler en munitions, il dût subir un barrage à l'emporte-pièce. Ses adversaires, l'oeil allumé d'une mauvaise flamme, l'assaillaient sans merci. Les balles l'atteignaient dans le dos, au cou, à la figure. Il cria grâce: il se rendait, déclarait forfait. Mais les assaillants étaient devenus sourds et le bombardaient avec férocité. Avec une lueur de sang dans les yeux, Ralph s'élança et l'atteignit en plein sur l'arcade sourcilière. Dave tomba à genoux, s'emprisonnant la tête entre les mains. Prostré dans la neige, ses éclats de rire grinçaient des dents.

Olivier se rendit compte que ce n'était plus un jeu. Les trois mousquetaires se vengeaient sur Dave. Ils écrasaient à chaque balle de neige sa vanité, son complexe de supériorité, ses forfanteries. Même dans les regards de Kioto et d'Amraj crépitaient des étincelles de jouissance à la vue de ce spectacle.

Olivier, en une fraction de seconde, se revit petit garçon, grand défenseur des faibles et des filles, et il se jeta dans la mêlée. Il bouscula Ralph et s'offrit à la mitraillade de Wallech et Betty. À son tour, il se retrouva seul contre trois. Une répétition de la bataille des plaines d'Abraham. Il fut couché dans la neige sous une pluie de balles projetées à bout portant et à toutes forces. Contre lui aussi, on s'en donnait à coeur joie. Ralph faisait d'une pierre ou d'une balle deux coups: Dave et Olivier en même temps, quelle aubaine! Il n'allait pas rater ça. Il sentait toute sa frustration des derniers mois remonter à la surface et exploser d'un coup dans sa tête. Il vit rouge et visa à la tête d'Olivier qui reçut la balle en plein front.

On avait oublié Dave qui en avait profité pour se faire de nouvelles munitions. Il attaqua. C'était au tour d'Olivier de voir rouge. Il fonça. Mariette, Helen et Sagana venaient de comprendre ce qui se passait réellement et elles hurlaient le cessez-le-feu. Les combattants n'entendaient rien. Betty reçut une balle en plein sur le nez et battit en retraite.

À deux contre deux, la bataille devenait égale. Olivier attaqua avec fureur droit sur Ralph qui recula, repu de vengeance et tenaillé à son tour par la peur de se faire donner une raclée. Wallech voulut faire croire à une espièglerie et arbora le drapeau blanc. Beaux joueurs, Dave et Olivier laissèrent tomber les balles qu'ils s'apprêtaient à projeter. Ce fut la trêve.

Il y eut un silence oppressant. Chacun comprenait trop bien ce qui venait de se passer sous les allures innocentes d'une bataille de boules de neige. On avait réglé des comptes. À bout de souffle, les yeux encore allumés par de mauvaises flammes, les belligérants se toisaient en se jetant des sourires jaunes pour sauver les apparences. Mais personne n'était dupe.

On rentra au camp dans un silence de plomb.

Après un excellent souper, le programme prévoyait des jeux de société. Mariette anima le tout avec doigté et on s'amusa fermement malgré la fatigue. Ralph enfila des verres toutes la soirée. Il semblait avoir des provisions inépuisables. Vers minuit, chacun se retira dans sa chambre après avoir lancé de vibrants *bonne soir* et bonne nuit dans les deux langues.

Olivier allait glisser dans un sommeil profond lorsqu'il crut entendre de petits coups discrets à sa porte. Interdit, il tendit l'oreille. Les trois petits coups se firent plus insistants. Il se leva et alla ouvrir. C'était Helen.

— Allô, chéri. Je t'ai *attendou depouis* une heure. *Tou* ne viens pas dans ma chambre, alors je viens. Il faut en profiter, tu ne penses pas?

— Allons, Helen, ce n'est pas le moment. Pas ici. Et puis, je t'ai dit que nous perdions notre temps. Il faut cesser.

Helen laissa monter quelques larmes à ses yeux qui auraient pu être du meilleur effet avec un autre qu'Olivier.

Celui-ci remarqua qu'elle ne portait pas de perruque et que ses cheveux avaient dans la pénombre une couleur douteuse, flottant entre le jaune et l'orange. Elle tenta d'entrer, mais Olivier repoussa la porte légèrement.

— Tu n'y penses pas, Helen. Allons, retourne dans ta chambre et, si tu en as vraiment envie, demande à un autre homme; ça ne manque pas ici.

— Mais c'est toi que je *vou, Oliver.* C'est toi, *honey. J'ai envie fou* de parler *le* français avec toi toute la nuit, *tou* comprends?

— Non, Helen, c'est mon dernier mot. Va dans ta chambre. Sois raisonnable.

Et il ferma doucement. Pendant un long moment, Helen resta collée contre la porte, puis Olivier l'entendit s'éloigner. Il put enfin respirer et s'appliqua consciencieusement à retrouver le sommeil. Il allait enfin y parvenir lorsqu'on frappa à nouveau à sa porte.

— Encore! Celle-là, je vais la reconduire dans sa chambre avec des tapes sur les fesses; elle ne pourra plus s'asseoir pendant une semaine.

Il avait verrouillé sa porte. Il décida donc d'attendre, de ne pas répondre et de la laisser ainsi poireauter dans le corridor jusqu'au moment où elle renoncerait.

On répéta les coups suivis d'un long silence. Puis il crut entendre une voix qui ne ressemblait pas à celle d'Helen.

Intrigué, il se leva sans faire de bruit et s'avança vers la porte. La voix murmurait son nom. Il se résigna à ouvrir. Dans l'obscurité, il ne reconnut pas tout de suite son visiteur importun, mais lorsque la silhouette fit un pas, un rayon de lune la frappa et il ouvrit de grands yeux: Mariette. Elle était en larmes et tremblait de tout son corps.

— Mariette? Qu'est-ce qui t'arrive?

Elle était incapable de parler. Il la saisit par un bras et lui demanda de répondre à ses questions par des gestes seulement.

— Est-ce que quelqu'un a essayé d'entrer dans ta chambre?

Elle fit signe que oui.

— Dave?

Sa tête fit signe que non.

— Ralph?

Elle réussit à prononcer un petit oui chevrotant.

— J'ai peur, Olivier. Il est bien capable de me brutaliser, cet ivrogne. Il a continué à boire dans sa chambre. Heureusement, j'avais verrouillé ma porte. Je n'ai pas ouvert. Il est reparti. Alors, je suis venue te voir. J'ai peur. C'est ridicule, je sais, mais j'ai peur de lui.

— Mais qu'est-ce que tu veux que je fasse? Tu ne peux tout de même pas dormir dans ma chambre ou moi dans la tienne.

— Tu... Tu pourrais... peut-être aller lui parler, le mettre en garde, lui dire quelque chose, je ne sais pas, moi.

— Je risque plutôt qu'il m'envoie au diable. C'est délicat de me mêler de ça, tu sais. Surtout moi, je ne peux pas dire qu'il me blaire. Et dans l'état où il est, c'est inutile de tenter de le raisonner. Non, je pense que le mieux à faire c'est de retourner dans ta chambre, de verrouiller et de dormir bien tranquille. Il ne peut tout de même pas défoncer ta porte; il réveillerait tout le monde.

Mariette demeura silencieuse un long moment.

— Oui, je crois que tu as raison, Olivier. Je me suis affolée un peu trop vite. Mais surveille dans le corridor et n'entre pas dans ta chambre avant que je n'aie verrouillé ma porte. C'est promis?

— Bien sûr, bien sûr. Allez!

Olivier allait se rendormir lorsqu'il entendit des pas qui glissaient, se traînaient, quelqu'un qui titubait. Pour ce genre de bruit, son oreille saine entendait pour deux.

C'était sans doute Wallech qui descendait à la cuisine ou dans la salle de séjour parce qu'il ne trouvait pas le sommeil. D'une oreille attentive, Olivier suivit les pas et les heurts sourds d'un corps mou sur les murs.

Le sommeil le gagnait petit à petit et il ne pouvait tout de même pas attendre que Wallech remonte à sa chambre. Celui-ci était bien capable de s'endormir dans un fauteuil et d'y passer la nuit. Olivier glissait dans le sommeil une fois de plus, lorsqu'un bruit claqua. Une porte venait de se refermer. Par la fenêtre, il entendit Ralph qui chantait à tue-tête *«allouette, allouette»*. Olivier bondit hors du lit. Une pensée venait de le fouetter: le lac!

Il jeta un coup d'oeil par la fenêtre et aperçut aussitôt une silhouette lourde et titubante qui se détachait nettement dans le clair de lune qui argentait le lac. Olivier enfila ses vêtements à toute vitesse et se jeta dans le corridor, puis dans l'escalier. Ses bottes, son parka et il bondit hors du chalet.

Il se mit à courir en direction du lac. La voix chancelante, déchirée par des éraillements et des dérapages lui parvenait confusément. Des morceaux de *«allouette»,* fouettés par le vent se perdaient dans toutes les directions dans le silence fragile. Olivier arriva enfin sur le bord du lac, mais il était trop tard: Ralph marchait sur la glace en jetant aux quatre vents ses vibrants «alouettes» à faire frémir le plus solide pont de glace. Les douceurs d'un printemps précoce en plein début de février travaillaient déjà sournoisement la glace qui craquait de toutes parts. Olivier, se mit à crier pour avertir Ralph du danger. Mais celui-ci, rendu sourd par son chant débraillé et par le travail de la glace, n'entendait pas. Se porter à son secours, c'était risquer de faire céder la glace et de s'enfoncer avec lui dans l'eau glaciale. Il fallait tout de suite dénicher une perche ou une branche quelconque. Olivier trouva finalement une échelle appuyée contre une cabane à bois et revint sur le bord du lac.

Ralph chantait toujours à tue-tête. Olivier glissa l'échelle devant lui et la poussa lentement vers Ralph, qui tout à coup cessa de chanter, tout attentif aux craquements de la glace. La peur et le froid le ramenait petit à petit à la réalité. Il lança un vibrant «sun of gun» et fit volte-face. Trop tard, la glace céda et Olivier le vit couler puis disparaître complètement. Il poussa l'échelle en continuant à crier. Heureusement, Ralph refaisait surface, s'accrochait à un morceau de glace. Olivier poussa encore l'échelle. Cette fois, Ralph entendait et de toutes ses forces agrippa le premier barreau. Olivier se mit à tirer lentement et peu à peu Ralph réussit à remonter sur la glace solide.

Personne ne semblait avoir entendu les cris d'Olivier. Heureusement, tout le monde dormait profondément après cette journée fertile en émotions.

Revenus au chalet, Ralph et Olivier s'installèrent dans la salle de séjour. Pendant que Ralph se changeait et s'enveloppait dans une couverture de laine, Olivier alluma le foyer, puis prit place en face de son étudiant qui grelottait dans la lueur affolée du feu qui faisait rage. Olivier observait Ralph avec amusement. Qu'il était loin, le petit Ralph goguenard, insolent, qui trompettait son anti-francophonie! Il ne restait plus qu'un gamin, brutalement dégrisé, et qui tremblait des pieds à la tête. Il n'aurait pas soutenu longtemps une discussion dans cet état. Piteux, Ralph fixait le plancher sans oser lever les yeux.

Dans cette pièce, éclairée par les lueurs échevelées du brasier, ils réincarnaient à nouveau les deux solitudes silencieuses de ce pays. Chacun enfermé, emmuré, prisonnier de ses préjugés, de sa langue et de sa culture. Plus étrangers l'un à l'autre que des hommes de race et de pays différents. Il n'avait qu'une seule chose à partager: le silence de leur isolement réciproque. Leurs deux solitudes n'arriveraient donc jamais à se rejoindre, à entrer en contact et à tenter au moins de se comprendre.

Olivier n'avait pourtant pas hésité une seule seconde à se porter au secours de son ennemi personnel. C'était peut-être dans ces circonstances exceptionnelles, dans ces moments privilégiés qu'ils pouvaient enfin se rejoindre, mais dans la pièce on n'entendait qu'un seul dialogue, celui des flammes avec le pétillement des bûches.

Tout à coup, Ralph leva les yeux, fixa longuement son professeur, fit un effort énorme pour réussir à dire:

— *Oliver, tou* m'as sauvé la vie. *Merrci.*

— Ce n'est rien, Ralph, n'importe qui en aurait fait autant. Mais, c'est vrai, tu viens de tutoyer la mort.

Un silence qui leur sembla interminable suivit. Puis Olivier demanda.

— Ralph, pourquoi bois-tu autant? Te rends-tu compte que tu es devenu un alcoolique?

Ralph ne répondit pas tout de suite. Il observa longuement le bout de ses orteils devant le feu.

— *Tou* sais, *Oliver,* j'ai beaucoup de *problem.* Je ne *vou* pas te raconter toute ma vie, mais ma femme veut *me divorcer.* Et je ne sais pas quoi faire sans elle. Je *souis perdou.* Alors, *I drink.* C'est *plous* fort que moi, tu comprends?

Olivier réfléchit un long moment.

— Il faut faire quelque chose, Ralph. Il faut voir les A.A. et subir une cure de désintoxication.

— Oui, bien *sour.* Mais je *souis* pas capable. Je *souis* un homme fini. Alors je me *revenge sour* toi et *sour* tous les autres.

Les deux hommes demeurèrent encore plusieurs minutes en silence, puis Olivier murmura:

— Je tombe de sommeil. Il faut aller dormir, Ralph. J'espère que tu ne seras pas malade.

Celui-ci acquiesca et monta à sa chambre. Olivier put enfin dormir jusqu'au matin.

Il se réveilla troubé par les événements de la veille. Au cours du déjeuner, il observa à plusieurs reprises Ralph amoché qui dévorait des yeux Mariette assise presque en face de lui. De temps à autre, leurs regards se croisèrent et Olivier eut l'impression que Ralph devinait que Mariette lui avait parlé. Ralph ne semblait pas malade. Vraiment, il y avait un Dieu pour les ivrognes!

L'avant-midi passa rapidement. Olivier et Mariette avaient organisé une chasse au trésor. Les messages étaient de longs textes français que chaque coureur devait comprendre avant de passer à l'étape suivante. Les étudiants pouvaient demander l'aide d'un professeur s'ils le désiraient.

Olivier patrouillait les cinq derniers messages lorsqu'il entendit des éclats. Il se dirigea d'un pas ferme dans la direction des voix. Quand il arriva sur la scène de la dispute, il surprit Dave en traint d'engueuler Ralph. Glissée entre eux, Mariette se tenait toute blanche comme une morte. L'engueulade se déroulait dans la belle langue de Shakespeare étranglée par de longues tirades de slang et de cockney.

Olivier tenta de calmer les esprits. Mariette expliqua que la dispute avait commencé lorsque Dave et Ralph étaient tombés ensemble sur le même message et se l'étaient arraché comme des enfants. Les deux belligérants parurent surpris d'entendre cette explication. Ralph qui avait sans doute encore levé le coude un peu trop haut, se remit à déchiffrer le message tandis que Dave partait à la recherche du suivant, mais non sans jeter derrière lui des regards furibonds.

— Évidemment, tu ne m'as pas donné la bonne explication, Mariette. Cette histoire de dispute enfantine, ça ne colle pas. Maintenant, tu vas tout me raconter. Si je devine bien, c'est encore Ralph qui a fait des siennes.

— Eh bien... c'est un peu ça.

— Quoi ça, ça?

— Je t'en prie, Olivier ne me bouscule pas. Depuis la nuit dernière, je suis nerveuse. Je n'aurais jamais dû accepter de venir à cette excursion. Je sens que ça va mal tourner.

— Dave se doute-t-il de quelque chose du côté de Ralph?

— Il ne se doutait de rien peut-être avant... mais maintenant...

— Pourquoi? il a vu ou entendu quelque chose? Parle!

— Voilà, ça ne sert à rien de te le cacher. Il y a quelques minutes, je suis arrivée à ce message. Ralph y était. Il semblait m'attendre. Mais ce n'est qu'une impression; je ne peux pas le jurer. Il m'a demandé de l'aider à déchiffrer le message. Je pense qu'il était entre deux eaux. J'ai eu peur et j'ai voulu m'en aller en lui disant de s'adresser à toi. Alors, il m'a saisie par le bras et m'a attirée vers lui pour tenter de m'embrasser. J'ai crié malgré moi. Je sais, je me suis conduite comme une folle. J'aurais dû garder mon calme et lui parler avec sang-froid pour le raisonner. À ce moment, Dave est arrivé, sans doute attiré par mes cris stupides. Et la dispute a éclaté. Une chance que tu es arrivé tout de suite parce qu'ils auraient pu en venir aux coups.

— Il ne manquait plus que ça, casse-cou! Ah! je l'avais bien dit que ces sortes d'excursions, ce n'est pas du gâteau. Ça va tourner au vinaigre toute cette histoire. Je vais d'abord parler à Dave pour lui faire entendre raison. Je vais essayer de lui faire comprendre que Ralph n'est pas dans son état normal... enfin presque pas. Et puis je vais surveiller Ralph de près. Retourne aux cinq premiers messages, tu ne risques pas de le rencontrer. Tu as de fortes chances de découvrir Wallech en train de dormir sous un arbre, assis dans un banc de neige.

— Dave et Ralph sont en train de me rendre folle. Ah! je n'avais pas ces problèmes avec mes bouts de choux, je t'assure. J'aurais dû rester avec eux. Parfois, en cherchant à améliorer sa situation, on se met le doigt dans l'oeil jusqu'au coude.

— Allons, Mariette, il ne faut pas dramatiser. De retour au Centre, tu demanderas un changement de classe et tout le problème sera réglé. C'est la seule solution d'après moi.

Le soir, Helen pétillait de bonheur à l'idée d'avoir sa soirée de danse. La musique se répandit dans la salle et les tensions s'envolèrent comme par enchantement. Bien sûr, dès le début, Dave s'arrogea le droit d'accaparer sa Mariette qui dut y consentir plutôt que de risquer de subir les assiduités de Ralph. Fouettée par la résistance d'Olivier, Helen se jeta littéralement dans les bras de son ex-amant qui se promettait de faire danser toutes les femmes sans exception, y compris la grosse Betty déjà à demi asphyxiée à la fin du premier slow.

Ralph, bien installé dans ses odeurs et retiré dans son coin, cuvait son whisky. Il n'avait pas encore dansé après une heure. Tout à coup, il se leva en se traînant les pieds et se dirigea en louvoyant vers Dave qui entraînait Mariette dans une valse un peu trop endiablée. Ralph saisit le bras de Mariette et tenta de l'arracher à Dave. Celui-ci le prit par les épaules et le repoussa avec fermeté.

Olivier qui était en train de rendre l'âme en tentant de faire bouger Betty, ruisselante de sueur, s'arrêta pour observer la scène. Il n'eut pas le temps d'intervenir. Ralph avait déjà esquissé un coup de poing qui avait raté Dave de plusieurs centimètres. Furieux, le Britannique ne rata pas sa cible et Ralph s'envola pour venir atterrir dans les bras d'Olivier qui accourait pour limiter les dégâts. Avec l'aide de Wallech, Olivier transporta l'ivrogne dans sa chambre où celui-ci coula aussitôt dans un sommeil de boeuf.

L'incident avait refroidi la soirée. Lorsqu'Olivier redescendit, tout le monde était assis presque en silence. Dave, un peu honteux, s'excusait auprès de Mariette. Pour relancer la soirée, Olivier fit jouer des chansons québécoises, puis des reels de Ti-Blanc Richard. Peu à peu, on forma des couples, puis on se mit à danser des sets carrés. Le tourbillon dura un bon moment, mais sous le poids de la fatigue, tout le monde se retrouva affalé sur des chaises ou à terre, essoufflé, vidé.

Alors Dave s'empara de sa cornemuse et laissa s'exhaler de longues plaintes poussives, mais prenantes, Wallech se mit de la partie avec son accordéon et bientôt Olivier les accompagna à la guitare. Helen, qui commençait à être un peu grisée par l'alcool et par cette musique bâtarde née de l'accouplement monstrueux d'instruments aussi différents, se mit à danser seule au milieu de la place. Bientôt, elle esquissa une danse du ventre. Dave quitta sa cornemuse, éteignit les lumières et, à l'aide de sa lampe de poche, éclaira le ventre de la danseuse. Des applaudissements craquèrent de toutes parts et des encouragements jaillirent. Emportée par la musique et son propre délire, Helen enleva sa chemise pour mettre son ventre à nu. La tête et les jambes coupées par l'obscurité, on ne voyait que son ventre qui se contorsionnait sous la poussée irrésistible de rythmes langoureux. Le claquement des mains la soulevait et la faisait onduler comme une algue folle.

Dave dardait son projecteur sur le ventre pour en explorer les moindres replis, pour en faire admirer les plus subtiles reptations. Le jet de lumière balayait les seins globuleux et le ventre, mais décapitait Helen sans pitié. Le ventre n'était plus qu'un paquet de chair et de muscles qui flottait dans l'obscurité, un morceau de viande offert en pâture aux affamés de la salle. Helen aperçut tout à coup Sagana, blottie dans le noir, et comme pour la défier, elle cambra les reins et le torse, s'enroula sur elle-même, se déroula et la salle éparpilla ses applaudissements.

Alors, elle tomba à genoux, renversa la tête en arrière et fit serpenter son ventre en le secouant de violents soubresauts. D'un mouvement gracieux, elle reprit pied pour se laisser aussitôt couler dans de nouvelles ondulations ventrales du meilleur effet. Olivier et Wallech avaient cessé de jouer et tapaient dans leurs mains à s'en rompre les os. Les femmes semblaient moins apprécier, mais Betty s'en donnait à coeur joie en dansant elle aussi de la bedaine, un vieux rêve qu'elle caressait sans doute depuis sa tendre jeunesse.

Tout à coup, Helen, épuisée, exténuée, s'affaissa de tout son long sur le plancher et demeura immobile sous une pluie d'applaudissements déchaînés. Lorsque le brouhaha mourut, le silence s'installa et, dans ce silence, subitement, presque imperceptible, avec une douceur étrange, monta un chant mystérieux. Alors Sagana s'avança et amplifia son chant qui, pendant quelques secondes, sembla envahir toute la pièce, tous les coeurs et toutes les têtes. Ce chant était triste, mais combien calme, profond et bouleversant! Puis l'Indienne laissa mourir lentement la complainte sur ses lèvres.

Alors, elle se mit à danser en se frappant dans les mains. Fasciné par la belle Indienne, Olivier se servit de sa guitare comme d'un tam-tam pour l'accompagner. La danse dura plusieurs minutes. Tout à coup. Sagana s'immobilisa comme une statue de marbre et les applaudissements fusèrent.

La soirée reprit son cours et se termina sur un rythme effréné. La nuit fut calme et muette comme une classe de débutants.

Le lendemain, la fameuse discussion était au programme. Olivier s'assura que Ralph n'avait plus d'alcool en réserve afin d'éviter d'autres scènes pénibles. Il avait hâte de mettre à exécution sa fameuse surprise.

— Mon sujet de discussion commence par le visionnement d'un film. Je ne vous en dis pas plus. Après le film, on discutera.

Olivier mit en marche le projecteur et sur l'écran apparut le titre: «Quelques arpents de neige». Au début du film, il n'y eut pas de réactions. Mais à partir de la scène de l'attaque des patriotes contre l'armée anglaise, elles se firent de plus en plus vives. On entendit Ralph qui était assez dégrisé pour s'écrier: «It's a shame!» Le film prit fin sur l'image de Bellefeuille, poursuivi par les soldats anglais, qui se flambe la cervelle au moment où il atteint les frontières américaines. Un silence hostile accueillit la fin du long métrage.

Olivier avait préparé des questions de mise en train, mais à sa grande surprise, Dave attaqua sans plus attendre.

— Mon *cherr Oliver,* je ne comprends pas pourquoi *tou* nous as montré *cet* film absolument faux. C'est une provocation. *Cet* film raconte mal l'Histoire. Je ne connais pas très bien l'Histoire du Canada, je dois dire, mais des soldats britanniques n'ont pas fait ça. Ce n'est pas possible. Ce sont des *Quouibécois* révolutionnaires qui ont fait *cet* film.

— Bon, très bien, Dave. Commençons par le commencement. Je vois que vous avez tous été choqués par cette histoire. Alors allons-y franchement et dites-moi ce qui vous a choqué.

— Moi, c'est la scène de l'église, cracha Helen qui n'avait pas encore digéré la rebuffade d'Olivier. Je ne *souis* pas très *religious,* mais ça me révolte. Les soldats anglais, même s'ils n'étaient pas catholiques, ils respectaient toutes les religions. Beaucoup plus que les catholiques, crois-moi. Alors *pourrquoi* inventer cette histoire d'église?

Olivier allait de surprise en surprise, puisque ce fut Amraj qui manifesta de lui-même le désir d'intervenir.

— Aux Indes... anglaises, malheureusement, les Britanniques n'ont pas toujours respecté nos croyances. *Ya ou* plusieurs profanations et pas seulement les vaches sacrées.

Olivier décida de les laisser parler, de les laisser vider leur sac en famille. Ralph qui avait tout de même la gueule de bois semblait ne pas vouloir desserrer les lèvres. Mais il s'anima subitement et lança avec hargne, les yeux comme deux flaques de boue et de sang:

— Moi, c'est la fois où le soldat anglais tue le type *drunked* qui ne sait pas ce qui arrive. J'ai trouvé ça terrible. Dans ce *movie,* on montre les Anglais comme des sauvages, des barbares, c'est complètement faux.

Il y eut quelques sourires en douce et des regards en coin à l'évocation de l'ivrogne par Ralph.

— Les Britanniques auraient pu tuer tous les français! hurla Betty, l'oeil en coup de griffe. À leur place, les

Français auraient *fait l'extermination*. Mais non, les Britanniques nous ont laissé tranquilles. La *rebellion* de 1837 n'était pas *fair*. Ils auraient *diou* tuer tous les *rebels*.

— Tu sembles oublier, Betty, intervint Olivier qui sentait le rouge de la colère lui envahir le front, pourquoi il y a eu cette insurrection. Il y avait des causes économiques et politiques. D'ailleurs même en Ontario, Lyon Mackenzie King a fait la même chose. Ce n'était donc pas uniquement une question de langue ou de race, mais plutôt une relation de colonisateur à colonisé.

— Oui, mais la *rebellion* de Lyon n'était pas sérieuse en comparaison *avec celle* de Papineau et de ses bandits. Elle a été très courte. Celle des Canadiens français a duré des jours et des semaines. Il y a eu plusieurs batailles, des *casualties,* enfin, nous savons tous ces choses.

— Moi, je trouve que les auteurs du film n'ont pas ménagé non plus les Québécois, rétorqua Olivier. Lambert est un bourgeois opposé à la révolution parce que c'est un marchand d'étoffes qui se sent menacé tout en profitant du patriotisme de ceux qui achètent chez lui plutôt que chez un Anglais ou un étranger. Il faut se souvenir que les Québécois avaient alors décidé de boycotter les étoffes britanniques. Et puis prenez le cas de Bellefeuille. Lui-même n'est pas vraiment pour la révolte. Il se fait prendre dans le tourbillon de l'insurrection et en est la victime, mais au fond, il croit que c'est un piège. D'ailleurs Lambert va le dénoncer, ce qui n'est pas très joli entre compatriotes. Et puis, il y a Dandain, le fiancé de Julie, qui pense que ce n'est pas encore le bon moment de prendre les armes. Et le curé, un peu complice de la bourgeoisie commerçante et du colonisateur, qui se prononce contre la violence. Seuls, le Français Victor et quelques autres dont Jacques, le fils de Lambert, sont des purs, des inconditionnels.

— Oui, mais *Oliver,* pourquoi ils ont montré les soldats qui tuent le jeune Jacques avec un *sword*? s'indigna Dave, la moustache perdue dans une barbe toute neuve. Ce n'est pas vrai. Ils ont voulu *alloumer* la haine raciale. Voilà ce que je pense. Dans *cet* film, on peut dire que le *fair play* anglais c'est: «Tirez les premiers, messieurs les Anglais.»

Personne ne sembla comprendre cette allusion ironique à l'Histoire. Olivier l'ignora et répondit:

— Au contraire, je crois que les auteurs du film ont été très discrets sur les atrocités commises par les soldats anglais. Ils auraient pu montrer les pillages et les incendies de villages, les viols peut-être et les interrogatoires des femmes des insurgés.

— Ils auraient *diou,* prononça Ralph de sa plus belle voix rêche assimiler tous ces *Frenchies.* Tout le monde devrait parler l'anglais au Canada. Pas de *séparatizme.* Pas de *bilinguizme.* La paix sociale.

Au grand étonnement d'Olivier, Mariette, blanche d'indignation, intervint pour la première fois.

— À qui le Canada?

Sa question jeta la consternation parmi les étudiants.

— Si les Canadiens ne peuvent pas apprendre la langue de l'autre peuple fondateur par simple orgueil, alors je suggère qu'on se parle en espagnol au pays. Il n'y aura aucune honte à parler une troisième langue.

On aurait pu fendre à la hache le silence qui suivit cette sortie de Mariette. C'était comme si Papineau en personne était apparu au milieu d'eux. On ne l'avait jamais vue dans cet état. On l'en croyait même incapable. Tout empêtrée dans les volutes de sa propre surprise, elle sortit en trouvant comme prétexte qu'elle devait vérifier si le dîner était prêt. La discussion était terminée.

Au dîner, il y avait du vin sur la table: la cuvée des Patriotes. Ce cher Olivier, il pensait vraiment à tout!

Chapitre 25

— C'est la Joconde canadienne.

La femme se retourna. C'était bien elle. Olivier ne s'était pas trompé. Sagana le regarda comme si elle l'attendait depuis toujours, comme si elle savait qu'il viendrait, qu'il serait là, derrière elle, un jour.

— C'est un beau tableau: *le Pin* de Thomson. C'est le tableau canadien le plus célèbre. Mais c'est curieux, je le trouve plus beau en photo. Je pense qu'ici à la Galerie nationale, il n'est pas assez éclairé. On dit que c'est l'expression presque parfaite d'un état de paix et de sérénité et pourtant, quand je le contemple dans cette salle, il me semble sinistre, tourmenté, lugubre. Un peu genre paysage de Van Gogh, vous ne trouvez pas?

Sagana attachait sur lui ses grands yeux marron en dépliant lentement son sourire énigmatique qui pouvait exprimer soit la moquerie, soit l'admiration, Olivier ne pouvait jamais savoir.

— Vous semblez connaître très bien *le* peinture *canadien,* répondit Sagana de sa voix chaude et légèrement voilée.

— Mais ce n'est pas votre avis? Bon, j'admets que dans ce tableau, il y a une certaine lumière, un coloris qui attire l'oeil, bien sûr, mais...

Olivier perdit son idée. Il pouvait difficilement soutenir ce regard qui s'était si souvent attaché sur lui durant les

cours. Et surtout le silence dont cette femme était capable.
Un silence qui semblait inépuisable, qui l'intimidait
toujours. C'était comme si elle posait sur les anglophones
et les francophones le regard incommensurable,
insondable, de l'Améridien, vaincu, humilié, chassé de son
propre pays, toléré dans des réserves, mais qui contemple
encore l'envahisseur du haut de sa sagesse, de sa dignité et
de sa noblesse. Olivier ne savait jamais ce que Sagana
pensait vraiment.

— Vous aimez la peinture? demanda-t-il subitement en
cherchant quelque chose à dire qui ne serait pas trop bête.

— Oui, mais c'est la première fois que je viens *au
National Gallery*. Je ne connais pas tous les *painters*.
Alors, je regarde. Je *souis* un peu *perdoue*.

— Alors, je peux vous servir de guide, si vous voulez.
(Olivier, hors du contexte familier de la salle de classe,
n'arrivait pas à la tutoyer.) Ce sera une bonne occasion de
pratiquer votre français et moi, de me rendre compte de
mon ignorance en matière de peinture canadienne. Car
pour être franc, je ne connais pas grand-chose. Mais je
peux vous communiquer le peu que je sais, si vous le
voulez bien. Et puis, c'est toujours plus agréable de visiter
à deux, n'est-ce pas? Tu... vous ne pensez pas?

Sagana fit un signe qui aurait pu être un oui ou un non,
ou un je ne sais pas. Peu importait au fond. Olivier attira
son attention tout de suite sur un autre tableau.

— Tenez, regardez ce tableau, *le lac Maligne* de Jasper.
C'est un monde froid, vous ne trouvez pas? Tenez, reculez
un peu, vous verrez mieux. Lorsqu'on est collé sur un
tableau, on n'arrive pas à en saisir toute la force.
Regardez, les arêtes sont vives, les verts dominent,
soutenus par les gris. C'est l'hiver canadien dans toute sa
cruauté.

Amusée par les gesticulations d'Olivier, Sagana souriait et
le regardait tout autant que le tableau.

— Vous faites un très *bonne* guide, vous savez.

— Merci. Vous êtes très gentille. Les tableaux de cette salle appartiennent au groupe des Sept. C'étaient sept peintres qui ont amorcé un renouveau dans la peinture canadienne. Je ne sais pas exactement ce qu'ils voulaient faire. Plus de réalisme, je crois. Mais en tout cas, c'était très révolutionnaire à l'époque. Tenez, ce tableau de Thomson, le même peintre que celui du *Pin*. Attendez, je vais voir le titre. *Autum's Garlang,* c'est ça. Est-ce que ma prononciation est bonne?

— *Très bon. Très bon,* fit-elle en jouant au professeur.

— Merci. Cette fois, le rouge et toutes ses gammes dominent. Une chaleur bienfaisante se dégage du tableau, vous ne trouvez pas? C'est l'automne canadien.

— Oui, c'est *chaude,* mais je trouve ça un peu trop comment dire? Un peu trop *molle.*

— Mou? Ah! Je m'excuse. Je ne peux m'empêcher de jouer au professeur. Oui, vous avez raison, ça manque de fermeté. On dirait presque un paysage tropical. Oui, vous avez raison. Parfaitement.

Cette fois, Sagana quitta la première le tableau pour se diriger vers un autre. Olivier admira sa longue tresse noire qui cascadait jusqu'aux reins. L'Amérindienne était plutôt grande et mince: une taille parfaite. Elle avait quelque chose d'altier, de noble dans sa démarche. Un instant, Olivier imagina très clairement la démarche solennelle des chefs de tribus allant à la rencontre des conquérants blancs. Sagana marchait lentement. Elle semblait glisser sur le tapis, mais sans mollesse, sans déhanchement. Un pas ferme et net qui savait où il allait. Elle se retourna vers lui et lui demanda en esquissant un sourire presque enjoué:

— Et qu'est-ce que vous pensez de celui-ci?

Sa prononciation était nette, chantante et cristalline.

— Attendez. Ah! oui. *La drave* de Lawrence Harris. Hum! c'est pas mauvais. Moi ce qui me frappe, c'est la qualité de la lumière sur la neige. Les draveurs sont presque dans l'obscurité, la pénombre comme on dit en français, et puis toute l'attention est attirée sur la lumière dorée du soleil sur la neige. Le peintre idéalise un peu trop le dur travail de la drave. Il veut presque faire oublier les dangers de ce terrible métier.

Sagana demeura silencieuse, contemplative, devant le tableau. Olivier attendait un mot, un commentaire quelconque, mais elle se dirigea plutôt vers un nouveau tableau plus loin, comme si elle avait été attirée subitement par une apparition fascinante. Elle se planta devant le tableau, puis doucement elle recula de quelques pas pour mieux l'examiner. Olivier s'approcha: *Blundun Harbour* d'Emily Carr, lut-il à voix haute. Il recula à son tour, effleura le bras de Sagana. Il ne sut pourquoi, mais il avait failli lui prendre la main ou passer son bras autour de sa taille. C'était idiot. Il se sentit tout à coup mal à l'aise. Heureusement, tout occupée à fixer le tableau, Sagana n'avait pas remarqué son embarras.

À vrai dire, le tableau était frappant. Une lumière très crue n'arrivait pas à éclairer de superbes totems placés de profil au premier plan. Le tout était fortement stylisé. Des couleurs pleines, des lignes très nettes, des contrastes saisissants. Et puis, tout au fond, ce ciel et ce lac qui se confondaient dans une même lumière. Olivier voulut expliquer, mais Sagana prononça d'une voix sourde, presque émue:

— C'est beau. Très beau. Mais... mais ce n'est pas ça.

Olivier n'arrivait pas à percer le sens de ces mots énigmatiques. Bien sûr, l'ascendance amérindienne de Sagana vibrait devant ce tableau. Il lui sembla tout à coup qu'autour de cette femme, blême, figée, d'une beauté marmoréenne, flottaient toutes les légendes amérindiennes qui l'emportaient dans une dérive fantastique au milieu du temps et de l'espace. Puis, après des secondes qui lui parurent des éternités, il trouva la force de lui demander:

— Qu'est-ce qui n'est pas ça?

Les yeux de Sagana se posèrent sur lui, puis retournèrent contempler le tableau. Elle hésitait, fixait l'oeuvre intensément. Elle parvint finalement à rassembler ses idées.

— Ce n'est pas ça, non... Ce n'est pas ma civilisation et *mon* culture. C'est trop stylisé, trop irréel. C'est déformé. Et pourtant... et pourtant... ça me fascine, c'est bien ça? fascine? Ça me trouble même. C'est difficile à expliquer.

Olivier demeura perplexe un long moment, puis il suivit sa compagne qui se dirigeait vers une autre salle. Elle s'arrêta devant un grand tableau dans lequel des arbres immenses écrasaient des maisons fragiles.

— *Paysage à Ahuntsic,* Marc-Aurèle Fortin, lut Olivier. Nous entrons dans la salle des peintres québécois. Vous aimez?

Sagana fixa longuement le tableau, haussa les épaules, puis se dirigea vers un autre tableau. Elle était intriguée par une oeuvre d'Alfred Pellan intitulée *Sur la plage.*

— Ce tableau m'amuse, dit-elle, de sa voix veloutée et profonde. Ça ressemble à *une* totem, tout cet art moderne.

— C'est une confusion des formes et des couleurs, tenta de commenter Olivier. Les courbes sont tourmentées. Les poses des femmes sont obscènes. C'est l'exaltation du voyeurisme mâle, le mâle-taureau comme vous pouvez le voir.

— Qu'est-ce que c'est le *woyeurizzme*?

— C'est, c'est... attendez... c'est difficile à expliquer justement. C'est l'homme qui aime voir des femmes... des femmes nues, voilà.

— Oh! c'est très *courieuse*. Oui, je connais ça, mais je pense que ça n'existe pas chez les Amérindiens.

L'incident du tableau semblait complètement oublié. Sagana souriait comme avant et ne semblait plus troublée par les totems d'Emily Carr. Mais Olivier se demandait si elle lui avait donné la raison véritable de son trouble.

— Tenez, regardez celui-ci, fit-il en lui faisant signe d'approcher. Nous sommes en plein art moderne non figuratif. *La Roue II* de Jean-Paul Riopelle. Il travaille avec une spatule. Il faut surtout admirer l'agencement et le jeu des couleurs. Vous voyez, les rouges font comme une roue qui tourne dans un tourbillon de couleurs... enfin, je veux dire... Moi, je trouve que l'art moderne est très près de l'art amérindien qui stylise la réalité aussi.

— Oui, je *souis* d'accord avec vous un *pou*. Mais je crois que tout ça, c'est beaucoup de barbouillage. J'ai bien prononcé?

— Oui, bar-bouil-la-ge, exactement.

Il vint à Olivier un désir soudain de prendre la main de Sagana et de poursuivre ainsi la visite. Il trouvait qu'ils devaient paraître très gauches, tous les deux, à se balader ensemble tout en cherchant à s'éviter.

— Et celui-là, vous aimez? C'est un Jean-Paul Lemieux. Le titre du tableau, attendez que je lise, *La visite,* c'est ça, *La visite.*

— Non, je n'aime pas vraiment. Les personnages sont trop *stiff,* raides qu'on dit? Les couleurs n'ont pas de vie, les yeux trop petits sont sans expression et les personnages remplissent trop le tableau.

— Bravo, Sagana, c'est toute une analyse de tableau! Tu commences à devenir un connaisseur.

Sagana étala son sourire chaleureux et subitement, sans qu'Olivier s'y attende, elle lui tendit la main.

— *Tou* es très gentil, *Oliver,* mais je ne *souis* pas une *connaisseurr.*

Le tutoiement leur était venu tout naturellement.

Interloqué, il laissa un long moment la main suspendue dans le vide. Au moment où Sagana la laissa retomber, il la prit fébrilement et la serra dans la sienne. Ils n'eurent pas le temps de se sentir embarrassés, car ils furent noyés dans un groupe de touristes qui les entraîna vers la salle suivante. Le guide s'arrêta devant un tableau.

— Voici *La Ferme* de Cornelius Krieghoff. Ce peintre n'était pas canadien, mais il avait adopté notre pays. Il a tendance à idéaliser le travail du paysan québécois. Regardez cette lumière dorée qui se pose sur tous les personnages, sur les bêtes, sur la neige, sur la maison et surtout l'éclairage presque irréel qui irradie de toute la toile...

Olivier et Sagana s'attardèrent un petit moment à écouter les explications du guide, une jeune fille très blonde qui relata d'une salle à l'autre l'histoire de la peinture canadienne, surtout le romantisme du XIXe siècle. Puis ils sortirent lentement pour emprunter l'escalier.

— As-tu visité les autres étages? demanda Olivier.

— Oui, j'ai terminé, on peut descendre.

Au magasin du rez-de-chaussée, ils examinèrent les différents livres sur la peinture canadienne et les autres pays. Sagana acheta un livre sur l'art amérindien et Olivier un album de reproductions sur le groupe des Sept et une plaquette sur Pellan. En sortant, il l'invita à prendre quelque chose dans un restaurant et elle accepta de bonne grâce.

Dehors, il faisait un vent gris accompagné d'une pluie morne en plein début de février.

Olivier se félicitait d'avoir résisté encore une fois à l'invitation d'Helen qui voulait passer ce dimanche avec lui. Le hasard avait bien fait les choses puisqu'il se trouvait maintenant avec Sagana qui le fascinait depuis la première leçon qu'il avait donnée dans sa classe.

— Je suppose que ta mère est Amérindienne et ton père Anglais? lui demanda Olivier en sirotant un café fumant.

— Mon père est Irlandais et non pas Anglais, c'est très différent, je crois.

— En effet, c'est presque le jour et la nuit si l'on en juge par ce qui se passe dans l'Ulster actuellement.

— Mon père est *venou en* Canada surtout pour faire de l'argent. Il n'a pas été chanceux. Il a fait la *gold rush* dans l'Ouest, tu connais? Mais il était trop tard. Plus d'or.

— Bien sûr, la ruée vers l'or. Et comment a-t-il rencontré ta mère?

— Dans un petit village, au nord de l'Ontario. Mon père est *devenou* amoureux *crasy* de ma mère en la voyant. Il voyageait vers l'Ouest à ce moment. Alors il a demandé ma mère en mariage le jour même en lui disant qu'il était pour devenir très riche et elle a accepté tout de *souite*. Pas seulement à cause de l'argent, car elle l'aimait *sincerely,* je crois. Je *souis* né quelques années plus tard, plusieurs années, il faut dire. Mes parents avaient déjà dix enfants et ils étaient très pauvres.

— Tu sais, Sagana, j'aime beaucoup ton nom.

— Ah! oui, et *tou* sais ce que ça veut dire?

— Non, je n'en ai pas la moindre idée.

— Ça veut dire *world of mind.*

— Le monde de l'esprit? C'est très beau. Ça te va comme un gant.

Le silence s'installa. Olivier chercha quelque chose à dire.

— Et comment es-tu devenue fonctionnaire au fédéral?

— Mon père n'a jamais voulu vivre sur une réserve. Il voulait faire de nous des Blancs. Il a travaillé le reste de sa vie dans une petite mine du Nord de l'Ontario. Je *souis* allée à l'école, *pouis* j'ai commencé à travailler comme secrétaire dans un *bioureau du* gouvernement. J'ai monté petit à petit l'échelle au ministère des Affaires indiennes. Maintenant, je *souis* responsable de programmes et je gagne un bon salaire.

Olivier sentait la réticence de Sagana à se raconter davantage. Aussi il hésitait à poser la question qui le travaillait depuis qu'il la connaissait.

— Et comment te sens-tu... je veux dire... Canadienne ou Amérindienne?

— Je donne beaucoup d'importance à mon origine amérindienne, à ma *coulture,* mais j'ai décidé *plous* ou moins de m'assimiler aux Blancs pour faire mon chemin dans la vie. C'est *plous* facile, je pense.

La conversation tomba et ils sirotèrent en silence le restant de leur café. Une autre question brûlait les lèvres d'Olivier, mais il ne savait trop comment la formuler. Leurs regards se croisèrent. Sagana semblait deviner.

— *Tou* as une autre question pour moi?

— Hum! oui et non. Tout à l'heure devant le tableau avec les totems, tu te rappelles, je n'ai pas très bien compris ta réaction. Mais ce n'est pas important, si tu ne veux pas en parler.

Il se sentait déjà maladroit d'avoir posé cette question. Sagana garda le silence un long moment en jouant avec sa longue tresse qui flottait sur son épaule.

— Bon, je vais te dire. Je connais le village sur le tableau. Quand *j'étais* dix-sept ans, j'ai rencontré un jeune Amérindien dans *cet* village. Nous sommes tombés amoureux tout de *souite l'un avec l'autre.* Mon père ne voulait pas que je me marie avec lui, avec un Amérindien, je veux dire. Il voulait que je marie un Blanc pour assurer mon *futur.* Alors, il m'a empêchée de le voir. Peu de temps après, on a retrouvé le cadavre de ce jeune homme dans le lac que l'on voit sur le tableau. On ne sait pas si c'est un accident ou *une...* enfin.

— Tu veux dire un suicide?

— Oui, peut-être un *souicide,* mais peut-être aussi...

Elle laissa sa phrase suspendue dans le silence. Olivier n'insista pas.

— C'est presque l'histoire de Jack Monoloy.

— Qui?

— Une chanson de Gilles Vigneault. Je te la ferai entendre un jour.

Sagana se leva et Olivier l'aida à passer son manteau. Il cherchait un moyen de la revoir.

— Qu'est-ce que tu dirais si je t'invitais justement au spectacle de Vigneault, la semaine prochaine? Ce serait une bonne occasion pour toi de connaître davantage la culture québécoise. Qu'est-ce que tu en dis?

Les yeux marron avaient déjà dit oui bien avant la fin de la question.

Chapitre 26

Sagana l'attendait. Un léger maquillage rehaussait sa beauté saisissante. Olivier ne put s'empêcher de déposer deux baisers sur chacune de ses joues. Elle ne parut pas surprise comme si ce geste avait été tout naturel. Elle avait dénoué sa tresse et sa chevelure opulente flottait mollement sur ses épaules. Elle était prête.

Dans la salle de l'opéra du Centre national des Arts, une foule impatiente attendait le grand chantre de l'âme québécoise, Gilles Vigneault. Avant que le rideau ne s'ouvre, Olivier prit doucement la main de Sagana; ils se regardèrent l'instant d'une seconde, mais déjà l'éclairage faiblissait, la musique prenait son envol, la salle éclatait en applaudissements et le grand Vigneault, crinière au vent et calvitie fringante, surgissait sur le rythme endiablé de *la danse de Saint-Dilon*.

Pendant toute la première partie, les grands succès de Vigneault enflammèrent la salle qui croulait chaque fois en ovation: *Jack Monoloy, Gros Pierre, Jos Montferrand, La Manikoutai* et bien d'autres se succédèrent avec un égal bonheur. Un vrai feu roulant. Bientôt les lumières s'ouvrirent alors que le rideau tombait et ce fut l'entracte. Olivier délaissa la main douce et chaude de sa compagne et ils se retrouvèrent dans le hall près du bar pour déguster une consommation.

La deuxième partie du spectacle se déroula dans une tout autre atmosphère. Des monologues entrecoupés de chansons explorèrent le sujet à la mode: le référendum. L'option du chansonnier ne faisait aucun doute et en plein coeur d'Ottawa, la capitale canadienne, son indépendantisme et son option pour le OUI reçurent un accueil mitigé.

Tout à coup, outrées et vexées par les propos de l'artiste, quelques personnes ici et là, se levèrent et quittèrent la salle en signe de protestation. L'un d'entre eux frôla le coude d'Olivier en proférant à voix sourde: «C'est une honte. On devrait interdire...» Des huées chuchotées soulignèrent leur sortie. Une partie de la salle n'en continua pas moins d'applaudir à toute volée chaque monologue et chaque chanson. Pour terminer, Vigneault s'était réservé *Mon pays* qui dans le contexte politique prenait une nouvelle force. L'impact fit vibrer toute la salle qui se leva comme un seul homme pour acclamer le poète. En rappel, Vigneault entonna *Les gens de mon pays* et l'auditoire l'enterra sous un tonnerre d'applaudissements. Arrivé aux derniers mots *vous parler de liberté*, ce fut le délire.

Olivier sentit un frisson lui parcourir le dos. On applaudissait à tout rompre, on criait, on scandait le mot liberté. Puis on entendit d'abord quelques faibles oui fuser des quatre coins de l'auditoire, ensuite un bouquet de oui se mit à fleurir un peu partout par bouffées et tout à coup, quelqu'un lança un vibrant *Vive le Québec libre!* Parmi toute cette foule composée surtout de fonctionnaires fédéraux et de francophones fédéralistes, peu semblaient comprendre ce qui arrivait. Ils applaudissaient à tout rompre, mais quelques semaines plus tard ils iraient voter NON avec la plus fière conviction, pensait Olivier. Alors une bonne moitié de l'auditoire qui applaudissait jusque-là se rendit compte de ce qui était en train de se produire et cessa brusquement. Le feu de paille s'éteignit aussi vite qu'il s'était embrasé. Finalement, il ne s'était rien produit et pourtant, l'instant d'une seconde, Olivier avait espéré quelque chose; il ne savait trop quoi au juste. Une émeute peut-être? À quoi cela aurait-il servi sinon à discréditer le mouvement pour le OUI? Une manifestation éclatante de l'indépendantisme québécois en plein coeur de la capitale nationale? Et pourquoi pas? Au moins, les journaux en auraient parlé. Ou encore un incendie qui aurait embrasé tout le Québec; mais non, il ne fallait pas rêver. Comme d'habitude, ses espoirs étaient frustrés. Toute l'Histoire du Québec était faite de soulèvements qui s'éteignaient aussi rapidement. Le grand feu de paille de notre Histoire. Toujours le même refrain. Il donna la main à Sagana. À la sortie, il acheta un disque de Vigneault.

— Comment as-tu trouvé ça?

— Très bien, mais je ne comprends pas pourquoi des gens sont sortis avant la fin ni pourquoi les cris dans la salle.

— Ceux qui sont sortis étaient sans doute des fédéralistes, des partisans du NON. Ils n'ont pas aimé certains propos de Vigneault, indépendantiste convaincu. Ceux qui ont crié étaient sans doute des partisans du OUI. Voilà. Toi, Sagana, qu'est-ce que tu en penses du référendum?

— Oh! moi, *tou* sais, je *souis* neutre. Comme Amérindienne, j'appartiens à une minorité, j'ai donc tendance à être du côté des Québécois, je veux dire des partisans du OUI. De *plous,* je *souis* moitié-Irlandaise aussi et je *souis* fière comme les Irlandais. Mais je n'arrive pas à me mettre dans la peau d'une option ou d'une autre. Je ne *souis* pas très politisée.

— À la fin, on criait oui, oui au référendum, oui à l'indépendance. Et vive le Québec libre! Je pense que tu connais ces expressions.

— Bien *soûr,* mais je ne comprenais pas ce que les gens criaient.

Ils étaient arrivés à la voiture. Olivier voulut savoir si Sagana avait apprécié le chansonnier.

— J'aime beaucoup les mélodies, dit-elle, mais je n'ai pas très bien compris les paroles des chansons et les monologues. C'était difficile.

— Évidemment, Vigneault utilise beaucoup le vieux français du Québec et avec l'accent en plus, c'est difficile pour toi. Dans les cours, on ne vous habitue pas à ce genre de français. J'ai essayé une fois. Tu te rappelles? Ça faillit tourner à l'émeute.

Olivier la reconduisit à son appartement. Elle l'invita à prendre un verre. Après quelques bonnes gorgées de gin-tonic, il voulut s'approcher et l'embrasser, mais elle se retira brusquement.

— Je m'excuse, Olivier, mais *je veux pas* être malhonnête avec toi. Si j'ai accepté de sortir ce soir, c'est que ça me fait beaucoup de bien. J'en avais *besouin,* crois-moi. Mais avant d'aller plus loin, je dois te dire certaines choses. Je dois être franche avec toi. Il ne faut pas te faire d'illusions.

— Qu'est-ce qu'il y a, Sagana? Je ne comprends pas.

— Avec Helen, toi et elle, ça ne va plus?

— Oh! avec Helen, c'est bien fini. Ce n'était qu'une aventure sans signification. Elle le savait et moi aussi, dès le début. Ça ne pouvait durer longtemps. Nous ne sommes pas faits pour aller ensemble... Je pense... je pense que c'est une femme qui est incapable d'établir un lien profond avec un homme.

— Bon, tant mieux. Les choses sont plus claires comme ça entre nous. Mais il y a autre chose...

— Mais quoi? Tu veux faire ta mystérieuse?

— L'autre jour, à la Galerie nationale, je veux dire après, au restaurant, je t'ai parlé d'un jeune Amérindien que j'ai aimé et qui m'aimait. Mon père ne voulait pas que je marie un Amérindien. Nos parents ont tout fait pour nous empêcher de nous voir. Et ils ont réussi. Alors quelques mois plus tard, on a retrouvé son corps dans le lac du tableau, tu te rappelles?

— Bien sûr, un suicide probablement. C'est bien dommage. Mais j'espère que tu as oublié ce premier amour. Tu ne vas pas rester accrochée toute ta vie à ton passé. Il n'y a rien de sérieux entre nous jusqu'ici, mais il n'y a rien qui nous empêche...

— Ce n'est pas tout. Je ne t'ai pas tout dit l'autre fois.

Elle hésita cherchant les mots et surtout du courage. Il l'observait tentant de deviner ce qu'elle voulait lui dire.

— Lorsque ce jeune Amérindien est mort... j'étais... j'étais *pregnant,* tu comprends, je ne sais pas comment le dire en français.

— Enceinte? De lui?

— Oui.

Olivier demeura songeur un long moment. Sagana l'observait à son tour et n'osait briser le silence.

— Et alors, tu as eu cet enfant?

— Oui, un garçon qui a maintenant six ans. Mon père n'a pas voulu que je le garde. On l'a confié à une tribu dans une réserve. Il sera un vrai petit Indien. Il ne sait pas que je *souis* sa mère. Je vais le voir le plus souvent possible, mais je n'ai pas encore eu le courage de lui dire qui je *souis,* qu'il est mon enfant. Et pourtant, j'espère un jour le prendre avec moi. Tu comprends?

— Bien sûr, c'est tout naturel. Mais je ne vois pas ce que cette histoire peut empêcher entre nous.

— Non, peut-être pas, mais je voulais te le dire avant. Je veux être honnête avec toi. Je voulais connaître ta réaction, tout simplement.

— Au fond, ton histoire, Sagana c'est un peu celle que Vigneault chante dans *Jack Monoloy.*

— Ah! je ne sais pas.

— Mais oui, mets le disque que j'ai acheté, tu vas voir.

Sagana écouta la chanson tout au long et avec attention sans paraître comprendre le sens général. Olivier le lui expliqua et ils sourirent en se rapprochant l'un de l'autre.

— C'est *Jack Monoloy* à l'envers ou presque, ajouta Olivier. Au lieu d'un Amérindien qui ne peut pas épouser une blanche, c'est une métis qui ne peut pas épouser un Amérindien.

Il parla encore un bon moment avec Sagana. À plusieurs reprises, il sentit qu'elle avait encore quelque chose à lui dire, mais qu'elle n'y arrivait pas. Malgré sa joie, son bonheur d'être avec lui, elle semblait nourrir au fond d'elle-même une profonde tristesse. Il ne parvenait pas à s'expliquer son attitude. Cela faisait sans doute partie de son fameux mystère, ce mystère qui le fascinait tellement depuis qu'il la connaissait.

Ils parlèrent encore et encore, très tard dans la nuit. Lorsqu'il la quitta, il l'embrassa tendrement, puis passionnément. Ils savaient dès lors qu'ils étaient tous les deux liés par quelque chose de fort.

Chapitre 27

Helen ouvrit avec un large sourire. Jacques et Mariette entrèrent.

— Mariette et *Jack,* vous êtes très gentils de venir! s'exclama-t-elle de son accent juché sur des talons hauts.

— Tu as eu une excellente idée de faire cette soirée de la Saint-Valentin, Helen. Je pense que ça va être au boutte, lança Jacques sur un ton faussement enjoué.

Tout le monde était presque arrivé et une ambiance folle sévissait déjà. On dansait, buvait, chantait, criait à qui mieux mieux. Helen allait refermer lorsqu'elle aperçut Sagana et Olivier. Son sourire fondit et sa figure s'allongea de surprise. Mais elle réussit à se maîtriser.

— *Oliver,* Sagana, entrez, vous êtes les derniers. Tout le monde vous attend pour commencer.

Helen sauta au cou d'Olivier et l'embrassa en plein sur la bouche comme pour bien narguer Sagana.

— *Bonne Sainte-Valentine, Oliver,* c'est la fête des amoureux, *honey.* C'est notre fête à tous.

Elle ignora Sagana et alla rejoindre les autres invités. Olivier débarrassa sa compagne de son manteau et la prit par la main pour faire le tour des invités. Tous les deux sentaient que leur couple était le point de mire de tous, car pour la première fois, Olivier s'affichait avec Sagana devant tout le monde, ce qui confirmait la rumeur qui courait depuis quelques jours parmi les professeurs et les étudiants. Helen bouillonnait de rage. Elle avait compté qu'Olivier n'aurait pas l'audace de se faire accompagner par l'Amérindienne et qu'ainsi elle pourrait en profiter pour le reconquérir un peu au cours de la soirée. Tout n'était pas perdu cependant. Elle se promettait bien de prendre sa revanche devant tout le monde. Comme Sagana ne savait pas très bien danser autre chose que des danses indiennes, elle en profiterait pour accaparer Olivier le plus possible. Par contre, elle était ennuyée, car, à titre d'hôtesse, elle se sentait obligée de faire danser tous les hommes. Elle devait voltiger d'un invité à l'autre, offrant des verres, et se poser ici et là, tel un papillon, pour butiner quelques commentaires élogieux sur sa soirée. De toute façon, elle n'avait personne pour l'accompagner. Elle pouvait peut-être se rabattre sur Dave, mais il tenterait certainement de mettre le grappin sur Mariette. Une chance que celle-ci était arrivée avec Jacques qui lui servait de chaperon pour l'occasion.

Olivier et Sagana firent le tour.

— Tout le monde est là, je crois, demanda Olivier à Dave.

— Non, Kioto ne vient pas, c'est le seul. À part ça, on est tous là, même Amraj.

Dave lui indiqua l'Indien qui se tenait debout dans un coin du salon accompagné d'une femme très belle et très hiératique, en sari d'un rouge vif. Ce dernier s'avança.

— *Oliver,* je *t'introduis* ma femme, Alissa.

Celle-ci fit une sorte de courbette et Olivier salua du mieux qu'il put, ne sachant trop s'il devait lui baiser ou lui serrer la main ou l'embrasser sur les joues à la québécoise. Il ne réussit qu'à lui effleurer le bout des doigts. Amraj salua Sagana avec solennité.

Ralph aussi était accompagné de sa femme et il commençait déjà à en avoir un peu pas mal dans le nez. Lorsqu'Olivier s'avança, il crut surprendre l'épouse de

Ralph, une grande et forte femme à la chevelure désordonnée, en train de rabrouer son mari en anglais. Ralph ne se gêna pas pour autant d'embrasser Sagana bruyamment sur les deux joues. Il oublia de présenter Olivier à sa femme, mais celui-ci se chargea lui-même de cette formalité.

Olivier allait saluer Betty et son mari lorsque Helen le happa et l'entraîna au milieu du salon pour un slow. Raoul et Nancy, Jacques et Ariane dansaient déjà. Dave en profitait pour tourmenter Mariette qui jetait autour d'elle des regards de détresse.

Helen avait invité tous les professeurs de l'équipe de Raoul et tous les étudiants de sa classe. Malheureusement, son appartement n'était pas assez grand pour recevoir une trentaine de personnes. Julien et Fabienne s'amenèrent à leur tour pour danser.

Quelques danses plus tard, juste devant le stéréo, Fabienne criait à Ariane pour se faire entendre par-dessus la musique et le brouhaha des invités.

— As-tu vu la Suzèle Miss Quelque Chose qui promène en laisse son chien-chien Vincent? Depuis le téléphone du grand drame, ils se sont drôlement réconciliés ces deux-là.

— Il faut dire que Vincent bat de l'aile depuis ce temps. Se faire surprendre en flânant de la sorte dans le lit, c'est pas bon pour la santé mentale. C'est pour le coup qu'il soit devenu impuissant, le pauvre.

— Aurais-tu vérifié, par hasard?

— J'ai pas encore eu le temps... ou le courage.

— C'est drôle, on se parle à tue-tête et personne ne nous entend. On peut dire n'importe quoi sur n'importe qui. À propos je me suis laissé dire que Raoul traîne encore dans les parterres de la Grande Dame et Vincent a un flair du diable pour ces choses. Attention! C'est à suivre. Il y a des grincements de mâchoires dans l'air et des pleurs déchirants.

— Excuse-moi, je n'en peux plus. J'ai mal à la gorge de crier comme ça. Un petit verre ne ferait pas de tort à mes cordes vocales.

À ce moment, Ralph passa près d'elles et les aperçut tout à coup comme s'il voyait la lumière au bout d'un tunnel.

— *Oh! my God, you know what I mean, girls.* J'aime beaucoup les *Quouibécoises, très* beaucoup, croassa Ralph sur un ton de batracien enroué.

Il se pencha vers Ariane, lui souffla un volcan de puanteur en plein visage et plaqua sa main droite sur sa fesse gauche.

— Eh! Ralph, bas les pattes. Enlève ta main, hurla-t-elle en lui décochant un regard tranchant comme un bistouri, pour bien se faire comprendre.

— Ma main? Quelle main? *I'm sorry,* Ariane.

Et il s'éloigna en chantant «pas les pattes, pas les pattes, alouette, alouette» d'une voix pâteuse et en promenant sur les convives son oeil bovin.

— Celui-là, il réussit à puer à dix milles à la ronde même quand il est en propre, proféra Ariane, dégoûtée, en époussetant sa fesse comme si elle venait de tomber dans une talle de poussière fraîche. Il ne pense qu'à s'envoyer une petite *Quouibécoise.* C'est connu, elles sont si faciles, ces petites *natives!*

— Eh! regarde Dave qui bourdonne autour de Mariette, hurla Fabienne. Pauvre Mariette, elle doit être dans ses petits souliers. Je pense que Jacques n'aime pas beaucoup son rôle de chaperon trois étoiles. Il a accepté juste pour se taper toutes les femmes de la soirée et les tasser dans un petit coin noir. Et Dave en profite. Tu parles! Je me demande ce qu'il doit lui raconter, à sa Mariette.

— C'est la même chose pour Helen qui ne voit plus que son Olivier depuis qu'il est arrivé. Elle en oublie son rôle d'hôtesse. Mais elle n'oublie pas de se servir elle-même généreusement. Elle commence à flotter dans ses talons hauts, Miss Perruque.

Affalées sur les bras d'un fauteuil, à deux pas de là, Betty et Nancy pratiquaient leur franglais du mieux qu'elles pouvaient. Allergique à la danse, Nancy avait apporté un chandail qu'elle tricotait tout à l'envers à cause de la demi-obscurité. Betty aurait bien voulu danser, mais le gibier se faisait rare. Pourtant, elle aurait accepté n'importe quelle invitation. Même venant de Ralph.

— As-*tou vou Oliver* avec Sagana? C'est vrai qu'ils sont ensemble maintenant? demanda Betty pour engager la conversation.

— Eh! oui, je *t'assourre* que ça va *exploder* dans un moment si Helen *flirt* avec Oliver. Je pense que Sagana est capable de faire *une scandal*.

Olivier était en train de danser avec Sagana lorsque Ralph tout à coup se hissa jusqu'à eux. Ses yeux hagards cherchaient dans la noirceur.

— *Oliver!* Sagana! *Tonight, I don't speak french. I'm glad to tell you... no French... no French. You know what this means, my dear Oliver?* Je ne sais *plous* parler le français. *I have forgotten it.*

Ralph mettait un peu trop de dièses à ses affirmations. Ça sonnait faux. Olivier sourit et laissa tomber en jetant un regard tendre à Sagana. Il la serra plus fort contre lui et ses lèvres effleurèrent les siennes juste comme ils se glissaient dans l'ombre, pour éviter les regards trop pointus.

Dave avait réussi à s'isoler avec Mariette près de la bibliothèque.

— Mariette, j'ai une *sourprise* pour toi, ce soir. C'est la Saint-Valentin, la fête des *amoureusses*. J'espère que *tou* a bien réfléchi *depouis* ma visite chez toi. Alors, je veux une réponse, mais avant j'ai un petit cadeau pour toi. Ferme les yeux.

— Voyons, Dave, je ne veux pas de cadeau. Ma réponse, c'est non, tu le sais depuis longtemps. Je veux qu'on reste de bons amis, mais oublie ça, je t'en prie.

— Mariette, fais-moi plaisir, ferme les yeux.

— Je ne veux pas fermer les yeux, Dave, je vais m'en aller si tu insistes.

— Bon alors, ne ferme pas les yeux et voici ton cadeau.

Mariette fit mine de se lever, mais Dave la retint tendrement par le bras. Elle gardait les mains fermées. Alors, il déposa la petite boîte sur ses genoux. Mariette la prit et la lui rendit.

— *Tou* ne veux pas l'ouvrir? Alors, je vais le faire.

Il ouvrit et Mariette bien malgré elle jeta un coup d'oeil. Ses yeux s'écarquillèrent d'étonnement: une bague!

— Mariette, accepte cette modeste bague. Je voudrais *te fiancer,* ce soir. C'est la plus belle occasion de ma vie.

Interdite, Mariette ne savait trop quelle attitude adopter. Elle ne pouvait ni accepter ni refuser sans se compromettre ou sans insulter son encombrant soupirant.

— Dave, c'est très gentil à toi. Je suis vraiment émue et même bouleversée par ce cadeau, mais tu sais ce que je pense. Il ne fallait pas. Tu me mets dans une situation difficile.

— Ça fait rien, Mariette. Je sais que *tou* ne m'aimes pas comme un fiancé, mais accepte cette petite bague. Ce sera comme des fiançailles symboliques. Je ne sais pas si *tou* me comprends. *Juste l'idée que* tu porteras ma bague sera pour moi un grand bonheur. C'est tout. Ça ne t'engage à rien du tout. Disons que c'est un cadeau d'un étudiant à son *professeurr.*

Mariette hésitait encore. Mais Dave déposa la bague dans sa main et la lui referma en souriant de bonheur. Mariette leva les yeux et surprit Fabienne qui les observait. Elle en demeura paralysée. Fabienne fit mine de chercher quelqu'un.

— *Tou* vois, Mariette, je ne l'ai pas mis *dans* ton doigt pour ne pas faire un geste équivoque. Nous sommes fiancés symboliquement. Ce n'est pas sérieux, mais ça me fait tellement plaisir! Je vais te chercher un autre verre.

Il croisa Jacques qui criait à tout hasard: «On est six millions, il faut se pacter.»

— Tiens, le chaperon a perdu sa chaperonnée, cria Fabienne à Jacques qui s'avançait vers elle.

— Où est passée Mariette, je veux danser avec elle au moins une fois, ce soir, sinon elle va m'en vouloir pour le restant de la semaine.

— Elle est juste là. Dave est allé lui chercher un verre. Mais tu pourrais toujours me demander, moi. Ariane est partie à la salle de bain; je suis libre.

— Bien sûr, viens. Ça me fait plaisir.

Il l'enlaça et ils se mirent à tourbillonner en silence jusqu'à ce que Jacques demande:

— Suzèle a survécu à ton complot à ce que je vois. Je pense qu'elle a la couenne plus dure qu'on pense. As-tu abandonné la partie?

— Pas du tout. Je suis en train de mijoter une autre recette de mon répertoire, crois-moi. Elle n'a pas fini d'en voir de toutes les couleurs, Miss Bureau des langues. D'ailleurs, elle vient de me tendre une perche qui est une occasion en or. Elle va se prononcer contre le référendum. C'est pas de la politique, ça? Attends que je lui réserve un bouquet de jambettes et elle va se ramasser les os en miettes.

— Oh! ostiguouille, ça promet! Y a de la casse dans l'air! Mais à propos du référendum justement, qu'est-ce que tu en penses? Qui va gagner?

— Oh! il n'y a pas de doute là-dessus, ça va être serré, mais d'après les sondages, le OUI va l'emporter. Bien sûr, la dernière manche n'est pas encore jouée. Les fédérastes vont nous réserver un coup de cochon à la dernière minute, mais je pense que les indépendantistes s'y attendent, et puis avec la *gang de bols* qu'on a au gouvernement, on va les avoir au dernier tournant. Je ne suis pas inquiète.

— Moi, je pense que le NON va l'emporter. Justement, à la dernière minute comme tu dis, les Québécois vont avoir la chienne, juste au moment de voter, tu vas voir. On va reculer encore une fois. Je dois avouer que d'une journée à l'autre, je change d'opinion. Tantôt, je suis optimiste, tantôt pessimiste. En tout cas jusqu'ici, les tenants de la souveraineté-association donnent toute une raclée aux fédéralistes. T'as vu à l'Assemblée nationale, le débat sur la question? C'est de toute beauté de voir ça! Les libéraux en voient trente-six chandelles. J'aurais honte à leur place. J'irais me cacher.

Fabienne se dressa tout à coup, l'oreille tendue.

— As-tu entendu? Il y a quelqu'un qui crie quelque part.

— Non, j'entends rien. Avec tout ce vacarme, comment veux-tu entendre quelque chose?

— Je pense que ça vient de la chambre du fond.

Fabienne se précipita, suivie de Jacques. Elle tenta d'ouvrir, mais la porte était coincée avec quelque chose. Quelqu'un criait et semblait se débattre derrière la porte qui céda finalement. Fabienne et Jacques figèrent sur place. Ralph était à demi-couché sur Ariane étendue sur le lit et tentait de lui relever la robe. Jacques le saisit par les épaules et lui fit lâcher prise. Ralph en bavait de fureur. Ariane éclata en sanglots et Fabienne la prit dans ses bras en lui replaçant ses vêtements.

— Qu'est-ce qui est arrivé, Ariane? hurla Fabienne. Allons! Parle!

Mais Ariane en était incapable. Ses épaules tressautaient sous la poussée des sanglots. Jacques sortit avec Ralph qui roulait des yeux de cloaque et se rendit à la salle de bain pour le dégriser avec de l'eau bien froide. Il lui frictionna le visage jusqu'à ce que l'ivrogne demande grâce.

— Il a essayé de me violer, de me violer, entends-tu Fabienne? Ah! l'écoeurant! Et moi qui voulais juste l'aider. Lorsque je suis sortie de la salle de bain, il m'a accostée en me disant qu'il se sentait mal. Je suis allée lui chercher des aspirines dans la pharmacie. Quand je suis revenue, il était étendu sur le lit. J'ai eu l'idée d'aller chercher sa femme, mais je ne la voyais pas. Alors je suis entrée et je lui ai donné les aspirines. Alors... alors...

Et elle se remit à pleurer comme une Madeleine. Fabienne tenta de la calmer à nouveau.

— Alors, il m'a saisie et m'a jetée sur le lit. Il a bloqué la porte avec une chaise et il est revenu se jeter sur moi. Je me suis mise à crier et à me débattre. Heureusement, vous êtes arrivés.

— J'ai entendu des cris. Jacques ne me croyait pas.

— Il faut le dire à sa femme, elle va...

— Mais non, il faut pas faire une histoire avec ça. Il ne t'a rien fait finalement. Il a juste essayé. Calme-toi, je reste à la porte. Quand tu te sentiras mieux, tu pourras revenir dans le salon.

Fabienne se planta devant la porte. Elle aperçut Raoul tout en chromacolor qui tentait de persuader Suzèle d'aller danser sous le regard acéré de Vincent.

Au milieu du salon, Olivier et Sagana dansaient langoureusement. Helen les observait avec des yeux chargés à boulets rouges. De dépit, elle vida son verre d'un seul coup.

— Sagana, ce soir, en cette Saint-Valentin, la fête des amoureux, j'ai quelque chose d'important à te dire.

Il murmurait à son oreille. Sagana s'arrêta de danser et attendit, tendue par une sorte d'angoisse soudaine. Olivier fut surpris par ce raidissement inattendu et hésita avant d'ajouter:

— Ce soir, je veux qu'on se fiance dans le plus grand secret, là, au milieu de tous ces gens sans que personne ne le sache. Je te glisse la bague tout de suite dans ta main droite. Mets-la discrètement et je saurai que nous sommes fiancés.

Sagana était devenue livide et tremblait légèrement. Sa gorge se nouait. Elle saisit la bague et la passa à son doigt dans la pénombre. Ses grands yeux dorés semblaient noyés par une joie qui lui faisait peur. Olivier se pencha et l'embrassa longuement. Les lèvres froides de Sagana se firent peu à peu plus réceptives et elle lui rendit finalement son baiser. Il en ressentit un malaise qu'il ne pouvait s'expliquer. Ils se remirent à danser, cependant il y avait une sorte de raideur dans leurs gestes. Toute langueur envolée tout à coup.

Pourtant, cette cérémonie presque secrète n'avait pas échappé au regard aiguisé d'Helen. En voyant subitement la bague au doigt de sa rivale dont le bras entourait le cou d'Olivier, elle avait tout de suite compris. Ce fut à son tour de se raidir.

Elle fonça vers Olivier, écarta Sagana avec un sourire torturé et se plaqua contre lui. Sagana s'éloigna comme effrayée par cet incident. Pendue au cou d'Olivier, Helen se collait et se tordait comme pour l'envelopper tout entier. Toute la gamme de ses séductions se déployaient en couleurs vives, explosaient en gestes qui allaient chercher l'oeil, quémandaient les caresses, s'impatientaient de tant d'hésitations. Elle le léchait de ses yeux implorants.

— Ce n'est pas beau, *honey*. Je comptais sur toi pour être mon cavalier, ce soir, et l'hôte en même temps. Pourquoi? Sagana n'avait personne pour l'accompagner?

— Voyons, Helen, tu sais bien que tout est fini entre nous depuis un bon moment. Alors, j'ai demandé à Sagana de venir avec moi, c'est tout.

Olivier chercha Sagana parmi les invités. Elle était disparue. Il voulut se dégager de l'emprise d'Helen, mais celle-ci s'accrocha.

— C'est donc vrai, alors?

— Qu'est-ce que tu dis? La musique est trop forte. Qu'est-ce qui est vrai?

— Toi et Sagana, vous sortez ensemble?

— Oui, mais rien de sérieux. C'est la troisième fois que nous sortons ensemble seulement.

— Alors, ça ne va pas *dourer* et *tou* va me revenir, n'est-ce pas, mon chéri? Je *pou* comprendre ça. Si *tou vou* coucher avec elle quelques fois, je ne *souis* pas jalouse. L'important c'est que *tou reviens* dans mon lit, *honey.*

Olivier s'inquiétait de ne pas voir Sagana. Il voulut encore se libérer en lançant à Helen avec brutalité:

— Ça, Helen, n'y compte pas. Je ne veux plus continuer ce petit jeu avec toi. Nous ne sommes pas faits l'un pour l'autre, c'est tout.

— Et pourtant, *tou* as aimé ça comme un petit fou *pendant* plusieurs fois. *Tou* peux dire le contraire? Je ne *souis* pas jalouse, mais je *pou* le devenir. Attention! Je *pou* faire *une scandal.*

Sa voix fut noyée dans un flot de musique, mais ses yeux lançaient des flèches empoisonnées.

— Allons, Helen, sois raisonnable. Tu peux avoir des hommes comme ça, si tu veux. Alors, n'insiste pas.

— Et si je te disais quelque chose, *Oliver.*

— Quoi encore?

— Que je *souis* enceinte, *pregnant,* tu comprends? et de toi.

Olivier figea sur place. C'était impossible. Il avait pris toutes les précautions nécessaires. Elle voulait sans doute le faire marcher. Il n'allait pas tomber tête première dans son piège.

— Helen, ne raconte pas d'histoires. Tu sais très bien que ce n'est pas vrai. Tu as trop bu!

— *Tou vou* voir les *résoultats* du médecin? Viens, viens, je *pou* te les montrer. Je les ai *ou* hier.

— Non, je ne veux pas les voir. Si tu es enceinte, ce n'est pas de moi, ça j'en suis absolument certain, casse-cou!

— *Depouis* que je te connais, je n'ai pas eu d'autres hommes dans mon lit. Je le *joure, Oliver.* Alors, tu *refiouses* d'être le père de cet enfant? C'est joli!

— Helen, laisse-moi tranquille. Pas d'autres hommes? Permets-moi d'en douter.

— *Tou* penses à Raoul? C'est ça? Je t'ai expliqué. *Too bad* si *tou* ne me crois pas.

— Je ne suis pas le père de cet enfant, si seulement tu es vraiment enceinte, si tu ne me fais pas marcher. Alors, il faut trouver le vrai père. Il n'est peut-être pas tellement loin d'ici, regarde bien.

Olivier se dégagea brusquement et alla rejoindre Sagana qu'il venait d'apercevoir et qui dissimulait mal son agacement. Helen, plantée au milieu du salon, les fusillait du regard. Sa bouche se tordit de colère. Elle se dirigea d'un pas décidé vers le bar, saisit son verre, l'avala d'un trait, puis elle le lança contre le mur.

Les conversations s'arrêtèrent et seule la musique poursuivit son élan en ignorant cette fausse note. Helen se dirigea vers le couple comme une furie, la perruque de travers. Elle fit un détour pour fermer la musique en émettant un grognement de rage. Arrivée devant Olivier et Sagana, elle se mit à hurler:

— Je t'aime, *Oliver,* c'est avec moi que *tou* danses maintenant. Je ne *vou* pas que tu danses avec cette sauvage!

Olivier faillit la gifler, mais Sagana s'interposa.

— Je t'interdis, lui lança-t-il par-dessus l'épaule de l'Amérindienne.

— Je *souis* enceinte de toi, je *vou* cet enfant et je te *vou* avec moi, dans mon lit, sinon je vais faire *une* malheur.

Wallech et Dave avaient saisi Helen par les épaules et tentaient de la calmer en anglais.

— Tu ne sais pas ce que tu dis, répliqua Olivier. Tu as trop bu. Tu devrais aller te reposer un peu.

Tous les invités avaient fait cercle autour d'eux et les observaient, à la fois gênés et curieux.

— Non, je ne *souis* pas *drunk* et je sais ce que je dis, je *souis* enceinte de toi. Je *vou* me marier avec toi.

Échevelée, entre la poigne des deux hommes, elle se débattait, la perruque se dandinant à gauche et à droite.

— *Tou* ne m'aimes *plous*? Je ne *souis plous* belle?

Olivier entraîna Sagana vers la sortie. Comme pour le retenir une dernière fois, Helen se dégagea et fit alors un geste spectaculaire.

— Tiens, regarde, je *souis* toujours la plus belle.

Et elle déchira le haut de sa robe laissant à nu deux seins pommelés à ravir. Il y eut des oh! de surprise, d'indignation et d'admiration. Amraj fit signe à sa femme qu'il était grand temps de partir. Suzèle entraîna Vincent, un peu trop fasciné par cette apparition. Ralph s'avança en titubant, les deux mains tendues pour saisir ce que lui offrait Helen. Mais sa femme l'agrippa et hurla quelque chose qui se perdit dans le brouhaha. Devant ses yeux noyés d'alcool et de larmes d'attendrissement, Ralph voyait les deux seins danser comme deux lunes roses et moelleuses.

De son côté, la femme de Guillaume qui croyait que la soirée ne faisait que commencer pour de bon, enfin! ne voulut pas s'en laisser imposer par la maîtresse de la maison. Elle s'avança à son tour et se dépoitrailla en lançant d'une voix chancelante et graillonneuse:

— Moi aussi, j'ai une belle poitrine, encore plus belle que toi, Helen. C'est moi qui gagne le concours.

Guillaume qui était habitué à ce genre de party pouffa de rire et lui cria:

— Ma chérie, montre comment tu fais un beau *strip-tease*. Ça c'est un anglicisme que j'adore!

La plantureuse noire ne se fit pas prier longtemps. Elle se mit à onduler comme une vipère en faisant glisser lentement et voluptueusement sa robe jaune vif le long de son ventre, de ses hanches. Les hommes, Ralph en tête, s'étaient précipités aux premières loges. La robe glissait, glissait sous les ollé, les bravos, les exclamations les plus variées et les plus délirantes.

La robe atteignit le bas des hanches et le début des cuisses. Les femmes tiraient leur mari par le bras et, plutôt que de risquer de subir une scène de ménage genre anti-*strip-tease*, plusieurs d'entre eux se laissèrent remorquer loin du spectacle. Guillaume, devant sa femme, dansait, frappait dans ses mains, encourageant celle-ci à aller au bout de son *strip-tease*.

Mais l'appartement s'était vidé en un clin d'oeil. Au milieu du salon, il ne restait plus que le vide autour de la plantureuse noire qui criait comme une déchaînée:

— Bande de peureux! Allez-vous-en! Bande de colonisés, vous avez peur de la nudité. Vous avez peur de la concurrence, hein? les petites femmes blanches. Faijma est encore et toujours la plus belle et vous avez peur d'elle. Ma peau noire et luisante vous fait peur. C'est ça? Ma peau contre votre peau blême, fade, bande de colonisées! Espèces de racistes!

Helen, décolletée jusqu'au nombril, contemplait sa rivale noire avec des yeux agrandis par l'incompréhension de ce qui lui arrivait. Son salon se vidait. Olivier était parti avec Sagana. C'était fini. Elle s'effondra, le maquillage emporté par de violents sanglots pendant que Faijma se tortillait devant les yeux exorbités de Guillaume.

Chapitre 28

Lorsqu'Olivier entra dans l'appartement de Helen, il fut frappé d'horreur. La femme qui se tenait devant lui ne pouvait être celle qu'il avait connue.

Où était passée la belle Helen? On aurait dit qu'elle avait passé la nuit dans le ventre du cheval de Troie. Un maquillage épais comme une déclaration ministérielle cachait mal un oeil au beurre noir. Sa perruque éventail flottait tant bien que mal sur la pointe de son crâne.

Les yeux cernés à double tour, les joues affaissées, la robe de chambre agrémentée de taches douteuses, Helen voulut se jeter dans ses bras, mais il fit un pas arrière et la retint pour ne pas qu'elle tombe.

— *Tou* vois, je me *souis fait* belle pour toi.

Olivier tentait d'émerger de sa surprise, mais n'arrivait qu'à flotter entre la confusion et l'envie de fuir.

Vingt minutes environ plus tôt, on avait appelé à son appartement. C'était la concierge de l'immeuble qui l'informait qu'une certaine Helen Baker le réclamait de toute urgence, qu'elle ne voulait voir que lui, sinon elle menaçait d'attenter à sa vie ou quelque chose comme ça. Olivier était accouru.

Il aida Helen à s'asseoir sur le divan. Elle était absente de la classe depuis une semaine. Dommage pour elle, car la révision allait bon train. On bouchait tous les trous, colmatait toutes les fissures, cicatrisait toutes les brèches et on atteignait une vitesse de croisière qui laissait espérer une traversée fructueuse. Encore une fois, Helen allait prendre du retard. Une semaine plus tôt, elle s'était déclarée malade. Mais Olivier ne s'était jamais douté de la gravité de sa situation.

— Veux-tu me dire, casse-cou, ce qui t'est arrivé, Helen?

Pour toute réponse, elle éclata en sanglots. Devant lui, il ne restait plus que le fantôme de la superbe Helen, que les ruines d'une belle femme: le teint jaune, les lèvres avachies, les ongles écaillés, les épaules affaissées, enfin une catastrophe de première classe.

— Casse-cou! t'es en train de claquer une dépression nerveuse de première classe ou bien je rêve.

Soudain, elle leva sur lui des yeux qui se durcirent de haine et se gonflèrent de colère. D'une voix éraillée, elle prononça enfin:

— Oui, *Oliver, depouis* que tu m'as laissée pour cette garce, cette sauvagesse, je *souis* en train de devenir folle. *You're guilty.* Je ne te joue pas la *comedy.* C'est la vérité. D'abord, j'étais *pregnante. It's not a joke.* À la soirée, je t'ai dit toute la vérité. *Tou* n'as pas voulu me croire. J'étais *pregnante.*

— Mais pas de moi, Helen, ça j'en suis absolument certain.

— *Tou* a raison, *anyway,* je ne sais pas de qui.

— Raoul, peut-être. Alors pourquoi ne pas lui avoir demandé d'accepter l'enfant?

— Ce n'est pas Raoul, je *souis positive.*

— Allons donc, tu veux me faire croire encore qu'il était venu discuter avec toi...

— Non, coupa-t-elle, je ne veux pas te faire croire. *Tou* avais raison pour Raoul. Mais ce n'est pas *loui.* Il n'a pas été capable, tu comprends? Tu es content maintenant?

— Alors qui?

— *Tou* ne me croiras pas.

— Dis toujours. On verra bien.

Olivier sentait que Helen était à bout de nerfs et prête à tout avouer sans difficulté, mais il redoutait d'une certaine façon la vérité qui risquait de lui faire mal.

— Eh bien, je pense, je crois que c'est Ralph... mais je ne *souis* pas *sour.*

Olivier s'attendait au pire, mais pas à un tel coup de massue.

— Ralph? Mais tu es complètement folle! Un homme comme Ralph ne peut pas t'attirer une seule seconde. Tu le méprises, tu le détestes, tu...

— Oui, je sais. Mais la semaine où *tou* m'as laissée après la visite de Raoul, j'étais *totally down.* Raoul ne voulait pas recommencer l'expérience. Il *a été* trop humilié, blessé, et toi, *tou* ne voulais plus *continouer.* Alors, un soir, après les cours, j'ai invité Ralph à prendre un verre ici. J'ai tellement été dégoûté que je n'ai jamais *voulou* recommencer avec lui. C'est un salaud, *a pig.* Je *crachais* sur lui si je ne me retenais pas.

— C'est alors que tu as commencé ta dépression nerveuse?

— Non, pas tout de suite. Mais quand j'ai *sou* que j'étais *pregnante,* c'était le jour avant ma soirée, je *pensé* que je pouvais espérer te reprendre. Ton *refious* m'a jetée dans le désespoir. Quelques jours après, mon ex-mari est *venou* me demander de l'argent encore une fois. Nous avons eu *une argument.* Il m'a *battou.* Tiens, regarde.

Elle montra son oeil, sa joue, entrouvrit sa robe de chambre: des ecchymoses sur les jambes et les cuisses. Olivier ne pouvait en croire ses yeux.

— Il m'a frappée et est parti avec le peu d'argent que j'avais dans *mon purse.* Il a pris aussi quelques *jewels.* Le lendemain, je me *souis* traînée à l'hôpital et j'ai *perdou* le bébé, tu comprends. Après je ne *souis* pas *reveniou* en classe. Toute la semaine, j'ai voulu t'appeler, te demander de venir. Aujourd'hui, je n'en pouvais *plous, Oliver.* Si *tou* ne reviens pas, je ne veux *plous* vivre. C'est fini! Je n'ai *plous* la force de recommencer à zéro.

Elle le suppliait des yeux. Olivier comprit qu'elle était vraiment à bout.

— Il faut d'abord te faire soigner. Je vais te conduire à l'hôpital. Quelques jours de traitement vont te faire un grand bien.

Un frémissement d'indignation roula dans la voix d'Helen.

— Et toi? *Tou* vas revenir?

— Moi, moi... je regrette, ce n'est plus possible nous deux.

— Ah! la sauvagesse te tient bien, c'est ça! *Bullshit!*

Malgré son profond abattement, il y eut une flamme fragile qui incendia ses yeux.

— Puisqu'on joue au jeu de la vérité depuis le début, alors... j'aime autant te dire... que... que j'ai l'intention d'épouser Sagana, voilà.

Helen se figea de surprise. Pendant une fraction de seconde, Olivier crut qu'elle allait se ruer sur lui, mais elle s'effondra plutôt et fondit en larmes. Il la consola avec une certaine froideur.

Tout à coup, une idée le terrorisa. Et si Sagana venait à apprendre qu'il était venu ce soir chez Helen? Il ne pouvait courir le risque, il fallait qu'il lui explique lui-même dès le lendemain.

Chapitre 29

NOTE DE L'AUTEUR

Pour ne pas «déranger» les étudiants dans leur complot, l'auteur a cru bon de les laisser s'exprimer dans leur langue maternelle. Si cela «dérange» le lecteur, la traduction de ce chapitre se trouve à la page 442.

Comme d'habitude, ils s'étaient donné rendez-vous aux Raftsmen après les cours. Il y avait Ralph, Dave, Wallech, Helen, Nancy et Betty. Mais contrairement à leur habitude, ils ne s'étaient pas donné rendez-vous seulement pour boire une bière et se détendre.

— Sagana, Amraj *and* Kioto *won't come,* déclara Wallech un peu piteux. *I could'nt talk them into it.*

— *I'm not surprised, pal, répliqua Ralph. I expected that. Sagana doesn't say a word. She always looks at Oliver as if he were the Great Manitou of her tribe, shit! As for Kioto, he is so shy that he begs your parfon if you walk on his feet. And Amraj is completely out of it.*

Dave sourit et fit signe au garçon d'apporter un pot de bière. Ce qui fut fait tout de suite. On remplit les verres à ras bord.

—*What a good looking guy! I wouldn't mind being alone with him in the woods,* dit à voix haute Helen qui s'était remise de sa dépression et ne pensait plus qu'à venger son amour déçu et repoussé par Olivier.

— *You're a flirt,* cracha Nancy toujours excédée par l'attitude de la belle Helen.

— *I am sure the owners of this watering hole backed the official languages act just to gain our business, that is, without Asticou, they'd be better to close up shop.*

— *Sure,* Dave, appuya Wallech en avalant la moitié de son verre d'un seul coup de coude.

— *Well, folks, we have no time to lose. I have a proposal for you. It's about our dear teacher, Oliver. I think, you all know I don't like him very much. Quite the opposite, in fact.*

— Parle français, Ralph, parle français, lança Dave en riant.

Ralph lui décocha un regard assassin qui aurait fait peur à tout autre que Dave. Au contraire, ce dernier s'esclaffa encore plus fort et des buveurs aux tables voisines tournèrent la tête, atterrés par ce rire gargantuesque.

— *I'll be damned if I want to speak French now, specially after six hours of French and that endless argument with Oliver this afternoon. Then...*

— *I'd like to debate in English with him,* coupa Wallech. *Then we'd see how I would cope with him. It's easy for him. He is always right, at least, he always gets the last word, the last argument. He says that we outnumber him but even if there were a hundred of us, as long as we have to speak French, we are the losers before we start. It's obvious...*

— *You took the words out of my mouth,* affirma Dave en essuyant du revers de la main une moustache de mousse qui venait doubler ses vertigineuses arabesques. Puis il laissa échapper un long soupir de satisfaction.

— *Come on, Wallech, let Ralph talk. We'll see what he has to say to us.*

Ralph lui jeta un autre regard fielleux, puis reprit en se raclant bruyamment le fond de la gorge.

— *O.K. I've heard through the grapevine, that the other teachers on our team don't want to teach us any more. Rick, a friend of mine who's in another class of our unit overheard a couple of teachers in the team talking when they thought nobody was listening. So, I think we're stuck with this damned Oliver until the test. I'm fed up, believe me. I would like to know if we're on the same wavelength.*

Les cinq étudiants se regardèrent, perplexes, se demandant qui allait parler le premier. Dave en profita pour avaler le reste de son verre. Nancy fixa le fond du sien comme pour y chercher une réponse, mais ce fut Helen qui brisa la glace.

— *I agree with Ralph. I don't want to set eyes on that creep any more,* dit-elle en étirant sur ses lèvres charnues un sourire plein de griffes.

— *O.K. Helen, we know why you're so angry with him,* releva Nancy, l'oeil méchant et venimeux.

— *You don't know a thing. Mind your own business, Nancy. So, Ralph, what's your proposal?*

Mais Ralph, prudent et rusé, ne voulait pas vendre la mèche trop vite. Surtout pas avant d'avoir l'assentiment de tout le monde. Il voulait s'assurer de l'appui inconditionnel de chacun avant de dévoiler son plan. Il caressa son menton empoussiéré d'une barbe grisâtre, rota avec conviction sans s'excuser, puis demanda à sa voisine:

— *What about you, Nancy?*

— *I don't like him either,* fit-elle en contemplant son verre comme si elle allait s'y plonger tête première. *But I wonder if we are going to loose out by changing our teacher. Who will agree to take our class over? We must admit that Oliver is a very good teacher, he is quite competent. And even the arguments he has with us, I think that for him it's only a good practice French. Of course, I can't deny it's frustrating, it makes me angry.*

We can't win against him when it's about Quebec, the French language or History. So, I agree with you, Ralph, I'm with you so far.

— *And you, Wallech?*

Celui-ci leva sur son interlocuteur une prunelle suiffeuse et alourdie qui baignait déjà dans la bière.

— *I'm with you, too. He's too strict for adult students. Remember what happened over the story that was set in the lab? The way he behaved then, it was just ridiculous.*

— *And the way Betty behaved, too,* trancha Dave en allumant son cigare. *I hope smoking is permitted here.*

— *Oliver can't untake a joke,* se lamenta Betty.

— *But, you know, you make too many jokes, Betty,* marmonna Nancy. *You show the teachers all too clearly that you don't like to learn French. It's not interesting for them.*

— *But Mariette never said anything...*

— *Of course, Mariette is too young. She doesn't dare. She is so timid, and it's her first year as a teacher. But Oliver doesn't allow anyone to walk over him. I admire him for that.*

— *But when he gave you a warning because you were late or because you knit during classes, you were quite short with him.*

— *Well, anyway,* coupa Ralph en aiguisant son oeil de faucon, *don't bring up those stories again. That's enough! So what about you, Betty?*

— *I agree too. Oliver doesn't like assimilated francophones like me. I can't learn with him,* dit-elle avec un rire flasque comme ses chairs molles.

— *Super,* s'écria Ralph. *I have a proposal for you. Teachers evaluation are coming up. Whatever teacher we'll get next, maybe a bad teacher, but I want to have my revenge. This dam French pea soup! I don't just want him to change class, I want him to get a bad evaluation, if you know what I mean. Then, we'll petition our senior teacher to get rid of him. Of course, Raoul knows us well and he won't believe us right off the bat. He'll ask for explanations. You know we do have a bad reputation in the unit. We must prepare our plan very carefully.*

— *I don't agree to play such lousy trick on him. It's not fair,* trancha Dave en lançant une épaisse bouffée de fumée.

— *It's not a lousy trick,* répliqua Ralph en pointant vers Dave un index aussi crochu que son plan de vengeance. *We just have to tell the truth, that's all. We don't want him as teacher, do we? So it's obvious. I'm not asking you to lie. But because Raoul might not believe us, we have to push a little bit, you know, to exaggerate so that he will believe our story and make up his mind in light of the situation.*

— *What do you mean by exaggerating? Give me an example,* demanda Dave, les yeux creusés par la curiosité.

— *Well, I don't know. We could say that he begins all the arguments, that he provokes us...*

— *Yes, we can say that,* ajouta Helen enflammée par la perspective de sa propre vengeance, *and also that he treats us like children, Raoul knows the lab story well. So we can explain to him that Betty was just joking, that's all. And I'll tell Raoul that Oliver is always on Nancy's back because she brings her knitting in class and she is black.*

— *And I could say that he is racist on the side, too. Just a little. He is a racist with Kioto, for example. He laughs at our accent, sometimes. We mustn't push too much. We just have to describe a climate, an atmosphere, a feeling. We can explain that his behaviour makes it impossible for us to communicate with him,* laissa tomber Ralph, la face craquante de joyeuse vengeance anticipée. Il semblait avoir complètement oublié qu'Olivier lui avait sauvé la vie.

Appesanti par le poids de la bière au fond des estomacs, le silence se fit très lourd.

— *O.K. that's enough,* intervint Dave. *I prefer to stick to the truth. It's really not fair what you want to do. I'll say nothing except that I want to have another teacher. Is that all right?*

— *So, we'll write a letter,* conclut Ralph avec une flamme de victoire dans ses yeux chassieux, *a very special letter, believe me.*

Ils pensaient tous à la tentative de renvoi qu'Olivier avait ratée et à la victoire de Ralph en appel, mais personne n'osait aborder ce sujet explosif.

Et d'un seul élan, les comploteurs scellèrent leur pacte par un vibrant chin-chin dans un fracas de bocks s'entrechoquant.

Chapitre 30

Olivier se rongeait d'inquiétude. Sagana était absente des cours depuis lundi et on était déjà rendu à vendredi. La semaine achevait et il n'avait pu la voir une seule minute. Tous les jours, il l'avait appelée et avait insisté pour la voir, mais elle lui avait répondu qu'elle était malade. La grippe, la fatigue de la fin de l'hiver. En un mot, elle lui défendait presque de la voir.

À chaque appel, Olivier avait eu l'impression qu'elle lui avait raconté des histoires qu'elle inventait à mesure. Il en avait assez. Il était décidé à se rendre à son appartement et voir de quoi il retournait. Il devait sûrement se passer quelque chose qu'elle voulait lui cacher.

Juste au moment où il sortait de la classe, Raoul l'appela dans son bureau. En entrant, Olivier s'empressa de lui dire:

— Je m'excuse, mais ça ne peut pas attendre? J'ai un rendez-vous important.

— Il s'agit de ton évaluation, expliqua Raoul. Je m'excuse à mon tour de te prendre comme ça à la sortie de tes cours, un vendredi, mais je dois absolument te la remettre aujourd'hui, c'est la date limite. Avec le paquet de réunions que nous avons eues ces derniers jours, tu es le seul que je n'ai pas pu voir. Tu comprends, je n'ai pas le choix.

— D'accord, fit Olivier en prenant place dans le fauteuil devant son chef d'équipe. Mais faisons vite, je t'en prie.

Raoul lui tendit le document. Olivier le parcourut rapidement. C'était sa première évaluation. Le texte semblait bon et même excellent, mais la cote au bas de la page le cloua de surprise.

— Satisfaisant? Est-ce que tu pourrais m'expliquer la cote, Raoul? Il y a sûrement erreur. Satisfaisant? Si j'en crois le texte, je suis le meilleur professeur du monde et puis tu m'assommes avec cette cote. Je ne comprends pas.

Visiblement embarrassé, Raoul observa une pause. Il cherchait ses mots, même s'il s'était attendu à cette réaction.

— D'abord, Olivier, je dois te dire que je suis très satisfait de ton travail. Tu n'as pas hésité dès le début à prendre en mains la classe la plus difficile de toute l'unité. Bien sûr, ce n'est pas une montagne en comparaison avec certaines classes du secondaire, mais tout de même tu t'es porté volontaire avec Mariette et tous les deux vous avez abattu un excellent boulot. Sur le plan purement pédagogique, je n'ai pas un mot à dire. Tout au contraire. Je t'ai même défendu jusqu'au bout.

— Défendu! s'exclama Olivier.

— Parce qu'il faut que je te dise que ton évaluation s'est drôlement promenée depuis quelques jours et c'est pour cette raison surtout que tu es le dernier sur ma liste à qui je la remets.

— Explique-toi. Je ne comprends toujours pas. J'ai donné un bon enseignement à une classe à problèmes. Alors qu'est-ce qui ne tourne pas rond?

— D'abord, certains de tes étudiants sont venus me voir. Je crois que je n'ai pas besoin de te les nommer, tu les connais. D'ailleurs, ce n'est pas à moi à te révéler leur identité. Tu pourras toujours leur demander, s'ils ont le courage de te dire. Bref, ils sont venus et ont commencé à dire que c'était impossible d'apprendre le français avec toi, pas parce que tu es mauvais professeur, mais parce que la communication ne se fait pas entre vous. Autrement dit, vous n'êtes pas sur la même longueur d'ondes, si j'ai bien compris.

Raoul s'arrêta pour observer la réaction d'Olivier, décontenancé et indigné par cette révélation. Pour tenter de le calmer, il poursuivit.

— Tu sais que je les connais. Ce n'est pas la première fois qu'ils se plaignent d'un prof. Alors, tu penses bien, je les voyais venir. Mais je dois avouer qu'ils ont été habiles. Des gants blancs jusqu'aux coudes. Tu vas voir.

Raoul laissa planer le silence comme pour savourer à l'avance son récit.

— En premier lieu, ils se sont plaints de ta trop grande sévérité. Ils prétendent que tu les traites comme des enfants. Et puis ils ont ressorti l'histoire du laboratoire.

— Pour la sévérité, je l'admets, coupa Olivier, mais il faut un minimum de discipline, même avec des adultes. Nancy est souvent en retard. Helen peut dire n'importe quoi en classe comme une adolescente en crise de croissance. Ralph, en plus de ne pas être un modèle de ponctualité, se montre constamment agressif et manque tout à fait d'éducation élémentaire. Betty fait preuve d'insolence intolérable. Et je ne parle pas de la somnolence chronique de Wallech. Quant à cette histoire de communication, je ne comprends pas. Je discute très souvent avec eux, nous échangeons des idées, c'est tout le contraire, il me semble...

— Justement, nous y sommes! Ils t'ont accusé de les provoquer à la discussion, d'imposer tes idées nationalistes et ils sont allés jusqu'à dire racistes, tu imagines? Ils n'aiment pas tes sujets politiques, culturels, linguistiques. Puis, ils ont poussé plus loin, très habilement toujours, t'accusant indirectement d'être séparatiste comme ils disent. Bien sûr, ils reconnaissent que c'est ton droit, mais qu'on ne devrait pas, selon eux, engager au fédéral, des professeurs qui veulent briser le pays. Enfin, tu connais la chanson. Ils t'ont même donné un surnom, le don Quichotte du Québec.

Olivier fulminait. Il essuya la sueur à son front et la voix étouffée par la colère, il lança:

— Casse-cou! Moi qui croyais qu'ils aimaient ces sujets parce qu'ils réagissaient très bien. Bien sûr, ça tournait parfois au vinaigre, mais je réussissais à les faire parler et beaucoup. Autrement, c'était très difficile de leur faire pratiquer leur français. Évidemment, je ne me suis pas caché pour leur montrer que j'étais indépendantiste, mais enfin! on vit dans une démocratie. Bien sûr, quand on parle du Québec et de l'indépendance, tout de suite, c'est chez moi la crise d'identité, surtout la nationale. Mais chacun peut avoir ses opinions et les défendre! C'est incroyable cette histoire! Tu ne vas pas tenir compte de toutes ces sornettes?

— Comprends-moi bien, l'affaire est morte dans ce bureau. Ils m'ont remis ce texte que tu peux lire si tu veux. C'est un résumé de ce que je viens de te dire. Une note me demandait de le joindre à ton évaluation.

Olivier lut à toute vitesse. Les mots sautillaient devant ses yeux tellement la colère le ravageait. Lorsqu'il laissa tomber la feuille, il leva sur Raoul un regard injecté de sang. Raoul ajouta d'une voix apaisante:

— Tu vois, je pense que ton véritable tort, c'est d'avoir tenu le coup. Les autres profs ont abandonné après un seul mandat, mais toi, tu es toujours là. Tu en es à ton cinquième mandat et tu sembles toujours solide. Ça, ils ne te le pardonnent pas. C'est pourquoi ils ont décidé de te le faire payer. Je ne m'explique pas pourquoi ils ne l'ont pas fait avant. Probablement, le manque d'unanimité. C'est la seule raison que je vois. Ils veulent avoir ta peau tout simplement. Évidemment, j'ai rangé cette lettre dans mon tiroir. Il n'était pas question d'en tenir compte et encore moins de la joindre à ton évaluation. Je leur ai promis de rencontrer chacun d'entre eux, de t'en parler et après, de prendre une décision. Mais je les ai mis en garde: ils risquent de terminer leur apprentissage sans prof. J'espérais que ça les ferait réfléchir. Je ne savais pas à ce moment qu'il était déjà trop tard.

Raoul fit une pause comme pour reprendre son souffle avant de poursuivre. Ce qui permit à Olivier, il ne savait trop pourquoi, de revoir son chef d'équipe dans l'appartement d'Helen, en train de replacer sa chemise dans son pantalon. Raoul avait alors une attitude un peu moins protectrice.

— Vois-tu, ce que je ne savais pas, c'est que la même lettre avait été envoyée au chef de l'unité et au directeur du Centre. Tu sais que dans la Fonction publique, plus tu montes dans la hiérarchie, plus le moindre courant d'air peut donner des grippes carabinées. Après, la boule redescend l'escalier en faisant du tapage. Alors, Suzèle m'a obligé à en tenir compte parce qu'elle-même avait été poussée par le directeur général. Enfin, pour résumer, l'histoire a fait boule de neige.

— Si je comprends bien, coupa Olivier d'une voix blanche, je suis l'ennemi public numéro UN maintenant.

— Il ne faut pas exagérer et pour tout dire je t'avais donné la cote supérieure parce que tu as fait un travail du tonnerre dans des conditions difficiles et avec le sourire en plus. Je voudrais avoir dix professeurs comme toi. Dès la première rencontre que j'ai eue avec toi, j'ai senti que tu étais un professeur dans l'âme. J'ai l'habitude de dire qu'un professeur c'est comme de la merde, ça se sent, ça ne se définit pas. Et crois-moi, je n'ai pas l'habitude de flatter sans raison. C'est ce que je pense et je n'ai pas peur de le dire à n'importe qui. Mais le chef d'unité a ramené ta cote à «pleinement satisfaisant» et le directeur à «satisfaisant». Voilà toute l'histoire.

— C'est une belle gamique, ironisa Olivier.

— Surtout que ça tombe mal. Quelques jours avant de prendre connaissance de la lettre des étudiants, le directeur avait reçu des directives strictes à propos de la neutralité des professeurs durant le référendum. Alors tu comprends, lorsqu'il a lu la fameuse lettre, il a failli faire une crise cardiaque. Il voyait déjà son poste s'envoler en fumée. D'ailleurs, tu te rappelles de sa violente sortie à propos de la lettre que les profs avaient fait parvenir à Lévesque lors de l'élection du P.Q. en 76. Non, je m'excuse tu n'étais pas là. C'était pas joli à voir, je t'assure. C'est un fédéraliste mordu jusqu'au sang et même à la moelle. C'est son droit. Il faut vivre avec ça.

— Oui, j'en ai entendu parler. Tout ce que j'espère, c'est que le Comité de révision ne me descende pas à la cote «insatisfaisant» prononça Olivier sur un ton amer. Alors, je suppose que ce serait le renvoi et tout le tralala.

— Allons, allons, Olivier, il ne faut pas dramatiser.

— Mais je peux tout de même me défendre devant le chef d'unité et le directeur général.

— Tu peux, mais ça ne donnera pas grand chose, j'ai bien peur. Ils pencheront du côté des étudiants. Après tout, ce sont nos clients; ils ont donc raison. Et puis, tu sais, les gestionnaires ne veulent pas avoir de problèmes. Alors, ils te sacrifieront. Je ne veux pas être pessimiste ni te décourager, mais j'aime mieux ne pas te laisser d'illusions et te mettre en face de la réalité.

— Mais enfin, il y a bien quelque chose à faire! Un homme a le droit de se défendre.

— D'abord, je te conseille de réfléchir. Il ne faut pas agir sous le coup de l'émotion. Tu peux toujours demander à voir le directeur général. Il n'avouera pas que ce sont des raisons politiques. Il va sans doute dire que la communication est impossible et que c'est l'essentiel entre un prof et ses étudiants. Moi, je vais te défendre jusqu'au bout, tu peux compter sur moi. Et puis, il reste le syndicat, mais l'évaluation n'a rien à voir avec la convention. Enfin! ce n'est pas une cause désespérée; peut-être que le Comité de révision va rétablir ta cote. Je n'ai pas changé mon texte. On ne sait jamais.

— En tout cas, je ne signe pas mon évaluation tout de suite, affirma Olivier sur un ton rageur.

— Je te demande seulement de signer ton nom sur cette liste comme quoi je t'ai montré ton évaluation aujourd'hui pour que je sois couvert, tu comprends? C'est tout.

Olivier signa en tremblant, puis il sortit du bureau, ravagé de colère et abattu par ce coup inattendu. Il en ferait voir à Ralph, Wallech, Nancy et Betty. Il ne pouvait croire que Kioto, Dave, Sagana et Amraj étaient mêlés à cette histoire sordide. Quant à Helen, il s'y attendait. Elle la tenait bien sa vengeance, mais il ne pouvait rien dire sur leur liaison. Affaire extra-scolaire.

— Mes beaux oiseaux, vous ne perdez pas une plume pour attendre, se promit-il en refermant la portière de sa voiture comme s'il avait voulu la démolir. C'était un cri de guerre.

Il écrasa deux ou trois feux rouges, égratigna une demi-douzaine de feux jaunes. Il tombait une neige molle, fondante. En cet interminable mois de mars, l'hiver n'en finissait plus de se traîner les pieds, mais ne lâchait pas son emprise. La chaussée était glissante et il faillit avoir un accrochage qu'il évita de justesse au coin d'une rue. Il arriva enfin à l'appartement de Sagana.

Celle-ci fut longue à répondre. Lorsqu'il l'aperçut par l'entrebâillement de la porte, il eut peine à la reconnaître: un visage blême, une chevelure en désordre, des yeux rougis et hagards, des lèvres blanches et gercées.

— *Tou* ne dois pas venir, Olivier. J'ai *défendou*. Je ne voulais pas que *tou* me vois comme ça.

L'appartement était dans le plus grand désordre. On aurait dit que Sagana s'était amusée toute la semaine à déplacer les meubles et les bibelots. Cela ne lui ressemblait pas du tout.

— Ça n'a pas d'importance, Sagana, tout le monde peut être malade. Mais je n'en pouvais plus d'attendre ta permission. Il fallait que je vienne. Pourquoi tu ne voulais pas? Tu sembles très malade. As-tu consulté un médecin?

— Oui.

— Et qu'est-ce qu'il a dit? Qu'est-ce qu'il t'a donné pour te soigner? Ce n'est qu'une vilaine grippe, j'espère. Ce n'est pas une raison pour t'enfermer et m'empêcher de te voir.

Sagana hésita avant de répondre: ses yeux s'emplirent de larmes et ses lèvres frémirent. Elle parvint à dire, la voix étranglée:

— Ce n'est pas une grippe, Olivier.

De la façon qu'elle avait prononcé ces mots, il ressentit un frisson lui parcourir le dos.

— Non, c'est plus grave que ça. *Depouis* une semaine, je tourne en rond dans mon appartement. C'est une véritable prison. Je ne *vou* voir personne. Ça ne regarde que moi seulement. J'ai pensé devenir folle cette semaine, Olivier. Au fond, je *souis* contente que *tou es* là. J'avais besoin de te voir, mais en même temps, je ne voulais pas.

— Mais vas-tu me dire à la fin ce que tu as? Tu en fais des mystères! Pour l'amour de Dieu, c'est si grave que ça? Tu m'as toujours paru en excellente santé, ça ne peut pas être sérieux à ce point.

— Je n'ai pas *voulu* te le *dirre,* mais je le sais *depouis* deux mois.

— Mais qu'est-ce que tu sais, enfin?

— J'avais mal à la poitrine avant Noël. Alors je suis allée voir le médecin.

La voix de Sagana, sous le coup de l'émotion, fit une ratée. Elle se ressaisit après un court silence.

— C'est le cancer. Le sein gauche.

Le mot frappa Olivier comme un coup de masse. Il était incapable de prononcer un seul mot.

— Le médecin veut m'enlever l'autre sein aussi par *mesoure* de *proudence.* Alors j'ai demandé *pour* réfléchir et je réfléchis *depouis* deux mois. Cette semaine, je n'en pouvais *plous*. Il fallait me décider.

Olivier demeurait atterré sous le coup de cette nouvelle.

— Alors, je me *souis* décidée ce matin et j'ai signé pour l'opération.

Un long silence plana entre les deux. Vraiment, pour une journée, c'en était toute une! Il se sentait vidé, complètement démoralisé. Après son évaluation, une pareille nouvelle! C'en était trop! Il ne pouvait le croire. Il réussit enfin à dire:

— Je vais rester avec toi cette nuit. Je coucherai sur le divan. Je vais être très bien. D'ailleurs, je ne sais pas si je vais réussir à dormir. Mais je ne peux pas te laisser toute seule. Quand seras-tu opérée?

— J'entre à l'hôpital lundi matin. L'opération *sera* mardi matin.

— Et ils vont t'enlever les deux seins?

— Oui, j'ai signé pour les deux. C'est mieux comme ça. Il faut donner le grand coup et tout de *souite*.

— Je vais prendre congé toute la semaine. Je veux être constamment avec toi. Ne t'inquiète pas, tout va bien se passer. Après, tu pourras avoir des prothèses et tout sera oublié, crois-moi.

— Je te remercie, Olivier. Ton support est tellement bon. Je ne *vou* pas avertir ma famille. Pourquoi les inquiéter pour rien? Je ne *vou* pas beaucoup de monde autour de moi. Seulement toi, c'est l'essentiel.

Olivier fit encore répéter toute l'histoire depuis le début, puis il raconta à son tour ce qui venait de lui arriver, le coup dur qu'il venait d'encaisser. Mais à côté de l'opération de Sagana, sa mauvaise évaluation devenait secondaire.

— *Tou* sais, dit-elle, on m'a demandé d'aller à cette *réounion*. J'ai *refiousé* parce que ça ne m'intéressait pas.

Mais je ne savais pas le but de ce *meeting*. Si j'avais *sou,* *je* serais allée et je t'aurais dit ce qui t'attendait.

Elle hésita un long moment avant de dire:

— Mais *tou* sais, si j'étais toi je ne ferais pas *confidence* à ce Raoul. Je sais qu'il y a eu une histoire entre lui et Helen, *tou* comprends? Alors, si Helen *vou,* elle peut l'empêcher de te défendre.

Il se sentit encore plus pris au piège et solidement coincé. Mais il n'avait plus la force de réfléchir à tous ces problèmes. Ça lui avait même coupé l'appétit. Sagana lui offrit tout de même quelque chose à grignoter et ils décidèrent de se mettre au lit de bonne heure.

Cette nuit-là, épuisé par les derniers événements, Olivier se retourna encore et encore sur le divan, sans parvenir à trouver le sommeil.

Il s'expliquait maintenant les réticences de Sagana, sa froideur même, ses hésitations à se livrer entièrement. Elle savait ou plutôt pressentait le malheur qui guettait. Et puis Olivier s'expliquait mieux l'empressement de Raoul à l'expédier dans un ministère en alléguant sa surdité. Jaloux, Raoul voulait éviter un rival.

Sagana non plus n'arrivait pas à dormir. Il l'entendait soupirer de la chambre. Alors, il alla la retrouver. Il s'étendit à côté d'elle. Elle se blottit tendrement dans ses bras. Puis ils échangèrent quelques baisers et quelques étreintes qui les enflammèrent très vite. Pour la première fois, ils s'unirent dans une sorte de désespoir sauvage. Ils auraient préféré que cela arrive dans de meilleures circonstances, mais Olivier eut la surprise de découvrir en une seule nuit ce que nombre d'explorateurs avaient découvert en plusieurs années: toute l'Amérique en une seule femme.

Après l'amour, Sagana s'endormit dans les bras d'Olivier qui finalement trouva le sommeil au moment où le soleil commençait à grimper à la fenêtre de la chambre.

Chapitre 31

Olivier attendait depuis bientôt deux heures. On avait emmené Sagana dès huit heures dans la salle d'opération et, depuis, il attendait seul dans la chambre où il tentait de lire, mais en vain, un livre qu'il s'était apporté pour tuer le temps. Tantôt, il sortait pour se promener dans le corridor, fumer une pipe, parler avec une infirmière ou un patient, puis il rentrait dans la chambre pour tenter de lire un peu. Mais son attention ne parvenait pas à se fixer sur cette histoire policière pour le moins farfelue.

Par la fenêtre, il faisait un petit matin crispé comme un visage inquiet.

Il voyait toujours devant lui comme flottant dans l'espace, la table d'opération et Sagana étendue, immobile, avec tous ces médecins entourés de leurs assistants travaillant sur cette poitrine magnifique qu'ils charcutaient, incisaient, tailladaient comme à plaisir. Un cauchemar l'habitait, investissait sa propre poitrine, l'aveuglait de terreur.

Puis il s'imaginait qu'on refermait les plaies, qu'on lavait l'opérée et qu'on vérifiait si tout allait bien avant de la laisser sortir de la salle. Alors, on la ramenait dans sa chambre, la porte s'ouvrait, il se précipitait, mais non, rien, personne. Le corridor était soit vide, soit encombré de malades et d'infirmières qui allaient et venaient sans lui prêter attention.

Le lundi matin, très tôt, il avait appelé au Centre pour avertir qu'il serait absent au moins deux jours. Raoul avait tout de suite compris de quoi il retournait en constatant que Sagana était encore absente, mais il se trompait lourdement sur les motifs de leur absence.

Olivier et Sagana s'étaient rendus à l'hôpital. Il l'avait embrassée et abandonnée aux examens de toutes sortes qu'on s'apprêtait à lui faire subir pour la préparer à l'opération du lendemain. La journée avait été interminable.

Olivier avait quand même pu manger avec Sagana dans sa chambre à l'heure du lunch. Elle semblait garder un bon moral et subir les préparatifs avec une certaine sérénité. Tout à coup, Olivier l'avait fixée et lui avait demandé brusquement:

— Est-ce que je peux te poser une question?

Elle arrêta sur lui ses yeux dorés; la flamme qui les animait d'une sorte de fièvre se radoucit et elle fit signe que oui.

— Est-ce... est-ce que tu as peur?

La voix d'Olivier cassa, mais il réussit à poursuivre.

— Je comprends que ma question peut paraître brutale, indiscrète, mais entre nous, il faut être directs, sans détour. Je veux savoir la vérité. Je me sentirai plus près de toi si je sais exactement ce qui grouille en dedans de toi, tu comprends? Je ne veux pas te servir des consolations à rabais comme on fait à tous les malades, en retour je veux que tu me dises la stricte vérité.

Sagana hésita un moment avant de répondre. Les yeux qu'elle posait sur lui avaient une douceur presque intolérable. La tristesse qui s'y lisait depuis des mois était complètement évanouie, l'angoisse des derniers jours effacée, il ne restait que cette sérénité chaude, rayonnante, qui lui faisait du bien.

— Tu vois, Olivier, je *souis* calme, tranquille, je parle avec *du* sang-froid, je me contrôle et pourtant... pourtant, oui,

j'ai *peurr,* très *peurr.* J'ai *peurr* de la *douleurr* en me
réveillant, j'ai *peurr* de me voir dans un *mirror* avec mes
scars, j'ai *peurr...* oui, j'ai *peurr...* je peux te le dire... j'ai
peurr de mourir pendant l'opération. De mourir alors
que... je connais avec toi, enfin, le bonheur...

Pour dissimuler sa propre émotion, Olivier adopta un ton
un peu bourru.

— Allons, Sagana, il ne faut pas pleurer... mais voilà que
je parle comme à une enfant, comme à une malade,
justement ce que je veux éviter. Eh bien! moi, je dois te
dire, ma princesse amérindienne, moi aussi j'ai peur, j'ai
peur de la même chose que toi, j'ai peur de te voir
souffrir, j'ai peur de voir tes cicatrices. Je ne sais même
pas si je pourrai supporter leur vue. J'ai peur aussi que tu
meures parce... parce que je t'aime. Tu es la première
personne que j'aime vraiment dans ma vie. J'ai peur aussi
de moi-même, de ma réaction...

Elle avait deviné justement ce qu'il venait de lui avouer.
Elle le regardait sans surprise, avec tendresse comme si elle
voulait prendre en elle, dans son ventre et dans ses
entrailles, la peur d'Olivier, la prendre avec elle et
l'emporter très loin.

— Moi aussi, Olivier, j'ai *peurr* de ta réaction. Est-ce que
tou vas encore m'aimer après? Est-ce que *tou* vas avoir la
force d'aimer une femme *mutilated* ?

Il voulut protester d'un geste, mais il se ravisa.

— Tu sais, Sagana, quand j'étais au Maroc, j'ai fait un
jour une folie qui aurait pu me coûter la vie. Au cours de
mes premières vacances, je suis descendu dans le Sud pour
voir le désert. Tout jeune, j'avais été fasciné par ces
immensités de sable trouées d'oasis, ces espaces vides à
perte de vue, sans âme qui vive. Alors comme un bon
touriste naïf, vierge, ignorant des dangers, je me suis
aventuré seul dans mon auto, sans réserve d'eau et
d'essence, sans connaissance du désert, je me suis aventuré
dans ces immensités envoûtantes, d'une splendeur à couper
le souffle. J'ai roulé pendant des heures, contemplant les

dunes majestueuses, les tempêtes de sable, les tourbillons qui fleurissaient comme des caprices pour se faner aussitôt. Pendant tout ce temps, j'étais tout aussi fasciné par la solitude de l'homme que par cette nature démente mais grandiose. Je n'ai rencontré qu'une petite caravane de chameaux et c'est tout. Je transpirais beaucoup dans l'auto, toutes fenêtres fermées pour éviter que le sable n'y pénètre. J'étais parti aux petites heures du matin et je roulais comme un fou en plein midi. Alors la soif est venue et la faim. Je me suis arrêté et j'ai pris mon lunch. J'ai roulé encore un peu, attiré par deux grandes dunes qui semblaient s'éloigner à mesure que j'avançais. C'était un envoûtement irrésistible. Brusquement, l'auto est tombée en panne. J'ai essayé de la remettre en marche. Peine perdue. C'est alors que j'ai dû attendre du secours pendant toute la nuit glaciale du Sahara. Ce n'est que l'après-midi suivant qu'un vieux camion bringuebalant m'a pris en remorque pour me ramener à la première oasis où j'ai pu faire réparer la voiture temporairement. Je te raconte ça pour te dire que nous sommes actuellement dans un désert, mais nous le traverserons. Nous en sortirons ensemble.

— Oui, Olivier, nous allons le traverser ensemble.

Toute la fin de semaine s'était passée ainsi à explorer leurs moindres sentiments, leurs craintes les plus nuancées, à s'encourager, à protester de leur force, à s'avouer leur peur, leur angoisse. Toute la fin de semaine, Olivier était resté avec Sagana dans son appartement, tout près d'elle, à la caresser, à l'embrasser, à lui communiquer sa propre chaleur, sa tendresse et son soutien.

Le lundi après-midi, Sagana avait dû se soumettre encore à plusieurs examens et préparatifs. Olivier avait soupé avec elle et passé la soirée et la nuit assis dans un fauteuil à dormir par intermittence. On avait administré des somnifères à Sagana et elle avait dormi profondément toute la nuit jusqu'à ce qu'on la réveille pour les derniers préparatifs avant de l'emmener à la salle d'opération.

À moitié assommé de sommeil, les nerfs en boule, Olivier avait déjeuné d'un jus d'orange et de plusieurs cafés qu'il avait avalés comme un somnambule. Puis avait commencé la longue attente. Revenu dans la chambre, il avait ouvert le téléviseur. Une émission pour femmes expliquait comme par hasard les dangers du cancer du sein, les moyens de le détecter, les traitements possibles et le taux de mortalité. Il avait tourné la commande comme s'il avait voulu la tordre. Un documentaire sans intérêt sévissait à l'autre canal. Alors, il avait fermé l'appareil dans un geste de rage et s'était écroulé dans son fauteuil.

Pendant des heures ou des minutes, il ne savait plus, il avait somnolé, mais même dans ses rêves qui se bousculaient à qui mieux mieux, il revoyait la table d'opération, la poitrine charcutée, le sang partout, les plaies ouvertes. Il était lui-même le chirurgien. Il n'osait pratiquer une seule petite incision, mais à son grand étonnement la poitrine s'ouvrait d'elle-même, les seins se détachaient et roulaient... puis Olivier tombait brusquement dans un autre rêve où il était à la place de Sagana; on lui ouvrait la poitrine, le sang giclait dans la figure du chirurgien, il se débattait puis tout sombrait à nouveau et il se réveillait en bondissant de son fauteuil. Épuisé, il coulait dans un nouveau sommeil et tout recommençait dans une ronde infernale.

Il sursauta. Il ne savait plus s'il rêvait, mais la porte de la chambre venait de s'ouvrir, on poussait une civière. Il entrevit les traits blancs, presque marmoréens de Sagana, étendue dans une rigidité presque cadavérique. Il voulut bondir, crier, demander si elle était encore et toujours vivante, si l'opération avait bien réussi et s'il pourrait lui parler, quand elle se réveillerait.

Non, il ne rêvait plus. On la transportait, on la déposait lentement, avec mille précautions sur le lit, mais il lui semblait que ces infirmiers y allaient un peu trop rondement. Il fallait faire attention. Il voulut crier à nouveau, mais rien ne sortait de sa bouche, pas un seul mot. Il voulut se précipiter pour aider, pour les enlever, la prendre lui-même dans ses bras et la déposer comme une plume dans son lit, presque dans une caresse, mais déjà les infirmiers quittaient et une infirmière s'installait à côté du lit pour la surveiller quelques instants.

Olivier était cloué sur sa chaise, hypnotisé par ce visage blanc, sculpté dans la pierre, qui ne cillait pas, ne grimaçait pas, qui reposait comme dans l'immobilité de la mort.

Comment cette femme qu'il ne connaissait pas il y avait à peine sept mois était-elle devenue pour lui la personne la plus importante au monde? Comment ce qui arrivait à cette femme pouvait-il le toucher à ce point, le faire souffrir dans sa propre chair, l'atteindre au plus profond de lui-même? Il se sentait la poitrine tailladée par les mêmes coups de bistouri, ensanglantée par les mêmes plaies et refermée sur la même douleur cuisante. C'était peut-être cela l'amour, pensa-t-il, souffrir avec l'autre, presque à la place de l'autre, ne faire qu'un dans le malheur et le bonheur, la souffrance et le plaisir.

L'infirmière se leva, s'avança vers lui, se pencha sur lui. Elle lui parlait sûrement puisqu'elle remuait les lèvres, mais c'était comme dans un film muet. Il n'entendait rien. Il fit signe que oui et l'infirmière sortit.

Il s'approcha du lit, prit place dans la chaise qu'avait occupée l'infirmière, puis contempla longuement le visage de Sagana toujours immobile. Soudain, il eut peur qu'elle soit morte. Il prit sa main en tremblant. Il soupira de soulagement: elle était très douce et chaude. Il se calma et garda la main dans la sienne jusqu'à ce que l'infirmière revienne.

Celle-ci lui ordonna d'aller manger avant que la cafétéria ne ferme. Il s'y rendit et avala un repas sur le pouce. Revenu dans la chambre, l'infirmière lui confia Sagana et il la veilla tout l'après-midi. Par trois fois, elle émergea de son sommeil, sembla le reconnaître, les yeux perdus dans un épais brouillard. La troisième fois, elle esquissa un mince sourire pâle, tordu par la douleur, puis elle sombra à nouveau.

Olivier la veilla toute la nuit, convaincu qu'une oasis les attendait quelque part.

Chapitre 32

Fabienne jubilait. Elle venait d'apprendre comment elle pourrait donner un nouveau croc-en-jambe à Suzèle. Elle avait déjà tous les renseignements et tous les documents en main pour lui asséner un coup fatal. Il lui restait deux jours seulement pour manigancer sa petite combine.

Grâce à ses relations avec un groupement féministe de la région, elle avait appris que Suzèle devait participer à un débat sur le référendum dans le clan du NON. C'était l'occasion où jamais de porter son grand coup. Elle multiplia les appels téléphoniques, les rencontres et joua de toutes ses influences féministes et syndicales pour obtenir finalement de participer, elle aussi, au débat mais pour le clan du OUI.

Deux semaines avant le référendum, le grand soir arriva enfin. Dans une salle de Hull, une centaine de féministes appartenant à différents groupements s'étaient réunies pour assister au débat. Que des femmes! Le clan du NON l'emportait nettement en nombre. On voulait faire savoir au gouvernement que la libération de la femme passait avant la libération nationale. L'indépendance, selon les plus importantes théoriciennes de ces groupes, ne pouvait se réaliser pleinement que par un profond changement social, surtout dans les relations entre les deux sexes. Mais le clan du OUI, très déterminé, n'allait pas reculer devant le nombre. L'affrontement promettait des bouquets d'étincelles et des flammèches à la chaîne.

Déjà avant le début du débat, l'atmosphère était surchauffée. Chaque femme affichait ostensiblement ses macarons du OUI et du NON. Ici et là, des discussions enflammées s'allumaient et risquaient d'embraser toute la salle avant même le commencement des hostilités.

À propos des garderies, du salaire égal et du travail à l'extérieur sans compter les droits juridiques de la femme et le droit à l'avortement, on avait des comptes à régler avec ce parti qui se disait social-démocrate, mais qui n'arrivait qu'à reproduire les vieux clichés sexistes des gouvernements antérieurs. Le référendum, c'était le moment rêvé pour faire sentir au Parti québécois que rien ne pouvait se faire sans les femmes. Et tant pis si l'indépendance en prenait pour son rhume! Plusieurs femmes qui allaient voter NON étaient des indépendantistes plus ou moins convaincues qui vengeaient leur déception comme elles pouvaient. Comme ce parti qui avait attiré un nombre record de femmes dans ses rangs les tenait pour négligeables, il fallait donc être impitoyable à son endroit. L'affaire désormais célèbre des Yvette avait fait ses ravages.

La présidente du débat, une longue fille sans âge, sans poitrine, osseuse, à la voix grave et aux yeux brûlants, aussi distinguée qu'une morue séchée, prit la parole et imposa le silence pour expliquer les règles du jeu. Chaque participante avait cinq minutes pour exposer son point de vue après quoi elle devait céder la parole au clan adverse. Une période de questions était prévue à la fin des exposés. Sur la scène, s'affrontaient deux équipes. Dans le coin droit, pour le NON, Andréanne Beaulieu, ménagère d'élite et Suzèle Longchamp, fonctionnaire cadre au gouvernement fédéral. Dans le coin gauche, Émélie Francoeur, artiste peintre, et Fabienne Leclerc, professeur de français. La présence de Fabienne pesait lourd dans l'affrontement puisqu'elle était, malgré son emploi au fédéral, une indépendantiste convaincue. C'était déjà un argument matraque pour le clan du OUI.

Le tirage au sort donna la parole au clan du NON. André-Anne fit son exposé sur les bienfaits du fédéralisme pour la région Hull-Ottawa. Émélie s'acharna sur les méfaits de l'invasion du fédéral dans le centre-ville de Hull. Suzèle prédit le congédiement de tous les francophones de la fonction publique du Canada au lendemain du référendum si le OUI l'emportait. Fabienne promit le réembauchement de tous les congédiés dans la Fonction publique du Québec avec l'ouverture des nouveaux ministères.

À chaque intervention, les deux clans s'en donnaient à coeur joie avec férocité. Lorsque les représentantes du NON parlaient, les deux tiers de la salle applaudissaient à tout rompre. Aussitôt que les tenantes du OUI répliquaient, se défendaient ou contre-attaquaient, le tiers de la salle hurlait, criait, rigolait. Pendant deux heures infernales, on fit feu sur tous les fronts: la langue, la culture, l'économie, le féminisme. Les arguments qui volaient de toutes parts montaient à la tête comme un bon vin capiteux.

À bout de munitions, les adversaires cessèrent le feu et la présidente invita la salle à intervenir par des commentaires ou des questions aux participantes.

Une grande blonde efflanquée, exsangue et maquillée à l'emporte-pièce, demanda à Suzèle pourquoi les fédéralistes tenaient tellement aux Québécois tout en soutenant qu'ils étaient un poids pour le Canada. Suzèle pataugea, coula, fit surface et fut sauvée par des applaudissements assaisonnés de huées. La présidente rétablit l'ordre. Une anglophone posa une question en anglais à Fabienne. Des protestations fusèrent de tous les coins de la salle. «Le français est la seule langue officielle de ce débat», rugit une voix anonyme. Tout en reconnaissant le bien-fondé de la requête de la salle, la présidente voulut faire une exception et Fabienne répondit brièvement dans la langue de la nouvelle minorité. Plusieurs autres questions permirent de répéter ad nauseam ce qui avait déjà été dit. La ferveur s'éteignit peu à peu.

Ni vainqueures, ni vaincues. C'est alors que Fabienne décida de porter son coup.

— Madame la présidente, avant de clore ce débat, j'aurais une question à poser à une des participantes du NON, plus précisément à mademoiselle Suzèle Longchamp.

Interloquée, la présidente ne savait trop si elle devait refuser ou obtempérer à la demande de Fabienne, mais celle-ci enchaîna en laissant supposer qu'elle avait déjà la permission.

— D'abord, je voudrais savoir comment il se fait que mademoiselle Longchamp participe à ce débat pour le NON alors qu'à titre de chef d'unité à l'école des langues fédérale, elle a défendu à tous ses professeurs de faire de la politique en général et en particulier de s'impliquer dans le référendum.

Suzèle se raidit sur sa chaise, pinça les lèvres, passa la main dans ses cheveux ondulés.

— Je considère, mademoiselle ou madame Fabienne Leclerc, que l'on peut s'impliquer dans la politique et le référendum en dehors du contexte du travail. Ce que j'ai demandé à mes professeurs, c'est de s'en abstenir en classe.

Fabienne n'avait posé cette question qu'à titre de leurre afin de masquer les prochains coups. Elle frappa une deuxième fois sans avertissement.

— Avez-vous déjà été membre d'un parti indépendantiste?

Suzèle faillit en perdre ses boucles d'oreilles sous le choc de l'attaque. Elle avala sa surprise d'un long soupir avant de crier sa réponse un peu trop précipitée:

— Non jamais!

Fabienne, avec un sourire fragile, laissa planer le silence comme un aigle royal.

— Très bien répondu, mademoiselle, mais j'ai ici sous les yeux une liste et une photocopie de carte qui nous révèlent que vous avez été membre du Parti québécois durant l'année 1976-77. Êtes-vous prête à le nier?

Prise en flagrant délit de mensonge, Suzèle, décontenancée, chercha un instant à louvoyer pour finalement avouer:

— Oh! j'ai peut-être contribué à une campagne de financement pour faire plaisir à une amie.

— Et pourtant, mitrailla Fabienne, j'ai ici une carte en bonne et due forme à votre nom? C'est plus qu'une simple contribution.

— Mais c'est un véritable interrogatoire! Non, je ne m'en cache pas. J'ai été membre du Parti québécois pendant un an. Mais quelqu'un a le droit de changer d'idée après mûre réflexion. Et aujourd'hui, je ne suis plus membre et je crois fermement qu'il faut voter NON à cette question tordue et obscure. Voilà!

La salle éclata en applaudissements, mais une vague de murmures s'enfla et vint les balayer. Fabienne éleva la voix.

— Serait-ce parce que le Parti québécois accédait au pouvoir en 1976? Il y a des gens qui aiment toujours être du côté du pouvoir. Ou encore suivre la mode. En un mot, pourrions-nous savoir quels motifs vous ont poussée à adhérer au parti indépendantiste?

Cette fois, Suzèle perdit pied. Blême comme une morte, elle laissa s'enfler le silence avant de répondre:

— Je ne suis pas obligée de répondre à toutes vos questions. C'est hors débat. Permettez-moi de vous rappeler que ce n'est pas un procès ici.

Des huées accueillirent cette dérobade. Suzèle tenta d'ajouter quelque chose, mais Fabienne n'attendait que ce moment pour porter le coup de grâce.

— N'est-il pas vrai, mademoiselle Suzèle Longchamp, qu'on vous a promis une intéressante promotion dans la Fonction publique fédérale si vous acceptiez de prendre part à ce débat en faveur du NON étant donné qu'on manquait de voix compétentes pour défendre cette cause?

La présidente tenta d'intervenir mais Suzèle explosa.

— Je... je ne permettrai pas des insinuations pareilles, des calomnies. Je reconnais bien là les tenants du OUI qui veulent salir tous leurs adversaires.

— Il y en a qui aiment mieux se salir plutôt que de salir, hurla Fabienne dans le brouhaha général.

Ce fut la pagaille. Tout le monde voulait parler en même temps pour protester, questionner, affirmer, insulter, répliquer. La présidente perdit totalement la maîtrise de l'assemblée. De chaque côté de la scène, les deux adversaires dressées se mitraillaient de regards meurtriers.

Fabienne jouissait à en baver. Elle n'avait jamais rêvé de réussir aussi bien sa vengeance. Suzèle, figée de colère, bouillonnante de rage, les yeux glacés de haine, était au bord des larmes que seul l'orgueil lui permettait de retenir et de contenir. À son tour, elle jura d'avoir la tête de Fabienne coûte que coûte. Elle n'avait jamais été aussi humiliée en public et son ennemie jurée allait le payer cher.

Chapitre 33

— Je veux te voir, immédiatement, à mon bureau.

Le ton était sec, raide. Un murmure étouffé par la colère. Une voix enfoncée dans les entrailles. Fabienne se retourna pour faire face à Suzèle. Elle sentit tout de suite que le chef d'unité n'entendait pas à rire. Suzèle, blanche de rage, blême comme une face de carême, mais avec un éclat de vengeance dans l'oeil, n'allait tolérer aucune résistance.

— Qu'est-ce qui te prend, Suzèle? Il n'y a pas le feu! Ça peut attendre, j'ai un cours à préparer. On pourrait remettre ça à cet après-midi.

— Non! tout de suite! Ça ne sera pas long, je t'assure, insista Suzèle d'une voix étranglée par un noeud coulant et l'oeil en couteau ébréché. Fabienne toisa une fois encore son chef, histoire de se laisser le temps de flairer le piège qu'on lui tendait. Elle referma la porte coulissante de son casier, tourna la clé et glissa celle-ci dans sa poche. Suzèle suivait ses moindres gestes avec attention. Lorsqu'elle vit la clé disparaître dans la pochette, elle eut un mince sourire tranchant avec un rien de retroussé en direction du défi. Fabienne essayait en vain de scruter les intentions de sa rivale. Finalement, elle eut un geste de résignation et fit signe qu'elle voulait bien suivre.

Suzèle referma la porte de son bureau, prit place dans son fauteuil, posa devant elle ses longues mains aux doigts de fée, fixa un instant le bout de ses ongles longs et très blancs avant de lever lentement les yeux sur Fabienne.

— Tu sais très bien que je ne tolère pas que mes professeurs fassent de la politique partisane dans mon unité.

Elle attendit que Fabienne réponde quelque chose ou fasse un signe quelconque d'assentiment, mais celle-ci demeura de marbre et aussi silencieuse qu'un sphinx en contemplation dans un monastère moyenâgeux. Suzèle vrilla ses yeux dans ceux de Fabienne.

— Pas de politique, c'est clair! Or, j'ai la preuve que tu fais actuellement de la politique et en pleine campagne référendaire par-dessus le marché, proféra-t-elle, la voix incendiée par sa propre envolée.

Fabienne, avec un sourire gras de mépris, brisa enfin son mutisme.

— Et est-ce que je pourrais savoir quelle preuve? demanda-t-elle, l'oeil pavoisé d'ironie.

— Tu distribues des *pamphlets,* des tracts, de la propagande en faveur du OUI et cela auprès des professeurs et même des étudiants. C'est intolérable au Bureau des langues.

Suzèle bouillonnait. Sous l'effet de la colère, sa voix n'était plus qu'un filet qui bondissait sur les cailloux d'une colère incontrôlable. Mais son oeil étoilé de vengeance jubilait, triomphait.

— Je me permets de te rappeler, ma chère Suzèle, que le gouvernement fédéral a laissé les fonctionnaires libres de faire campagne en faveur du OUI ou du NON, lança Fabienne avec une belle maîtrise d'elle-même et un calme qui frisait l'insolence.

— Pas au Bureau des langues! hurla Suzèle. Et surtout pas dans mon unité, et ça tu le sais très bien.

— Oui, oui, je sais, en dehors du travail mais pas au travail. Est-ce que Suzèle Longchamp peut émettre des règlements spéciaux par-dessus la tête du gouvernement ironisa Fabienne d'une voix froide à donner le frisson. Et puis j'attends toujours cette preuve.

À ce moment, on frappa à la porte et Vincent entra dans le bureau avec une brassée de dépliants qu'il braqua sous le nez de Fabienne pour finalement les déposer sur le pupitre de sa maîtresse. Suzèle les consulta rapidement et son visage s'éclaira de satisfaction.

— Où est-ce que tu as trouvé ça, Vincent?

— Dans les casiers de Fabienne, je viens juste!

— Comment as-tu pu ouvrir mes casiers? Je les ai verrouillés, s'indigna Fabienne.

— Et pourquoi tu les as verrouillés? demanda Suzèle. Tu as quelque chose à cacher? Eh bien! on commence à perdre sa belle assurance.

— Je n'ai rien à cacher sauf mon sac à main. J'ai besoin de le mettre en sécurité.

— N'aie pas peur, Fabienne, la rassura Vincent. Ton sac à main est sous clé; je n'ai pris que les *pamphlets*.

— Parce que si je comprends bien, tu as une autre clé.

Vincent jeta un sourire entendu à Suzèle qui contre-attaqua.

— Alors, la voilà ta preuve, ma chère Fabienne. Des tracts, fit-elle en brassant les dépliants comme une épaisse pâte à pain. Des tracts! Certains étudiants ont déjà porté plainte, tu entends? Ça me fait une belle réputation à moi et à l'unité!

— Je m'en fous, répliqua Fabienne, tu peux les confisquer bien que je considère que c'est un abus de pouvoir que je vais contester devant le syndicat. De toute façon, demain j'en aurai encore plus et ce n'est pas toi qui vas m'empêcher de les distribuer: le cadenas Suzèle ne me fait pas peur.

— Attention, Fabienne, l'évaluation s'en vient et, avec la politique, c'est un petit jeu dangereux. Le directeur est sur les épines. Il ne veut pas entendre parler de référendum entre ces murs. Alors je ne me gênerai pas pour mettre ta propagande en évidence. Gare à toi! tu pourrais te faire taper sur les doigts.

— Peu importe, Suzèle, le lendemain du référendum, tu ne pourras même plus me toucher du bout du petit doigt. C'est toi qui devras te tenir les deux fesses dans la même direction et en belles parallèles, avec ton bouquet de menaces. Tu raisonnes un peu trop par oreille, ma chère Suzèle, Miss M'as-tu-vu-trop-longtemps.

Verte de rage, Suzèle tremblait à se disloquer les jointures.

— Je te fais un blâme tout de suite! On va bien voir qui aura le dernier mot: des têtes enflées et brûlées comme toi ou bien ceux qui détiennent l'autorité comme moi? Un blâme!

Elle laissa le mot se déposer dans le silence.

— Un blâme? Ah! je commence à comprendre. Mademoiselle cherchait sa vengeance... elle n'a pas perdu de temps. Bravo!

— Oui, tu m'as humiliée une première fois devant toute l'unité avec ton complot de femelles mal dégrossies et une deuxième fois en plein débat. J'ai juré alors que je te le ferais payer cher.

— Oh! mais attention, mademoiselle Hitler, il va falloir justifier ton blâme.

— T'inquiète pas, dans le contexte actuel du référendum, ça ne sera pas difficile, je t'assure. Et avec un blâme, tu vas lever les pattes sans autre forme de procès. Ce n'est pas toujours à la même à se gargariser le fond de la gorge. Chacun son tour. C'est ma vengeance, comme tu dis, et je la savoure jusqu'à la dernière goutte.

Le mot à lui seul enflammait la voix de Suzèle.

— Eh bien! gargarise-toi et j'espère que tu vas te noyer avec ta vengeance.

Fabienne se dirigea vers la porte.

— Ce n'est pas tout, lança Suzèle. Il y a autre chose de plus grave encore.

Fabienne fit face, les yeux comme des braises. Elle revint brusquement vers Suzèle, se pencha sur son bureau et prononça en mordant dans chacun de ses mots:

— Et quoi encore? Crache! Vipère!

Suzèle laissa flotter un petit sourire amusé, jeta un coup d'oeil à Vincent qui ne réussit qu'à émettre une vague grimace.

— Non seulement je sais reconnaître les voix déguisées au téléphone, mais moi aussi, je suis capable de mener mes petites enquêtes. À ce que je vois, madame Fabienne, plus ou moins mariée et remariée, n'aime pas toujours coucher dans son lit. Elle aime faire des petites sauteries du côté des hauts fonctionnaires. Je ne comprends pas. Ils doivent manquer de goût ou être mal pris. Et pourquoi ne pas en profiter alors, d'une pierre deux coups, pour subtiliser de petits renseignements qu'elle refile au Parti québécois qui fait flèche de tout bois par les temps qui courent. Référendum oblige, n'est-ce pas? Qu'est-ce que tu en penses?

Fabienne était sidérée. Elle regardait tour à tour Vincent, pincé d'un rictus tordu, et Suzèle qui semblait atteindre l'orgasme de la vengeance.

— Mais ma pauvre Suzèle, tu dérapes, tu dévales la pente en courant. Dis-moi que j'ai mal entendu ou merde. Qu'est-ce que tu vas inventer là? Mais c'est une accusation grave! Et tu n'as pas de preuve parce que ce n'est pas vrai. C'est archi-faux!

— Pas de preuve? Je n'en serais pas si sûre à ta place, Fabienne. En tout cas, ce ne serait pas difficile de convaincre la GRC de faire sa petite enquête. J'ai assez d'atouts en mains.

— Alors, tu peux les jouer tes maudits atouts, je n'ai pas peur. Vu?

Et Fabienne claqua la porte comme si elle avait voulu l'arracher de ses gonds.

Chapitre 34

— *Oliver,* est-ce que *tou* vas voter OUI ou NON?

La question siffla comme une balle aux oreilles. Plus la date du référendum approchait, plus on faisait silence autour de la fameuse question. Entre étudiants et professeurs, c'était presque devenu un sujet tabou. On aurait juré que les étudiants s'étaient dit qu'il valait mieux laisser les francophones réfléchir en toute tranquillité pour qu'ils se rendent bien compte de la gravité de leur décision. Ça valait mieux que de les provoquer à la discussion et à l'affrontement et de risquer de les durcir dans une position encore chancelante.

Mais en ce 20 mai 1980, date historique, voilà que Ralph ne pouvant plus se contenir osait aborder le sujet et de plein front. Bien sûr, il avait lancé sa question sur un ton mi-enjoué, mi-sérieux, mais le silence qui avait accueilli son intervention se fit lourd, très lourd. Nancy arrêta brusquement son tricot et l'envisagea comme s'il venait de proférer une grossièreté. Dave et Betty le regardèrent de travers tandis que Wallech changeait de position dans son fauteuil, cherchant une contenance plus naturelle. Amraj ne broncha pas d'un pli. Kioto faisait semblant de n'avoir rien compris. Helen décocha une flèche empoisonnée.

— Voyons, Ralph, Olivier dit toujours OUI... aux femmes.

La flèche fendit l'air et rata la cible.

On attendait toujours la réponse du professeur. Olivier balaya la classe d'un long regard plein de malice, puis leur octroya son plus large sourire.

— Monsieur le juge Ralph Lamarch, suis-je obligé de répondre?

Pris au dépourvu, ce dernier mordilla férocement dans sa cigarette éteinte. C'est Dave qui vint à sa rescousse.

— Nous sommes dans un pays libre, au Canada. *Tou* peux pas répondre si *tou* veux. Mais ton silence est une réponse. Si *tou* votais NON, *tou* n'aurais pas *peurr* de le dire.

Olivier rougit légèrement. C'était un coup de fouet à sa fierté. Il se maîtrisa tout de même et ses yeux pétillèrent à nouveau d'ironie.

— Monsieur le procureur Dave Fletcher, je ne répondrai qu'en la présence de mon avocat.

Cette fois, Wallech sourit devant l'habileté de son professeur à esquiver la question.

— Il me semblait... enfin je croyais du moins que cette question était taboue. J'avais même l'impression que vous aviez peur d'en parler. Mais je crois qu'aujourd'hui, ça ferait un excellent sujet pour pratiquer notre français. J'en avais choisi un autre, mais on peut commencer par celui-là, si tout le monde est d'accord.

Échanges de regards, mais aucune protestation. Ils attendaient sa réponse et leur curiosité se lisait sur leur visage tendu. Même Nancy le fixait en triturant son tricot au risque de perdre de précieuses mailles.

— Eh bien! je vais vous dire franchement; je vais voter. ... OUI.

Il se fit un grand silence. Les yeux de Ralph se durcirent, Wallech redressa la tête sous le coup et Helen se mit à applaudir très fort par ironie.

— *Tou* aimes ça *respond* OUI à une *quouestion* qui n'est pas *clear,* lança Ralph qui semblait subitement oublier son français élémentaire.

De dépit, il écrasa sa cigarette du talon sur la moquette.

Olivier sentit que la guerre était déclarée. Il n'avait pas le choix. C'était l'occasion rêvée de défendre son point de vue et de balayer beaucoup d'ignorance chez ses étudiants sur les francophones et sur l'enjeu du référendum. Pour ce faire, il devait continuer d'afficher son attitude un peu détachée sans se mettre en colère et leur faire sentir qu'il planait au-dessus de leur complot mesquin. Il ne fallait surtout pas oublier son rôle d'enseignant dans cette discussion émotive.

— Même si cette discussion est très prenante, n'oubliez pas votre français. Ralph, on dit «répondre» et «clair».

Celui-ci haussa les épaules et esquissa un signe affirmatif tout en donnant de solides coups de mâchoire dans sa boule de gomme à mâcher qu'il venait de s'enfourner à pleine paume.

— Au contraire, Ralph, je pense que la question est très claire. Tellement claire qu'elle aveugle ceux qui y sont opposés. Elle exprime exactement ce que nous voulons, les francophones: souveraineté politique et association économique avec le reste du Canada. Si le référendum gagne, je veux dire si le OUI l'emporte, vous perdrez une minorité, mais vous gagnerez un peuple ami.

— Jamais *Canada* fera l'association avec le *Quouibec* indépendant, rugit Wallech, les yeux embrouillés plus par l'indignation que par sa propension au sommeil.

Olivier ressentit l'attaque avec violence. Si ses étudiants oubliaient leur calme, lui, il devait garder son sang-froid.

— Justement, Wallech, tu es bien placé pour savoir que l'Allemagne et la France se sont fait trois guerres meurtrières et que pourtant aujourd'hui elles sont partenaires dans le Marché commun. Si le Québec devient indépendant, ce sera d'une façon démocratique et les anglophones sont les plus grands défenseurs de la démocratie, non? Bien sûr, les premiers temps, ce sera dur à avaler. Nous aurons à négocier la séparation, puis l'association. Mais à la longue, il faudra reconnaître que nous avons tout avantage à collaborer, à faire du commerce par exemple. Nous avons besoin les uns des autres, c'est évident. Petit à petit, les choses s'arrangeront et tout ira bien. Vous imaginez? Nous aurons même une monnaie commune! Ce sera une sorte de marché européen, l'Union communautaire de l'Amérique du Nord.

— *So,* je comprends pas, s'exclama Nancy. Nous avons déjà le Marché commun dans la Confédération. Pourquoi séparer le *Quouibec* alors?

— Oh! la Confédération n'est pas exactement un Marché commun. En Europe, les pays sont politiquement indépendants, mais ils sont en confédération au point de vue économique. Actuellement, le Québec n'est pas libre politiquement. Au gouvernement fédéral, nous occupons le quart des sièges et c'est finalement la majorité anglophone qui décide. Nous sommes entre les mains des Canadiens. L'indépendance ne sera pas un paradis, mais pas davantage un enfer. Les tenants du OUI comme ceux du NON exagèrent lorsqu'ils prédisent des catastrophes si leur option ne l'emporte pas. Cependant, nos problèmes seront réglés par nous et pour nous. En d'autres mots, nous sommes tannés de jouer au hockey à un contre dix. Pas surprenant qu'on se fasse compter des buts, ce qu'on appelle aussi se faire passer des québecs.

— Là, *jé né souis* pas d'accord. Le Premier ministre est francophone et tous les principaux ministres aussi. Le parti libéral est *élou* par le *Quouibec.* Alors on peut dire que les francophones sont au pouvoir *dans le* Canada, affirma Betty les yeux noircis par la colère.

— Élu, Betty. Attention aux u. Mais tu sais très bien que, malgré ça, les décisions sont prises d'abord en faveur de l'Ontario et souvent au détriment du Québec parce que l'Ontario, c'est la colonne vertébrale du pays.

— *Tou* as raison, *Oliver,* enchaîna Helen, nous dans l'Ouest, on pense que tout le pays est *colonized* par l'Ontario.

— Colonisé, Helen, colonisé. Merci tout de même de ton approbation, mais il faut dire qu'après l'Ontario, l'économie du pays repose sur le blé et le pétrole de l'Ouest. Ce sont les trois piliers qu'il faut sauver au Canada aux dépens des pêcheries des Maritimes, du textile et de la papeterie au Québec. Un Québec indépendant garderait ses impôts et pourrait se développer comme il l'entend.

— *Pardon me,* rétorqua Wallech, les provinces riches donnent au *Quouibec* plus et il paie moins d'impôts. Vous seriez encore *plous* pauvres. La *équalization of payments* favorise le *Quouibec.*

— La péréquation, en français. Là, je suis d'accord, Wallech, mais j'espère que tu comprends que les Québécois sont fatigués, sont tannés comme on dit, d'être des assistés sociaux, des locataires, au Canada. Nous voulons nous débrouiller seuls comme tous les autres pays. Et nous sommes prêts à en assumer les responsabilités et les conséquences. Ceux qui appellent ça de la lâcheté, ils ont des problèmes de vocabulaire. C'est l'indépendance qui est un défi à relever, pas le fédéralisme qui n'est pour nous qu'une sorte de refuge contre la peur de se prendre en mains.

Un court silence suivit cette affirmation. Dave, Ralph, Wallech et Nancy semblaient chercher d'autres arguments. Dave trouva le premier.

— *Oliver* je ne comprends pas les *séparatisses.* Un Québec indépendant sera plus faible. L'union fait la force, c'est bien connu. Plus un pays est grand, plus il est fort. C'est facile *à comprendre ça,* dit-il l'accent à peine entaché par sa langue maternelle.

— Dave, ton argument semble très juste si on ne réfléchit pas trop. Mais je te ferai remarquer que les petits pays ont actuellement un excellent standard de vie. Par exemple, la Suède, la Norvège, la Suisse, la Hollande, le Danemark et bien d'autres. Par contre, un gros pays comme l'Inde est très pauvre. Parmi les pays moyens, il y a des pays riches comme le Japon et l'Allemagne, mais aussi des pays plutôt pauvres comme l'Italie et l'Espagne. Ce que je veux dire, c'est que l'étendue et la population d'un pays n'a rien à voir avec sa prospérité. La Chine est pauvre avec son milliard d'habitants. Quant à ton argument que l'union fait la force, alors poussons ton raisonnement jusqu'au bout. Pourquoi le Canada ne deviendrait pas un état des États-Unis? Nous serions plus forts. Pourquoi le monde entier ne deviendrait pas un seul pays?

— Oui, mais *Oliver,* enchaîna Nancy, la séparation du *Quouibec* est une sorte de sécession, une *rébellionne.* On ne peut pas laisser faire ça. Les Américains se sont battus pour *iounité.* Regarde en Europe, ils ont beaucoup de petits pays, mais ils ont eu beaucoup de guerres aussi.

— Ils ont eu des guerres à cause des gros pays comme l'Allemagne avec Hitler, comme la France sous Napoléon. Ces hommes ont voulu justement faire l'unité de l'Europe et ils n'ont réussi qu'à provoquer des catastrophes. Pour moi, Napoléon et Hitler sont les plus grands criminels de l'Histoire tout comme Staline et Mussolini. Ce ne sont pas les petits pays qui ont fait les guerres et, même quand ça arrive, ça ne fait pas des guerres mondiales à moins que les grands ne s'en mêlent, bien entendu. Quant à la guerre de Sécession, les Nordistes n'ont pas combattu le Sud pour libérer les esclaves noirs. C'était un faux prétexte. La vraie raison, c'était la richesse du Sud. Je me demande pourquoi on n'aurait pas deux pays aux États-Unis au lieu d'un. Lincoln aurait évité une des guerres les plus sanglantes de l'Histoire. Et tout ça au nom de l'unité? Un pays, ce n'est pas éternel. Les États-Unis ont accepté de nouveaux états qui se sont joints librement à eux. Pourquoi des états ne se sépareraient pas librement, sans guerre civile? Par exemple, je suis d'accord pour que les Noirs prennent trois ou quatre états pour en faire leur pays. Pourquoi le divorce ne serait-il pas à la mode aussi pour les pays?

Un mouvement d'indignation courut dans la classe.

— Pourquoi pas? Les Noirs ont travaillé autant sinon plus que les Blancs pour construire ce pays. Ils ont droit d'être maîtres chez eux, d'être indépendants et de former leur propre pays, s'ils le veulent. Même chose pour le Québec. Le Canada n'est pas éternel. Un contrat social peut se changer sans effusion de sang. Par exemple, je suis d'accord pour que les Indiens et les Inuits prennent des morceaux du Canada pour former leurs propres pays, s'ils le veulent eux aussi.

Des grognements de désapprobation bondirent de Dave à Ralph puis à Wallech.

— Pourquoi pas? Ce sont les premiers occupants du pays. Nous leur avons volé leurs terres. Il faut avoir l'honnêteté de le reconnaître. Il ne faut surtout pas l'oublier. La force des armes, ce n'est pas un droit démocratique.

— Et c'est beau de voir ça, attaqua Betty avec des ressorts dans la voix. Les Noirs se battent entre eux. Idi Amin Dada est *une tyranne.* Qu'est-ce que *tou* dis de ça? Et elle lâcha le fond de sa pensée dans un vibrant *shitt* qui semblait résumer pour elle tout le génie de sa langue d'assimilation.

— Un tyran, c'est masculin.

Betty fit la grimace comme si le français lui donnait mauvaise bouche. Nancy fusilla Betty du regard qui comprit trop tard la teinte raciste de son intervention.

— Bien sûr, Betty, je condamne Idi Amin Dada et je déplore toutes les guerres entre les pays africains. Mais ce n'est pas une raison pour les coloniser et les exploiter. Nous, les Blancs, nous n'avons aucune leçon à donner aux Noirs sur ce point. Nous avons eu notre large part de tyrans et de guerres dans l'Histoire. Je viens de les nommer. Et s'il fallait coloniser tous les pays qui ont fait la guerre, la terre entière serait colonisée aujourd'hui.

— *Tou né* vas pas dire que le *Quouibec* est *colonized* actuellement, s'indigna Wallech. Vous êtes sur le même pied *d'équality* que nous. *So,* il y a pas de différence *except,* la langue.

— Eh bien là! mon cher Wallech, j'en ai long à dire. Le Québec est le plus vieux pays colonisé du monde. C'est peut-être pour ça que les Québécois eux-mêmes l'ont oublié. Ils n'ont même plus conscience de l'être. C'est devenu une habitude, une manière d'être. On parle même des deux races, comme si l'une était blanche et l'autre de couleur. C'est particulièrement évident pour les personnes âgées. Ce sont elles qui en ont le plus souffert de ce subtil colonialisme et elles vont voter NON aujourd'hui. Tous les sondages le démontrent. Par exemple, à Montréal, les francophones étaient obligés d'être bilingues pour gagner leur vie dans plusieurs domaines. Dans les Cantons de l'Est, pour avoir des postes de cadres dans les mines, il fallait savoir parler anglais. Même chose pour les pêcheurs de Gaspésie. Ici même, dans l'Outaouais, certains grands magasins et certains commerces interdisaient à deux francophones de se parler français, il n'y a pas si longtemps. Et je pourrais citer encore de nombreux exemples... Les Gaspésiens étaient réduits en esclavage par les grandes compagnies de pêcheries...

— Oui, mais *Oliver,* coupa Nancy, partout les riches ont exploité les pauvres, en Ontario, dans l'Ouest, dans les Maritimes. Les Anglais pauvres ont été exploités comme les francophones.

— As-tu lu, Nancy, le *Portrait du colonisé et du colonisateur* d'Albert Memmi? Il explique très bien comment le colonisé est dépersonnalisé, déprécié, humilié, comment il se fait une image dégradante de lui-même, comment il contracte un complexe d'infériorité collective. L'exploitation à cause de la race, de la langue ou de la religion est pire que celle des riches envers les pauvres... et c'est ça être colonisé...

— Les *séparatisses* oublient que la Confédération a tout *erased,* trancha Ralph la gorge écrasée par la rage.

— Non, elle n'a pas tout effacé, malheureusement. Mes grands-parents eux-mêmes, ce n'est pas de la préhistoire, croyaient qu'ils étaient nés pour un petit pain noir et ils s'y résignaient. Ils pensaient que leur infériorité était écrite dans leurs gènes, qu'ils naissaient inférieurs face aux anglophones.

Olivier fit une pause. Il était en train de s'emporter. D'une voix plus douce, il poursuivit.

— Je ne veux pas vivre dans le passé, mais le passé explique souvent le présent. Nous avons été conquis en 1759. Puis en 1837, nous avons été écrasés à nouveau...

— Voilà, les *séparatisses* n'ont jamais oublié les Plaines d'Abraham, coupa Ralph en écrasant du talon un autre mégot comme si c'était la tête de son professeur.

— Tout au contraire. Je crois que ce sont les conquérants qui n'ont jamais oublié. Car comment expliquer ce désir d'indépendance chez la moitié des Québécois si vraiment la Confédération nous avait mis sur un pied d'égalité? La Confédération a fait du Québec une réserve de prolétaires et de chômeurs.

Olivier fit une nouvelle pause cherchant où il avait laissé en plan son résumé historique. Puis ayant retrouvé le fil de ses idées, il poursuivit en baissant le ton.

— Après le long camping des Anglais dans la Belle Province, période qu'on a appelé le régime anglais, lors de l'établissement de la Confédération, le Québec est entré sans référendum, par le seul vote de nos députés qui fut d'ailleurs très serré, 26 à 22. Et puis on nous a imposé les conscriptions des deux guerres mondiales. Et puis, je résume, je résume. Au Québec même, le revenu des francophones était le dernier tout récemment. On ne pouvait pas gagner notre vie sans parler l'anglais et on l'apprenait à nos dépens, non pas comme vous, salaire payé et cours gratuits. Par ailleurs, toutes les compagnies au Québec étaient détenues par des Américains, des Britanniques ou des anglophones canadiens. Non seulement les francophones des autres provinces perdaient leurs écoles et devaient payer le double de leurs taxes pour avoir quelques écoles, rappelez-vous l'odieux règlement 17 en Ontario, mais encore ils étaient rapidement assimilés.

Et puis pour te prouver que je ne vis pas seulement dans le passé, prenez les événements d'octobre 70. On a envoyé une fois de plus l'armée au Québec pour écraser une poignée de terroristes et humilier tout un peuple. En mai 68, dix millions de Français sont descendus dans la rue, il n'y a pas eu de mesures de guerre. Aux États-Unis, on a assassiné un président et plusieurs hommes politiques, et pas de mesures de guerre. En Italie, pas de mesures de guerre pour les Gardes rouges. En Allemagne, pas de mesures de guerre pour la bande à Bader. Au Canada, pour beaucoup moins, on a fait appel à l'armée. C'est triste et révoltant.

Olivier s'arrêta comme s'il s'attendait à des commentaires ou à des protestations. Mais rien. Ils le fixaient tous en silence. Il trouva un nouveau souffle d'éloquence et poursuivit.

— Le Québec n'est pas colonisé comme l'Afrique du Sud bien sûr, mais il est colonisé d'une façon camouflée. Nous ne représentons plus que le quart de la population après en avoir été la moitié et le jeu de l'immigration joue continuellement contre nous. Par ailleurs, nous sommes plus différents qu'on le pense. Pas seulement la langue, mais la culture aussi. Nous sommes des Américains de langue française. Les autres Canadiens n'ont pas d'identité. Nous, nous commençons à en avoir une. Nous ne voulons pas de la fameuse mosaïque canadienne qui est un *melting pot* déguisé. La Confédération, c'est le tombeau des minorités.

— Justement, relança Dave, la majorité au Canada est anglophone. Vous n'avez pas le droit au Québec d'imposer la langue française comme seule langue officielle. Chacun a le droit de faire instruire ses enfants dans la langue qu'il veut. La langue, c'est comme la religion, on n'a pas le droit de *la forcer*. La loi 101, c'est «crois ou meurs» des *muslims*.

— Bravo, Dave, le feu de la discussion rend ton français presque parfait. Mais il faut dire musulmans et non *muslims*. Cependant pour répondre à ta question... C'est drôle, lorsque c'est le Québec ce n'est jamais normal. Depuis l'élection du P.Q. s'il pleut ou s'il y a des tempêtes de neige, c'est la faute du *Péquiou*. Cette élection a vraiment jeté un froid au pays, c'est le moins qu'on puisse dire.

Olivier s'arrêta pour laisser sa blague produire son effet, mais le résultat fut peu encourageant.

— Le Manitoba a imposé l'anglais comme seule langue officielle par exemple, et il y a de cela 75 ans et personne n'a trouvé ça scandaleux à l'époque. Les francophones étaient hors-la-loi dans cette province. Les enfants se rendaient plus tôt le matin à l'école pour apprendre leur langue et quand l'inspecteur passait, on cachait les livres de français. Ça c'était normal! Mais quand le Québec a voulu faire la même chose, oh là! attention! Quel scandale! Tout de suite devant les tribunaux et condamnation de la loi 101. Vous le savez, ça vient juste d'arriver. Tiens! voilà justement une autre bonne raison d'être indépendant. Pas de Cour suprême pour nous imposer le bilinguisme institutionnel.

— Oui, mais quand on *imigrate* au Canada, intervint Wallech, l'accent chargé d'orage et d'ombres farouches, on nous dit que c'est un pays *anglophône*. Et on arrive ici et il faut apprendre le français. Ce n'est pas *jouste* pour les immigrants.

— Voilà justement pourquoi le Québec veut être représenté sur la scène internationale. Tu as entendu parler de la guerre des drapeaux entre Québec et Ottawa? Si le fédéral ne veut pas dire toute la vérité aux émigrants dans le but de les attirer, il faut que le Québec les renseigne honnêtement. Au Québec, c'est le français, l'école française, pas autre chose. Pour ce qui est des droits individuels à la langue de son choix, je suis d'accord quand il s'agit des grands pays où la langue nationale n'est pas en danger. Mais au Québec, les droits de la collectivité passent avant les droits individuels si nous voulons survivre comme peuple. Et n'appelez pas ça du fascisme. Il faut tout simplement nous protéger et si les immigrants ne veulent pas apprendre le français qu'ils aillent dans les autres provinces; ils vont être très bien servis.

— En Ontario, les francophones ont le droit d'aller dans les écoles françaises, rugit Nancy et les immigrants ont droit *d'advertiser* dans leur langue. *For example,* à Toronto, il y a *plous* d'immigrants que de *Canadians*. Au *Quouibec,* vous faites *une* ghetto.

— Un ghetto, c'est masculin. Mais ce n'est pas la même chose, Nancy, pense-z-y un peu, reprit Olivier plus bas pour la calmer. En Ontario, jamais la langue anglaise ne sera menacée. Vous avez les trois quarts du Canada et les États-Unis pour vous appuyer. Cela fait un bassin, un océan de 250 millions d'anglophones. Vous pouvez laisser toute liberté aux immigrants et aux francophones. Ce n'est pas le cas au Québec. Et encore là, nous n'avons aucune leçon à recevoir sur la façon de traiter nos minorités. Par exemple, la minorité anglophone a son réseau scolaire, ses universités, ses journaux, ses postes de radio et de télé. Elle jouit, même avec la loi 101, de plus de privilèges que toutes les minorités francophones au Canada, peu importe la province. Et encore, la minorité anglophone du Québec se paie le luxe de jouer la martyre. Les comparaisons avec les nazis, aussi odieuses et mensongères qu'elles soient, pleuvent dans la presse anglophone et les Américains les répètent comme des perroquets. Je dirais plutôt que ce sont les anglophones du Québec qui forment un ghetto linguistique. Les francophones vont voter sur une option politique, c'est pourquoi ils sont divisés. Les Québécois anglophones vont voter NON sur une base uniquement linguistique. Ça ne s'est jamais vu. Où sont les anglophones au Canada qui appuient l'indépendance du Québec? Tous les pays qui ont lutté pour leur libération ont eu l'appui d'une partie du pays colonisateur. Même au plus chaud de la guerre d'Algérie, des Français par milliers étaient en faveur de l'indépendance de l'Algérie.

Olivier fit une pause. Il était en train de s'emporter. Il prit une profonde respiration avant de poursuivre sur un ton plus calme.

— Et puis il ne faut pas se raconter d'histoires. Dans le reste du Canada, les immigrants peuvent parler leur langue maternelle entre eux, mais la langue de communication reste l'anglais. C'est évident. Même pour les Amérindiens et les Inuits. Quant à l'histoire du ghetto, c'est ridicule. Aucune société en Occident n'est plus ouverte que la nôtre. Même au Québec, les francophones sont en danger d'assimilation dans certaines régions comme ici, l'Outaouais, et Montréal. On y vend des quantités de disques et de livres anglais. Les francophones écoutent la radio anglophone et regardent la télé aussi. Comment pouvez-vous parler de ghetto?

— D'accord, *Oliver,* je *souis avec ton opinion* pour tout cela, reprit Dave, mais moi j'ai peur du *Péquiou.* Ce sont des *radicals,* des communistes, des terroristes, des marxistes. Tu comprends? Avec eux, j'ai peur *pour* une guerre civile, j'ai peur que la Belle Province *devient,* pardon devienne, subjonctif, un autre *Couba,* un autre *Vietnâm.*

Dans le feu de la discussion, Olivier décida de laisser tomber toutes les corrections.

— Moi, je pense qu'il n'y a aucun danger. Ma peur ne vient pas du côté du P.Q. Jamais on n'a eu au Québec un parti aussi démocratique et aussi modéré et honnête et compétent et bilingue. Jamais on n'a eu un taux de satisfaction aussi haut de la population pour son gouvernement. Bien sûr, il y a des radicaux dans le parti, mais quel parti n'en a pas? Soyez sans crainte, ils sont en minorité. Non, j'ai bien plus peur de la réaction des autres Canadiens et même des Américains. C'est ma seule peur en votant OUI. Souvenez-vous du Chili par exemple.

— Moi, coupa Wallech, d'une voix amère qui semblait sourdre d'un abîme de rancoeur, j'ai peur des *nationalizzmes.* J'ai souffert de ça en Pologne, mon pays. On a *persécouté* les Juifs et les Polonais au nom du *nationalizzme.* Et le *Péquiou* est un parti nationaliste, non? J'ai peur *pour* la guerre civile, tu comprends?

— Le P.Q. prône l'indépendance du Québec sans aucune animosité contre aucune autre race ou ethnie. Notre nationalisme est de bon aloi comme le nationalisme canadien ou américain. C'est normal.

— *Tou* n'a pas *peurr, Oliver,* demanda Nancy, que toutes les compagnies quittent le *Quouibec* après l'indépendance? Ce sera la misère pour les *Quouibecois,* mais il sera trop tard.

— J'ai vécu trois ans au Maroc. Ce pays a fait son indépendance. Il a même imposé l'arabe et le français à tous les investisseurs étrangers. Mais il y a de l'argent à faire au Maroc et les investisseurs sont restés, certains même sont revenus après un moment de dépit, de réticence.

— Oui, mais *Morocco* est un pays pauvre, objecta Nancy dont le clic-clic des aiguilles à tricoter titillait les nerfs d'Olivier.

— Pas plus qu'avant l'indépendance. Évidemment, je ne compare pas le Québec au Maroc au point de vue économique. En fait, nous sommes le pays le mieux placé au monde pour acquérir notre indépendance. Mais le problème, c'est que nous sommes gâtés par notre haut standard de vie. Si vous comparez le Québec à tous les pays qui sont devenus indépendants depuis la Deuxième Guerre mondiale, pas un n'est aussi bien organisé, aussi instruit, aussi évolué. Nous avons donc toutes les chances de rester riches et même de le devenir encore plus. De toute façon, l'indépendance d'un peuple n'est pas seulement une question économique. La question est la suivante: voulons-nous un pays bien à nous, oui ou non? Lorsque les États-Unis sont devenus indépendants, ça semblait être de la folie pure. La colonisatrice, l'Angleterre, était à cette époque infiniment plus riche et plus puissante. C'était insensé de se séparer d'elle. Et pourtant aujourd'hui, les États sont devenus beaucoup plus riches et plus puissants que leur mère patrie. S'il fallait qu'à chaque fois qu'un pays qui est dans une situation difficile accepte de perdre son indépendance pour tomber sous la coupe d'un autre, on n'aurait pas fini de voir les pays changer de figure. Par exemple, l'Angleterre vient d'avoir une inflation de 20 à 25% et les Anglais n'ont pas demandé de devenir un état des États-Unis. Voici quelques années, on n'aurait jamais imaginé que les Américains seraient forcés par les Arabes de dévaluer leur dollar et pourtant, c'est arrivé. On n'aurait jamais pensé non plus qu'un petit peuple comme le Viêtnam puisse résister à la plus grande force militaire au monde. Bien sûr, on crie actuellement aux maudits Arabes à cause de la crise du pétrole, mais n'oublions pas que nous avons exploité ces pays pendant des générations. Nous avions le pétrole pour presque rien. Et nous l'avons gaspillé de façon honteuse, soit dit en passant. Puis un jour, les Arabes se sont réveillés et ils nous ont demandé le prix. Eux aussi ont décidé d'être indépendants. Je suis d'accord avec eux. Je suis contre toutes les formes d'exploitation et de domination collectives ou individuelles. Et si nous oublions notre égoïsme, nous comprendrons mieux les révolutions actuelles, un peu partout dans le monde. Je ne suis pas pour la violence, mais quelques fois, c'est le seul moyen qu'il reste aux faibles de répondre à la violence de leurs exploiteurs. Je ferme la parenthèse. Heureusement, au Québec, nous voulons faire l'indépendance par des moyens démocratiques, mais c'est très long. C'est pourquoi je pense que le OUI perdra le référendum. C'est presque impossible de demander à tout un peuple d'avoir une conscience claire de sa situation. Il faut reconnaître que plusieurs Québécois en sont encore au niveau de la bière et de la télé. Ils ne comprennent rien à la société qui les entoure.

— C'est ça, ironisa Ralph, les yeux comme des chiures de mouches noyés dans ses épaisses lunettes. Vous allez avoir des référendums jusqu'au moment où vous *gagnez*. Ça ne *finit* jamais!

— N'oublie pas, Ralph, que Terre-Neuve a tenu deux référendums avant d'entrer dans le Canada. Et maintenant, s'ils veulent en sortir, je suis d'accord avec eux pour un autre référendum et même deux ou trois. Comme je l'ai dit, les pays ne sont pas éternels. Et puis il faut comprendre que c'est long et difficile pour tout un peuple de devenir conscient de sa propre exploitation, surtout si elle est bien dissimulée. En 1966, seulement 8% des Québécois votaient pour le R.I.N., le Rassemblement pour l'Indépendance nationale. En 1970, 23% votaient pour le P.Q. En 1973, 30% et finalement en 1976, 40%. Chacun prend le temps qu'il faut pour devenir conscient de sa situation. Pour les uns, ça se fait rapidement, pour d'autres ça prend beaucoup de temps.

Olivier étendait à plaisir son filet d'arguments pour les emprisonner comme de vulgaires poissons. Clac. Et le piège se refermait.

— Oh! tu sais, en 1976, coupa Dave, l'ironie en glissade dans l'entrebâillement des paupières, beaucoup de Québécois et même des anglophones ont voté pour le *Péquiou* seulement pour se débarrasser des libéraux. Il ne faut pas te faire d'illusions.

— Bien sûr, je ne me fais pas d'illusions. À toutes les élections, il y a des gens qui votent pour des motifs autres que le programme ou l'équipe de candidats. C'est normal. Mais les anglophones qui ont voté pour le P.Q. auraient pu voter pour l'Union nationale. Peut-être qu'ils pensaient que le P.Q. présentait la meilleure équipe, souligna Olivier avec un sourire moqueur. Enfin, nous ne savons pas. Peu importe d'ailleurs. L'important, c'est de savoir si le P.Q. va plafonner un jour. Si oui, alors on pourra conclure que le Québec ne veut pas de l'indépendance. Mais jusqu'ici, on peut dire le contraire. Il progresse sans cesse. Il faut donc voir.

Les quatre heures de cours avaient flambé comme par enchantement. On en avait même oublié la pause café. Un vrai miracle! Olivier annonça que c'était l'heure du lunch. Mais Dave protesta.

— Il faut continuer cette discussion. J'ai encore beaucoup de choses à dire, *Oliver*. On t'invite aux Raftsmen. On va brasser tout ça autour d'un pot de bière, c'est le cas de le dire.

— C'est inutile, Dave, personne ne changera d'idée en discutant. Chacun garde son opinion.

— *Of course,* intervint Wallech, mais ce matin, j'ai compris beaucoup mieux pourquoi il y a tant de *Quouibécois* qui veulent l'indépendance. C'est bon. C'est très bon de discuter cette question. En plus, nous n'avons jamais parlé aussi longtemps le français. C'est *un good practice.*

— Kioto et Amraj n'ont pas parlé beaucoup, fit remarquer Olivier, en souriant.

— Justement, on va les faire parler à la brasserie, affirma Dave.

Olivier hésita encore, mais devant l'unanimité de la classe, il céda.

— D'accord.

Quelques minutes plus tard, aux Raftsmen, on délaissa la discussion pour s'absorber dans les délices du premier pot de bière.

Trop parler français, ça assèche la gorge, fit remarquer Dave en éclatant de rire.

Après tant de paroles, il faisait bon se taire tout en se laissant envelopper par le bruit de fond de la brasserie. Puis Olivier relança la discussion.

— Vous savez, il y a une question qui me chicote depuis longtemps. Pourquoi vous, les *Canadians,* vous tenez tant à garder le Québec dans le Canada? René Lévesque, dans une conférence quelque part en Ontario, je crois, a dit: «Nous sommes une épine dans votre pied. Enlevez-la donc.» C'est vrai. Parce que si on examine bien la situation, vous avez tout intérêt à laisser le Québec partir. Le bilinguisme coûte cher et c'est à cause du Québec. Le taux de chômage dans la Belle Province est très élevé et ça coûte cher au gouvernement fédéral. Le Québec empoche le tiers de la péréquation et surtout, peu importe le gouvernement provincial au pouvoir, le Québec est toujours un empêcheur de tourner en rond. Alors, dites-moi pourquoi voulez-vous absolument garder le Québec?

Le silence qui suivit ne fut pas seulement noyé par la bière qui coulait à flots dans les gosiers, mais aussi par une incertitude qui paraissait laisser tout le monde dans l'embarras. On semblait n'avoir jamais réfléchi sérieusement à cette question. Ralph haussa les épaules, Wallech émit un grognement pour toute réponse. Nancy s'absorba dans l'assiette de fèves au lard qu'on venait de déposer devant elle. Ce fut Dave qui se hasarda le premier.

— Oh! nous aimons beaucoup les Québécois, *tou* vois. On ne peut accepter de les perdre. *It's a love story.*

Et il noya son sourire dans une longue rasade de bière.

— Allons, allons, Dave, ne me joue pas la romance autrement tu vas être obligé d'emprunter le violon de Ralph.

Ce dernier sourit tout en mordant dans une frite bien croustillante.

— Dis-moi que tu tiens à nos richesses naturelles, à l'électricité, à la voie maritime du Saint-Laurent, mais pas à nos yeux bleus, ça non!

— *Tou* fais des blagues, *Oliver,* mais c'est vrai, *tou* sais. Nous, les *Canadians,* nous sommes des Américains sans vous. Nous n'avons pas d'*identity.* Vous êtes notre *identity.* Si le *Quouibec* se sépare, le Canada va tomber en morceaux. Je suis sérieux.

Les autres, soulagés, approuvèrent. La discussion sombra dans les estomacs affamés. Pendant de longues minutes, chacun savoura un morceau de tourtière, une patte de cochon ou une portion de cipaille, puis ce fut encore Olivier qui reprit les hostilités.

— Comprenez-moi bien. Je ne dis pas que le colonialisme, c'est la faute de la majorité anglophone. D'abord, les majorités ignorent les minorités et puis à votre place on aurait probablement fait la même chose. La preuve, nos minorités indiennes et inuites, on s'en fiche et on ignore tout d'elles. Non, c'est notre faute. C'est presque toujours la faute de la minorité. C'est pourquoi nous perdrons le référendum, je vous le garantis. À peine la moitié des francophones sont conscients de leur situation. Non, la libération doit venir des minorités elles-mêmes. Aux États-Unis, les Noirs ne doivent pas attendre leur égalité des Blancs. Ils doivent la prendre eux-mêmes. Les femmes ne doivent pas attendre leur émancipation des hommes.

— Là, je *souis* d'accord pour les femmes, coupa Helen.

Betty lui décocha un regard en lame de couteau.

— Moi, la libération de la femme, lorsque je me lève tous les matins pour aller au bureau, je *souis* contre.

— C'est pourquoi, poursuivit Olivier sur sa lancée, elles voteront NON en majorité parce qu'elles ont autre chose à faire: elles doivent se libérer elles-mêmes. (Il fit une pause pour avaler une bouchée de tourtière.) Nous sommes les Nègres blancs de l'Amérique, vous avez probablement entendu cette expression. J'en veux donc aux Québécois qui sont trop profondément colonisés pour l'admettre. Notre devise ne devrait pas être «Je me souviens» mais plutôt «J'oublie vite et bien».

Olivier fit une autre pause, croqua quelques frites qu'il submergea de grandes gorgées de bière, puis poursuivit.

— Même chose, je ne suis pas anti-anglais, ni contre le fait d'apprendre l'anglais. Tout au contraire. C'est évident que nous devons apprendre l'anglais et si possible toutes les langues du monde. C'est une réaction d'adolescent que de refuser d'apprendre l'anglais en Amérique du Nord. Mais je trouve qu'il est inadmissible qu'on soit obligé de l'apprendre pour gagner notre vie au Québec. Le bilinguisme dont se vantent tant les francophones est un signe d'infériorité. Au Maroc, par exemple, le colonisé parlait français, il était bilingue, mais pas le colonisateur.

Dans tous les pays, le colonisé parle la langue du colonisateur. Au Maroc, je disais à mes étudiants qu'il était anormal qu'ils soient obligés d'apprendre le français pour gagner leur vie dans leur propre pays. Et pourtant j'étais moi-même professeur de français là-bas. À ma grande surprise, mes étudiants me répliquaient que le français était une langue supérieure à l'arabe. Au Québec, j'ai dit la même chose et mes étudiants m'ont fait la même réponse que les Marocains. Selon eux, l'anglais est bien supérieur au français. Et pourtant, c'était le même français dans les deux cas. C'est ça, être colonisé. C'est avoir une image fausse de soi-même. Une image dégradante, diminuée, défigurée. (Il promena un regard scrutateur sur ses étudiants qui n'eurent aucune réaction.) J'ai entendu des francophones dire qu'ils étaient contre l'indépendance parce qu'ils s'étaient toujours bien entendus avec les anglophones. C'est ridicule, dire une chose pareille. Ce n'est pas parce que je m'entends bien avec mes voisins que je dois demeurer dans la même maison qu'eux. Vouloir avoir son propre pays, ce n'est pas être raciste ou être contre les autres, ou alors les Canadiens auraient été racistes d'avoir refusé d'être Américains.

— Alors pourquoi *tou* travailles au fédéral et pourquoi *tou* as travaillé pour *le CIDA, Oliver,* s'indigna Wallech risquant de s'étouffer avec sa bouchée de cipaille.

— C'est très simple, Wallech. Parce que le Québec est encore dans le Canada, parce que je paie encore mes impôts au fédéral. Je regarde aussi Radio-Canada et je roule sur les routes nationales. On peut faire partie du Canada, travailler même pour le gouvernement fédéral, tout en pensant que l'indépendance serait une meilleure solution pour le Québec. Et probablement que je le penserai jusqu'à ma mort, même si l'indépendance ne se réalise jamais. Tout comme certains Canadiens sont communistes et vivent dans un pays capitaliste. C'est facile à comprendre, il me semble.

— Les *séparatisses* sont des *rebels* à leur pays. En *U.S.S.R.,* ils seraient mis en prison ou envoyés *dans la*

Sibérie, *tou* sais ça, tonna Ralph ponctuant sa sortie d'une bruyante éructation.

— Il ne manquait plus que ça: l'Apocalypse selon saint Ralph! s'esclaffa Olivier. Oui, et je sais que le Canada est une vraie démocratie et non pas l'U.R.S.S. À part ça, les vrais séparatistes, comme tu dis, au Québec, ne sont pas les francophones, mais les anglophones. D'une part, ils ont toujours imposé leur langue, celle de la minorité au Québec, et d'autre part, ils ont toujours refusé d'apprendre le français, malgré les nombreuses incitations que leur a servies leur grand ami, le parti libéral lui-même, avec les lois 63 et 22. Par ailleurs, ils ont dirigé l'économie du Québec en évitant de faire participer les francophones comme groupe. Bien sûr, certains Québécois se sont débrouillés et sont devenus millionnaires dans ce système de libre entreprise. Ce sont les Québécois alibis. Mais d'une façon générale, on nous a gardé à l'écart des postes de cadres. Et pire encore, à compétence égale, on a toujours préféré un unilingue anglophone à un bilingue francophone. Et quand on dit que les indépendantistes veulent élever un mur autour du Québec, c'est très drôle. C'est plutôt certaines villes anglophones de l'île de Montréal qui ont élevé des murs autour d'elles pour se protéger des Québécois. Si on voulait élever un mur autour du Québec, on pourrait toujours dire qu'on a suivi un bon exemple et qu'on est allé à la bonne école.

À mesure que les pots de bière se vidaient, la discussion devenait de plus en plus décousue. Dave affirma un peu plus tard, la lèvre ruisselante de bière et gonflée d'ironie:

— La loi 101, ça vient de la dénatalité au *Quouibec*. Ce que Durham n'a pas *réoussi* à faire, la *piloule* l'a fait. Vous voulez remplacer la *revenge* des *berrceaux* par la *revenge* contre les *néo*, en imposant le français aux immigrants. Vous pouvez faire ce que vous voulez. *You're kicking a dead horse.* Votre Duplessis, la religion et l'ignorance sont les seuls responsables de ton fameux *colonializzme*. Maintenant, c'est fini. La révolution tranquille a corrigé tout ça.

— On pourrait dire plutôt que le refuge dans l'ignorance, dans la dictature et la religion est le résultat du sous-développement, c'est-à-dire du colonialisme subtil dont a été victime le Québec, répliqua Olivier. Regarde, Dave, tous les pays sous-développés et tu vas constater le même schéma.

— Bon, bon *Oliver, tou* as des réponses à toutes nos questions. Mais ce n'est pas juste, nous parlons ta langue. *Tou* peux te défendre mieux que nous.

— Oui, mais vous êtes 9 contre un. Exactement comme le Québec et les neuf autres provinces. Ça rétablit l'équilibre. Et puis ce que vous vivez présentement, dites-vous que les francophones l'ont vécu depuis des générations, c'est-à-dire se défendre dans une autre langue que la leur.

Quelques gorgées plus loin, Ralph lança à bout portant:

— Les *Quouibécois* sont des lâches. Ils ont *refiousé* de défendre leurs mères patries, l'Angleterre et la France, dans les deux dernières guerres. Plusieurs *Canadians* sont morts ou ont été *injured,* mais pas les *Quouibécois.*

— D'abord, tu dois savoir que plusieurs Québécois sont morts et ont été blessés eux aussi à la guerre, volontaires ou non. Bien sûr, nous avons voté contre la conscription parce que nous n'avions pas envie d'aller défendre la France qui nous avait laissés tomber en 1759 et l'Angleterre qui nous avait conquis et colonisés. Je pense que c'est bien normal et n'importe quel autre peuple en aurait fait autant à notre place. De plus, ça prouve que nous sommes un peuple pacifique, lança Olivier avec une pointe de malice. On traite les indépendantistes de nazis et de racistes, mais au fond nous sommes très pacifiques. Un autre peuple aurait pris les armes depuis longtemps et aurait fait la révolution comme dans des dizaines de pays à commencer par les États-Unis et l'Angleterre qui a tué ses rois et ses reines, et que dire de la France maintenant?

Les arguments allaient à hue et à dia, déraillaient dans toutes les directions. Comme dans toute bonne discussion, on répétait les mêmes objections aux mêmes arguments parce qu'on ne prêtait plus attention aux réponses de l'adversaire. La bière diluait la logique du discours et amortissait l'impact des réponses. Comme elle annonçait qu'elle allait partir, parce qu'il était déjà 4 heures, Betty lança:

— Et si le Québec se sépare qu'est-ce qui *arrive* aux Franco-Ontariens et à tous les francophones du Canada, hors du Québec comme on les appelle maintenant, je crois?

— Si le Québec devient un pays, les francophones du Canada auront le choix de réintégrer le nouveau pays ou de rester à l'étranger comme aujourd'hui. Depuis un siècle, on tient le Québec en otage à cause des francos de toutes les provinces. Maintenant, finies les folies! comme dirait quelqu'un que vous connaissez bien. De toute façon, ils doivent commencer à être fatigués de se battre pour conserver leur langue qu'ils perdent de plus en plus vite, surtout les jeunes. Toi-même, Betty, tu en es un vivant exemple. Donc qu'ils viennent au Québec qui ne sera plus la province qui fait la belle, mais un vrai pays et ils seront chez eux. (Personne ne comprit le jeu de mots.) Sinon qu'ils subissent les conséquences de leur décision. Moi, si je décide demain d'aller vivre en Allemagne, je ne vais pas réclamer des écoles françaises pour mes enfants. Je vais suivre les règles du jeu dans ce pays. Alors, ils feront la même chose. C'est pourtant simple.

Sur ce, Nancy remballa son tricot, Betty se leva. Kioto et Amraj emboîtèrent le pas. Leurs heures régulières de cours étaient écoulées, personne ne pouvait plus les retenir. Olivier pensait en avoir fini et se leva à son tour en disant:

— Eh bien! je crois que nous avons fait une de nos meilleures journées de pratique de français aujourd'hui. Vous avez beaucoup parlé. Malheureusement, moi, j'ai trop parlé. Je m'excuse si je n'ai pas corrigé toutes vos fautes, mais dans le feu de l'action, ça devient presque impossible. L'important est de s'exprimer, de faire passer le message.

Mais Wallech et Dave lui firent signe de se rasseoir, le temps de prendre un dernier pot de bière. Ils avaient encore quelques points à discuter. Le garçon apporta le pot et les verres se remplirent une fois de plus.

— *Oliver*, je dois te dire que *tou* enseignes plus que le français, reprit Dave. *Tou* enseignes une *mentality* et une culture québécoise. Nous avons eu une Franco-Ontarienne comme professeur et elle enseignait la langue comme les mathématiques, tu comprends ce que je veux dire? Mais avec toi, on va plus *profond* dans la langue, on va aux racines. C'est à la fois enrichissant et enrageant parce que je crois que nous avons la même culture, les deux peuples, même si *tou* dis le contraire. Nous avons plus de choses en commun que de choses qui nous séparent, *you know*.

— Dave, la culture c'est la communion dans la différence. Nous devons goûter à notre différence pour nous comprendre et nous apprécier. Nous avons en commun bien sûr, la culture mondiale largement américanisée de nos jours. Mais je suis contre une certaine nivellation des cultures, un *melting-pot* planétaire si tu veux. Tu comprends? Je pense que l'unanimité sera beaucoup plus belle si, au-delà des humanismes mal compris, on conserve les multiples visages de l'homme. C'est pourquoi je suis pour la résurrection de toutes les petites cultures, l'amérindienne, la galloise, la bretonne, la basque et j'en passe. Je suis à la fois contre l'ultra-nationalisme à la Hitler et la mosaïque canadienne qui assimile les minorités en faisant semblant de les respecter. On ne peut être citoyen du monde avant d'être citoyen d'un coin de terre d'abord.

— *Oliver,* pourquoi *tou* veux le divorce de nos deux peuples? Nous sommes mariés depuis longtemps. J'y *souis,* j'y reste!

— Nous avons été mariés de force. C'était un mariage de raison. Il faut donc divorcer maintenant pour se respecter, se comprendre et devenir de bons voisins, des amis même et sans pension alimentaire.

— On pourra même faire l'amour de temps en temps, poussa Helen en s'esclaffant, au moment où elle se levait pour partir.

— Pourquoi pas? rétorqua Olivier en souriant.

Le pot de bière était encore à sec. Olivier regarda sa montre: six heures. Il n'avait pas vu le temps passer. Dave fit signe d'apporter un autre pot. Mais Olivier se leva et résista à toutes les invitations à rester encore. Décidément, il allait oublier de voter! Ces étudiants voulaient absolument noyer son vote dans la bière.

— Encore une question, la dernière, *Oliver,* supplia Dave. Et le pétrole? Qu'est-ce que va faire le Québec sans le pétrole?

— Oh! bien sûr, le pétrole, tout comme l'économie en général, c'est la grosse question. Mais de toute façon, le prix du pétrole au Canada va rejoindre bientôt le prix international. Et puis plusieurs pays comme le Japon, l'Allemagne, la France, sont prospères et n'ont pas de pétrole. Et n'oublie pas l'électricité au Québec, ça ne remplace pas le pétrole évidemment, mais c'est une grande richesse et renouvelable, celle-là. Bon, je me sauve. À demain!

— Un moment *Oliver,* ordonna Wallech. Sais-*tou* que dans mon pays, en Pologne, au lieu de dire c'est le paradis, on dit c'est le Canada. Alors pourquoi tu veux casser ce beau pays, je ne comprends pas?

— Wallech, pour moi, c'est plus important de ne pas briser le Québec. Et qu'est-ce qui te dit que le Canada ne serait pas plus beau costumé en deux pays? Allez, bye!

Olivier tenta de se précipiter vers la sortie, mais ses jambes refusèrent de le propulser. Vraiment, il avait trop bu! Avaler bière sur bière, ça cognait drôlement.

Il appela Sagana, l'invita à passer la soirée chez Fabienne, mais elle refusa. Elle était fatiguée.

Olivier monta dans sa voiture. Au volant, ses réflexes n'obéissaient pas très bien. Ce n'était surtout pas le temps d'avoir un accident. Il ne lui restait que quelques minutes avant la fermeture des bureaux de scrutin.

Lorsqu'il arriva à l'école primaire où il devait voter, il y avait foule. La sortie des fonctionnaires provoquait l'affluence. Le scrutin se déroulait avec lenteur. Olivier dut attendre un bon moment avant de parvenir derrière l'isoloir. C'est avec empressement qu'il inscrivit son X vis-à-vis la case du OUI. Il avait attendu ce moment depuis vingt ans au moins et peut-être depuis sa naissance pour ainsi dire. Il était né fier et indépendant. À l'école primaire, l'Histoire du Canada l'avait fait bouillir de colère. Peut-être que dans quelques heures, il commencerait à avoir un pays bien à lui. Mais il ne se faisait aucune illusion.

Comme il sortait du bureau, la phrase prophétique de Pierre Bourgault lui monta à la mémoire: «Québécois et Québécoises, où que vous soyez dans le monde aujourd'hui, sachez que désormais vous avez un pays.» Un pays! pensa Olivier, tous ceux qui n'ont pour pays que le signe de piastre ne pouvaient comprendre ce que ce mot faisait vibrer en lui. Un pays! Rêve longtemps caressé et qui deviendrait peut-être un début de réalité dans quelques heures.

Un voteur le bouscula et le tira de sa rêverie. Il se rappela alors que Mariette, Julien et Guillaume lui avaient donné rendez-vous chez Fabienne pour écouter les résultats à la télé.

Lorsqu'il arriva chez Fabienne, il fut accueilli par des hourras comme s'il avait été l'ange annonciateur de la victoire. On se précipita vers lui avec des bouteilles de bière à la main. Jacques et Stéphane étaient aussi de la partie.

— Je ne veux plus voir la couleur de la bière, dit-il. J'en suis imbibé comme une éponge. J'en ai bu tout l'après-midi avec mes étudiants. Du seven-up pour le reste de la soirée, s'il vous plaît!

Un désordre furieux battait le flanc des murs comme une vague démentielle. La pagaille la plus insolente se promenait sur les tablettes et les meubles. L'appartement avait l'air d'un camping balayé par le vent de la folie. Des coussins, et des matelas jonchaient le plancher. Le téléviseur trônait sur une caisse de bière. Des posters provocants, filles et garçons nus, faisant la grimace, tapissaient les murs. Comme ses collègues, Olivier s'affala sur un coussin.

À la télé, les résultats n'avaient pas encore commencé à parvenir. Il n'y avait que des commentaires sur la tenue du vote. Olivier raconta sa journée avec sa classe.

— J'aurais aimé être cachée et voir la face de Ralph quand tu as dit que le Québec était colonisé, s'esclaffa Fabienne. T'aurais dû m'inviter; je lui aurais brassé le Québécois et le Canadien puisqu'il est aussi bien l'un que l'autre.

Puis les résultats commencèrent à s'inscrire sur le petit écran donnant tout de suite l'avance au NON et cette avance, dans le silence général, augmenta de minute en minute.

— Laissez-faire, quand le OUI va prendre l'avance, il va la garder jusqu'à la fin, déclara Fabienne en lançant sa bouteille à l'autre bout de la pièce.

À mesure que la soirée progressait, l'avance du NON devenait insurmontable. Chacun sombrait lentement dans la défaite. Mariette, Julien et Guillaume avec résignation, Fabienne, Jacques, Stéphane et Olivier avec amertume. À entendre Julien et Guillaume, ils avaient prédit depuis longtemps les résultats. Les Québécois étaient trop cons. Mais Fabienne était décontenancée par cette défaite, car elle avait cru fermement à la victoire depuis le début de la campagne. Olivier, dans son coin, osait à peine avouer qu'il avait espéré un miracle jusqu'à la fin.

Tout à coup, sur l'écran, apparut une foule péquiste, les uns en pleurs et les autres poussant des cris de victoire... impossible. Stéphane lança:

— Feu à volonté sur l'espoir!

Puis le petit écran fut crevé par l'image de René Lévesque, seul sur la scène nue, fatigué, maître de sa propre déception et tentant de calmer d'un signe de la main et d'un sourire grimaçant la clameur presque plaintive qui s'élevait de la foule. Alors, dans l'autre coin de l'écran, on vit apparaître, seule de tous les ministres, Lise Payette, triste, mais ferme, digne et courageuse, elle qu'on pouvait tenir en partie responsable de cette défaite avec son histoire des Yvettes.

— C'est elle qui m'a convaincue finalement de voter OUI, affirma Mariette d'une voix blanche.

— Malgré l'affaire des Yvettes, Lise Payette a été la meilleure vendeuse de l'indépendance, confirma Olivier.

— C'est elle qui m'a convertie, brailla Fabienne.

— Ostiguouille! s'exclama Jacques, c'est une femme qui a des couilles dans la tête.

— Où sont les autres ministres? hurla Guillaume.

— Ils sont allés se cacher comme les apôtres après la crucifixion, répondit Julien.

Olivier, Fabienne et tous les autres écoutaient religieusement le premier ministre qui parlait d'une voix enrouée en tentant de mettre un peu de baume sur les plaies vives. Quand il eut terminé, Stéphane se mit à déclamer:

— Québécois et Québécoises, vous qui ne m'écoutez pas, j'ai quelque chose à vous dire, ce soir. Nous sommes un peuple trop jeune pour avoir des rides, pourtant il faudrait voir notre âme de parchemin. Nous ne sommes que de petits enfants déchirés par leurs rêves. Justement, en rêve, j'ai vu les chutes Montmorency se retrousser en chevelure folle, tentant désespérément de remonter à leur source. Mais à la fin du rêve, elles se noyaient dans les chutes Niagara.

— Ah! ça suffit le prophète, on n'a pas le coeur à écouter tes élucubrations, fulmina Jacques.

Outrée, la voix flottant dans plusieurs mètres de bière, Fabienne, les larmes aux yeux, décida de faire un discours à son tour.

— C'est la première fois, la première, vous m'entendez, là, la première fois qu'un peuple dans l'Histoire refuse son indépendance. Et dire que tant de pays ont pris les armes, ont versé leur leur sang et ... et nous, on n'avait qu'un petit mot à écrire, sur, sur un petit, petit bout de papier, même pas un mot, bout de ciarge! un petit X seulement, un maudit petit X gros, gros comme ça. Pour une fois qu'on avait le nombre pour nous... C'est écoeurant. J'ai tellement travaillé, depuis, depuis dix ans pour l'indé, l'indépendance. Il y a tellement de Québécois qui ont, ont travaillé comme moi. Pour rien, pour rien, bout de ciarge! On a tellement une men, une mentalité de vaincus qu'on, qu'on s'est battu nous autres mêmes.

Épuisé, à moitié éméché, dégoûté, Olivier annonça qu'il allait se coucher. Fabienne se jeta dans ses bras en le suppliant de rester encore un peu, toute la nuit même, avec Julien, Mariette et Guillaume et Jacques et Stéphane. Elle ne pouvait pas rester seule.

— Reste, mon beau Olivier, reste. Ce sera une nuit de deuil national. Nous fê, fêterons une autre défaite du peuple qué, québécois. La fête de la lâcheté d'une, d'une nation. On est encore à genoux, peux-tu comprendre ça, Olivier? Tiens, je vais ap,appeler la belle Suzèle. Elle, elle doit être contente en maudit, dit, avec son Vincent, pis Jean-Paul, et Raoul, les cham, champions du NON. Ils célèbrent notre enterrement national, les maudits traîtres!

Olivier lui enleva le récepteur avec fermeté.

— Allons, Fabienne, tu te laisses emporter. Va te coucher, ça va aller mieux demain. Les Québécois ont peut-être choisi la meilleure solution. L'Histoire nous le dira. Et puis on en a vu d'autres. Ce soir, nous avons perdu une grosse bataille, mais nous gagnerons la guerre.

— Maudit, Olivier, regarde-moi, regarde-nous. On est des vaincus. Regarde ma tête, elle est, elle est, belle, hein? C'est la tête d'une vaincue. Cette fois, on s'est coulé nous autres mêmes, des Qué, Québécois ont tiré sur... sur d'autres... Québécois. On n'a pas d'excuses, comprends-tu Olivier? pas une maudite de bout de ciarge d'excuse. Tu... tu les as vus, hein? Olivier, les vainqueurs du NON. Ils ne chantaient pas, pas fort, hein? Tu veux que je te dise; ils ont honte. HONTE!

— Allons, Fabienne, arrête de boire et va te coucher. Tu en as besoin, ordonna Julien, en lui arrachant sa bouteille.

— Ah! même vous autres, mes amis, même vous autres, vous avez peur de, de crier, ce soir, à tout le monde, votre souffrance, votre humiliation, votre martyre. Eh bien! moi, je n'ai pas peur, peur de crier, de pleurer, de gémir, parce que ça fait mal... Oui, oui, ils ont honte. Les Québécois se sont tirés dans, dans le dos aujourd'hui. Pan! pan! comme ça. C'est la pire défaite de notre, notre Histoire. Ah! on peut le dire que c'est un jour his,historique! Nous sommes la risée de toutes, toutes les nations. On va tirer à la une dans les journaux du monde entier: «Un peuple trop lâche pour, pour prendre sa propre liberté». J'ai honte, honte... d'être femme, ce soir, parce que les femmes ont voté en majorité NON. J'ai honte de la génération avant, avant nous. Ils nous ont privé d'un pays, nous les jeunes, nous, l'avenir.

Mariette fit signe aux trois hommes de partir.

— Je vais passer la nuit avec elle. Vous pouvez partir. Soyez tranquilles.

— Olivier! Olivier! croassa Fabienne en esquissant un sourire amer, tu sais pour, pourquoi le NON a gagné? C'est, c'est parce que, que les femmes trouvent Ryan plus beau que, que Lévesque, voilà pour, pourquoi. Toutes des connes!

Elle émit un ricanement aviné, puis comme s'adressant à toute la province.

— Québécois et Québécoises, où que, que vous soyez dans le monde actuellement, sachez que vous, vous n'avez pas, pas encore de pays, hurla Fabienne. Puis elle s'écroula en sanglots.

Olivier refusa l'offre de Guillaume et de Julien d'aller le reconduire à son appartement.

Après avoir garé sa voiture devant son appartement, il erra longtemps dans les rues presque désertes. Peu de maisons avaient encore leurs fenêtres allumées. Il pensa:

— Et dire qu'il y aurait pu y avoir tant de lumières dans les maisons et plein de chants et de cris de joie dans les rues. On aurait dansé partout.

Il entra une heure plus tard. Avant de s'endormir, il murmura dans la pénombre de sa chambre.

— Tout de même, c'est une casse-cou de journée! Historique ou non.

Chapitre 35

Deux semaines après son opération, Sagana avait obtenu son congé de l'hôpital. Pendant toute cette période, Olivier n'avait pas manqué une seule journée de lui rendre visite. Aussitôt ses cours expédiés, il ne prenait pas la peine de passer à son appartement. Il se rendait tout droit à l'hôpital, soupait avec Sagana et passait toute la soirée à parler avec elle.

L'attitude des étudiants avait changé du jour au lendemain. On sentait Olivier nerveux, tendu, inquiet. Ni Dave, ni Wallech, ni Ralph ne tentaient d'amorcer une discussion quelconque. Helen ne faisait plus de blagues osées ou de remarques déplacées. Personne ne faisait allusion à la défaite du réferendum. Tous les jours, ils s'informaient de Sagana, et Olivier se rassurait en voulant les rassurer. Mariette aussi prenait des nouvelles et l'encourageait de son mieux. En silence, les autres collègues respectaient sa souffrance.

Quelques jours avant de quitter l'hôpital, Sagana avait insisté pour lui montrer ses plaies et n'avait pas aimé la lueur indéfinissable, un mélange de peur et de répugnance, qui était passée dans les yeux de son fiancé. Elle ne pouvait dire exactement ce que cette lueur signifiait, mais elle avait senti par la suite une sorte de réticence chez lui. Cet incident l'avait profondément affectée et elle ne savait trop ce que l'avenir leur réservait à tous les deux.

Bien sûr, Olivier l'aimait toujours, cependant il y avait désormais entre eux un «mais» énorme dont les quatre lettres formaient comme un mur de brouillard difficile à pénétrer. Évidemment, avec le temps, les plaies guériraient et les prothèses lui formeraient une poitrine toute neuve, mais cela suffirait-il à abattre ce mur qui se dressait entre eux?

De retour, seule dans son appartement, incapable de reprendre ses activités normales pour un bon moment encore, Sagana supportait mal sa solitude. Elle ne pouvait faire le moindre geste qu'au prix d'un effort considérable et d'une souffrance constante. Et surtout, que de temps elle avait pour penser, réfléchir, imaginer Dieu sait quoi, jongler et jongler encore tout au long des longues journées.

Les médecins lui avaient-ils dit toute la vérité? L'ablation de ses deux seins avait-elle écarté pour toujours la menace du cancer? Celui-ci n'était-il pas tapis au fond de chacune de ses cellules, attendant le moment propice pour se réveiller à nouveau et la dévorer? Et puis surtout, l'amour d'Olivier était-il toujours aussi solide?

Pourtant, elle n'avait aucune raison de nourrir des craintes de ce côté. Chaque jour, comme lorsqu'elle était à l'hôpital, Olivier quittait son travail en trombe, se ruait vers son appartement, lui préparait à souper et passait toute la veillée avec elle. Rapidement, ils avaient repris avec d'infinies précautions, leurs caresses, leurs baisers et même de délicates étreintes. Olivier couchait dans l'appartement de Sagana et le lendemain matin repartait au travail après l'avoir embrassée tendrement et lui avoir prodigué encouragements et conseils à profusion. Parfois, lorsque son horaire le lui permettait, il venait dîner avec elle. Il ne faisait plus que des sauts rapides à son propre appartement pour prendre à la sauvette des vêtements ou des livres de références indispensables à la préparation de ses cours. Au diable la guitare et la peinture!

Un mois passa ainsi. Il semblait que tout redevenait normal, la vie en général et leurs relations en particulier.

Maintenant, Olivier supportait plus facilement la vue des plaies et parlait souvent des prothèses et de la silhouette qu'elle retrouverait. Il abordait même de temps à autres des projets de mariage qu'ils réaliseraient aussitôt qu'elle serait revenue à une plus normale.

Chapitre 36

— Le Bureau des langues, c'est le royaume des rumeurs.

— Je ne comprends pas ce que tu veux dire.

— Eh bien, la dernière rumeur qui court, c'est à propos de Suzèle.

— Suzèle?

— Comment tu ne savais pas?

— Non, explique-toi.

— La rumeur court que Suzèle va démissionner. Mais officiellement, la version est très différente. On lui aurait donné une promotion pour sauver la face. Au gouvernement, c'est le moyen classique pour se débarrasser de quelqu'un de gênant. On lui donne une promotion et bonjour la visite! Ad patres! En route vers les sommets de l'incompétence! Quel beau raccourci! Ça ne te fait pas rêver?

— Suzèle va nous quitter? Tu n'es pas sérieux?

— Aussi sérieux que le Commissaire aux langues officielles lorsqu'il sermonne les ministères récalcitrants au sacro-saint bilinguisme

C'est ainsi que Jacques apprit à Olivier le départ du chef de l'unité B-7. Comme la rumeur allait s'accréditant de jour en jour, Vincent s'enquit de la vérité auprès de Suzèle elle-même qui confirma la nouvelle. En peu de temps, toute une petite équipe s'affaira à organiser une fête pour souligner ce départ.

Il va sans dire que Fabienne, Ariane, Simone et compères, pour ne pas dire commères, s'opposèrent à cette fête. Plus que jamais, l'unité s'affrontait en deux blocs irréductibles. Les anti-Suzèle ne voulaient pas qu'un chef d'unité aussi détesté soit fêté pour son départ. En tout cas, il n'était pas question de contribuer à un cadeau qu'on voulait lui offrir à cette occasion. Elles menaçaient même d'être absentes lors de la petite cérémonie. Mais Vincent y tenait mordicus. Comme la moitié de l'unité n'avait rien à reprocher à Suzèle, il pouvait donc compter sur cet appui. Et puis il n'était pas question de ressasser les dissensions de l'unité au moment où Suzèle levait les pattes comme disait Ariane qui n'avait aucune rancoeur, mais gardait toujours sa verdeur d'expression.

Vincent fit le tour des professeurs de l'unité et réussit à amasser assez de fonds pour acheter un cadeau convenable. Restait le discours qu'on devait adresser lors de la remise du cadeau. Vincent se désista le premier; il était trop reconnu comme faisant partie du clan de Suzèle. Tous les autres professeurs dans la même situation déclinèrent cet honneur. Il fallait donc choisir un professeur neutre. Or, les neutres n'étaient pas nombreux dans l'unité. On pensa à Mariette qui refusa d'emblée par timidité ou par manque de courage, on avait le choix. Keylal ne voulait pas en entendre parler. C'est ainsi que Vincent s'amena fureter dans le jardin d'Olivier.

— Le comité d'organisation pour la fête de Suzèle a pensé tout de suite à toi pour faire un petit speech. Alors, tu acceptes? C'est oui? Bien sûr, il y a ton évaluation...

Olivier demeura interdit. S'il acceptait, c'était se ranger ouvertement du côté de ce Vincent qu'il n'appréciait guère. Par contre, il avait de bonnes raisons d'accepter; Suzèle avait sauvé son emploi en quelque sorte. Quant à son évaluation, elle ne pouvait, sans doute, faire autrement.

— Écoute, Vincent, si j'accepte, je ne veux pas que ce soit interprété comme une prise de position de ma part. Je reste neutre, de toute façon. Par contre...

— Par contre?

— Oui, par contre, je ne peux pas oublier ce que Suzèle a fait pour moi lorsque mes étudiants ont fait tout un plat avec mon problème de surdité. C'est donc par reconnaissance personnelle que j'accepte et non parce que je veux m'impliquer dans toutes vos bisbilles. C'est bien clair? Je veux qu'on le sache!

— Bien sûr, Olivier, bien sûr. Ça ne peut faire aucun doute dans tous les esprits. C'est justement à cause de cette histoire de surdité que j'ai pensé tout de suite à toi. Tu es le seul qui pourra trouver les mots justes pour la remercier. Ça lui ira tout droit au coeur, je te prie de me croire.

Olivier avait deux jours pour pondre son petit chef-d'oeuvre. Il y mit tout son coeur et toute son intelligence. Il devait être habile, ne blesser la susceptibilité de personne, mais dire la vérité. Ça, il y tenait!

Surtout souligner les moments pénibles de l'administration de Suzèle et y apporter un peu de baume pour elle, bien sûr, mais aussi pour toute l'unité afin d'en refaire précisément l'unité après son départ. Le nouveau chef devait trouver une équipe enfin réconciliée, prête à l'appuyer comme un seul homme. À la fin d'une deuxième soirée de travail ardu, il se trouva assez satisfait de son laïus. Il était prêt!

Vincent avait fixé la petite cérémonie le mercredi suivant. On renverrait les étudiants et l'après-midi serait consacré à souligner ce départ autour de quelques bouteilles de vin et une large gamme de fromages.

Le mercredi suivant donc, juste au moment d'entrer dans la salle où l'unité attendait son chef, Fabienne aborda Olivier.

— Mon cher confrère, c'est aujourd'hui la mise en terre.

— La mise en terre?

— Eh oui, je suis la plus heureuse des femmes en ce jour béni. Nous allons aux funérailles de Suzèle. J'ai rêvé à ça si longtemps que je n'y croyais plus. Nous avons enfin eu sa peau! C'est pour moi un jour de triomphe et pour toute l'unité, sauf quelques exceptions qui aiment vivre avec des cadavres dangereux.

— Je t'en prie, Fabienne, tu pousses un peu trop. On peut différer d'opinions avec un patron sans vouloir l'abattre coûte que coûte.

— Différer d'opinions? Quel bel euphémisme! Elle nous a fait souffrir pendant deux ans. C'est difficile de pardonner à un patron de nous avoir fait travailler dans un camp de concentration aussi longtemps. Goebbels, aujourd'hui, va avoir son jugement de Nuremberg et j'en suis fière, parce que je suis la principale responsable de la libération de l'unité B-7, je devrais dire la désunité B-7, parce que c'est ce qu'elle a réussi à faire de nous. Je me sens folle de joie comme les alliés à Dachau et je n'ai pas honte de le dire très haut: «Que justice soit faite»!

— Je ne comprends pas, Fabienne, ce besoin chez toi de donner aux relations de travail cette atmosphère de guerre à outrance, de guérilla sans merci. C'est pathologique chez toi, ma vieille.

— Évidemment, c'est impossible de convaincre quelqu'un comme toi. Je n'ai pas été surprise que tu aies accepté d'être le croque-mort de cet enterrement de première classe. Le rôle te va comme un gant! Bravo! On ne pouvait mieux choisir.

Olivier s'empourpra d'indignation en tordant les feuilles de son discours entre ses doigts crispés.

— Casse-cou! je pense, Fabienne, que tu souffres du délire de persécution. Ça t'aveugle complètement. Je ne suis pas le croque-mort d'un enterrement parce qu'il n'y a pas de mort, ça me fait plaisir de te l'apprendre. Suzèle a peut-être eu ses torts, j'en conviens, mais elle a eu aussi ses bons côtés. J'ai toujours refusé d'entrer dans ton petit jeu de femelle frustrée et vindicative, tu le sais. Je suis resté...

— Tu peux en parler de ta neutralité, mon cher Olivier, coupa Fabienne sur un ton tranchant comme un rasoir, Suzèle te faisait manger dans sa main parce qu'elle avait prêté une oreille attentive à ta surdité, sans jeu de mots, je ne peux pas me payer ce luxe. Je m'excuse de sembler m'en prendre à ton handicap, mais ta surdité t'empêchait de voir clair, si je peux m'exprimer ainsi. Tu es tombé dans son filet et elle t'a bien tenu, avoue-le. Ce n'est pas joli-joli, et à ta place je ne m'en battrais pas les flancs. Je me la bouclerais plutôt que d'aller faire le beau parleur devant toute l'unité.

— Personnellement, Fabienne, je n'ai rien à reprocher à Suzèle. Alors je ne vois pas pourquoi je pisserais du vinaigre en choeur avec toi et tes acolytes. Au contraire, Suzèle a toujours été chic avec moi et c'est ce que je vais dire.

— Bien sûr, avec la gueule qu'elle a, ça peut pas te laisser tout à fait insensible.

— Là, permets-moi de te dire que tu déconnes cent mille à l'heure et tu le sais très bien.

— En tout cas, moi, si je devais faire le speech, Madame Regarde-moi-donc en prendrait pour sa grippe espagnole. De toute façon, elle n'a pas osé mettre à exécution ses petites menaces. Elle a laissé tomber, faute de preuve.

Excédé, Olivier tourna le dos et entra dans la salle où toute l'unité attendait en cercle autour de la table qui étalait ses fromages comme autant de visages blêmes et ternes.

Constatant que tout le monde était là, Vincent sortit pour aller accueillir l'héroïne du jour. Lorsqu'elle entra, la moitié de l'unité applaudit sans conviction et sans enthousiasme. L'autre moitié, qui s'affichait depuis longtemps anti-Suzèle, avait finalement décidé d'assister à la mise en bière, comme ils disaient, juste pour jeter le froid qu'il fallait et surtout pour se payer la tête que ferait Suzèle.

Olivier se glissa à côté de Jacques qui lui murmura:

— Mon vieux, je te trouve courageux de faire ce discours. Tu as peut-être les meilleures intentions du monde, mais tu vas te mettre la moitié de l'unité à dos, ostiguouille, tu n'y penses pas?

Il s'arrêta pour observer Vincent qui se préparait à demander le silence.

— Mais ne t'en fais pas, je te comprends. Je ne suis pas particulièrement un fan de Suzèle, mais je trouve qu'il y en a qui ont la dent trop longue... comme la mémoire.

Vincent prit la parole et rappela pourquoi on se réunissait. Il annonça la promotion officielle de Suzèle à un poste important dans la Direction des langues officielles, puis il céda la parole à Olivier.

Aussitôt, celui-ci sentit le trac, qui le tenaillait depuis deux jours, s'évaporer comme par magie. Il s'avança, déposa ses feuilles devant lui: il savait son texte par coeur.

— Mes chers collègues, nous sommes réunis aujourd'hui pour souligner le départ de Suzèle, notre chef d'unité depuis deux ans. Je pourrais, comme il convient dans ces occasions, sortir tous les clichés archi-connus et prononcer un beau petit discours de circonstance comme celui qu'on attend de moi probablement.

Il fit une pause et balaya l'assemblé d'un long regard bien appuyé. Le commencement de son discours avait drainé l'attention de tout le monde.

— Je ne suis donc pas ici pour débiter les habituels lieux communs qu'on utilise à outrance dans cette sorte d'occasion. Suzèle, pendant deux ans, tu as dirigé cette unité. C'était pour toi un défi de taille que tu as relevé avec cran. Malgré ton peu d'expérience dans l'enseignement et dans la gestion, tu as assumé tes responsabilités au meilleur de tes moyens. Je ne veux pas cacher ici ce qui est pour tout le monde un secret de Polichinelle. Pendant ces deux années et surtout au cours des derniers mois, tu as eu à faire face à une opposition sérieuse dans cette unité. On peut même dire que l'unité formait deux blocs ou même trois si on compte les neutres. Bien sûr, nous faisions tous ensemble une expérience inhabituelle. La plupart d'entre nous sommes plus expérimentés que toi dans l'enseignement et nous avions donc à nous adapter à la gestion d'un chef d'unité plus jeune qui faisait ses premières armes. Mais nous aussi, nous en étions à nos premiers pas dans ce genre de situation. Alors, comment se surprendre de certaines frictions, de certaines dissensions qui parfois ont fait très mal et laissent encore des blessures difficiles à cicatriser?

Il fit une nouvelle pause. On aurait pu entendre une mouche réfléchir tout haut dans la pièce. Certains regardaient à terre, visiblement mal à l'aise, d'autres le fixaient avec étonnement, se demandant où il allait en venir finalement et jusqu'où il oserait aller trop loin.

— Aujourd'hui, à l'occasion de ton départ, il serait inutile de se raconter des histoires. Par exemple, de se faire accroire que tout est oublié et que tout est pour le mieux dans le meilleur des mondes. Mais je crois qu'il faut profiter de ce départ pour tirer plutôt des conclusions chacun de notre côté. Toi, Suzèle, dans la nouvelle fonction qui t'attend, et nous, en regard du nouveau chef d'unité qui nous sera assigné.

Personne n'avait envie de tousser ou de s'éclaircir la gorge. On retenait son souffle et les sourires dont certains avaient fait provision n'osaient même pas effleurer leurs lèvres.

— Pour ma part, tout le monde sait très bien, et je ne m'en cache pas, que je me suis toujours rangé du côté des neutres. D'abord, parce qu'étant nouveau venu je n'avais aucune raison de m'impliquer dans des querelles et des chicanes vieilles de plusieurs mois et qui s'envenimaient de jour en jour. Ensuite, parce que je n'avais tout simplement aucune raison non plus d'être contre ou pour quelque chose ou quelqu'un. Tout ce que je voudrais souligner en terminant, c'est l'immense service personnel que tu m'as rendu, Suzèle, et qui fait que je suis encore aujourd'hui professeur au Bureau des langues. Ça, je ne pourrai jamais l'oublier.

Olivier s'arrêta pour reprendre son souffle. Le silence était tendu comme une corde de guitare prête à éclater.

— Dis-toi Suzèle, que tu laisses à l'unité B-7, le souvenir d'une expérience marquante qui saura, j'en suis sûr, être profitable à chacun d'entre nous.

Un silence sans fond accueillit la fin du discours. C'était presque la consternation générale. On n'aurait jamais pu imaginer un seul instant qu'Olivier aurait eu le culot de prononcer un tel discours d'adieu. Après quelques secondes d'hésitation, un tonnerre d'applaudissements éclata. Même les anti-Suzèle qui s'étaient bien promis de ne pas manifester la moindre approbation, même tiède, se sentirent emportés par leur admiration devant le courage d'Olivier. Lorsque l'ovation, le mot n'était pas trop fort, se calma, ce fut au tour de Suzèle de demeurer interdite. Elle plia en deux les notes qu'elle avait préparées et s'avança.

— Merci, Olivier. Comme vous le constatez tous, je viens de mettre de côté la réponse que j'avais préparée à un discours «normal» entre guillemets. Mais ce que vient de dire Olivier me laisse estomaquée, les jambes et le souffle coupés, et je ne sais vraiment pas par quel bout commencer.

Elle fit une pause. Toute l'hostilité et le froid du début semblaient s'être envolés et tout le monde attendait avec impatience ce que Suzèle allait dire.

— Mais je dois reconnaître que je suis d'accord avec Olivier. Ç'aurait été trop facile aujourd'hui de s'envoyer des fleurs à pleines brassées, trop facile de vous dire que j'ai toujours été heureuse et contente dans cette unité, trop facile que vous me disiez que j'ai été un chef d'unité en or, trop fa...

Sa voix fit une ratée. Elle crut un instant qu'elle ne pourrait plus continuer. La gorge sèche et le souffle court, elle s'efforça de parler plus lentement pour maîtriser sa nervosité.

— Oui, trop facile de se cacher la vérité, de se farder la réalité. Depuis deux ans, j'ai vécu dans cette unité une expérience dure, éprouvante, parfois même impitoyable et cruelle. Je pense qu'il est inutile d'entrer dans les détails. À plusieurs reprises, j'ai même eu la tentation de démissionner. Certains penseront et même diront que cette promotion pour moi est une façon de fuir en avant...

Sa voix se brisa. Une roseur envahit son visage.

— Et ils auront raison. Nous avons vécu une période ardue. Certains d'entre vous ont fait des erreurs et moi, j'en ai fait encore plus. Il est inutile maintenant de se quitter avec amertume et rancoeur. Tout au contraire, il faut nous servir de cette expérience pour ne pas répéter les mêmes erreurs encore et encore. C'est pourquoi, même si cette expérience n'a pas toujours été heureuse pour moi, je peux vous affirmer avec sincérité qu'elle a été extrêmement profitable. Et c'est du fond du coeur que je nous souhaite, à vous et à moi, de nouvelles expériences aussi enrichissantes... mais peut-être moins dures pour les nerfs.

Elle s'arrêta en émettant un mince sourire. Elle semblait épuisée et même exténuée. À nouveau, un silence de plomb, suivi d'un tonnerre d'applaudissements. Olivier ne pouvait en croire ses yeux; même Ariane, Simone, Jamelée applaudissaient avec enthousiasme. Fabienne avait arrêté son geste à temps.

Vincent offrit à Suzèle une impressionnante sculpture inuite, sans qu'on se doute qu'il y avait contribué pour plus que la moitié. Puis il porta un toast. Plusieurs professeurs entourèrent l'héroïne du jour. Olivier s'avança.

— Merci, Olivier. Tu as fait quelque chose d'unique. C'est difficile à exprimer ce que je ressens, murmura Suzèle encore sous le coup de l'émotion. Crois-moi, je regrette sincèrement pour ton évaluation.

— Suzèle, je n'oublierai jamais ce que tu as fait pour moi. Je te dois une fière chandelle.

Lorsque Suzèle revint à son bureau, une surprise l'attendait. Fabienne, plantée devant les rayons de sa bibliothèque, tournée de dos, laissait courir son index sur l'épine dorsale d'un livre. Elle fit face et fixa Suzèle droit dans les yeux.

— C'est au moment de se quitter qu'on a toujours l'impression de commencer à se comprendre, dit-elle d'une voix sourde. Dommage qu'il soit toujours trop tard.

Fabienne, blême et raide comme un robot, sortit du bureau au nez d'une Suzèle ahurie. Le pas était raide et saccadé, mais la courbure des épaules en disait plus long que bien des discours.

Le téléphone grésilla. Suzèle décrocha.

— C'est Henri Tremblay. Est-ce que tu me reconnais?

— Oui, Henri. Quelle belle surprise! Comment ça va? D'où m'appelles-tu?

— Je t'appelle de Saint-Vincent. C'est pour te dire que tout va bien maintenant. J'enseigne le dessin à une dizaine de gars ici. J'ai beaucoup de succès. Je fais aussi de la peinture. Il est même question d'organiser une exposition. Il paraît qu'on va pouvoir vendre quelques tableaux. Et puis, à ma sortie, il est possible que j'aie un poste de prof d'arts plastiques dans un Cegep.

— Eh bien! C'est merveilleux, Henri. Je suis contente de savoir que tu te débrouilles bien.

— Tu sais, Suzèle, reprit Henri, la voix étranglée par l'émotion, je tiens à te remercier pour tout ce que tu as fait. Tu as été vraiment chic avec moi. Maintenant, la drogue, l'alcool et mes activités pas très catholiques, c'est fini. Je ne le promets à personne, je me le promets à moi et je n'ai pas envie de me raconter des histoires.

Il fit une pause. Suzèle cherchait quelque chose à dire. Mais c'est Henri qui eut la force d'ajouter:

— Si tu passes par chez moi, arrête faire un tour. Ça va me faire un grand plaisir.

— Je ferai tout mon possible, Henri. Ici, ta réputation est intacte. Tu as quitté pour cause de maladie et tu es retourné à Montréal. Il y a encore des profs qui s'informent de ta santé de temps à autre. Je dis que tu reprends du poil de la bête, et c'est tout. Sois tranquille. Et recommence ta vie du bon pied. Tout va bien aller, je t'assure. J'ai confiance.

— Merci, Suzèle. À bientôt.

Suzèle attendit que Henri eut raccroché, puis elle déposa le récepteur lentement en esquissant un large sourire de satisfaction. Ce téléphone ne pouvait mieux tomber.

Chapitre 37

Malgré tous les beaux projets qu'avait fait Olivier, le moral de Sagana piqua du nez en chute libre, subitement. Pendant plusieurs jours, Olivier s'évertua à l'encourager, à lui faire voir la vie en rose, mais elle devenait de plus en plus obsédée par l'idée d'une autre opération et d'une nouvelle lutte contre le cancer. Selon elle, la guérison se traînait les pieds. Olivier avait beau lui demander ce qui l'incitait à nourrir de telles pensées noires, elle ne pouvait se l'expliquer. Plus il parlait de mariage, plus elle s'ancrait dans sa conviction qu'un tel bonheur ne pouvait lui arriver, que tout était déjà compromis. Toute possibilité de bonheur gisait déjà depuis longtemps au fond d'un lac.

De plus en plus inquiet, Olivier téléphona au médecin, le docteur Fernand Robitaille, qui lui confirma qu'il n'y avait aucun danger pour le moment, que tous les tests étaient encourageants et que Sagana semblait très bien récupérer. Selon toutes probabilités, elle était victime d'un choc post-opératoire ou quelque chose du genre. C'était beaucoup plus psychologique que physique. Le médecin l'assura qu'il allait la voir dès le lendemain pour tenter de lui raffermir le moral et voir ce qui ne tournait pas rond.

Tout de suite après ses cours, Olivier sauta dans sa voiture, tout joyeux, brûlant d'apprendre ces bonnes nouvelles à sa fiancée. L'heure de pointe. L'entonnoir des ponts. Son enthousiasme récolta une mignonne contravention pour excès de vitesse, quel grand mot! mais il s'en foutait comme de sa dernière chemise. Il grimpa quatre à quatre les marches qui conduisaient à l'appartement et se rua dans le salon en criant à Sagana qu'il lui apportait une excellente nouvelle.

Elle n'était pas dans le salon. Il jeta un coup d'oeil dans la cuisinette, puis dans la salle de bain. Elle devait s'être couchée en l'attendant comme ça lui arrivait très souvent.

En effet, elle était étendue sur le lit, un peu de côté et semblait dormir profondément. Sa première idée fut de la réveiller, mais il se ravisa. Il serait toujours temps de lui apprendre sa conversation avec le docteur Robitaille et son rendez-vous le lendemain matin. Il voulait lui annoncer aussi qu'il allait prendre congé pour l'accompagner au bureau du médecin.

Il s'affaira à la préparation du souper. Lorsqu'elle se réveillerait, elle serait contente de constater que tout était prêt et les bonnes nouvelles lui donneraient de l'appétit. Lorsqu'il eut mis la table et que tout fut prêt à servir, il décida d'aller la réveiller doucement.

Il s'approcha du lit lentement, posa tendrement la main sur sa cuisse. D'habitude, elle se réveillait au moindre attouchement. Cette fois, elle ne broncha pas. Alors il se pencha plus avant pour observer si elle avait une réaction.

La vue du visage de Sagana lui coupa le souffle. Un coup d'épée dans le ventre! Elle était blanche comme de la craie et un peu de bave coulait de sa bouche. Il la secoua pour la tirer de son sommeil. Elle roula lentement sur le dos sans la moindre réaction. C'est alors qu'il aperçut, cachée sous elle, une bouteille entièrement vide et à côté une dernière aspirine qui avait roulé sur le drap. Il comprit dans un éclair. Il se pencha: elle respirait encore.

Pris de panique, il se précipita au téléphone. Dans son affolement, il chercha le numéro d'une ambulance mais en vain. Les lettres sautillaient devant ses yeux comme des insectes atteints de démence. Il finit par repérer un numéro, échappa le bottin, le ramassa, puis de peine et de misère, réussit à composer le numéro. La réponse ne se fit pas attendre: l'ambulance allait être sur les lieux dans cinq minutes.

Dans l'ambulance, Olivier fixait, les yeux embués de larmes, le corps de Sagana gisant sur la civière. Son visage cireux était parfois traversé de quelques grimaces de douleur. Un infirmier à ses côtés vérifiait continuellement ses pulsations. Et de temps à autre, il faisait signe à Olivier qu'elle vivait toujours et qu'il devait garder espoir.

Olivier avait l'impression physique d'être écrasé par un roc qui l'ouvrait, entrait en lui pour écrabouiller chacun de ses organes et chacun de ses muscles. Une sensation d'étouffer dans son effort pour se dégager. Pourquoi? Pourquoi? Pourquoi avait-elle posé ce geste? Elle n'avait laissé aucun message, aucune lettre, aucun bout de papier pour s'expliquer. Lorsqu'il l'avait quittée le matin, elle semblait en voie de remonter la pente et cette bonne nouvelle qu'il lui aurait communiquée lui aurait redonné espoir. Mais trop tard. Il aurait dû téléphoner au médecin la veille. Il l'aurait sauvée.

L'ambulance naviguait dans un bouillonnement de voitures. Mais qu'est-ce qu'il foutait cette andouille de conducteur? Pourquoi ne fonçait-il pas? Et cet imbécile d'automobiliste qui obstruait le passage au lieu de se ranger un peu! Olivier allait sortir de l'ambulance pour l'engueuler lorsque le conducteur redémarra en faisant hurler la sirène à pleins poumons. On brûla un feu rouge, puis un autre.

Pourquoi Sagana avait-elle fait ça? Il n'osait prononcer le mot suicide. Il ne pouvait supporter ce mot qui sifflait comme une balle à ses oreilles. Est-ce qu'il avait dit ou fait quelque chose qui l'avait blessée, qui lui avait fait comprendre qu'il n'y avait plus d'espoir? Dans une émission de télévision, Olivier avait appris que les suicidaires n'avaient besoin que d'un peu d'espoir pour basculer à nouveau dans la vie. Était-ce ce regard effrayé qu'il avait posé sur ses plaies à quelques reprises? Elle avait peut-être compris à ce moment qu'il ne pourrait jamais plus l'aimer ou du moins la désirer comme avant. Était-ce cette réticence qu'il n'avait pas réussi à dissimuler, les jours qui avaient suivi l'opération? Était-ce surtout le ton de sa voix qui sonnait faux lorsqu'il voulait ou tentait de la persuader qu'il n'y aurait pas d'autres complications, qu'elle guérirait et qu'elle serait aussi désirable qu'auparavant? Oui, il en était persuadé! il était coupable, responsable de ce geste.

Et toujours cette image qui le hantait: Sagana vidant la bouteille d'aspirines et avalant la mort à pleines poignées, les cheveux défaits, les yeux perdus, la main tremblante et cette aspirine qui roulait pour s'arrêter en se couchant sur le drap.

L'hôpital surgit brusquement dans le pare-brise; l'ambulancier s'arrêta en faisant crisser ses pneus devant l'urgence, mais aucun brancardier ne se précipita pour aider.

C'est alors qu'Olivier se rappela que, depuis quelques jours, les hôpitaux étaient en grève. On n'assurait que les services essentiels. Sagana risquait de mourir à cause de cette maudite grève que lui-même avait approuvée lorsqu'elle avait éclaté. Un frisson le secoua, accompagné d'une sueur froide. Il se jeta hors de l'ambulance et aida lui-même à transporter Sagana jusqu'à la salle d'urgence. Il voulut y entrer, mais on lui fit comprendre fermement qu'il ne pouvait y être admis. Les deux portes battantes se refermèrent sur la civière et il commença à faire les cent pas dans le corridor en se rongeant les poings. Par la porte, le clignotant de l'ambulance était comme l'oeil ironique du destin.

Peut-être qu'avec cette foutue grève, Sagana attendait seule sur la civière qu'on en ait fini avec un autre malade ou un accidenté. Il ne pouvait supporter une minute de plus cette idée qui creusait en lui un trou d'angoisse et de colère. Il fonça et fit exploser les portes battantes. Comme dans une sorte de brouillard cauchermardesque, il aperçut le visage de Sagana sur la table, entourée d'hommes en blanc. L'un deux le repoussa hors de la salle en l'assurant que tout se passait bien et qu'il pourrait la voir dans quelques minutes. Et l'attente reprit pendant de longues minutes qui lui parurent des éternités. Et toujours, devant ses yeux, cette aspirine qui roulait lentement sur le drap...

Soudain, les portes battantes s'ouvrirent. On poussa la civière. Un infirmier ou un médecin se pencha vers lui.

— On a fait un lavage d'estomac. Mais son état est encore sérieux. On a bon espoir de la réchapper. Vous pouvez l'accompagner jusqu'à la chambre. Une infirmière la veillera toute la nuit.

Olivier passa toute la soirée et toute la nuit au chevet de Sagana. À toutes les cinq minutes, il se levait pour l'observer; elle semblait dormir profondément. Il demandait en murmurant à l'infirmière comment elle allait. Celle-ci haussait les épaules. Et il allait reprendre sa place dans le fauteuil.

Peut-être que tous les beaux projets de mariage qu'il avait faits l'avaient tuée plus que tout autre chose. Il n'aurait pas dû insister. Elle n'était pas encore prête à envisager un tel bonheur. Repliée sur elle-même, emmurée dans ses doutes et son angoisse, elle n'avait pu supporter toute cette escalade vers l'avenir. Pourtant il avait crû lui faire du bien en insistant encore et encore, et ça l'avait tuée.

Par contre, peut-être aussi qu'elle n'avait pas oublié son bel Indien et qu'elle l'aimait toujours. Elle s'était sûrement rendue compte qu'elle jouait la comédie de l'amour. Elle lui avait fait accroire qu'elle l'aimait, mais il n'en était rien. Tout à coup, elle s'était réveillée, ne se sentant plus capable de commettre plus longtemps cette imposture. Alors elle avait décidé d'en finir. Et Olivier se surprit à prier ce bel Indien qui gisait au fond d'un lac lointain.

Vers quatre heures du matin, l'infirmière lui fit un signe. Il se précipita: Sagana venait d'ouvrir les yeux, des yeux qui nageaient encore dans le brouillard. Il se pencha sur elle. Un instant, il crut qu'elle l'avait reconnu. Ses yeux dorés! Elle avait retrouvé ses yeux dorés! Ils s'étaient attachés sur lui, oh! une fraction de seconde, puis ils avaient roulés à nouveau dans le vague.

Juste à ce moment, l'infirmière s'était dressée, avait fixé pendant quelques secondes le visage de Sagana. Puis affolée, elle s'était précipitée hors de la chambre. Les yeux étaient fixes, mais encore vivants et Olivier, toujours penché sur sa fiancée, la suppliait de lui parler, de dire un mot, un seul. Torturé par son angoisse et un espoir insensé, il ne se rendait pas compte que les yeux de Sagana s'étaient figés pour toujours dans l'immobilité. Elle n'avait pas eu la force de traverser le désert jusqu'au bout.

Lorsque l'infirmière revint avec l'interne, il était trop tard. Il ne put que constater le décès. Il lui ferma les yeux et Olivier s'écroula dans le fauteuil en sanglotant comme un enfant.

La princesse indienne coulait au fond d'un lac sans nom pour retrouver son autre fiancé, dans les espaces perdus d'un trop grand pays. Ophélie, fière et sauvage, reposant tout au fond des eaux mystérieuses, là où circulent peut-être encore quelques prestigieuses légendes noyées, elles aussi, à jamais.

Chapitre 38

En ce matin de juin, il faisait un soleil insolent, presque agressif. Olivier regardait la tombe de Sagana descendre lentement dans la fosse. Tout autour de lui, des professeurs, des étudiants, des amis et des parents se pressaient, mais il ne voyait rien d'autre que cette tombe qui disparaissait progressivement, de seconde en seconde, frappée par un éclat de lumière comme par un sceau brûlant; que cette tombe, qui se noyait dans un lac de feu, un autre lac. C'était la fin de trois jours crucifiants.

Heureusement, le père de Sagana, appelé de toute urgence, s'était occupé de tout. Effondré dans son chagrin, Olivier n'avait eu aucune réaction. Pendant ces trois jours d'enfer, il s'était traîné au salon funéraire et y était resté prostré à côté du cercueil sans dire un seul mot. Chaque soir, à la fermeture, on avait dû l'arracher à la tombe et le transporter à bout de bras. Mariette et Jacques l'avaient reconduit chaque fois à son appartement où il trouvait enfin le sommeil grâce à des calmants. Mariette s'était offerte pour rester avec lui et le veiller.

Ce matin, pour la dernière fois, il avait pu contempler le visage tant aimé avant qu'on ne referme le cercueil. Juste à ce moment, il s'était précipité sur le cadavre, l'avait saisi dans ses bras et l'avait étreint de toutes ses forces en criant sa douleur. Personne n'avait eu le temps d'intervenir et de l'empêcher de poser ce geste qui avait jeté la consternation. On avait dû l'arracher à la morte. Un médecin, quelques minutes plus tard, lui avait donné une injection qui lui avait permis de suivre ensuite toute la cérémonie, plongé dans une apathie profonde.

Il n'y avait plus qu'un coin de la tombe encore visible, piqué d'un éclat de soleil. Olivier se pencha, son pied dérapa, mais le père de Sagana qui se tenait à ses côtés avec Mariette le retint à temps. Il fixa encore longtemps la tombe au fond de la fosse comme hypnotisé par cette vision.

Quelque chose se déchira en lui lorsque la première pelletée de terre s'abattit sur le cercueil avec un bruit mat. Les gens quittaient déjà à pas lents et dans le plus grand silence. Le père de Sagana voulut tirer Olivier un peu à l'arrière, mais celui-ci se dégagea et riva ses yeux sur la tombe qui disparaissait de plus en plus sous les pelletées de terre. Tout à coup, il sentit un autre bras le saisir au coude. Il se retourna: c'était Mariette.

— Viens, Olivier, dit-elle doucement dans un murmure à peine audible. Ne reste pas là. Viens.

Comme dans un cauchemar, il la suivit d'un pas de somnambule. Plus loin, d'autres personnes l'attendaient. Il les reconnaissait à peine. Ce fut d'abord Dave qui lui tendit une main large et chaude, puis Nancy et Wallech, Kioto et Helen qui baissa les yeux en lui effleurant les doigts. Elle voulut murmurer quelque chose, mais en fut incapable et se retira. Lorsque Ralph offrit sa main, il y eut une hésitation entre les deux hommes. Olivier ne se rappelaient plus s'ils étaient venus au salon, mais il le supposa. Ces poignées de main lui firent chaud au coeur. Personne ne parlait, tous le regardaient comme éblouis par sa douleur et par tout ce soleil qui les éclaboussait. Olivier ne pouvait encore croire ce qui lui arrivait.

Non, il rêvait, ce n'était pas Sagana qui était dans la tombe, au fond du trou, sa princesse indienne, sa fée des lacs et des bois, sa prêtresse du grand Manitou. Il s'agissait d'une autre. Toute cette mise en scène n'était qu'une mauvaise plaisanterie. Il crut tout à coup apercevoir Sagana qui lui faisait signe là, tout contre un arbre. Oui, c'était elle! Il s'avança presque en titubant. Mais non, c'était une autre femme qui lui ressemblait un peu de loin et qui faisait signe à quelqu'un d'invisible derrière lui. Il se prit la tête à deux mains. Jamais plus personne ne lui ferait signe.

Mariette l'entraîna par le bras jusqu'à sa voiture.

— Il ne faut pas entrer tout de suite, seul à ton appartement, Olivier. Viens chez moi. Tu pourras dormir tranquille...

— Non, conduis-moi à son appartement. J'ai besoin d'être avec elle encore. C'est le seul endroit où je veux être pour l'instant.

Mariette le conduisit à l'appartement de Sagana. Il insista pour qu'elle le laisse seul. À regret, Mariette le quitta, mais en lui faisant promettre de souper avec elle. Elle viendrait le chercher. Mais il refusa avec fermeté.

Lorsqu'il ouvrit la porte, il eut l'illusion qu'elle était là, tranquillement assise sur le divan, souriante; elle le fixait de ses yeux dorés, un peu rieurs, et lui tendait les bras comme avant. La vision disparut bientôt et il promena son regard sur tous les meubles, froids, muets, morts eux aussi. Planté sur le seuil de la porte, il se sentait incapable de faire le moindre pas. Il avait peur d'entrer, d'aller dans la chambre, de revivre quelque chose d'insoutenable.

Tout à coup, une idée le traversa comme un coup de vent. Il devait fouiller partout, partout, revirer tout sens dessus dessous dans l'appartement. Elle avait dû laisser quelque chose, un message, un signe quelconque. Elle ne pouvait pas être partie comme ça. Il lui semblait qu'elle était morte depuis des mois et même des années tellement le temps s'était étiré depuis quelques jours.

Il se rua comme un ouragan d'une pièce à l'autre, ouvrit tous les tiroirs, les renversant dans sa hâte de trouver. Il fouilla dans tous les vêtements, derrière chaque meuble, sous les coussins du divan, sur les tablettes et les rayons de la bibliothèque. Mais sans succès. Étourdi, vidé, il se laissa crouler dans le fauteuil, se prit la tête à deux mains et resta ainsi un long moment.

Lorsqu'il releva les yeux, il balaya le salon d'un regard aveugle. Tout lui devenait maintenant comme étranger, hostile. Tous ces meubles se refermaient sur leur secret, sur les derniers instants de sa princesse indienne. Tous ces objets sans vie, durs, l'excluaient, le rejetaient à sa solitude stérile. Seuls les murs nus hurlaient sa peine. Il allait bondir de rage lorsque... une cassette posée près du magnétophone attira son attention. Et si, c'était ça?

Il lui fallait vérifier tout de suite. Les mains tremblantes et la gorge serrée, il plaça la cassette et tourna le bouton. Pendant d'interminables secondes, le ruban fit entendre des bruits sourds, puis des grincements. Non, il avait dû se tromper. Elle n'avait rien laissé. Soudain, un raclement de gorge lui coupa le souffle et il tendit l'oreille de toutes ses forces. Alors, la voix de Sagana, douce, ferme, mais étranglée par l'émotion, s'éleva du ruban.

— *Oliver,* je veux laisser un dernier message *à toi* avant de partir. C'est en français, ta langue, cette langue que j'ai tant eu de plaisir à apprendre, mais que je ne *control* pas encore bien, que je veux te laisser ce dernier message.

La voix sombra et il s'écoula quelques secondes avant qu'elle ne reprenne. Olivier était à genoux devant le magnétophone qu'il tenait à deux mains comme pour le presser de parler et de parler encore.

— Olivier, dans quelques minutes, je vais faire un geste terrible qui va te faire beaucoup de mal. Je sais, je devrais avoir le courage de continuer *pour* vivre, mais c'est impossible. Je sais que je *souis* condamnée de toute façon et je ne *pouis* pas supporter cette idée. Je ne peux pas subir encore et encore des opérations et des opérations et voir mon Olivier souffrir tout le temps.

Il y eut une nouvelle pause. Olivier crut entendre un léger sanglot qui lui tordit le visage de douleur.

— Je pense que j'ai commencé à mourir dans ce lac où il y a toujours un corps vivant pour moi. Je n'ai jamais accepté cette mort. Avec toi, j'ai pensé oublier enfin. Sans cette opération affreuse, j'aurais peut-être réussi, mais je ne peux pas t'offrir mon corps *mutilated*. Et *pouis* tu mérites *meilleur*. Je te souhaite de tout mon coeur *pour* trouver une femme digne de toi qui *donnera* le bonheur complet. Ne te sens pas coupable. Tu n'es pas responsable. C'est ma propre décision. Ma mort sera une délivrance pour moi parce que je ne peux plus continuer *pour* vivre. C'est difficile, crois-moi, car je pense que nous *pouvons* connaître ensemble le vrai bonheur. Mais Dieu ou le grand Manitou n'a pas voulu et il faut accepter ça. Je dois être punie parce que je n'ai pas voulu aller rejoindre mon Indien au fond du lac.

Nouvelle pause. Cette fois, la voix s'était déchirée et il pouvait entendre un sanglot sonore qui faisait exploser le ruban.

— Je pense aussi à mon fils qui ne saura jamais que je suis sa mère.

— Je te demande, Olivier, de prononcer mes derniers mots dans ma langue. Good by, Olivier, I love you for ever.

Et le ruban redevint muet, n'émettant que de temps à autre des grincements et des bruits sourds.

Prostré, la tête appuyée contre le magnétophone, Olivier sanglotait à chaudes larmes. Tout ce qu'il avait retenu depuis trois jours devant les autres, éclatait, crevait. Vidé de sa douleur, il n'eut qu'une hâte: remettre le ruban et l'écouter une autre fois, des dizaines d'autres fois, jusque tard dans la nuit.

Lorsqu'il s'endormit sur le divan, épuisé, le ruban jouait encore et Olivier savait par coeur chacun des mots, chacune des prononciations, chacune des hésitations, des intonations et surtout chaque pause et chaque sanglot. Et toute la nuit, une petite lumière verte sur le magnétophone veilla le sommeil d'Olivier qui, dans ses rêves entendait encore la voix de sa princesse, la fée du lac, qui répétait comme un disque enrayé: «*I love you I love you for ever for ever.*»

Chapitre 39

Les jours qui suivirent l'enterrement de Sagana se déroulèrent comme un film pour Olivier. Ses sens étaient comme anesthésiés. Incapable de se rendre au travail, il restait seul à son appartement, écoutant et écoutant encore la bande sonore des adieux de sa princesse indienne. Tous les jours, Mariette venait lui rendre visite pour l'empêcher de sombrer dans la dépression la plus totale.

Il n'entendait rien, ne sentait rien et n'éprouvait rien en surface. Son regard ne faisait qu'effleurer les objets et les personnes. Mais en dedans ça bouillonnait. Tantôt, il excusait Sagana, tantôt il l'accusait de lâcheté et de lèse-bonheur. Le «pourquoi avait-elle fait ça?» devenait «pourquoi lui avait-elle fait ça?» Leur bonheur, malgré ce cancer, était encore possible. Pourquoi n'avait-elle pas attendu, patienté, fait confiance à la vie? Pourquoi avoir tout gâché sans même l'avoir consulté? L'avoir au moins averti? Il aurait pu faire quelque chose. L'empêcher de...

Puis subitement, sa rage se retournait contre les gens en santé qui la gaspillaient avec cynisme, inconscience et même avec fureur. Il les voyait passer dans les rues et aurait voulu leur hurler sa colère, ces jeunes qui se droguaient, ces bandits qui donnaient la mort, ces inutiles qui végétaient, la bière à la main. Pourquoi tous ces gens n'avaient-ils pas aussi le cancer, à la place de Sagana et de bien d'autres qui tenaient à la vie? Pourquoi sa princesse, avec toute sa beauté, sa jeunesse à donner, tout ce bonheur à prodiguer, pourquoi elle? Et surtout la malédiction d'Helen contre la «sauvagesse» le hantait comme un mauvais sort qu'on lui aurait jeté par la tête.

À d'autres moments, il dardait sa rage contre lui-même. Il aurait dû prévoir le coup. Sagana lui avait donné des signes, lui avait envoyé des messages et il n'avait pas compris. Pourquoi avait-il attendu tant de jours avant de consulter le médecin? Au fond, il était le seul coupable. Il ne pouvait en vouloir à sa fée des rivières et des forêts.

Vidé, purgé de sa peine sans larmes, sec et craquelé comme une piste de désert, Olivier errait tout au long des jours dans ses terribles souvenirs. Mariette ne pouvait que se multiplier en tendresses, mais sans succès. Comment panser une telle plaie, combler un vide, un trou béant avec des mots et des gestes? Toute la journée, dans son appartement ou en faisant une marche dans les rues, Olivier arpentait sa mémoire comme une salle des pas perdus, une salle aux murs invisibles contre lesquels sa voix se brisait.

Non! Sagana n'était pas morte. Noyée au fond de la mémoire d'un lac qui n'existait pas, dévoré par des monstres imaginaires, elle demeurait sa princesse indienne couronnée d'algues vivantes et de légendes millénaires.

Il revoyait sa sombre fée du lac, au premier jour où il lui avait enseigné, silencieuse, attentive, sculpturale. Il revoyait ses grands yeux affamés de vie et de bonheur qui le dévoraient déjà sans qu'il en ait eu conscience alors. Il la revoyait, cours après cours, assistant, impuissante, à son idylle avec Helen, sans montrer la moindre rancoeur, le moindre dépit.

Parfois surnageait dans sa mémoire le souvenir de leurs sorties, de leurs soirées intimes et de leurs étreintes passionnées. Il se cramponnait en imagination à chacun de ses gestes, de ses sourires, de ses paroles qui remettaient à vif sa sensibilité mutilée. Surtout, il revivait cent fois, mille fois par jour, sa rencontre avec Sagana à la Galerie nationale, la soirée au Centre national des Arts, le party chez Helen et leurs discrètes fiançailles. Puis surgissaient devant ses yeux comme une mer déchaînée le jour où elle lui avait annoncé la terrible nouvelle, puis l'enfer de l'opération et le geste fatal. Alors, il plongeait avec elle dans le lac du jeune Indien et touchait le fond du désespoir.

L'image de la fée des bois et des lacs courait dans son corps comme un orage de détresse, comme un vent de démence. Son âme avait soif comme un puits de sel. Ses larmes avaient creusé ses premières rides. Le monde autour de lui se désagrégeait comme un château de sable. Il entendait encore la caresse dorée de sa voix, revoyait encore l'éclat velouté de ses yeux. Il tournait en rond, vivait en rond, ruminait sa peine sans fin. Il n'était plus qu'un cercle refermé sur lui-même, qu'une île flottant sur une mer déchaînée, qu'une oasis dans un désert meurtrier.

Dans ces moments, Mariette aurait voulu modeler sa souffrance en une petite boule dure et la jeter au loin pour qu'elle disparaisse à jamais. Mais peu à peu, la souffrance s'estompa, la plaie se referma et Olivier put enfin respirer un peu mieux. L'engourdissement protecteur que procure le temps à toute souffrance morale agissait. Il put oublier non pas Sagana, la prêtresse de ses amours, mais il réussit à s'oublier, à oublier sa douleur, à s'ouvrir un peu, à se libérer de sa prison de tristesse. Il commença à s'intéresser à ce que lui disait Mariette. Elle lui parlait des événements importants qui se préparaient au Centre. Peu à peu, très lentement, il posa des questions; il revenait à une vie plus normale. On ne peut pas toujours vivre avec ses morts à moins de renoncer à vivre définitivement et à s'enterrer vivant. La vie prend toujours le dessus et finit par vaincre.

Un soir, Mariette le surprit en train de peindre à nouveau. Il achevait le portrait de Sagana d'une étonnante ressemblance. Mariette lui murmura:

— C'est très beau, Olivier.

Il esquissa un sourire sans répondre au compliment. Les yeux de Sagana étaient surtout d'une intensité presque terrifiante. Des yeux de terre brûlée. La chevelure noire flottait autour de la tête en longues vagues qui venaient inonder les épaules frêles. La bouche avait une grâce sensuelle.

Mariette crut le moment venu de l'intéresser à nouveau à son travail. Elle lui annonça qu'il y avait une importante réunion, le lendemain, et qu'il devait y assister. Le Bureau des langues avait enfin sorti les critères de sélection en vue de la mise en disponibilité.

Olivier refusa d'abord d'y aller. Peu importait les critères. Peu importait son évaluation. Il s'en fichait. Il avait envie de tout laisser en plan et d'aller travailler sur une terre ou de se réfugier dans le bois ou d'aller servir bénévolement dans une institution pour aider des personnes âgées ou des handicapés ou n'importe quels autres délaissés de la vie et de la société comme lui. Il parlait même d'entrer en religion chez des moines quelque part, il ne savait trop où.

Mais Mariette réussit à le convaincre, à force de patience, d'aller au moins à la réunion pour savoir à quoi s'en tenir. Pour défendre son point. Déjà Guillaume et Fabienne travaillaient à faire réviser son évaluation. Il ne pouvait les laisser tomber, les laisser se battre seuls. Devant l'obstination de Mariette, son dévouement, sa gentillesse, sa chaleur, il finit par céder et, le lendemain, se rendit au Centre avec elle.

En entrant dans la salle des professeurs, Olivier sentit tout de suite qu'il y avait de la tension dans l'air. On discutait fermement ici et là. Certains comme Jacques et Julien ne croyaient pas à une sélection précise fondée sur des critères rigides. On parlait de disponibilité volontaire avec prime spéciale, de délai pour permettre à certains professeurs de trouver un emploi ailleurs. Beaucoup branlaient dans le manche et n'attendaient qu'un petit coup de pouce pour faire le saut ailleurs. D'autres comme Guillaume s'attendaient au pire. Ils criaient déjà à l'injustice.

Lorsque ses confrères l'apercevaient, les conversations sombraient brusquement et on cherchait comment l'aborder sans ouvrir à nouveau la plaie fraîchement cicatrisée. On s'informait de sa santé et du moment de son retour. On lui demandait ce qu'il pensait de la question des critères. Puis peu à peu, les conversations se réanimaient.

Stéphane se baladait d'un groupe à l'autre en répétant à qui voulait l'entendre: «L'heure des ténèbres couvrira les archanges de la lumière. Je ne mords pas la main qui me nourrit, je la mange. Un fonctionnaire, c'est un pantin tellement empoussiéré qu'on peut le manipuler avec des fils d'araignée.» En apercevant Olivier, il demeura interdit, puis retrouvant son assurance lui lança une invitation.

— Cher Olivier, je t'invite une dernière fois dans ma serre de travail. Le soleil du bilinguisme est en éclipse par les temps qui courent; mes plantes vertes sont à l'agonie.

Olivier jeta un coup d'oeil dans la serre, puis suivit Mariette qui l'entraînait vers sa classe pour saluer les étudiants.

Rien n'avait changé. En entrant, Olivier fut saisi à la gorge par le parfum agressif d'Helen marié pour le pire avec les odeurs violentes de Ralph qui offrait toujours à la volupté du regard son teint de momie avancée. Il planait sur la classe un malaise, une gêne presque tangibles. Pour tromper son embarras, Ralph examinait, méditatif, chacune de ses verrues comme si elles avaient subitement pris des allures de pierres précieuses. Dave taquinait du bout de l'index les pointes de sa moustache. Betty jouissait toujours d'une santé à terroriser les microbes les plus costauds. Amraj, couronné d'un imposant turban rouge, lui adressa un salut cérémonieux dans la meilleure tradition. Kioto, toujours effacé, lui offrit un sourire fossilisé par sa timidité. Il tenta de dire quelque chose mais la phrase se perdit dans une bouillie de syllabes, une fricassée de sons presque inaudibles. Wallech faillit avaler son poing dans un énorme bâillement tandis que Nancy ratait une maille comme si elle venait d'être frappée par une apparition. Pour les autres, il n'y avait donc rien de changé.

Mais il y avait un grand trou: le fauteuil vide de Sagana. Voyant les yeux d'Olivier rivés au fauteuil, Mariette s'en voulut de ne pas avoir pensé de l'enlever.

Wallech, malgré la gêne ambiante, ne put réprimer un second bâillement caverneux. Au lieu de se réveiller comme un ours au printemps, il succombait plus voluptueusement encore à la chaleur et ses yeux chaviraient comme des chaloupes dans une tempête de verre d'eau. Betty esquissa une grimace qui se voulait un sourire. Il sembla à Olivier qu'avec le printemps, les odeurs de Ralph s'épanouissaient avec une nouvelle ardeur.

Olivier émettait des ondes de rancoeur que seuls ses yeux et ses lèvres grelottantes trahissaient. Les salutations furent brèves et sans chaleur. Aucune question de la part des étudiants. Mariette avertit la classe qu'il y avait une réunion spéciale pour les professeurs et elle entraîna Olivier vers la salle où les attendaient leurs collègues.

Vincent qui remplaçait Suzèle par intérim attendit un long moment avant de prendre la parole, le temps de laisser tous les commentaires s'éteindre, toutes les questions s'enflammer, puis mourir les unes après les autres. Lorsque le silence fut établi solidement, il balaya l'assemblée d'un long regard, puis saisit un paquet de notes devant lui et les consulta un court moment avant de lever les yeux.

— Deux nouvelles importantes: le Conseil du Trésor en est venu à une entente avec notre syndicat pour l'année en cours. On nous offre 7% d'augmentation sans aucun autre changement à notre convention. Il y aura au Centre Bisson une assemblée générale à ce sujet demain soir. La deuxième nouvelle, c'est que le Bureau des langues a enfin décidé hier après-midi quels critères il va utiliser pour procéder à la mise en disponibilité. Vous savez qu'on doit supprimer environ 200 postes. Voici donc les critères.

Le silence se fit lourd, presque palpable. De toutes parts, on se jetait des regards tendus.

— La Direction a décidé d'utiliser tous les critères, mais chacun d'eux à chaque palier élimine les autres.

Un murmure se répandit dans l'assemblée. On ne comprenait pas très bien de quoi il s'agissait, mais on sentait l'imminence d'un danger imprévu.

— Le premier critère... Avant, je dois expliquer pourquoi on a choisi ce critère en premier. Dans la Fonction publique, il y a un principe qui prime tout et on a jugé que les professeurs, même s'ils ne sont pas des fonctionnaires comme les autres, ne peuvent faire exception: c'est celui du mérite.

Cette fois, le murmure devint une rumeur, s'enfla en une protestation et Vincent dut attendre encore un bon moment avant de pouvoir poursuivre d'une voix mal assurée.

— Le premier critère est donc celui de l'évaluation. Tous ceux qui ont reçu une évaluation supérieure cette année sont donc assurés de leur poste.

Le soulagement de certains professeurs fut balayé par les protestations de la majorité qui se crispa, se tendit, prête à bondir d'indignation.

— Ceux qui ont... ceux qui ont reçu une évaluation pleinement satisfaisante, pour eux, un deuxième critère entre en jeu, celui de l'ancienneté dans la Fonction publique.

Personne n'attendit le troisième critère. Les protestations fusaient de toutes parts. Guillaume fut le premier à lancer sa colère, la voix chevrotante d'indignation.

— C'est injuste! Tout le monde sait que les évaluations ne sont pas égales pour tout le monde. Cela dépend des chefs d'équipe. Les uns donnent «supérieur» très facilement, d'autres sont avares dans ce domaine. De plus, la différence entre le Centre Asticou et Carson saute aux yeux. Il va y avoir deux fois plus de mises en disponibilité à Asticou à cause de ce critère. C'est une honte!

Une clameur s'éleva pour appuyer cette déclaration. Tout le monde parlait en même temps. Vincent faisait de grands gestes pour ramener le calme mais en vain. Tout à coup, la voix de Fabienne perça, pleine de hargne et de mordant.

— Vincent, j'aimerais savoir si tu as défendu les profs d'Asticou au cours de la réunion ou avant. J'aimerais connaître ton point de vue sur cette dégueulasserie que tu viens de nous donner. Ça n'a ni queue ni tête.

Vincent s'attendait à cette attaque. On sentait qu'il avait préparé sa réponse.

— Fabienne, riposta-t-il d'une voix cassante comme tout un service de cristal, je te ferai remarquer que je n'ai eu aucun rôle à jouer dans cette décision qui a été prise par les directeurs de programmes avec quelques hauts fonctionnaires. Je décline donc toute responsabilité dans cette affaire.

— Mais j'aimerais savoir, relança Fabienne, tenace, quelle est ta réaction personnelle face à cette décision?

Vincent hésita un moment. Il ne voulait pas d'une part désavouer ses supérieurs hiérarchiques, mais d'autre part, il voulait éviter d'attiser la colère de ses professeurs. Tous sentaient qu'il aurait aimé éluder la question.

— Je dois dire que je ne suis pas surpris. Le principe du mérite dans la Fonction publique est primordial, fondamental, presque sacré. Je m'attendais donc à une décision semblable. De toute façon, quels que soient les critères, il y aura injustice. C'est la mise en disponibilité qui est une injustice, pas les critères. Je n'ai pas d'autres commentaires à faire.

Alors ce fut à nouveau le plus complet brouhaha. On ne s'entendait plus parler dans la salle. Les commentaires les plus farfelus volèrent aux quatre coins de l'assemblée. Entouré de Jacques, Simone, Ariane, Jamelée et Fabienne, Guillaume était hors de ses gonds et fulminait contre cette décision. Quant à Olivier, il était comme absent. Il n'avait pas la moindre réaction et ne semblait pas réaliser ce qui lui arrivait. Mariette qui avait une évaluation pleinement satisfaisante savait que son ancienneté n'était pas suffisante pour la protéger puisqu'elle venait d'arriver au Bureau des langues. Mais elle savait surtout qu'Olivier n'avait aucune chance de s'en sortir avec son évaluation dévaluée. Elle se pencha vers lui et lui murmura pour l'encourager:

— Fabienne et Julien se sont occupés de faire réviser ton évaluation. Ils ont demandé que la cote supérieure que t'a donnée Raoul au début soit rétablie. Tu as encore une chance. Tu n'as pas assez d'ancienneté pour éviter la mise en disponibilité, mais avec une cote supérieure, tu es sauvé.

Olivier lui jeta un regard vide. Il ne se sentait plus assez de ressort pour se battre. Il n'avait pas très bien compris d'ailleurs tout ce qui venait de se passer.

— Ça ne sert à rien, Mariette, dit-il d'une voix blanche. Allons, viens me reconduire à mon appartement. Ça ne vaut pas la peine. Je veux dormir, me reposer. Demain, on verra.

— Reste, Olivier. Tu dois parler à Fabienne et à Julien.

— Non, c'est inutile, Mariette. Ma dévaluation, si je peux m'exprimer ainsi, est politique en quelque sorte. Alors je n'ai aucune chance. Ils vont maintenir leur décision.

— Mais, non Olivier, le Comité de révision est au-dessus de la politique. Ils vont réexaminer ton dossier en toute objectivité. Et Raoul affirme que le texte qu'il a rédigé pour ton évaluation ne peut faire autrement que de commander une cote supérieure. Mais pour ça, il faut te battre. Tu dois te présenter demain matin devant le Comité de révision et signer ta demande sinon Julien et Fabienne ne peuvent rien faire. Ils ne peuvent signer à ta place. Tu comprends?

Olivier esquissa un geste de lassitude et d'impuissance.

— Très bien, je te promets de me présenter demain. En attendant, je veux dormir, dormir.

Tel que promis, Olivier se présenta devant le Comité et signa sa demande. On lui assura qu'il aurait une réponse dans les jours suivants. Ça pouvait prendre plus de temps que prévu, car les demandes étaient déjà nombreuses. Pour cette raison, on avait retardé jusqu'à la fin de juin la sortie des listes de disponibilité.

Après un bon sommeil et un souper léger, Olivier décida de faire une marche. Il avait besoin de s'aérer et de réfléchir en marchant seul. Il descendit le Mont-Bleu, emprunta le boulevard Saint-Joseph et bientôt longea les bords de la rivière Gatineau. Il s'arrêta.

À la vue de ses flots qui déferlaient à ses pieds, tout le passé récent remontait à sa mémoire...

Il revoyait ses yeux de nuit profonde. Sagana gisait au fond d'un lac et le lac gisait en lui, dans sa chair, mouillait chacune de ses fibres. Il portait une morte au plus profond de son âme, une morte qui parfois se remettait à vivre.

Il traversa le pont Alonzo-Wright, tourna à gauche en direction de Cantley. Quelques secondes après, il franchissait un tout petit pont qui donnait accès à une île jetée au milieu des flots rugissants de la Gatineau. Il faisait maintenant une obscurité presque totale.

Olivier s'assit sur une roche et se laissa pénétrer, envahir, par le grondement des rapides qui encerclaient l'île et semblaient vouloir l'arracher à ses amarres et l'emporter dans sa course folle. Ce fracas, cette eau bouillonnante, tourbillonnante qui courait tout autour de lui le vidait de toute pensée. Ne restait que l'impression de sombrer dans ses flots, de se perdre en eux, d'être balayé par eux. L'île n'était plus qu'un radeau emporté dans une dérive, démentielle. Les flots passaient en lui, à travers lui, le vidaient, le rongeaient, l'anéantissaient. Un vertige grandissait en lui, éclatait dans son ventre, sa poitrine, gonflait ses veines, chantait dans sa tête. Tout à coup, il se leva, bondit et poussa un cri déchirant qui se perdit dans le rugissement des rapides. Il se pencha, vit dans la demi-obscurité la gueule hurlante, vorace qui s'ouvrait à ses pieds. Un tourbillon l'enveloppa; il se laissa glisser. Qu'il faisait bon de se fondre dans la nature, de retourner à elle! Puis tout valsa autour de lui. Enfin, il allait plonger dans l'obscure mémoire d'un lac sans fond, hanté par une noyade secrète qui l'attendait.

À l'aube, il se réveilla, étendu à même le sol de l'île, toujours entouré des mêmes flots, mais toujours vivant. Les flots ne l'avaient pas dévoré; ils n'avaient pas voulu de lui. La nature le rejetait dans les bras de la vie. Il lui fallait se battre à nouveau! Et pour la première fois, il sentit qu'il faisait bon vivre et que c'était l'essentiel.

Il revint à son appartement et à mesure qu'il avançait le soleil pointait à l'horizon. Encore aujourd'hui, ce serait une casse-cou de belle journée. Ça faisait si longtemps qu'il faisait triste et mauvais.

Chapitre 40

Le lundi suivant, Olivier décida de revenir en classe. Il savait que ce ne serait pas facile, mais il lui fallait se reprendre en mains. Comment faire face à ses étudiants sans se rappeler à chaque instant le coup traître qu'ils lui avaient asséné et surtout sans ressentir la présence ou plutôt l'absence de Sagana? Faire face à la musique coûte que coûte, s'était-il répété mille fois depuis plusieurs jours. Sinon, il risquait de sombrer dans une profonde dépression, une léthargie dont il n'arriverait plus à sortir.

Ce lundi matin donc, lorsque les étudiants le virent entrer dans la classe, ils furent tout simplement estomaqués. On ne savait trop quelle attitude adopter. Dave fut le premier à reprendre ses esprits et à lui souhaiter la bienvenue. Nancy après avoir échappé son tricot et avoir contemplé Olivier un bon moment, se remit à son travail sans relever les yeux. Son visage demeura ainsi d'une innocence bien calculée et à peine tracassée par sa propre honte. Helen attacha sur Olivier un regard lourd d'interrogation qui resta sans réponse. Kioto souriait et souriait encore comme s'il n'arrivait plus à se décrocher les commissures. Wallech, les yeux enlisés dans le sommeil, s'était enfoncé dans son fauteuil et ne semblait pas très bien réaliser ce qui lui arrivait. Amraj arborait un turban noir et montrait autant d'expressivité que la porte d'un frigidaire. Betty semblait plus perdue que jamais dans l'abondance de ses chairs molasses. Restait Ralph, pétrifié de surprise, les yeux chavirés par l'indécision. Comment Olivier allait-il les aborder? Oserait-il attaquer le sujet de plein front? Son embarras se chamaillait avec une cravate rétive.

Olivier garda un long moment de silence. Il fixait son regard tantôt sur l'horizon du tableau vert, tantôt sur les fenêtres aveuglées par le soleil de juillet. Il n'avait pas besoin de chercher ses mots; il avait préparé de longue main son petit laïus. Il l'avait tourné et retourné des centaines de fois dans sa mémoire. Mais au moment précis de s'exécuter, voilà qu'il avait le trac planté comme un couteau dans l'estomac. Sa respiration s'accélérait et il n'arrivait pas à se lancer tête première dans sa mise au point. Était-ce la peur de quitter son texte et d'en dire trop, de laisser libre cours à sa colère, à sa rancoeur, à tout ce fiel qui l'avait empoisonné, ces derniers jours? Il ne savait plus. Heureusement, il finit par se ressaisir.

— J'ai décidé de revenir... aujourd'hui. Je sais que vous êtes rendus à la préparation du test final. Je suis donc ici... pour vous aider à le passer avec succès.

Il jeta un regard vers le fauteuil vide qu'on avait repoussé dans le coin et sentit l'émotion le gagner. L'absence de Sagana envahissait la pièce, son souvenir noyait tout brusquement. Olivier crut un instant qu'il ne pourrait poursuivre, qu'il serait incapable d'ajouter un seul mot. La bouche toujours poignardée d'un gros cigare éteint, Dave se porta à son aide.

— *Oliver,* malgré tout ce qui est arrivé nous sommes heureux que tu sois là, avec nous, *sincerily.*

— Justement, je veux dire que... Je vais passer sous silence ce qui est arrivé. À cause de votre rapport, on a déprécié mon évaluation et maintenant, avec la mise en disponibilité, je risque de perdre mon emploi. Je serais donc tenté de me justifier, de me défendre... mais c'est inutile. Le mal est fait. J'ai encore un travail à faire... et je vais le faire.

La préparation du test ne prêtait pas flanc aux discussions; d'ailleurs personnes n'avait le coeur à l'affrontement. Le premier cours se déroula dans le plus grand calme. Olivier avait préparé des tas d'exercices de compréhension écrite et d'expression orale. Dans une atmosphère froide, tendue, on travailla ferme. Même Wallech s'était complètement réveillé et donnait le meilleur de lui-même. Ralph répondait en tâtonnant, mais ça pouvait toujours aller. Olivier pouvait se rendre compte que le suppléant avait fait du bon travail et que les étudiants étaient prêts; sauf Ralph bien entendu.

À la pause, il rejoignit les professeurs dans la salle. On discutait toujours de la mise en disponibilité, mais cette fois avec résignation, lassitude ou ironie cinglante. L'attitude était à l'attente impatientée. Stéphane, plus amer, plus cinglant et plus mordant que jamais distribuait ses anathèmes même à ceux qui ne voulait plus l'entendre.

— Les prophètes sont frappés de mutisme et les visionnaires ont les yeux crevés, clama-t-il au milieu de la salle sur un ton dérisoire.

Julien se pencha vers Olivier et lui souffla:

— J'aimerais bien qu'il soit frappé de mutisme, notre prophète à la gomme.

— Des navires crevés par les flots se noient dans la mer. Que les songes tarissent, que les rêves meurent et que vive l'illusoire réalité! Les poissons pollués ne savent plus nager. Les miroirs devraient réfléchir davantage avant de dire la vérité. C'est pourquoi il faut de tout pour faire l'immonde.

Quelques profs groupés autour de lui s'amusaient et lui donnaient la réplique.

— Moi, il me casse les pieds, ajouta Guillaume. Tu parles d'un emmerdeur!

— N'empêche, intervint Fabienne, qu'il dit parfois des choses que tout le monde pense. Et puis, c'est amusant. Ça met une note de couleur dans notre grisaille, non?

Puis, Fabienne se mit à se plaindre de la faible intervention du syndicat dans toute cette histoire. La veille, on avait tenu une réunion pour tenter de trouver une solution. On travaillait ferme, mais sans trop d'espoir d'obtenir des résultats. Au fond, le syndicat ne voulait pas se mêler de cette affaire. C'était hors convention. Son rôle n'était pas de participer à la mise à pied de ses membres en proposant tel ou tel critère. Mais on espérait seulement défendre quelques cas limites et les rescaper du naufrage.

La plupart des professeurs, menacés ou non par la mise en disponibilité, se cherchaient un autre travail pour l'automne, soit dans l'enseignement, soit ailleurs. Guillaume était déjà presque décidé à ouvrir une galerie d'art et Julien un dépanneur. Par ailleurs, les entrevues avec le Programme d'orientation de carrière se multipliaient avec plus ou moins de succès. Les gestionnaires des ministères se montraient prudents devant cette marée de professeurs souvent plus diplômés et mieux payés qu'eux et qui risquaient de s'abattre sur la Fonction publique comme des nuées de sauterelles sur les récoltes. Eux aussi, attendaient que les lettres de mise en disponibilité soient sorties pour agir plus concrètement.

Olivier s'informa à Fabienne de la révision de son évaluation.

— Pas de nouvelles, bonnes nouvelles, Olivier, j'appelle tous les jours et on me répond qu'on s'occupe de ton cas, mais que la réponse n'est pas encore arrivée.

— On devrait me convoquer pour m'entendre au moins!

— Je sais, mais ils sont débordés actuellement. Sois confiant. Ils ne peuvent faire autrement que de rétablir ta cote supérieure. Voyons, ça crève les yeux! Les étudiants n'ont rien à faire dans l'évaluation d'un prof, autrement nous serions livrés pieds et poings liés à leur fantaisie. Ce serait nous enlever toute autorité, voyons! Le chef d'équipe peut toujours les consulter, mais il reste le seul juge de la valeur d'un prof, à condition d'être lui-même en mesure de l'évaluer. Je ne recommencerai pas mon couplet, tu le connais.

À la pause de l'après-midi, Vincent, affublé d'un jean délavé et d'un veston jaune citron, s'amena en coup de vent dans la salle pour réunir tout le monde. On se massa autour de lui en le mitraillant de questions.

— J'ai une bonne nouvelle pour vous tous... enfin... ce sera plutôt une mauvaise nouvelle pour certains d'entre vous... mais... mais du moins le suspense sera enfin terminé. On nous annonce qu'on va distribuer les lettres ce soir, je veux dire d'ici la fin de la journée.

— Comment distribuer les lettres? s'exclama Fabienne.

— Oh! je ne sais pas comment. Peut-être qu'elles nous arriveront à la fin des cours ou peut-être qu'elles seront livrées par la poste. Je n'en sais rien, mais c'est sûr, elles sortent aujourd'hui.

La pause s'allongea en supputations de toutes sortes. Stéphane en profita pour se répandre à nouveau en oracles et vaticinations.

— Qui viendra secouer la poussière de ses scandales dans ma boîte aux lettres, ce soir? Le temps est maintenant venu où nous verrons enfin ceux qui ont l'âme assez haute pour la porter au-dessus de la ceinture. Notre société s'est transformée en camp de contraventions. À bas la monarchie et vive la démerdocratie!

Mais personne n'avait le coeur à écouter ses élucubrations. À la fin des cours, on attendit plus d'une demi-heure, mais rien n'arriva. Perplexes, tous quittèrent finalement le Centre.

Dehors, il faisait une chaleur écrabouillante. Le soleil jetait aux yeux ses poignées de sable. Stéphane aborda Olivier comme il sortait.

— Olivier, j'achève mon roman sur le Bureau des langues. Ça va être croustillant.

— J'ai peur que les derniers chapitres soient plutôt moroses.

— On verra, on verra. Tu devrais m'aider. Deux demi-têtes valent mieux qu'une. Ciao!

En arrivant à son appartement. Olivier lorgna sa boîte aux lettres comme s'il s'attendait à y trouver le nez de Cléopâtre, la pipe de Sherlock Holmes ou la barbe de Castro. Il ouvrit. Rien.

Il n'avait pas le coeur à se faire à souper. Il commanda une pizza et, en l'attendant, dégusta un apéro. Il chassa la lettre de ses pensées et son esprit erra un long moment. Il revit Sagana dans sa tombe, sur son lit d'hôpital, et tenta d'éloigner cette image, ce cauchemar qui l'obsédait sans cesse.

Il repassa sa journée, se demandant s'il pourrait tenir le coup jusqu'au test. Peut-être que l'atmosphère de la classe se détendrait petit à petit avec le temps. C'était à espérer. Ça dépendait surtout de son attitude.

Après le souper, il se coula dans un fauteuil, regarda les nouvelles à la télé, se laissa dériver dans un téléroman savonnette «en reprise» jusqu'à l'écoeurement. Il explora tous les canaux, puis ferma, de dépit. Il erra un moment d'une pièce à l'autre cherchant une occupation quelconque. Pendant quelques instants, il fit pleurer et même gémir sa guitare. Puis il tenta d'ajouter quelques touches au portrait de Sagana, mais y renonça rapidement. Le portrait semblait occuper tout l'espace. Il était déjà trop grand pour son appartement et pour ses souvenirs. Finalement, il décida de faire un peu de lecture. Son doigt erra sur des rangées de livres puis s'arrêta sur *Évangéline* de Longfellow, en le caressant du bout de l'index. Il n'avait jamais eu le courage de le lire. Pourquoi pas? Au début, il eut de la difficulté à entrer dans cette histoire dont le ton vieillot, pompeux, agaçait, mais à la longue il se laissa gagner.

Cependant, la lettre l'obsédait sans cesse. Ça ne serait pas aujourd'hui. Pouvait-il encore espérer? S'il n'avait pas eu de lettre dans sa boîte, c'était peut-être qu'on avait rétabli son évaluation. Il s'efforçait de chasser cette maudite lettre de ses pensées en se replongeant dans cette triste aventure de la déportation des Acadiens. Lorsqu'il arriva à la scène de l'église, son sang se mit à bouillonner. Il ne put s'empêcher de revoir dans sa mémoire toutes les discussions qu'il avait eues avec ses étudiants. Dans l'attente de cette lettre, il se sentait à son tour, l'âme acadienne et le coeur d'un déporté.

Tout à coup, le téléphone grelotta. C'était Mariette.

— Olivier, je sais qu'il est tard pour t'appeler. J'hésite depuis un heure à le faire. Plus j'attendais, plus j'hésitais et plus il risquait d'être trop tard pour t'appeler. Étais-tu couché?

— Non, je lis.

— Pas de lettre dans ta boîte?

— Non, je pense... du moins j'espère qu'ils m'ont oublié. Et toi?

— Pas de lettre, non plus.

— Alors, ça veut dire qu'ils ne les ont pas encore distribuées. Ça ira à demain, sans doute.

— Je ne sais pas. Je n'ose pas appeler d'autres profs à cette heure. Excuse-moi. À demain.

Il y avait une légère hésitation dans la voix de Mariette.

— C'est ça. À demain.

Olivier se replongea dans son livre et lut encore un long moment. Puis il jeta un coup d'oeil à sa montre. Presque minuit. Sommeil pas sommeil, il lui fallait se mettre au lit. Le lendemain serait encore une dure journée. Il se leva, mais juste à ce moment, on sonna à la porte. Après une longue hésitation, il alla ouvrir. Devant lui se tenait un jeune homme qui lui tendait une lettre.

— *I'm sorry. It's late but I have so many letters tonight, you know! Special courrier. Thank you. Good night!*

Olivier était tellement hébété que le jeune messager l'observa un long moment avant de tourner les talons. Il referma et contempla longuement la lettre. Elle portait son adresse, donc pas d'erreur possible. L'envoyeur était la Commission de la Fonction publique. Mise en disponibilité ou révision de son évaluation? Il fit quelques pas et s'effondra dans son fauteuil. Il en savait déjà le contenu. À quoi bon même l'ouvrir? Pourquoi espérer encore, à la toute dernière minute?

Il regardait la missive comme s'il n'allait jamais avoir la force de l'ouvrir. Finalement, il saisit un coupe-papier et entama lentement le cachet. Il l'ouvrit, la déplia, voulut lire les premiers mots, mais tout s'embrouilla. Tout à coup, son coeur se mit à battre très fort. Il crut lire qu'on avait révisé son évaluation et qu'il était... mais non... mais non... c'était bel et bien une lettre de congédiement qui expliquait en détail qu'il avait trois mois encore pour trouver un nouvel emploi et qu'après il serait mis sur une liste ou quelque chose comme ça. De dépit et de rage, il froissa la lettre. Affaissé dans son fauteuil, il resta ainsi un long moment, puis se leva pour se servir un cognac. On noie ce genre de nouvelles avec ce qu'on peut. Alors, il eut envie d'appeler Mariette. Elle était peut-être couchée. Tant pis, il la réveillerait. Les circonstances étaient exceptionnelles.

Lorsqu'il entendit la voix étranglée à l'autre bout du fil, il sut tout de suite à quoi s'en tenir.

— Mariette, c'est moi.

— Oui. Je... je viens de recevoir ma lettre, Olivier. Je m'y attendais... ce n'est pas une grosse surprise pour moi. Mais c'est fou, jusqu'à la fin, j'espérais toujours. Et toi?

— Moi aussi.

— Ah! non! les salauds! Et rien sur la révision de ton évaluation?

— Rien.

Un silence pesa. Mariette s'éclaircit la gorge.

— Olivier, laisse-moi te dire que le Bureau des langues ne te méritait pas.

Étouffé par l'émotion, il prit plusieurs secondes avant de répondre.

— Merci.

— Je ne... je ne sais vraiment pas quoi dire, Olivier. C'est tellement stupide toute cette histoire!

La voix s'éteignit et il laissa planer le silence. Un silence énervé par le crépitement des criquets qui montait jusqu'à son appartement par une fenêtre ouverte. Lui non plus ne savait trop quoi ajouter.

— J'ai une idée. J'ai fait un gâteau. Pourquoi ne viendrais-tu pas en prendre un morceau avec moi tout de suite? Bien sûr, on n'a pas le coeur à la célébration, mais ça tromperait notre déception, tu ne penses pas? Alors, je t'attends. C'est entendu?

— Je ne sais pas...

— Olivier, tu n'as pas le droit de me refuser. Je t'en prie.

— Bon. J'arrive.

Quelques minutes plus tard, il se retrouva à l'appartement de Mariette. Elle lui tendit un verre.

— À notre santé et au diable le Bureau des langues.

— Le Bourreau des profs, on devrait dire, ce soir.

— Bravo! C'est une excellente trouvaille, Olivier. C'est notre veillée d'armes avant notre départ. Je ne sais pas comment on pourrait appeler cette sorte de soirée.

— Une veillée au corps, reprit Olivier avec un sourire amer.

Il avala d'un seul coup presque la moitié de son verre.

— Et dire que l'année dernière, presque jour pour jour, on m'annonçait que j'avais gagné le concours, que j'avais un poste au Bureau des langues. J'étais fou de joie. J'étais tellement heureux de quitter le secondaire. Pour moi, l'école des langues, c'était la Terre promise où coulent le lait et le miel.

— Et si on veut poursuivre ta comparaison ou mieux, la parodier, ce soir, on pourrait dire que c'est devenu la Terre promise où coulent le petit lait et le fiel.

— Chapeau, Mariette, pour le jeu de mots. Il faut bien se défendre avec ce qui nous reste: des mots.

— Et moi, j'ai renoncé à un poste au primaire. À l'entrevue, on m'a assuré que le poste au Bureau des langues était stable. Je le revois encore celui qui me parlait, un grand maigre avec une voix de sépulcre et qui me fixait comme si j'avais émis une sottise. «Voyons mademoiselle, n'ayez aucune crainte. Bien sûr, c'est politique, mais le bilinguisme et la formation linguistique au Canada, c'est maintenant irréversible. Vous pourrez prendre votre retraite au Bureau des langues si vous voulez.» J'aimerais bien le revoir celui-là. Je lui lancerais ma hargne à la figure. Et voilà qu'après un an seulement, on me met à la porte et je n'ai rien devant moi. Je ne pensais pas que la retraite arriverait si vite.

Elle fit une pause. Olivier avala le reste de son verre.

— Je me suis informée. Cette année, pas de poste au primaire ni au secondaire. Une rentrée scolaire aride. Un automne sec. Voilà ce qui nous attend. Il y a même des rumeurs que certains profs au Québec vont perdre leur emploi. Et même si je trouvais quelque chose, je serais toujours la dernière arrivée et sans cesse menacée de me retrouver assise sur la clôture. Je n'ai pas envie de jouer au chien de faïence sur les tablettes du ministère. Avec la revanche des anti-berceaux, l'avenir n'est pas rose.

— Et oui! Mariette, ce soir, c'est le passage de l'ange exterminateur et de plus, l'ange parlait anglais comme pour ajouter à l'insulte, nous qui avons travaillé sur la première ligne du front dans la guerre du bilinguisme. J'avais... j'avais l'impression que ce soir l'ange ne frappait qu'aux portes marquées d'une croix de sang. C'est en quelque sorte la Bible à l'envers.

— Ce soir, Olivier, c'est le passage de la mer Rouge, mais la différence, c'est que la mer se referme sur nous.

— Où est Moïse?

— Il est bien assis au Parlement ou dans un gros fauteuil quelque part dans un ministère. Je ne sais pas. Il nous a trahi, répliqua Mariette en éclatant de rire, grisée par l'alcool et son dépit. Il faut fêter avec des mots. Ça fait du bien de parler avec emphase et ce n'est pas un anglicisme, monsieur Jacques.

— J'aimerais avoir le charisme de Stéphane.

— Pourquoi?

— J'ai l'impression qu'il prendrait ça moins au tragique.

— Un autre verre?

— Bien sûr, il faut noyer ça. Il faut noyer la mer Rouge et Moïse dedans. Les pharaons auront toujours raison, hurla Olivier secoué par un fou rire dont les rouages grinçaient.

— Parfois, la vie fait la fine bouche, déclama Mariette en inclinant la tête avec gaminerie. Ce soir, mon cher Olivier, on a jeté des cailloux dans nos rêves.

— Tu parles comme Stéphane, formidable!

Olivier, à ce moment, pour la première fois depuis la mort de Sagana, fut sensible au charme qui émanait de Mariette. Elle semblait s'être fixée dans une perpétuelle adolescence tranquille. Ses cheveux blonds ondulés cascadant sur ses menues épaules, ses yeux bleus pétillants de malice et vifs comme des papillons, tout retenait son attention subitement. De plus, il y avait une chaleur qui se dégageait de toute sa personne. Grâce à l'effet de l'alcool, le sentiment qu'il éprouvait tout à coup pour sa jeune collègue n'était teinté d'aucune culpabilité.

Puis au troisième verre, Mariette se mit à raconter son enfance, sa jeunesse. Elle était en veine de confidences. Ses parents étaient de petits bourgeois qui l'avaient gâtée, choyée, couvée. À l'adolescence, elle avait réagi contre son éducation. Sans s'expliquer pourquoi, elle avait fait une fugue, puis était vite revenue au bercail. Ses parents se mouraient d'inquiétude et de remords. Qu'est-ce qu'ils avaient bien pu faire ou ne pas faire pour que leur petite fille se rebelle de cette façon? Elle avait regretté amèrement son coup de tête. Puis elle raconta ses nombreux flirts sans conséquence. Olivier la taquina jusqu'à la faire rougir. Ils évoquèrent avec des éclats de rire le cours de simulation au début de l'année avec ce professeur d'espagnol, incarnation de Franco.

L'alcool aidant, leur conversation sombra bientôt dans un délire verbal de plus en plus échevelé. On faisait joyeusement du coq-à-l'âne. On passait par toutes les émotions. Le fou rire à l'évocation des premiers cours dans cette fameuse classe 742. Comment Mariette était morte de trac. Puis on lançait avec violence des anathèmes contre les dévaluateurs d'Olivier. Les yeux remplis d'eau, on se rappela la mort de Sagana. Mariette n'osa pas questionner Olivier davantage sur son amour pour la sombre princesse indienne.

Aux petites heures du matin, à moitié ivres, épuisés, ils s'endormirent. Mariette sur le divan et Olivier à même le tapis du salon. Ils n'eurent même pas le temps ni la force de se dire bonne nuit ou plutôt bon matin.

Chapitre 41

Le lendemain, ce fut le grand carrousel au Centre Asticou, surtout à l'unité B-7. Chacun s'informait auprès de chacun. Qui avait eu une lettre? Qui n'en avait pas eu? On s'exclamait et on se désolait parfois avec sincérité, le plus souvent par simple convenance.

Stéphane fut le premier à lancer sa bonne nouvelle.

— Je suis lettré, annonça-t-il à qui voulait l'entendre. Il n'y a plus de place pour les prophètes au Bureau des langues. Désormais, il y aura deux nouvelles castes de profs, les lettrés et les illettrés. Je ne me suis jamais senti aussi disponible dans ma courte vie, ajoutait-il avec un humour corrosif.

La trouvaille des lettrés et des illettrés fit fortune instantanément. D'équipe en équipe, d'unité en unité, l'expression se répandit comme une traînée de poudre.

Face aux pitreries de Stéphane, on ne savait trop si on devait rire ou pleurer en ce jour D comme dans deuil. Car plusieurs lettrés ne le prenaient pas aussi légèrement. Certains faciès s'étaient allongés depuis la mise en disponibilité. Furieux, Guillaume par exemple n'arrivait pas à avaler sa pilule. Il s'en prenait à la haute direction, au manque de planification, aux chefs d'équipe et d'unité qui n'avaient pas su standardiser les évaluations, à la subjectivité du principe du mérite. On l'écoutait, on l'approuvait, on renchérissait sur ses déclarations à l'emporte-pièce. Mais on finissait sur des haussements d'épaules.

Mariette, après l'heure de gloire de la veille, était complètement effondrée. La larme à l'oeil, elle répétait sans cesse sur le ton d'une victime que l'on mène à l'abattoir que c'était injuste, injuste et encore injuste.

Olivier tout au contraire affichait une dignité sans faille devant cette gifle retentissante. Il se sentait trahi et trompé par tous: les étudiants, les collègues et les gestionnaires. Il redressait la tête, convaincu qu'il était d'être la victime par excellence. Tout le monde savait et connaissait le sort qu'on avait réservé à son évaluation. Raoul, une pochette de soie rose bébé bouillonnant à son veston, lui expliqua qu'on avait maintenu la cote satisfaisante sans fournir de plus amples explications. Olivier accueillit son explication avec une morgue olympienne et un regard venimeux.

Apercevant Olivier, Guillaume l'attira dans un coin.

— Tu crois que Fabienne veut te défendre? lui glissa-t-il à l'oreille. Allons, Olivier, ne sois pas naïf. Souviens-toi, Fabienne a pris sa revanche sur toi. Tu te rappelles quand tu t'es opposé à elle au sujet du montant uniforme? Je te dis, elle ne voulait pas vraiment la révision de ton évaluation. Elle t'a trahi, voilà la vérité. Et tu veux que je te dise? C'est un secret. Ne le répète à personne. Mais j'ai su que Fabienne, pour avoir une cote supérieure, est allé voir Raoul. Je ne sais pas si elle lui a cédé, tu vois ce que je veux dire, mais ce qui est certain, c'est qu'elle lui a promis de mettre la pédale douce sur ses activités syndicales en échange d'une évaluation supérieure. Tu comprends? Elle avait en outre plusieurs flèches à son arc, la Fabienne, contre Raoul. Elle connaissait très bien ses histoires avec Helen. C'est pas du joli, ça Olivier?

Ce dernier demeura silencieux un long moment puis, rageur, il donna un grand coup de poing dans sa main pour montrer sa frustration. Mais il ne pouvait faire entièrement confiance à Guillaume qui en bavait un peu trop par les temps qui couraient.

Fabienne et Julien qui étaient illettrés ou non lettrés, comme ils s'étaient empressés de corriger l'expression lancée par Stéphane, fulminaient contre le Comité de révision et répétaient avec hargne qu'Olivier avait été le bouc émissaire d'une machination politique inadmissible. Selon ses dires, Fabienne avait contacté le président du syndicat, mais celui-ci avait confirmé qu'il n'avait aucun pouvoir dans cette sorte de situation. Allez donc savoir quand chacun cherche à sauver sa peau et sa croûte!

Bien sûr, les étudiants furent mis au courant et identifièrent rapidement les professeurs lettrés. En quelques jours, l'atmosphère devint intolérable pour les profs frappés par la mise en disponibilité comme les Juifs marqués par la croix de David. D'abord, ce furent les étudiants qui commencèrent à faire circuler la rumeur qu'ils ne désiraient pas recevoir de cours de la part de professeurs incompétents. Puis les professeurs illettrés à leur tour adoptèrent une attitude réservée, presque hautaine envers les nouveaux pestiférés. Ceux-ci répliquèrent en dévoilant des agissements pas très catholiques. Un tel avait extorqué sa cote supérieure à son chef d'équipe en jouant du poing sur le bureau comme si ç'avait été un tam-tam. Tel autre avait menacé son chef d'équipe de révéler des histoires de coucherie avec preuves à l'appui. Photos ou ruban magnétique? On n'avait pas précisé. Une troisième avait obtenu sa cote supérieure pour des performances qui avaient un très loin rapport avec la pédagogie. L'atmosphère tournait à l'empoignade.

Les absences se multiplièrent pour diverses raisons. Les lettrés qui le prenaient mal s'absentaient pour ronger leur frein à la maison, mais aussi pour se rendre à des entrevues au programme P.O.C. ou dans des Commissions scolaires ou chez tout autre employeur éventuel.

Dans la classe d'Olivier et de Mariette, personne ne fut vraiment surpris d'apprendre que Ralph menait déjà sa cabale contre ses professeurs qu'il traitait clairement d'incompétents. Deux jours plus tard, Ralph entra en trombe dans le bureau de Raoul. Celui-ci fut tout de suite assailli par des odeurs poignantes réveillées et aiguisées par la chaleur. Rouge et en sueur, Ralph replaça d'abord ses épaisses lunettes qui glissaient sur son nez fuyant. Il posa sur Raoul un regard de crapaud. Ses yeux roulaient comme de grosses billes et d'une façon inquiétante dans les loupes de ses lunettes.

— Hier, je *demande* gentiment *pour* remplacer *Oliver* et Mariette. Et ce n'est pas fait encore. Je *vou* une *explanation*, Raoul, lança-t-il de sa plus belle voix rocailleuse.

— Ralph, je n'ai pas d'autres profs pour le moment. Je dois donc garder Mariette et Olivier dans votre classe.

— *All right, depouis* des mois, nous avons *reçou une* pauvre enseignement de ces deux profs incompétents. Ils sont maintenant *fired,* la preuve. Si je *faillis* mon test, je vais faire *une* appel. Je te le garantis, Raoul.

— Ralph, je pense qu'aucun étudiant ne ratera son test. Vous avez reçu un excellent enseignement jusqu'ici. Et vous n'avez aucune raison d'échouer. Alors, je vous laisse les mêmes profs et si tu manques ton test, Ralph, ce sera de ta faute d'abord et avant tout.

— *Goddam!* Jamais! je me *plaindre* et même contre toi. *Tou* n'est pas *une bonne chef senior. Tou* ne diriges pas bien tes profs, lanca-t-il en torturant chaque syllabe comme à plaisir.

— Ralph je t'ordonne de sortir immédiatement de mon bureau. Je suis sûr que les autres étudiants ne sont pas d'accord avec toi. Tu es le premier responsable de la lettre qui a provoqué la mise en disponibilité d'Olivier. Alors, retourne en classe et je ne veux plus te voir dans mon bureau. Compris?

— Très bien, Raoul, *tou* va le regretter, je te le garantis. Il y a des *regulations* au *government* et je *pou* les utiliser.

Ralph sortit en claquant la porte. Il ne marchait pas, il semblait plutôt écraser quelque chose... ou quelqu'un. Raoul était rouge de colère et tremblait d'indignation.

Guillaume entra à son tour en ouragan. Il ne mâchait pas ses mots et citait des noms. De la salle des professeurs, on l'entendait même hurler sa colère.

— Lorsque Julien a refusé Mark dans sa classe qui est-ce qui l'a accepté? Moi. Et quand Fabienne a refusé d'aller dans la petite mafia comme on appelait la classe de Ralph, qui est-ce qui a pris sa place? Moi. Et voilà que je suis pleinement satisfaisant pendant que Julien et Fabienne s'en tirent avec des cotes supérieures. Et tu trouves ça juste? C'est du racisme! Un noir ne peut pas être supérieur, c'est bien connu.

Raoul bondit. Debout, raide comme une barre de fer, il tremblait de la tête aux pieds. Incapable de prononcer le moindre mot, il étouffait de rage. Consterné par cette réaction, Guillaume crut que son chef d'équipe allait claquer une crise cardiaque. Raoul porta la main à son coeur, blêmit, puis s'écroula de tout son long. Guillaume se précipita hors du bureau en criant au secours.

Raoul fut transporté à l'hôpital et ne put revenir au travail que plusieurs jours plus tard.

Chapitre 42

Olivier stationna sa voiture. Avant de traverser la rue, il jeta un long regard sur la place Laurier qui se dressait devant lui en jetant mille feux par ses panneaux vitrés. Il franchit les grandes portes. À la réception, il demanda le 10e étage. Sur la table, une petite pancarte rouge et bleue invitait à s'exprimer dans la langue de son choix. L'homme en uniforme lui indiqua l'ascenseur et Olivier se trouva en quelques secondes à l'entrée des bureaux de la Commission de la Fonction publique.

La réceptionniste tapait rageusement sur sa machine à écrire comme si c'était la tête de son patron. Sur la table, la même pancarte faisait la même invitation dans les deux langues. Olivier dut s'éclaircir la voix pour attirer l'attention. Par-dessus ses lunettes grandes comme des télescopes, elle lui lança un regard meurtrier.

— Pardon... pardon, mademoiselle, j'ai rendez-vous pour une entrevue avec monsieur Gaston Delage, agent de dotation.

La demoiselle l'examina de la tête aux pieds. Un maquillage épais arrondissait à merveille son visage en arêtes vives. Son regard froid n'enlevait pas une journée à sa quarantaine avancée. Des ongles vernis, mais irréguliers, s'écaillaient à plusieurs endroits. Une acnée galopante dévoraient ses joues creuses. Ses yeux gris fade coupaient court à toute tentative de dialogue. Sans prononcer un mot, elle indiqua un siège.

Olivier prit place dans un fauteuil juste à côté d'un homme dans la trentaine, cheveux longs, ongles crasseux et jean délavé qui lisait avec nonchalance un roman de poche. Olivier avait l'impression d'avoir déjà vu ce type. Sur la table, il feuilleta quelques revues qui n'offraient aucun intérêt. Comment maîtriser la nervosité qui le gagnait de plus en plus? Il avait un urgent besoin de parler à quelqu'un pour combattre ce trac qui lui coupait le souffle et le faisait trembler intérieurement. Il allongea le cou et tenta de lire le titre du roman. L'homme interrompit sa lecture pour envisager l'intru qui se penchait vers lui. Tout de suite, les deux hommes se reconnurent.

— Bonjour, fit Olivier. Il me semble t'avoir déjà rencontré quelque part mais je n'arrive pas à me souvenir où.

— Bien sûr, j'enseigne comme toi à Asticou, unité B-5, Jean-François Dutil pour vous servir.

— Olivier Grenier, unité B-7. Ce n'est pas surprenant; nous sommes près de 250 profs, ce n'est pas facile de connaître tout le monde. Moi, je suis ici pour une entrevue avec le programme P.O.C. C'est plutôt une évaluation générale de mes possibilités et de mes capacités. Je t'avoue que je suis un peu nerveux.

— Toi aussi, tu es lettré?

— Oui, malheureusement. Je suis en disponibilité depuis la fameuse nuit des grands couteaux. J'essaie maintenant de me nicher dans un ministère quelque part.

— Moi aussi, enchaîna Jean-François. Le vaisseau d'or du bilinguisme reçoit ses premières torpilles. Il commence à couler. C'est le grand dérangement de la mise en disponibilité. Au Conseil du Trésor, il y a un nouveau bourreau des nouveaux Acadiens, les profs de langue.

— À qui le dis-tu!

Le silence s'installa. Jean-François se demandait s'il pouvait reprendre sa lecture et Olivier cherchait un autre sujet de conversation pour s'accrocher un peu encore.

— Tu as eu la bonne idée de t'apporter un livre pour tuer le temps. Mais moi, je serais incapable de lire en attendant une entrevue. Si ce n'est pas indiscret, qu'est-ce que tu lis?

— C'est le dernier Agatha Christie, Meurtre à Asticou. Des inconnus unilingues ont assassiné le bilinguisme et Hercule Poirot y perd son français tout comme son latin. Les indices et les suspects sont bien connus mais tellement nombreux que... Poirot se demande s'il ne devrait pas s'appeler Foirot.

Olivier partit d'un grand éclat de rire. La réceptionniste leva la tête brusquement. Son regard noirci par la colère sauta par-dessus ses lunettes Palomar pour venir écraser le rire d'Olivier. Mais il s'en fichait. Sa nervosité s'envolait.

— Remarque que moi, je n'ai plus raison d'être nerveux reprit Jean-François. Au cours des événements d'octobre 70, j'ai été soupçonné d'appartenir au F.L.Q. et j'ai été emprisonné. Alors ce n'est pas ce petit morveux d'agent de dotation qui va me faire avoir la tremblote.

— Et tu as gagné un poste au Bureau des langues?

— Bien sûr, on a reconnu mon innocence. C'était parce que j'avais été un peu trop visible et bruyant lors de la grève du Front commun. Alors, pour se racheter, le gouvernement a rendu les choses faciles. Me donner un boulot de prof, c'était pour eux une bonne façon de me museler. On a acheté mon silence. Depuis ce temps, j'accumule des réserves. Je recharge mes batteries. Mais quand je vais parler la prochaine fois, ça va sauter, mon vieux. En attendant, il faut bien que je gagne ma croûte. Tu comprends?

— Tu espères décrocher un poste avec le programme P.O.C.?

— Oui et non, je ne sais plus. Tu sais, le programme P.O.C. c'est encore un attrape-nigaud inventé par la gestion pour piéger les francophones. On nous dit que l'on cherche des compétences. Évidemment, le personnel de profs de français représente une masse de compétences surdiplômées. Quand tu penses qu'il y a des docteurs et des détenteurs de maîtrises qui enseignent tous les jours «La voi-tu-re- est-rou-ge», c'est un gaspillage insensé. Et puis on nous dit qu'on veut améliorer la participation des francophones à la Fonction publique, car on prétend que nous l'avons toujours boudée. La vérité c'est que l'anglais est un obstacle majeur pour nous.

— Mais il faut reconnaître, coupa Olivier, que c'est maintenant possible de nous défendre dans notre propre langue, depuis la Loi des langues officielles.

— Oui, bien sûr. En tout cas, moi je pense que ce programme vise surtout à neutraliser les profs parce qu'on en a peur. En les dispersant dans les ministères, c'est un capital politique pour les libéraux et ça règle le problème de la contestation au Bureau des langues. D'ailleurs, la mise en disponibilité fait partie du tableau. Réduire le foyer de contestation et faire peur à ceux qui restent. Nous serons peut-être les rejetons ou les avortons du P.O.C.

L'agent de dotation, un grand maigre, très myope, s'avança pour faire signe à Olivier de le suivre.

— Eh bien! tu vois, tu as la chance de passer avant moi. Allez et je te dis merde, lança Jean-François.

— Merci, et je te dis la même chose. Continue ton roman pour voir qui sont les coupables. J'ai hâte de savoir.

— On ne le saura jamais, c'est un roman encore inachevé.

Olivier suivit l'agent qui le fit entrer dans un petit bureau vitré. Ses lunettes épaisses et noires lui donnaient des airs de hibou comique et aveugle. Il tendit une main froide et sèche.

— Gaston Delage.

— Olivier Grenier.

Delage plongea dans un dossier qu'il feuilleta d'un doigt nonchalant et paresseux. Puis il leva les yeux sur son client, le toisa pendant de longues secondes, bourra sa pipe avec beaucoup de soins, l'alluma en faisant des grimaces douloureuses, puis en tira d'énormes bouffées qu'il souffla au visage de son interlocuteur. Après avoir jeté un autre coup d'oeil au dossier, il sembla prêt à procéder.

— J'ai ici un petit questionnaire à vous soumettre. Je dois remplir cette formule.

Suivirent les vérifications d'usage sur l'âge, le lieu de naissance, l'adresse, le numéro d'assurance sociale, les années de travail. Olivier n'arrivait pas à saisir toujours très bien les mots que marmottait Delage entre ses dents solidement serrées sur sa pipe. Il dut le faire répéter plusieurs fois. À chaque fois, Delage levait les yeux vers lui et le contemplait comme s'il s'agissait d'une nouvelle espèce de retardé mental.

— J'ai enseigné trois ans au secondaire dans une école de Montréal. Puis trois ans en Afrique, au Maroc plus précisément. Pour... pour l'A.C.D.I. Je suis au Bureau des langues depuis le mois de septembre dernier.

Delage devait avoir vingt-cinq ans environ. Olivier avait envie de lui demander à son tour ses années d'expérience. Il était presque certain que cet énergumène à la pipe renâclante en était à son premier emploi et qu'il n'avait pas derrière lui le dixième de son expérience. Mais Olivier devait se garder d'être agressif. Il lui fallait répondre à toutes les questions avec calme et précision.

Avec une flamme de malice qui scintilla follement dans ses yeux, Delage demanda:

— Et vos diplômes?

Olivier cita avec concision et simplicité ses deux bacs et sa maîtrise, les universités fréquentées, les années d'obtention et son sujet de thèse. Devant lui, la pipe asthmatique ne bronchait pas. Olivier se demandait s'il avait seulement un bac à son crédit celui-là. Peut-être n'avait-il fait que des études secondaires comme on l'exige si souvent dans la Fonction publique. Delage se pencha, colla son oeil de faucon blasé sur Olivier et murmura d'une voix molle:

— C'es tout?

Olivier sentit tout son sang ne faire qu'un tour et une sueur froide perler à son front. C'est tout? C'est tout? On le traitait comme s'il était un déchet de la société. Avec ses diplômes et son expérience, ses voyages, l'autre ne sourcillait même pas et demandait c'est tout? Il eut envie d'ajouter, oui, c'est tout. J'ai inventé la bombe atomique, mais ça ne vaut pas la peine de le mentionner.

— Oui, c'est tout, réussit-il à dire, la voix étranglée par l'indignation.

Mais le tortionnaire ne semblait pas remarquer l'émotion de la voix et il consulta encore longuement le dossier comme s'il s'agissait d'une maladie grave. Olivier s'attendait à ce qu'on lui annonce que malheureusement, il avait le cancer, une maladie cardiaque, ou quelque maladie honteuse et qu'il n'y avait plus d'espoir. Il se faisait l'effet d'être chez le médecin, à la merci du maître, condamné d'avance. On allait lui annoncer qu'il avait trop ou pas assez de diplômes, trop ou pas assez d'expériences. L'espace d'une seconde, la tentation fut forte de quitter cette cage de verre en claquant la porte pour la faire voler en éclats. Mais il essuya d'un revers de main la sueur qui se faisait un peu trop insistante, puis prit deux longues respirations pour retrouver son calme. Enfin, le maître daigna à nouveau le regarder. Delage croisa les mains derrière la nuque, lâcha un soupir, décroisa les doigts, ramena ses coudes sur le bureau, fit devant son nez une pyramide de ses mains comme pour mimer une vaine prière et il couronna le tout d'une splendide grimace.

— Et avec ça... vous espérez décrocher quoi dans la Fonction publique?

— ...

— Vous savez, sincèrement, ce n'est pas facile pour un professeur de langue, qui ne sait pas faire autre chose, de se caser au gouvernement.

Olivier avala la pilule de travers et décida de se battre.

— Je pourrais... devenir agent de formation par exemple. Je pense que je serais capable de remplir très bien cette fonction et que ça me plairait.

Delage esquissa un large sourire, se renversa à nouveau dans son fauteuil en croisant les mains derrière la nuque. Ses sourcils exécutèrent un petit va-et-vient qui en disait long sur l'audace de son interlocuteur.

— Vous savez, être agent de formation et professeur ce sont deux choses très différentes. Tous les pilotes ne peuvent pas devenir astronautes, si vous voyez ce que je veux dire. Donner des cours, c'est bien beau; vous transmettez des connaissances intellectuelles et vous n'en assumez pas la responsabilité. Mais être agent de formation, c'est travailler sur le comportement des fonctionnaires, les rendre plus efficaces au travail, leur donner de bonnes méthodes pour améliorer leur rendement. Je ne sais pas si vous saisissez bien la nuance qui est de taille, je me permets de vous le rappeler.

Olivier prit encore une longue respiration, changea de position dans son fauteuil et fit mine de réfléchir pour se maîtriser un peu mieux.

— Mais enfin, vous ne me direz pas qu'un professeur qui est habitué à travailler avec des groupes n'est pas capable de devenir un bon agent de formation en l'espace d'un an, en supposant que je bénéficie d'une période de formation avec P.O.C. Comme professeur de langue, j'avais à travailler sur le comportement de mes étudiants, à leur faire acquérir la maîtrise de la langue française. C'est pas exactement la même chose, je suis d'accord avec vous, mais tout de même votre comparaison avec les pilotes ne tient pas debout. À part ça, vous avez lu mes évaluations, elles sont excellentes.

— Bof, les évaluations des profs, c'est toujours un peu gonflé, vous ne pensez pas?

L'agent cicatrisa son visage d'un large sourire dubitatif et ramena ses coudes sur le bureau en se penchant vers Olivier comme un professeur qui veut murmurer un bon conseil sur un sujet délicat. Il murmura donc:

— Croyez-moi, l'expérience l'a démontré, peu de professeurs jusqu'ici ont réussi à devenir de bons agents de formation et quand ils y sont arrivés, c'est au prix de beaucoup de travail et une grande dose de patience de la part des gestionnaires. Évidemment, on les garde maintenant parce qu'il le faut bien... mais vous voyez ce que je veux dire?

— J'aimerais avoir une étude là-dessus parce que je connais plusieurs profs qui, selon ce que j'ai entendu, sont devenus d'excellents agents de formation, répliqua Olivier d'une voix sèche.

— Êtes-vous parfaitement bilingue?

— Je... je me débrouille.

— Seriez-vous capable demain de donner des stages en anglais?

— Évidemment non. Mais je peux apprendre. Un de mes amis est devenu bilingue en moins de six mois comme agent de formation.

Delage ralluma sa pipe en toisant son interlocuteur pendant de longues secondes, puis il déclara sur un ton faussement détaché:

— Enfin, je peux toujours vous proposer comme agent de formation si vous y tenez, juste pour la forme. On ne sait jamais. Vous pouvez tomber sur un gestionnaire qui a connu une bonne expérience avec un prof comme vous le prétendez. À part ça, est-ce qu'il y a autre chose que vous aimeriez faire?

— Je... je pourrais devenir agent d'information.

Cette fois Delage éclata de rire. Olivier devint rouge jusqu'à la racine des cheveux. Des fonctionnaires passaient dans le corridor et il sentit qu'ils ralentissaient leur pas pour mieux observer le curieux animal en cage vitrée. Encore une autre cage! Il jeta un regard vers la porte et se demanda si elle allait voler en éclats lorsqu'il la claquerait au nez de ce blanc-bec.

— Impossible, mon cher monsieur. Seuls ceux qui ont fait des études en journalisme peuvent espérer devenir agent d'information. Avez-vous la moindre expérience dans les conférences de presse, les communiqués aux journaux, la promotion, la radio, la télévision? Même avec une formation d'un an, vous n'arriveriez pas à la cheville d'un agent d'information. Non, oubliez ça vite, je vous en prie.

Olivier n'en pouvait plus. Le volcan bourdonnait.

— Bon alors je ne comprends pas pourquoi au Bureau des langues, on nous encourage à nous inscrire au P.O.C. et pourquoi on nous fait croire qu'on cherche des compétences chez les profs. Tout ça, c'est de la foutaise ou quoi?

— Pas nécessairement. Les profs qui ont une expérience autre que l'enseignement peuvent espérer se caser dans la Fonction publique, mais les autres, permettez-moi d'en douter. Mais je vais me montrer souple. Voulez-vous qu'on mette «agent d'information», juste pour la forme?

La lave débordait.

— Je crois plutôt que je vais claquer la porte de ce bureau, juste pour la forme, monsieur l'agent de do-ta-tion.

Et il se précipita. En ouvrant, il entra en collision avec une jeune femme qu'il faillit renverser. Il s'excusa. Puis, il laissa partir un vibrant Casse-cou! ... qui lui fit grand bien.

Chapitre 43

Au cours des jours qui suivirent, malgré tout, Olivier poursuivit consciencieusement la préparation de ses étudiants au test. Dave et Helen s'empressèrent de désavouer Ralph, même auprès de Raoul, de retour de sa convalescence. Wallech, Nancy, Kioto, Amraj et Betty gardèrent la plus stricte neutralité.

Le grand jour arriva enfin, deux semaines après la mise en disponibilité. La veille du test, Ralph fit un appel mystérieux.

— Allo, *Ralph speaking. The test is tomorrow. O.K.?*

Il parla encore quelques minutes en murmurant dans l'appareil. Sa voix se faisait douce et sucrée comme s'il avait voulu enduire l'appareil d'un miel épais. Quand il raccrocha, il esquissa un sourire tordu comme pour lui-même tout en se frottant les mains de satisfaction.

Le lendemain matin, nerveux, Olivier, souhaita bonne chance à tous ses étudiants et les conduisit au laboratoire où les attendait un représentant du Conseil du Trésor, un spécialiste en tests, que Stéphane avait malicieusement affublé du sobriquet de testicologue.

Quatre heures plus tard, les étudiants en ressortaient la mine plus ou moins réjouie. Olivier et Mariette s'informèrent. Ils avaient tous trouvé l'épreuve très difficile. Au test, chacun tirait son numéro à la loterie du bilinguisme. C'était pour les étudiants une sorte de fatalité.

Trois jours plus tard, Raoul annonçait à Olivier et Mariette les résultats. Un succès complet. Ils avaient tous réussi.

— Ralph a réussi? s'exclama Olivier. C'est un miracle! Il a dû prier le diable en personne. Il y a quelque chose de louche là-dessous. Au cours des pré-tests, il n'a pas réussi une seule habilité.

— Il a passé juste, tempéra Raoul.

Olivier et Mariette s'empressèrent de téléphoner la bonne nouvelle à chaque étudiant. En apprenant la nouvelle, Ralph émit un ricanement caverneux. Olivier raccrocha sèchement pour ne pas faire exploser sa colère.

L'après-midi même, Dave appela Olivier pour l'inviter avec Mariette à un repas d'adieu. Les étudiants avaient décidé de fêter leur réussite tous ensemble et d'inviter les professeurs à se joindre à eux.

Le lendemain, Mariette monta dans la voiture d'Olivier pour se rendre à la Ferme Columbia, le restaurant le plus réputé de Hull. Il faisait un soleil figé dans sa graisse. Empanachés de leur nouveau bilinguisme, planté tout croche comme des cornes de cocu, les étudiants les attendaient tout sourire.

Pendant tout le repas, on tenta d'oublier les frictions du passé. On rappela, au milieu des éclats de rire, les meilleurs moments de l'année non sans quelques taquineries qui risquèrent de mettre le feu aux poudres, mais grâce au tact de Dave, on évita la catastrophe de justesse à plusieurs reprises.

Bien sûr, on tira Wallech de sa torpeur digestive dans laquelle il se laissait dériver mollement en le taquinant sur sa propension au sommeil. Pour répondre à ces taquineries, celui-ci effectua un bâillement de dinosaure qui avala d'un coup tous les éclats de rire. Mais ce bâillement simulé en provoqua un vrai, et il fut forcé de déposer un discret bâillement dans son poing fermé. Cette fois, ce fut le fou rire général. Nancy et son éternel tricot eut son petit moment de gloire, qu'elle salua avec un sourire de travers. Helen dont le décolleté franchissait allègrement les frontières et même les bornes de la pudeur, vit son image de femme fatale en prendre un sérieux coup. Elle se défendit avec brio. Les cigares et les pipes de Dave revinrent à plusieurs reprises sur le tapis.

— Aujourd'hui, je peux enfin *alloumer* un Havane en toute liberté, lança celui-ci, et personne ne peut *m'empêcher*. Sortez vos pancartes, si vous le voulez, moi *j'alloume* et je fais de la *foumée* comme je veux.

— *Polloution, polloution,* rétorqua Ralph qui pour la première fois faisait preuve d'un peu d'humour.

Le vin chassait la gêne, faisait éclore sur toutes les lèvres la langue française comme une fleur qui s'embellit de soleil. Enfin, le français n'était plus une langue ennemie! On taquina généreusement la timidité de Kioto qui accueillit toutes les plaisanteries avec le même large sourire qui lui fermait les yeux complètement. À la fin du repas, c'est Dave qui se fit l'interprète de tous pour remercier les deux professeurs.

— Aujourd'hui, c'est un jour de fête pour nous tous. Nous sommes fiers de nos *résoultats*. Mais je dois dire, je dois *ploutôt* rendre hommage à nos deux profs pour leur patience avec nous. (Applaudissements). Oui, certainement, nous n'avons pas été de mauvais *étoudiants* peut-être, mais des *étoudiants* difficiles, ça c'est *sour* (Rires). Il ne faut pas se le cacher nous avons eu mauvaise *répoutation*. Les profs se succédaient dans notre classe et disparaissaient aussi rapidement. Puis un jour, Olivier et Mariette sont arrivés. Ils ont la peau *doure;* ils sont *tough.*

— Attention aux *anglicizmes,* lança Helen.

— ... c'est nous qui en avons arraché alors. (Éclats de rires). Alors, alors. nous avons été deux fois *plous tough.* (Fou rire). Et... et ils ont été deux fois *plous* patients et résistants. Bien *sour*, nous avons eu nos *petites arguments,* n'est-ce pas Olivier? (Celui-ci émit un mince sourire). Mais nous sommes tous, au fond, des gens de bonne volonté avec nos sacrés caractères et nos idées toutes croches. (Dave redevint sérieux). Malgré tous les événements regrettables, nous espérons que nous allons rester tous de bons amis. La misère et les difficultés, ça crée des *links*. Évidemment... (la voix de Dave s'enroua légèrement) évidemment, nous regrettons tous celle qui n'est plus parmi nous aujourd'hui.

Il ne put poursuivre et un silence lourd plana sur la table pendant quelques secondes. Personne n'osait regarder Olivier.

— *Anyway,* nous voulons, Mariette et Olivier, vous laisser un petit souvenir de nous, reprit Dave avec un faux enjouement. Un souvenir spécial qui, nous espérons, va nous faire pardonner bien des choses.

Dave sortit d'une enveloppe deux cartons, en tendit un à Mariette et l'autre à Olivier. Les deux professeurs, surpris, contemplèrent un long moment les deux cartons et on sentit qu'une profonde émotion les gagnait petit à petit. Sur chacun des cartons, on avait dessiné un laboratoire de langue et dans chaque cabine il y avait la photo d'un étudiant dans sa pose typique. Bien sûr, Wallech dormait comme un sac de blé crevé, le front appuyé sur le micro. Nancy tentait de démêler son tricot en faisant une mimique d'envergure. Helen décochait une oeillade aussi discrète qu'un hurlement de klaxon dans un cortège funèbre. Dave arborait un plantureux cigare et semblait disparaître dans un nuage de fumée épaisse. Amraj accentuait sa tenue marmoréenne et arborait un turban jaune clair. Betty, tentait d'émettre un sourire qui tournait à la grimace. Kioto souriait de toutes ses dents et Ralph, l'oeil morne et le sourire poussiéreux, fixait son micro comme prêt à le démolir.

Une cabine était vide. Les larmes montèrent aux yeux d'Olivier. Il pouvait y lire «Sagana décédée.» Les eaux du lac tout au fond de lui remuèrent, firent un douloureux remous, puis se calmèrent, Sagana resterait toujours la noyée secrète d'un lac maudit. Les étudiants furent à leur tour gagnés par l'émotion de leurs professeurs et le silence pesa sur le groupe jusqu'à ce que Mariette s'éclaircisse la gorge pour réussir à dire d'une voix étranglée:

— Merci, merci beaucoup. C'est très original. Très beau. C'est magnifique. Merci.

On attendit un moment qu'Olivier dise quelque chose, mais il en était tout à fait incapable. Alors, Dave, pour détendre l'atmosphère, commanda une bouteille de champagne, en fit sauter joyeusement le bouchon et en versa un grand verre à chacun. On porta un toast et les éclats de rire, les bons souhaits, fusèrent de toutes parts. Olivier, muet, faisait mine que la fumée du cigare de Dave l'incommodait, ce qui lui permettait de s'essuyer les yeux sans trop de gêne et avec un certain naturel.

Quelques minutes plus tard, ils se retrouvèrent tous sur le trottoir à l'entrée du restaurant. Le soleil creusait sa fournaise infernale. Chacun chercha à combler par des paroles creuses les dernières minutes avant l'échange des poignées de mains.

— Dans un an, jour pour jour, lança Dave, je vous invite tous à célébrer à mon appartement notre premier anniversaire de bilinguisme. Réservez tout de suite votre soirée. Pas *d'exquiouses*. C'est sacré. On verra alors qui aura *perdou* le premier son français.

— Personne, j'espère, coupa Olivier.

— C'est *entendou*? C'est promis?

Et pour tromper sa propre émotion et alléger la séparation. Dave sortit un grand mouchoir blanc et fit mine de s'éponger les yeux. Ralph fit pleurer une dernière fois son violon imaginaire et les éclats de rire nerveux fusèrent. Dave tendit une main chaleureuse à Olivier. La fermeté de leur étreinte disait plus clairement leur amitié que n'importe quel mot dans l'une ou l'autre langue.

— Olivier, le Québec, *depouis* le référendum, est une bête blessée, mais pas morte. Il dort pour guérir. Attention lorsqu'il se réveillera à nouveau! Pour nous, les *anglophònes,* il faut rapatrier le Québec, pas la constitution.

Puis ce fut le tour de Kioto, de Wallech, de Betty, d'Amraj et de Nancy. Helen, paupière émeraude et lèvres rouge écrin, s'avança et embrassa Olivier sur la bouche.

— *Oliver,* je veux te dire que Helen est toujours là. Je *souis* capable de t'attendre longtemps, *tou* sais.

— ...

Olivier se contenta de sourire. Par ailleurs, Ralph, peut-être à cause de son succès truqué semblait avoir perdu toute animosité. Il tendit une main franche, mais fut incapable de prononcer un seul mot.

— Bonne chance, Ralph, dit Olivier d'une voix frémissante. Souviens-toi que malgré toutes nos frictions, nos deux peuples ont beaucoup de choses en commun.

Ralph retrouva assez de souffle pour dire:

— Même si j'étais *veniou, Oliver,* au *Bioureau* des langues seulement pour me rendre compte comme mon *attitioude* anti-*francophône* est *ridiquioule...*

Olivier ne le laisse pas finir. Il ne pouvait s'empêcher de revoir, en un éclair, tous ses démêlés avec Ralph: les discussions hargneuses sur la langue, la culture, le référendum, la tentative de renvoi, l'appel, la bataille de balles de neige, la course au trésor, leur excursion sur le lac Simon, le complot des étudiants, la lettre de blâme et le succès «mystérieux» de Ralph au test. Mais après tant d'événements douloureux en si peu de temps, il sentait un rien d'humour se glisser entre une rancune fatiguée et une indulgence encore trop difficile.

— Ralph, quittons-nous bons ennemis, fit-il avec un clin d'oeil bien appuyé.

Ralph fit signe qu'il était d'accord et se dirigea vers Mariette. C'est alors qu'Olivier aperçut Dave qui embrassait celle-ci, mais cette fois une vraie larme roulait au bord de sa paupière.

Malgré toutes ses apparences de dureté, Betty ne pouvait supporter le choc des adieux. Elle harponna Ralph au passage et l'étreignit avec voracité. Ce dernier faillit disparaître dans autant de chairs spongieuses et flasques.

Brusquement, Mariette et Olivier se retrouvèrent seuls. Chaque étudiant envoyait un dernier adieu de la main mais, ils étaient déjà loin. Ils se regardèrent longuement sans trop savoir quel nom donner à leur émotion.

— Olivier, nous sommes maintenant dans le même bain. Peut-être que nous pourrions faire un bout de chemin ensemble. Qu'est-ce que tu en dis?

Et pour la première fois depuis la mort de Sagana, Olivier sourit... avec naturel.

Traduction du chapitre 29

Comme à l'habitude, ils s'étaient donné rendez-vous aux Raftsmen après les cours. Il y avait Ralph, Dave, Wallech, Helen, Nancy et Betty. Mais contrairement à leur habitude, ils ne s'étaient pas donné rendez-vous seulement pour boire une bière et se détendre.

— Sagana, Amraj et Kioto ne viendront pas, déclara Wallech un peu piteux. Je n'ai pas pu les convaincre de se joindre à nous.

— Je ne suis pas surpris, répliqua Ralph. Je m'y attendais. Sagana ne dit jamais un mot. Elle ne fait que regarder Olivier comme s'il était le Grand Manitou de sa tribu, merde! Quant à Kioto, il est tellement gêné qu'il demanderait pardon à quelqu'un qui lui marchait sur les pieds. Et puis Amraj? Ça ne vaut même pas la peine d'en parler.

Dave sourit et fit signe au garçon d'apporter un pot de bière. Ce qui fut fait tout de suite. On remplit les verres à ras bord.

— Quel beau garçon! Ça ne me ferait rien d'être seule avec lui dans le bois, dit à voix haute Helen qui s'était remise de sa dépression et ne pensait plus qu'à venger son amour déçu et repoussé par Olivier.

— Tu te cherches encore un homme, cracha Nancy toujours excédée par l'attitude de la belle Helen.

— Je gagerais que le propriétaire de cette brasserie doit bénir le Bureau des langues. Sans notre clientèle, il serait forcé de fermer ses portes.

— Certainement, Dave, appuya Wallech en avalant la moitié de son verre d'un seul coup de coude.

— Bon, les amis, nous n'avons pas de temps à perdre. J'ai une proposition à vous faire. C'est au sujet de notre cher professeur, Olivier. Je pense que vous savez tous que je ne l'aime pas beaucoup. En fait, c'est tout le contraire.

— Parle français, Ralph, parle français, lança Dave en riant.

Ralph lui décocha un regard assassin qui aurait fait peur à tout autre qu'à Dave. Au contraire, ce dernier s'esclaffa encore plus fort et des buveurs aux tables voisines tournèrent la tête, atterrés par ce rire gargantuesque.

— Il n'y a pas un chrétien vivant qui me ferait parler français après six heures de cours et surtout après cette interminable discussion avec Olivier, cet après-midi. Alors...

— J'aimerais bien discuter en anglais avec lui, coupa Wallech. On verrait bien alors qui aurait le dernier mot. C'est facile pour lui. Il a toujours raison ou du moins, il finit toujours par nous avoir. Il a osé dire qu'on était plus nombreux... même si on était une centaine, si on nous force à parler français, nous avons perdu avant de commencer. Ça crève les yeux...

— Tu m'enlèves les mots de la bouche, affirma Dave en essuyant du revers de la main une moustache de mousse qui venait doubler ses vertigineuses arabesques. Puis il laissa s'échapper un long soupir de satisfaction en ajoutant:

— Allons, Wallech, laisse Ralph parler. On verra bien ce qu'il a à nous proposer.

Ralph lui jeta un autre regard fielleux, puis reprit en se raclant bruyamment le fond de la gorge.

— O.K. J'ai entendu à travers les branches que les autres profs de notre équipe ne veulent plus nous enseigner. Rick, un de mes amis, qui est dans une autre classe de l'unité a surpris une conversation entre deux profs de l'équipe. Donc, je crois que nous sommes pris avec Olivier jusqu'au test. J'en ai assez de lui, croyez-moi. Je veux seulement savoir si nous sommes tous sur la même longueur d'ondes.

Les cinq étudiants se regardèrent, perplexes, se demandant qui allait parler le premier. Dave en profita pour avaler le reste de son verre. Nancy fixa le fond du sien comme pour y chercher une réponse, mais ce fut Helen qui brisa la glace.

— Je suis d'accord, Ralph. Je ne veux plus le voir dans notre classe, même pas en peinture, dit-elle en étirant sur ses lèvres charnues un sourire plein de griffes.

— O.K. Helen, on sait pourquoi tu es si en maudit contre lui, releva Nancy, l'oeil méchant et venimeux.

— Tu ne sais absolument rien. Mêle-toi de tes affaires, Nancy. Alors, Ralph, qu'est-ce que tu nous proposes?

Mais Ralph, prudent et rusé, ne voulait pas vendre la mèche trop vite. Surtout pas avant d'avoir l'assentiment de tout le monde. Il voulait s'assurer de l'appui inconditionnel de chacun avant de dévoiler son plan. Il caressa son menton empoussiéré d'une barbe grisâtre, rota avec conviction sans s'excuser, puis demanda à sa voisine.

— Et toi, Nancy?

— Je ne le porte pas dans mon coeur, moi non plus, fit-elle en contemplant son verre comme si elle allait s'y plonger tête première. Mais je me demande si on ne va pas y perdre au change. Qui voudra bien venir dans notre classe? On doit admettre qu'Olivier est vraiment bon professeur et très compétent. Les discussions dans lesquelles il nous entraîne, je pense que, pour lui, c'est une excellente façon de nous faire parler français. Bien sûr, je ne peux pas nier qu'il me fâche et qu'il joue avec mes nerfs. On ne peut pas avoir le dessus avec lui lorsqu'il s'agit du Québec, de la langue française ou d'Histoire. Donc, je marche avec toi, Ralph.

— Et toi, Wallech?

— Celui-ci leva sur son interlocuteur une prunelle suifeuse et alourdie qui baignait déjà dans la bière.

— J'embarque moi aussi. Il est trop sévère avec des étudiants adultes. Rappelez-vous ce qui est arrivé au lab? Il s'est conduit d'une façon ridicule.

— Et Betty aussi, trancha Dave en allumant son cigare. J'espère que je peux fumer ici?

— Olivier n'est pas capable d'accepter une blague, se lamenta Betty.

— Mais tu sais, Betty, tu fais un peu trop de blagues, marmonna Nancy. Tu montres un peu trop à tous les profs que tu n'aimes pas apprendre la langue française. Ce n'est pas très intéressant pour eux.

— Mais Mariette n'a jamais rien dit...

— Bien sûr, Mariette est trop jeune. Elle n'ose pas. Elle est timide et je crois que c'est sa première année d'enseignement. Mais Olivier, lui, ne se laisse pas monter sur le dos. Je l'admire pour ça.

— Mais quand il t'a avertie parce que tu arrivais en retard ou parce que tu tricotais pendant les cours, tu chantais une autre chanson.

— Bon, peu importe, coupa Ralph en aiguisant son oeil de faucon. Pas besoin de déterrer toutes ces histoires. Ça suffit. Et toi, Betty?

— Je suis d'accord aussi. Olivier crache sur les francophones assimilés comme moi. Je ne peux pas apprendre avec lui, dit-elle avec un rire flasque comme ses chairs molles.

— Formidable! s'écria Ralph. J'ai une proposition à vous faire. L'évaluation des profs s'en vient. Peu importe le prof qui remplacera Olivier, peut-être un mauvais prof, mais je veux avoir ma revanche. Ce maudit Québécois, je ne veux pas seulement qu'on le change de classe, mais je veux qu'il ait une mauvaise évaluation, si vous voyez ce que je veux dire. Alors, je propose une pétition que nous présenterons au chef d'équipe dans le but de nous débarrasser d'Olivier. Bien sûr, Raoul nous connaît bien et il ne nous croira pas les yeux fermés. Il va exiger des explications. Vous savez sans doute que nous avons une mauvaise réputation dans l'unité. On doit donc préparer notre plan avec soin.

— Je ne suis pas d'accord pour lui jouer un coup aussi bas, ce n'est pas juste, trancha Dave en lançant une bouffée épaisse de fumée.

— Ce n'est pas un coup bas, répliqua Ralph en pointant vers Dave un index aussi croche que son plan de vengeance. Je veux seulement qu'on dise la vérité, c'est tout. Nous n'en voulons pas comme prof, d'accord? C'est bien évident que je ne vous demande pas de mentir. Mais parce que Raoul a déjà la puce à l'oreille, il va falloir qu'on exagère un peu, juste un peu, de sorte qu'il va finir par nous croire et il prendra une décision en conséquence.

— Qu'est-ce que tu veux dire par «exagérer». Donne-moi un exemple, demanda Dave, les yeux creusés par la curiosité.

— Eh bien, je ne sais pas moi, on peut dire qu'il déclenche des discussions, qu'il nous provoque...

— Voilà ce qu'il faut dire, ajouta Helen enflammée par la perspective de sa propre vengeance, et il faut ajouter qu'il nous traite comme des enfants. Raoul connaît très bien l'histoire du laboratoire. On peut donc lui expliquer que Betty faisait juste une blague, c'est tout. Et de plus, je dirai à Raoul qu'Olivier est toujours sur le dos de Nancy parce qu'elle tricote en classe et qu'elle est Noire.

— Et je pourrais dire qu'il est un peu raciste sur les bords, aussi. Juste un peu. Par exemple, il est raciste à l'endroit de Kioto. Et il se moque de notre accent de temps à autre. Il ne faut pas pousser trop fort, cependant. Il suffit de créer un climat, une impression générale. Il faut tout simplement laisser entendre que c'est impossible pour nous d'établir une bonne communication avec lui, laissa tomber Ralph, la face craquante de joyeuse vengeance anticipée. Il semblait avoir oublié complètement qu'Olivier lui avait sauvé la vie.

Appesanti par le poids de la bière au fond des estomacs, le silence se fit très lourd.

— Bon, ça suffit, intervint Dave. Je préfère m'en tenir à la stricte vérité. Ce n'est vraiment pas juste ce que vous voulez faire. Je ne dirai rien contre Olivier, sauf que j'aimerais changer de prof. Est-ce que ça vous va?

— Donc, il reste à écrire une lettre, conclut Ralph avec une flamme de victoire dans ses yeux chassieux, une lettre très, très spéciale.

Ils pensaient tous à la tentative de renvoi qu'Olivier avait raté et à la victoire de Ralph en appel, mais personne n'osait aborder ce sujet explosif.

Et d'un seul élan, les comploteurs scellèrent leur pacte par un vibrant chin-chin dans un fracas de bocks s'entrechoquant.

Achevé d'imprimer sur les presses
de Laflamme et Charrier,
lithographes

Imprimé au Québec